KB117619

아나하라트

공주와 구세주

5

아나
하라트
5

공주와 구세주

김영지 장편 소설

마음지기
Maumjigi

아나하라트_공주와 구세주

5권

Ⅲ부 구세주

1
긴 꿈

아, 대체 누가 우주를 검다고 했을까? 그건 땅에서 밤하늘을 올려다본 자들의 오해였다. 우주는 깊을 뿐 결코 검지 않다. 도리어 색색의 빛이 가득해 아찔하게 눈부시다. 그리고 지금, 바로 그 우주를 맨몸으로 유영하는 나. 목이 다 쉬어서 이제 소리도 못 지르는 나. 이대로 우주 미아가 될 것 같은 나. 아하하, 엄마…….

아까 나는 일주일 만에 만난 과거의 라이시에게서 치포라의 조각을 슬쩍했다. 걘 눈치 못 챘겠지. 우리 되게 감동적이고 애틋했으니까. 그 틈에 내가 자기 날개 조각을 떼어 갔을 거라곤 생각도 못 할 거야. 그렇게 시침 뚝 떼고 라이시를 보낸 후 나는 패기 있게 날개를 펼쳤다. 그리고 아본으로 돌아가기 위해 힘껏 날갯짓을 시작했다. 그랬는데, 아…… 여태 짐짝처럼 매달려만 다니던 내가 뭘 알았을까.

세상을 건너는 건 보통 일이 아니었다.

눈 깜빡하는 사이 나는 우주 한복판까지 끌려왔고 그 후 상황은 시시각각 변했다. 거대한 행성 곁을 아슬아슬하게 지나는가 하면 커튼 같은 빛의 장막을 뚫고 은하수를 거스르며 어디론가 하염없이 끌려가는 중이다. 이쯤 되니 내가 나는 건지 날개가 나를 날리는 건지 모르겠다. 이 와중에 우주 한복판에서도 숨이 잘 쉬어지는 게 나는 퍽 신기했다.

그나저나 저는 지금 어디로 가는 걸까요. 누가 좀 알려 주시면 안 되나요? 아, 이놈의 날개는 내가 소리를 지르든 울든 꿋꿋이 갈 길을 가는구나. 꼭 제 주인 놈을 닮았다, 못된 것.

그렇게 힘을 쭉 빼고 치포라에 한참 끌려가고 있는데, 눈앞에 환한 빛이 비치기 시작했다. 지금까지와는 다른, 어딘지 기이한 빛이었다. 내 몸이 빛에 담기는 순간 치포라는 비행을 멈췄다. 그리고 나를 그 속에 내려놓더니 사르륵 사라져 버렸다. 어? 잠깐! 이런 데 버려두고 없어지면 어떡해! 길게 당황할 틈도 없이 나는 허공에서 툭 떨어져 바닥에 내려섰다. 동시에 새하얗던 세상이 어둠으로 까맣게 물들었다. 아무것도 없었다. 빛도, 소리도, 어떤 힘도. 그저 공허함만이 온 우주에 가득했다. 적막에 갇힌 나는 당황해서 두리번거렸다. 어떡해, 이제 어디로 가야 하지…….

그때 어디선가 맑은 소리가 울렸다. 물소리처럼 청아하면서도 천둥소리처럼 장엄하고 깊은 소리였다. 나는 그 소리를 따라 고개를 들었다. 누가 있었나? 누구지? 혹시 도움을 받을 수 있을까? 내가 막 그쪽을 향해 외치려던 차였다. 또 한 차례 맑은 소리가 울려 퍼지더니, 이내 공허함을 찢고 빛이 폭발했다. 강렬한 빛에 나는 깜짝 놀라 주 저앉았다. 너무 강한 빛이어서 거기에 닿으면 몸이 타버릴 것만 같았 다. 그런데 한없이 확장되던 빛이 쪼개지더니 거대한 덩어리가 되어 저희끼리 균형을 잡고 회전하기 시작했다.

나는 얼이 빠져서 그 광경을 바라보았다. 그때 또 한 번 소리가 들 리더니 이번엔 발밑이 출렁였다. 아, 너무 어두워서 미처 모르고 있 었다. 나는 넘실대는 수면 위에 서 있었다. 그걸 깨닫는 동시에 나는 물에 첨벙 빠지고 말았다. 그리고 허우적댈 틈도 없이 발에 땅이 닿 았다. 분명 물에 빠졌는데 나는 물에 있지 않았다. 물이 그대로 위로 올라가 파란 하늘을 그렸기 때문이다.

맨땅에 서게 된 나는 더 어안이 벙벙해졌다. 아직 끝이 아니었다. 물에 잠겨 있어서 축축하던 흙이 금세 마르더니, 그 위로 풀이 자라 나기 시작했다. 땅에서 움튼 싹이 순식간에 꽃을 피웠고 여린 줄기는 곧 굳건한 나무가 되어 열매를 맺었다. 땅이 신록으로 뒤덮이자 파란 하늘 위에서 햇살이 비쳤다. 그 푸르른 하늘로 새들이 날았고 수풀 사이에선 어린 동물들이 바스락거리며 고개를 내밀었다.

그 광경을 보고 나는 깨달았다. 아아, 나는 세상이 만들어지는 순 간을 본 것이다. 세상의 첫 모습은 무척이나 아름다웠다. 정말 보기 에 좋았다.

감탄하며 세상을 둘러보는데 어디선가 말소리가 들려왔다. 어디 지? 주위를 급히 돌아봤지만 아무도 보이지 않았다. 잘못 들었나 했지만 소리는 점점 선명해졌고 또 가까워졌다. 대체 어디서 들리는 소리지? 주변엔 아무도 없는데? 내가 두리번거리는 동안에도 소리는 계속해서 가까워졌다. 이윽고 그 소리가 내 귓가에서 울리는 순간, 세상이 한바탕 뒤집혔다.

"아니야, 아니야. 그 음이 아니라니까? 들어 봐."

소년이 옆에 앉은 소녀에게 핀잔을 주더니 건반에 손을 올렸다. 딴, 딴 따단. 피아노를 똑똑 끊어 치고서 소년이 다시 고개를 돌렸다. 그 얼굴을 보는 순간 나는 비명을 지를 수밖에 없었다. 체파르데아? 나는 놀라서 입을 틀어막았다. 아니, 막으려 했다. 그런데, 손이 없다? 아니, 입도 없다. 내 몸이 없다! 뭐지? 여긴 어디고 난 또 어떻게된 거지?

햇살이 눈부신 숲 속, 잔잔히 흐르는 개울 옆에 피아노가 놓여 있고 거기엔 한 쌍의 소년 소녀가 함께 있었다. 소년은 체파르데아, 그렇다면 저 소녀는 누구지? 소녀가 고운 목소리로 노래를 불렀다. 라 라 라라. 맑은 소리와 함께 금발을 곱게 땋은 소녀의 얼굴이 내 쪽으로 돌려졌다. 참 아리따운 얼굴……, 어쩐지 낯이 익은데? 나는 소녀를 유심히 바라보다가 다시 한 번 소스라치게 놀랐다. 시, 시믈라다! 훨씬 어리고 느낌도 다르지만, 분명 시믈라다!

시믈라를 보는 순간 나는 까맣게 잊었던 옛 기억을 떠올렸다. 말을 걸면 수줍게 웃는 소녀였다. 풀숲을 거닐며 꽃과 열매를 가꾸던 소녀는 몸짓이 나비처럼 어여뻤다. 그리고 저 금발을 땋아 준 건 나였다.

소녀의 이름은, 아미크였다.

아, 이럴 수가. 나는 잊었던 것을 떠올리고 깨달았다. 이건 기억이다. 우주에 저장된 기억. 내가 있는 여기는 바로 낙원의 한때, 아직 사람들이 아본으로 내려가기 전의 비라였다. 그럼 이건 꿈일까? 나는 의식만 남아 과거를 유영하는 걸까? 혼란 속에서 나는 우선 정신을 다잡았다. 치포라가 아무 이유 없이 나를 이끌지는 않았을 테니까.

"그래, 그렇게."

어린 시믈라, 아미크의 노랫소리에 픽쿠드가 고개를 끄덕였다. 픽쿠드는 체파르데아일 때와 비슷한 나이로 보였다. 그 둘은 나란히 앉아 연주하며 노래하고 있었다. 어떻게 된 걸까. 시믈라는 체파르데아가 정말 싫다고 했는데, 원래는 이렇게 친했어?

내가 그 둘의 모습을 관찰하고 있을 때였다.

"안녕, 얘들아."

밝은 목소리와 함께 한 여인이 다가왔다. 나는 그 순백을 첫눈에 알아보았다. 리브나 키브사였다. 그런데 그 공주님의 등장이 별로 우아하지 않다. 그보다는 뭐랄까, 좀 궁색하다. 리브나 키브사는 한쪽 다리를 쩔뚝대며 걸어오고 있었다. 저건 또 어째서죠?

"공주님, 다리는 괜찮으세요?"

픽쿠드의 물음에 키브사는 겸연쩍게 웃었다. 아, 잠깐만! 공주님, 왜 그렇게 웃어? 안 되잖아, 그건 여고생이지 공주님이 아니잖아! 내가 피 토하는 심정으로 소리를 질렀지만 소용없었다. 나는 스크린 밖의 관객일 뿐, 아무리 소리친들 저곳엔 닿지 않았다.

키브사의 쑥스러운 웃음에 아미크는 두 뺨을 감싸며 속삭였다.

"부끄러워요, 공주님."

아미크마저 배신하자 키브사는 식은땀을 흘리기 시작했다. 거기에 픽쿠드는 쐐기를 박았다.

"뛰어내리다가 다리가 부러지다니, 공주님 실격이에요."

내가 하고 싶은 얘기다!

"아니, 얘들아. 잠깐 내 말 좀 들어 봐. 내가 원래 떨어진다고 다치거나 부러지는 존재가 아니에요. 너네랑 같이 있으려고 이런 몸을 하다 보니 그렇게 된 거예요. 응? 알잖아, 얘들아. 알면서 왜 그래?"

키브사가 해명했지만 아이들의 눈초리는 변하지 않았다. 한편 키브사가 곤란한 만큼 나도 곤란해졌다. 어렴풋이 떠오르는 기억에 의하면, 나는 이때 다리가 부러졌다. 아미크의 머리를 땋다가 리본이 날아갔었나? 그걸 줍겠다고 언덕에서 훌쩍 뛰었다가 다리가 똑 부러지고 말았다. 으윽. 그 기억을 떠올리니 뺨이 홧홧해졌다. 아, 공주님의 체면. 아, 공주님의 품위.

하지만 아이들이 수군대는 건 잠깐이었다. 그들은 곧 활짝 웃으며 키브사를 환영했다. 그랬다. 모두 장난이었다. 저들은 공주가 자신과 머물기 위해 완벽함을 잠시 포기했다는 걸 잘 알았다. 본래는 광체로 둘러싸여 바라볼 수도 없는 공주님이, 우주의 끝에서 떨어져도 다칠 일 없는 공주님이 구태여 사람의 모습을 한 건 모두 그들을 위해서였다. 자신을 낮춰 다가오는 공주님, 어린아이의 장난에 기꺼이 어울려 주는 공주님. 아이들은 그런 키브사를 좋아했다. 아이들은 아기 새처럼 키브사를 향해 짹짹대기 시작했다.

"방금 노래를 하나 만들었어요."

"무슨 노래?"

"아미크가 라임과 귤을 헷갈려 하는 노래예요."

"그런 거였어?"

픽쿠드의 말에 아미크가 깜짝 놀랐다. 여태 옆에서 노래를 배웠으면서 정작 그게 무슨 노래인지는 몰랐던 모양이다. 그러자 픽쿠드가 흥얼대며 곡조에 가사를 붙였다.

"라임인 줄 알고 주스를 짰는데 귤이잖아. 파프리카 피망만큼 헷갈리는 라임 귤. 색깔만 다르고 다 똑같은 라임 귤. 아미크가 헷갈리면 그날은 라임 대신 귤 주스."

픽쿠드가 개구지게 노래하자 아미크는 곧장 얼굴이 빨개졌다.

"헷갈린 건 저번 한 번뿐인데……."

"괜찮아, 귤 주스도 맛있었어."

부끄러워하는 아미크를 키브사가 상냥하게 다독였다.

노래하며 웃는 픽쿠드와 수줍음 많은 아미크는 순수하고 밝았다. 나는 그 아이들을 보고 웃다가 곧 미소를 그쳤다. 저들이 후에 어떻게 될지를 떠올리고서. 상상조차 하기 힘든 일이다. 저 아이들이 훗날 수많은 사람을 잡아먹고 태아들을 죽이게 되다니. 대체 무슨 일이 있었던 걸까? 쭉 지켜보면 알 수 있을까?

내가 그들을 지켜보는데 갑자기 나뭇잎과 풀이 흔들리며 큰 바람이 몰아쳤다. 도란대던 키브사와 아이들은 대화를 멈추고 하늘을 올려다봤다. 하늘에서 누군가가 내려오고 있었다. 처음엔 하나인 줄 알았는데 잘 보니 둘이었다. 커다란 날개를 펼친 남자와 그 품에 안긴 소녀. 그 남자를 보는 순간 나는 환하게 웃었다.

그는 이르이트였다. 이제껏 목소리밖에 듣지 못했지만 나는 그를 한눈에 알아봤다. 그는 라이시의 얼굴을 하고 있었다. 하지만 완전히 같지는 않았다. 그보다는 조금 더 어른이랄까? 더 근엄해 보였다.

이르이트는 날개로 바람을 일으키며 키브사의 곁으로 내려왔다. 이르이트가 내려오자 아미크가 가장 먼저 반응했다.

"언니?"

아미크는 놀라서 이르이트가 안고 있는 소녀를 바라보았다. 정신을 잃은 소녀는 붉은 머리카락을 길게 늘어뜨리고 있었다. 아, 그 소녀는 이요브였다.

"언니 왜 이래요?"

아미크가 걱정스럽게 묻자 이르이트는 조용히 답했다.

"무리했다."

"무리요?"

"빠르게 날겠다고 기력을 지나치게 썼어."

이르이트는 그렇게 말하며 바닥에 이요브를 눕힌 후, 개울에 적신 물기 어린 손으로 그의 뺨을 두드렸다.

"이슈라, 괜찮냐?"

이르이트가 깨우자 이요브, 아니 이슈라가 곧 눈을 떴다.

"으…… 대공님?"

깨어난 이슈라는 동그래진 눈으로 이르이트를 바라보았다. 어리고도 순진한 얼굴이었다.

"날다가 기절했다. 기력을 너무 소비했어."

이슈라는 눈을 깜빡이더니 이내 기억을 떠올린 듯 '아' 하고 아쉬운 표정을 지었다. 잘못한 강아지 같은 얼굴이 귀여웠다. 와, 체파르데아와 시믈라도 의외지만 이요브는 정말 상상 이상이다.

이슈라의 기운 빠진 얼굴을 보고 이르이트가 다시 말했다.

"잘했으니까 속상해하지 마라."

"조금만 더 빨랐으면 대공님하고 나란히 날 수 있었는……."

이슈라는 말을 채 끝낼 수 없었다. 이르이트가 그의 이마에 대고 딱콩, 소리가 나도록 손가락을 튕겼기 때문이다.

"아!"

이슈라가 정통으로 맞은 이마를 부여잡으며 억울하다는 눈빛을 보내자 이르이트가 점잖게 타일렀다.

"나랑 나란히 날고 싶으면 얘기를 해라. 너한테 맞춰 줄 테니까."

"하지만……."

"그리고 네게 하늘의 일을 알려 주는 건 네 동생 일을 도우라는 거지 과욕을 부리라는 게 아니야. 빠르게 나는 건 전혀 중요하지 않아."

이르이트의 엄한 말에 이슈라는 우물대더니 결국 기어들어 가는 목소리로 대답했다.

"네……."

이슈라의 얼굴이 아까보다 더 시무룩해졌다. 하지만 오래가진 않았다. 이르이트가 큰 손을 펼쳐 이슈라의 머리를 헝클어트렸고, 이슈라는 비명을 지르다 그만 웃고 말았다. 이르이트를 향해 웃는 이슈라는 그늘 한 점 없이 해맑고 씩씩했다. 그는 홀가분해진 얼굴로 고개를 들더니 곁에 앉은 키브사와 눈을 맞췄다. 둘이 드디어 마주 보았다. 그 옛날 나와 이요브는 과연 어떤 관계였을까? 나는 긴장하고 그들의 대면을 지켜봤다. 먼저 입을 연 건 키브사 쪽이었다.

"오늘은 정말 많이 날았구나."

"공주님, 보셨어요?"

이슈라는 이르이트를 볼 때와 같은 표정으로 되물었다. 그 들뜬 얼굴에는 키브사를 향한 애정과 존경이 가득했다.

"응, 예전보다 훨씬 좋아졌던걸?"

키브사도 상냥한 눈으로 이슈라를 바라보며 웃었다. 그 모습을 확인하고 나는 더 알 수 없게 되었다. 이곳은 흠도 골도 없는 진정한 낙원이다. 기달터 성에서 가장 평화로웠던 나날만큼, 아니 그보다도 더 따스한 곳이다. 그래서 이 빛으로 가득한 곳에 어둠이 도래했다는 사실을 더욱 이해할 수가 없다.

키브사에게 한참 재잘대고서 이슈라는 픽쿠드와 아미크를 돌아봤다. 그 셋은 또 도란도란 이야기를 나누었다. 픽쿠드가 아까 만든 노래를 다시 불렀고 아미크는 얼굴이 또 붉어졌다. 그 모습을 보고 이슈라는 큰 소리로 웃었다. 셋 다 정말 예쁜 아이들이었다.

키브사도 나와 같은 마음인지 아이들을 사랑스럽게 바라보았다. 그 곁으로 넌지시 이르이트가 다가와 나란히 섰다. 묵묵히 팔짱을 끼고 선 이르이트를 보자니, 나는 어쩐지 부끄러워졌다. 우와, 어른 라이시다. 라이시가 조금 더 나이를 먹으면 이런 느낌이겠지? 나는 흥미진진한 기분으로 대공님을 찬찬히 뜯어보았다. 라이시와 같은 듯 다른 그 모습에, 라이시보다 어른스럽고 근엄한 느낌에 괜스레 가슴이 뛰었다. 어려우면서도 뭐랄까, 좀 멋진 것 같아.

이르이트는 깔끔한 정복을 입고 허리에는 두 자루의 장검을 차고 있었다. 어, 그런데 저거 이요브가 들고 다니던 것과 똑같은데? 설마 같은 건가? 나는 이르이트가 저 검으로 무엇을 했었는지 조금 더 생각해 보았다. 어렴풋한 기억 속에서 그가 검으로 벼락을 일으키고 태풍의 눈을 찔러 바람을 잠재우던 것이 떠올랐다. 대기를 조절하던 그는 위대하고도 아름다웠다.

내가 이르이트를 보며 콩닥콩닥 긴장하고 있을 때였다. 이르이트가 곁에 선 키브사를 나직이 불렀다.

"리브나."

차분한 그 목소리에 나는 더 창피해졌다. 정작 이름을 불린 키브사는 태연했다.

"네?"

순진하게 돌아보는 키브사에게 이르이트는 여상히 진지한 목소리로 말했다.

"결혼하자."

어머, 엄마, 어떡해! 저런 목소리로 결혼하자고 하면 어떡해! 나는 호들갑을 떨면서 키브사의 반응을 기다렸다. 키브사는 어떻게 나올까? 부끄러워할까? 우는 거 아니야? 내 예상과 달리 키브사는 얌전히 웃고만 있었다. 그러더니 입을 열어 곱게 답했다.

"싫다니깐."

뭐?

"이 자식, 계속 튕길래?"

잠깐만, 또 뭐?

나는 내 귀를 의심했다. 아니, 물론 지금 나는 몸도 귀도 없지만, 그래서 잘못 들을 리도 없지만, 그래도!

이르이트의 핀잔에 키브사는 다시 또박또박 말했다.

"싫어요, 대공님. 싫다고요, 대공님. 결혼은 하지 않을 거예요, 대공님."

도발이나 다름없는 그 말에 이르이트는 혀를 찼다.

"어차피 할 거 왜 그렇게 미루는데?"

"어차피 할 거 좀 미루면 어때서?"

"애들 교육상 안 좋아."

"공주님을 이 자식이라고 부르면서 애들 교육이라니?"

"결혼하면 부인 취급 제대로 해줄게."

"공주님 취급도 이런데 부인 취급이면 뭐 달라지나?"

"이 자식이 진짜……."

"꺄악! 아빠!"

말대답을 참다못한 이르이트가 키브사의 양 볼을 움켜잡았고, 키브사는 비명을 질렀다. 그리고 그 광경을 지켜보던 나는 싸늘히 식고 말았다. 아, 쟤네 뭐야……. 이 자식이라고 부르는 이르이트에, 말꼬리 잡다 혼나는 키브사. 어른인 줄 알고 설레었는데, 지금 하는 거 보면 그냥 나랑 라이시잖아. 다를 게 하나도 없잖아. 다 큰 어른들이 왜 저러는데? 나는 억울한 기분으로 그들을 바라보았다. 키브사와 이르이트가 실랑이를 벌이자 아이들이 구경하며 한마디씩 던졌다.

"대공님, 공주님을 괴롭히면 어떡해요!"

"아냐, 언니. 저건 애정 표현일 거야."

"대공님은 오늘도 차였네. 노래로 만들자."

왁자함 속에 웃음이 터져 나오는 그곳은 낙원이었다. 어둠도 슬픔도 없는, 오로지 서로를 사랑할 뿐이었던. 그 낙원에서 사람들은 하늘의 왕과 대공, 그리고 공주의 보살핌을 받고 부족함 없이 하루하루를 구가했다. 매일이 새롭고 충만했으며 기쁨으로 가득 차 있었다.

키브사는 이르이트를 사랑했고 이르이트도 키브사를 원했다. 하지만 키브사가 이르이트를 밀어내는 까닭은, 하늘을 짓고 땅을 그리던 지혜로 앞날의 일까지 더듬어 보았기 때문이다. 내가 나중 일을 알 듯, 그들 또한 나중 일을 알고 있었다. 알았다면 막을 수도 있지 않았을까? 그럼 모든 비극은 상자에 갇히고 평화가 지속될 수도 있지 않았을까?

글쎄, 그것까지는 알 수 없는 일이다. 한 가지 분명한 건 그것이 신의 과실치사로 치부될 줄 알면서도 막지 않았다는 것. 어째서일까? 정확한 것은 나도 아직 다 모른다. 다만 추측할 수 있는 것은 인간을 가두고 날개를 비틀어 꺾는 것이 하늘의 선한 뜻이 아니라는 것뿐.

하늘의 주인은 인간을 노예로 삼는 것을 원치 않았다. 그래, 자유를 준 대가로 배신당할지언정 저들의 자유를 몰수하지 않은 것은 그 때문이다. 자유롭게 노래하고 자유롭게 달리며 살아가는 저들이 그토록 사랑스럽기에. 그들의 사랑은 완전함을 지향하는 것이기에.

그래서 키브사는 아픈 마음으로 그날을 미루었다. 곁에서 조금이라도 더 지켜보고자 하는 마음으로 이르이트와의 결혼도 계속해서 피했다. 그런들 오묘한 섭리로 정해진 때까지 미룰 수는 없는 법. 이제 곧 정해진 파국이 들이닥칠 것이다. 이날로부터 머지않은 때에…….

그것을 미리 내다보고 있던 리브나 키브사는 서글픈 마음으로 사랑하는 아이들을 바라보았다. 나는 그와 함께 시선을 맞췄고, 긴 꿈에 녹아들었다.

2

실낙원

　높은 절벽에 걸터앉은 이르이트의 어깨에서 권능이 너울댔다. 경이롭고 눈부신 힘은 장막처럼 드넓고 날개처럼 아름다웠다. 자신의 권능에 동물과 식물이 다치지 않도록 일부러 높고 척박한 곳을 찾았다. 자리 잡은 바위산에서 그는 자신의 권능을 넓게 펴고 수만 갈래 중한 가닥을 끊어 냈다. 그러고는 바늘에 실을 꿰듯, 그것을 작은 머리핀에 담기 시작했다.

　"오늘은 조금 적게 담네요?"

　이르이트를 따라온 키브사가 곁에서 넌지시 말했다. 이르이트는 담담히 고개를 끄덕이며 대답했다.

　"한계를 기억시키려고."

　목소리에 경계가 서려 있었다. 그 의미를 깨닫고 키브사는 조용히 속삭였다.

"때가 가까워지고 있죠."

"그래."

"이따금 생각해요. 저들이 자유를 누리는 대가로 너무 큰 고난을 겪는 건 아닌가."

키브사가 쓸쓸히 말했지만 돌아오는 말은 냉정했다.

"설령 그렇다 해도 저들의 자유에는 손댈 수 없어. 우리가 오롯이 양보한 거니까."

"그래서 저들은 자유를 얻는 대가로 책임도 지게 되었죠."

"자유를 빼앗고 책임질 것도 없게 한다면 생명 없는 인형에 불과하니까."

"그렇죠, 내가 사랑하는 건 생명을 가진 저들이지 인형이 아니죠."

키브사는 아픈 마음으로 동의했다. 그리고 이르이트는 서글퍼진 키브사의 얼굴을 가만히 들여다보았다.

정의로운 대공은 인간에게 주어진 자유와 그로 인해 빚어질 일들 때문에 키브사가 슬퍼하는 게 싫었다. 자유라는 선물을 건네받고 그것을 사용하는 것은 이제 인간의 몫, 그러니 책임도 인간이 짊어져야 공정하다. 비정하게 느껴질 수도 있지만 그것이 그의 정의였다.

대공도 인간을 아끼고 좋아했다. 그렇지 않다면 이슈라에게 날개를 허락하지도 않았을 것이다. 하지만 그건 어디까지나 자신의 정의 안에서 이루어지는 애정, 인간이 선할 때에야 부여되는 조건부의 사랑이다. 그러나 키브사는 대공과 달랐다. 인간이 설령 악해진다고 해도 키브사는 스스로의 마음을 철회할 줄 몰랐다. 심지어 그들이 그 토록 혐오스러운 어둠에 속하게 되더라도.

이르이트는 그런 키브사가 안타까우면서도 절실했다. 정의로운 대공은 그토록 선하고 따스한 공주를 사랑할 수밖에 없었다. 정의에게 사랑만큼이나 흡족하게 들어차는 것은 없었으므로. 이르이트는 키브사의 수심 어린 얼굴을 바라보다 손을 뻗었다. 키브사의 뺨을 어루만지고는 숙여진 턱을 살포시 들어 올렸다. 그 슬픈 눈을 바라볼 때 그는 마음이 더욱 간절해졌다. 아무 잘못 없는 공주가 실의에 빠지는 것은 부당했으나, 스스로 그것을 택한 공주는 아찔할 만큼 아름다웠다.

"리브나."

대공은 더 기다리지 않고 그 이름을 불렀다. 그가 어떤 마음으로 자신을 피하는지 알지만, 그럼에도 이르이트는 키브사를 원했다.

"이제 널 허락해 줘."

그의 구애는 늘 단순하다. 하지만 단 한 번도 진심이 아닌 적이 없었다. 그걸 알기에 키브사도 더는 피할 수 없어서 씁쓸히 웃었다.

"나를 정말 원해요? 나는 당신의 정의를 방해할 텐데?"

키브사가 자신들에게 도래할 여러 갈래의 길을 떠올리며 물었다. 이르이트는 그럼에도 낮게 답했다.

"그래, 너를 원해."

알고 있었다. 훗날 그가 자신과 대적하리라는 걸. 그래도 대공은 그를 향한 마음을 접지 않았다. 도리어 그 순결함을 더욱 간절히 갈망했다.

"너와 하나가 되고 싶어."

대공이 키브사를 가만히 끌어당겼다. 그 품에 들어가게 된 키브사는 난처한 얼굴로 속삭여 물었다.

"이유가 뭐죠?"

"사랑해."

그래, 그것이 모든 이유였다.

키브사는 마음을 이기지 못하고 대공을 꼭 끌어안았다. 이제껏 애써 밀어냈을 뿐 키브사도 누구보다 간절히 정의를 원했다. 정의가 사랑을 필요로 하는 만큼, 사랑 또한 정의가 절실했다. 그랬기에, 하나가 되기 위해 겪어야 할 아픔에도 불구하고 그들은 결국 그 길을 택했다.

집을 나선 아미크는 양 손에 커다란 바구니를 들고 있었다. 그 안에 든 것은 지난주에 담근 레몬청과 아침에 바삐 구운 호두파이, 그리고 어제 딴 산딸기 가득. 바구니가 꽤 버거웠지만 아미크는 아랑곳하지 않고 콧노래를 흥얼대며 숲을 거닐었다. 친구를 만나러 가는 길이었는데, 숲 한쪽에서 바스락대는 소리가 들려왔다. 소리가 나는 쪽으로 고개를 돌린 아미크는 풀숲에 몸을 낮춘 맹수를 발견했다. 거대한 몸집과 금빛 갈기, 사자였다. 아미크는 흠칫 놀라 뒷걸음질 쳤다. 몸을 낮춘 채 어깨를 들썩이는 사자는 곧 달려들 태세였다. 사자와 눈이 마주친 아미크는 뒤도 돌아보지 않고 내달렸다. 아미크가 달리자 사자도 함께 뛰기 시작했다. 헐레벌떡 숲을 지난 아미크는 나무 그늘 아래서 책을 읽는 픽쿠드를 발견했고, 그를 보자마자 절박하게 소리쳤다.

"픽쿠드, 도와줘!"

아미크의 외침에 픽쿠드는 슬쩍 고개를 들더니 심드렁히 대꾸했다.

"좋아서 그러는데 좀 놀아 줘."

이내 사자가 아미크를 덮쳤다. 사자는 넘어진 아미크에게 커다란 얼굴을 들이밀고 비비기 시작했다.

"앗, 그만해!"

아미크가 밀어냈지만 사자는 도리어 앞발로 그를 끌어안고 가르랑거렸다. 픽쿠드의 말대로 그 사자는 이따금씩 자신에게 보리빵을 구워 주는 아미크를 좋아했다. 하지만 두툼한 앞발에 붙잡힌 아미크는 숨이 막힐 지경이었다. 게다가 사자가 노리는 건 따로 있었다. 아미크가 버거워하는 사이 사자는 은근슬쩍 단내 나는 바구니에 고개를 처박고 짭짭대며 파이를 먹기 시작했다.

"픽쿠드! 사자가 네 파이를 먹어 버렸어!"

아미크의 외침에 픽쿠드는 덤덤히 고개를 저었다.

"아니야, 사자가 먹은 건 대공님의 몫이야."

픽쿠드가 뻔뻔스럽게 말했지만 아미크는 화내지 않았다. 그보다는 파이를 먹어치우는 사자를 말리기에 바빴다. 아미크는 사자를 밀고 당기며 한참을 낑낑댔고, 픽쿠드는 그 모습을 쳐다보다가 결국 한숨을 내쉬며 일어났다.

"이 녀석, 아미크를 괴롭히지 마."

픽쿠드가 바구니를 빼앗자 사자는 코를 핥으며 입맛을 다셨다. 픽쿠드는 단호하게 바구니를 감추고 사자를 쫓아냈다. 그러곤 넘어진 아미크를 일으켰다.

"괜찮아?"

픽쿠드가 무릎을 털어 주며 물었지만 아미크는 대답 대신 바구니를 손에 들며 울상을 지었다.

"내 파이가……."

"괜찮아, 침 묻은 건 대공님 드리자."

"안 돼, 대공님은 이제 공주님의 신랑이잖아."

"그럼 공주님께도 침 묻은 걸 드리자."

픽쿠드가 다시 태연히 말했고 아미크는 그게 과연 무슨 의미일까 고민했다. 그때 그들의 등 뒤에서 웃음소리가 터져 나왔다.

"침 묻은 건 사자한테 마저 주면 되지."

키브사였다. 놀라며 반색하는 아이들에게 다가온 키브사는 반쯤 뜯어 먹힌 파이를 들어 숲 저편으로 던졌다. 그러자 아직 근처에서 기웃대던 사자가 파이를 한입에 받아먹고 만족스럽게 돌아섰다.

"자, 이제 됐지?"

키브사가 물었지만 아미크는 여전히 안색이 어두웠다.

"이제 정말 픽쿠드의 몫이 없어졌어요."

"대공님의 몫이라니까."

아이들의 귀여운 실랑이에 키브사는 웃으며 바구니의 뚜껑을 덮었다가 다시 열었다. 그러자 바구니가 갑자기 묵직해졌다. 아미크는 놀라서 바구니 안을 들여다보았다. 거기엔 아미크가 처음 구운 것보다 많은 양의 호두파이가 들어 있었다.

"네 마음이 예쁜 걸 하늘도 아셨어."

키브사가 머리를 쓰다듬자 아미크는 환하게 웃었다. 그리고 바구니에서 큼직한 파이를 꺼내며 속삭였다.

"공주님, 축하해요."

오늘 아미크가 파이를 구운 이유는 이것이다. 드디어 전해진 공주와 대공의 약혼 소식을 축하하려고. 공주는 기꺼이 그것을 받고 장차 영주가 될 두 아이와 나무 그늘 아래 앉았다.

"결국 대공님과 결혼하시네요. 계속 싫다고 하셨잖아요."

픽쿠드가 입안 가득 파이를 우물대며 말하자 키브사는 선선히 끄덕였다.

"응, 사랑한다는 말을 이길 수가 없었어."

키브사가 상냥하게 말했지만 픽쿠드는 별로 석연치 않았다.

"이해를 못 하겠어요."

"왜?"

"대공님은 이미 예전부터 공주님의 짝으로 정해져 있었다면서요. 그런데 굳이 그런 말이 필요해요?"

픽쿠드의 물음에 키브사는 맑게 웃었다. 옆에 있던 아미크도 함께 웃는 바람에 소년의 불만은 더 커졌다. 소년이 토라지기 전에 키브사는 웃음을 지우고 진지하게 말했다.

"말하지 않았으면 청혼도 안 받았을 거야."

"왜요? 공주님도 대공님을 좋아하잖아요."

"그러니까 말해 줬으면 하는 거지."

"모르는 것도 아니면서요?"

"모르는 것만이 가치 있다면 우린 항상 새것을 찾아야 할 거야. 하지만 이미 알더라도 계속 듣고 싶은 말이 있어. 내가 듣기를 원하는 이유는 모르는 걸 알고 싶어서도, 아는 걸 확인하고 싶어서도 아니야. 내가 여전히 기뻐한다는 걸 알려 주고 싶은 거야. 똑같은 말이라도, 이미 밝혀진 마음이라도. 이렇게 말하면 알겠니?"

키브사의 물음에 픽쿠드는 고개를 저었다. 하지만 아미크는 어렴풋이나마 이해한 듯 수줍게 웃었다. 또 한 번 소외감을 느낀 픽쿠드가 볼멘소리로 물었다.

"잘 모르겠어요. 그런 거예요?"

"네, 그런 거예요. 사랑한다는 건요."

키브사는 픽쿠드의 말을 따라 하며 웃었다. 그리고 깊은 눈으로 아이들을 바라보았다.

픽쿠드, 짓궂지만 사실은 다정한 아이. 호기심이 많은 귀여운 소년. 앞으로도 그가 이 낙원의 향기로운 음식만 입에 담았으면 좋겠다고 키브사는 생각했다.

아미크, 수줍음 많지만 늘 세심하게 주변 사람을 돌보는 어여쁜 아이. 만인에게 사랑받아 마땅한 꽃 같은 소녀. 이 아이가 지금까지처럼 상처 없이 웃으면 좋겠다고, 키브사는 또 한 번 생각했다.

"사랑은 기쁨이야. 그리고 나는 너희도 사랑하고 있어."

그렇게 간절히 바라며 키브사는 아이들에게 말했다.

"그러니 너희는 비라 끝에 있는 문은 절대 열어선 안 돼. 그 문을 열면 죽음을 떠안게 될 거야."

키브사는 간곡하게 타일렀다. 죽음이라는 생소한 말에 아이들의 눈이 동그랗게 변했다.

"약속할 수 있겠니? 절대 그 문을 열지 않겠다고."

키브사가 재차 묻자 아이들은 씩씩하게 고개를 끄덕였다. 그 문은 허락되지 않은 문. 그 문을 열어선 안 된다고 이미 예전부터 배워 왔다. 그래서 키브사의 반복되는 경고에 아이들은 순순히 다짐했다. 결코 그 문을 열지 않겠다고.

분명 다짐했었다.

키브사가 두 아이에게 다짐을 받을 때 하늘 가까운 곳에서도 비슷한 일이 벌어지고 있었다.

이슈라는 가파른 절벽에 걸터앉아 땀을 식히고 있었다. 대공이 새로 힘을 채워 준 날개로 한껏 날아 기분이 상쾌했다. 그가 절벽에서 발을 동당거릴 때 옆에는 이르이트도 함께 있었다. 세상을 내려다보던 이슈라가 문득 대공을 불렀다.

"대공님, 대공님."

소녀답지 않은 씩씩한 부름에 대공은 자신의 부관을 돌아봤다. 그러자 이슈라는 사내아이처럼 시원스러운 목소리로 대공에게 물었다.

"하늘을 언제부터 날아 보셨습니까?"

"하늘이 만들어질 때부터."

간결한 대답에 이슈라는 감탄하며 되물었다.

"하늘을 나는 건 어떤 기분입니까?"

그 천진한 물음은 이르이트를 웃게 했다.

"너도 알면서 왜 물어봐?"

"저는 아직 가끔 무섭습니다. 대공님은 그렇진 않을 거 아닙니까?"

"물론 무섭지는 않지."

"그럼 어떤 기분입니까?"

"편해."

"편해요?"

"그래."

이슈라는 또 한 번 감탄하더니 경쾌하게 말했다.

"저도 하늘이 편해질 만큼 잘 날고 싶습니다."

그렇게 말하는 이슈라는 동생 아미크와 달리 쾌활한 소녀였다. 이르이트는 자신을 따르는 이슈라를 많이 아꼈다. 항상 기특하다고 생각했다. 그래서 키브사가 자신의 아이들에게 염원하는 것처럼 그도 이슈라의 날개가 검게 물들지 않기를 바랐다. 하지만 이토록 용맹한 너는, 과연 그럴 수 있을까?

"이슈라."

"네, 대공님."

"너는 강해."

대공의 말이 갑작스러워 이슈라는 눈을 동그랗게 떴다.

"그리고 네가 가진 가능성은 널 지금보다 더 강하게 만들 거다."

대공의 후한 평가에 이슈라는 얼굴이 붉어졌다. 이슈라가 칭찬에 들뜨자 이르이트는 곧장 말을 이었다.

"하지만 네 안에 있는 가능성은 결코 너만의 것이 아니다. 그걸 누가 줬는지 기억하고 왜 줬는지를 고민해라. 네 마음이 교만해져서 길을 잃지 않도록."

그 말에 이슈라는 기쁨을 그치고 불안해하며 되물었다.

"왜 그런 말씀을 하십니까?"

이슈라는 도전을 좋아하고 성취에 기뻐하는 용감한 소녀였다. 그는 혹여 자신이 무언가를 잘못한 걸까 근심하며 대공을 바라보았다. 그 마음, 뭐든 잘하고자 하는 그 마음이 대공은 기특하면서도 염려스러웠다.

"네가 잘못된 길을 갈까 봐 걱정돼서 그런다."

"결코 그럴 일 없을 겁니다!"

이슈라가 단언했다. 그 말을 순전히 믿어 줄 수 있다면 좋으련만. 이르이트는 씁쓸함을 삼키며 이슈라의 머리를 다독였다. 늘 어루만지는 공주와 달리 대공의 손길은 흔치 않기에 이슈라는 다시 얼굴이 달아올랐다.

"이슈라, 절대 낙원 끝의 문을 열지 마라."

대공의 엄한 경고에 이슈라는 순진한 표정으로 되물었다.

"열면 어떻게 됩니까?"

"반드시 죽을 거다."

이슈라는 죽음이라는 것이 생소했다. 그래서 대공의 말이 두렵기보다 그저 의아했지만, 이르이트의 목소리가 워낙 엄격했기 때문에 토를 달지 않았다.

"절대 열지 않겠습니다. 대공님을 실망시키지 않을 거예요."

이슈라는 되묻는 대신 고개를 끄덕이며 약속했다. 그는 이 약속을 지킬 자신이 있었다. 대공을 존경하기에 그를 실망시키고 싶지 않았으니까. 그랬기에, 이슈라가 이 약속을 어겼을 때 다시 일어설 수 없이 절망한 것은 당연하다.

비라는 연신 축제 분위기였다. 대공과 공주가 곧 결혼하리라는 기쁜 소식 때문이었다. 이슈라도 그 소식을 기쁘게 받아들였다. 대공을 좋아하는 만큼 공주도 좋아했으니까. 동시에 조금 부럽다고 느끼기도 했다. 아름답고 위대한 존재들, 그들처럼 될 수 있다면 얼마나 좋을까.

동경과 선망을 품고 상상하던 이슈라는 조금 쑥스러워지고 말았다. 그래서 겸연쩍게 웃으며 날개를 펼쳤다. 더 연습해서, 더 잘 날게 되어서 대공님께 칭찬받으면 좋겠다고 생각하면서. 그때 창공을 날아오르던 소녀는 순수하고 맑으며, 단 한 점의 어둠과도 관련이 없었다. 분명 날아오를 때는 그랬다. 하지만 깊은 숲 속에 홀로 내려섰을 때, 그는 이미 뱀의 올가미 끝에 걸려 있었다.

이슈라가 비행을 마치고 한적한 숲에서 쉴 때였다. 작은 뱀 한 마리가 기어 와 이슈라에게 말을 걸었다.

"안녕, 너는 참 예쁘구나!"

작은 뱀이 말하는 것을 보고 이슈라는 신기해하며 웃었다. 비라에서 동물과 소통하는 것은 흔한 일이지만, 이 뱀처럼 유창하게 말하는 짐승은 처음이었다. 뱀은 환심을 사려는 듯 몸을 배배 꼬며 속삭였다.

"네 소문은 나도 익히 들어 알고 있어. 땅 위에 만들어진 것 중 가장 강하고 훌륭하다지?"

이슈라는 뺨이 뜨거워졌지만 한편으론 그 말을 기꺼이 인정했다.

'대공님도 그러셨잖아. 나한텐 큰 가능성이 있다고.'

그렇게 생각한 이슈라는 뿌듯해졌다. 그런 마음으로 다시 본 뱀은 꽤나 귀여웠다.

"네게 주어진 그 권능도 참 놀랍지. 그건 대공의 힘이잖아. 세상에! 하늘의 대공이 널 후계자로 임명했다는 말이 사실이었구나?"

뱀의 호들갑에 이슈라는 눈을 깜빡였다. 대공님의 후계자? 그런 얘기는 들어 본 적이 없었다. 하지만 이슈라가 대공의 권능을 받아 쓴 건 사실이다.

이슈라가 가장 아끼는 물건인 머리핀, 그것을 처음 받았을 때의 기쁨을 그는 잊지 못한다. 이 머리핀은 본래 공주님의 물건이었다. 그런데 대공님이 그 머리핀에 자신의 힘을 담아서 이슈라에게 주었다. 날개를 펼치고 자신의 뒤를 따라오라고, 하늘의 일을 알려 주겠다고 했다. 뛸 듯이 기뻤던 이슈라는 그 머리핀에 치포라라는 이름까지 붙였다. 그리고 하루도 빠짐없이 하늘을 날았다. 대공과 나란히 날 수 있는 자신이 되기 위해.

그런데 후계자라니? 하긴, 지금 하는 게 거의 후계자 수업이지. 이슈라는 남몰래 고개를 끄덕였다. 뱀의 혀가 너무 달콤했기에 이슈라는 대공이 한 말을 까맣게 잊고 귀를 기울였다. 하지만 그때부터 뱀은 이슈라가 원하는 말을 해주지 않았다.

"참 안타까운 일이야. 이렇게 좋은 배필이 곁에 있는데 아직 때가 되지 않아 선택을 못 하셨으니. 대공께선 공주와 결혼해 봐야 불행해지기만 할 텐데."

들떠 있던 이슈라의 심장이 철렁 내려앉았다. 뱀의 말은 주제넘다 못해 모욕적이었다. 이슈라는 분개하며 뱀에게 손을 뻗었다.

"뭐? 이게 감히!"

이슈라는 살랑거리던 뱀의 목을 붙잡고 화난 목소리로 추궁했다.

"너 보통 동물이 아니지? 정체가 뭐야, 뭔데 감히 그런 소릴 해!"

이슈라가 소리치자 뱀은 겁에 질린 척 엄살을 떨며 속닥였다.

"이크! 이거 좀 놓고 말해, 나는 틀린 말 한 적 없으니까!"

"그런 악담을 해놓고 틀린 말이 아니라고?"

"악담은 무슨. 너도 봤으니 알 거 아니야. 대공님은 천체를 다스리는데 공주는 날 줄도 모른다는 거. 그런데 그 둘이 과연 어울리겠니? 대공님의 짝이 되려면 적어도 그와 나란히 날 줄 알아야지!"

이슈라는 찬물을 맞은 사람처럼 헛숨을 뱉었다. 뱀의 말이 맞다. 대공님의 배필이라면, 적어도 함께 날 줄은 알아야 한다. 하지만 공주님은 날기는커녕 조금만 높은 곳에서 뛰어도 다리가 부러질 만큼 연약하다. 그건 대공님하고 어울리지 않는다. 생각이 자신도 모르는 사이 제멋대로 뻗어 나갔다. 이슈라는 당황하며 황급히 외쳤다.

"그런 게 아니어도 대공님은 공주님을 사랑하셔."

하지만 돌아오는 뱀의 대답은 여전히 녹록지 않았다.

"바보 같은 녀석, 선택할 수 있는 게 공주 하나뿐이라 어쩔 수 없이 택한 거야. 만약 공주와 동등한 위치의 다른 여인이 있다면 다른 선택을 했을지도 모르지."

"바보는 너야. 비라에 주인은 셋뿐이고 공주님과 동등한 여인은 어디에도 없어!"

그래, 그렇다. 공주님과 자신에겐 하늘과 땅 차이라 해도 좋을 만큼 큰 간극이 있다. 그 틈을 메우는 건 결코 불가능하다. 이슈라의 단호한 말에 뱀은 혀를 찼다.

"그래, 그렇게 생각한다면 좋아. 알겠으니 이거나 좀 놔줘. 말이 안 통해서 안 되겠어. 멍청한 녀석, 대공님이 정말 뭘 원하시는지도 모르고."

"뭐? 그게 무슨 소리야?"

"이미 늦었네, 넌 네 발로 기회를 걷어찬 거야. 그 둘의 결혼식을 보고 울지나 말라고!"

뱀은 콧방귀를 뀌며 이슈라의 손을 뿌리쳤다. 그러고는 붙잡혔던 목이 아픈지 조금 비틀대면서 숲으로 유유히 사라졌다.

이슈라는 멍하니 그 뒷모습을 바라보았다. 무언가, 손대선 안 될 것에 손을 댄 기분이었다. 스멀스멀 기어오르는 불안을 쉽사리 뿌리칠 수 없었다.

그 밤, 이슈라는 잠을 이룰 수 없었다. 뱀이 하려던 말이 뭐였을까? 대공님이 정말 뭘 원하시는지 모른다고? 기회를 내 발로 걷어찼다고? 이슈라는 뱀이 감춘 말이 몹시 궁금했다. 그래서 밤새 뒤척이면서 뱀의 말을 곱씹고 또 곱씹었다. 그중에서 가장 강렬하게 남은 것은 뱀이 스치듯이 한 말이었다.

'이렇게 좋은 배필이 곁에 있는데 아직 때가 되지 않아 선택을 못 하셨으니.'

좋은 배필이라니, 그건 자신을 지칭한 말이 분명했다. 그 뱀은 정체가 뭐지? 뱀 주제에 말을 하다니. 그런 건 본 적도 들은 적도 없어. 이슈라는 뱀의 정체가 궁금했고 또 그가 한 말의 진의를 알고 싶었다. 그 뱀이 사악한 존재여서 거짓말을 했을 거라는 생각은 추호도 하지 못했다. 뱀의 속삭임이 너무 달콤했기 때문이다.

결국 이슈라는 뱀이 던진 수수께끼에 잠을 설치고 이른 새벽에 몸을 일으켰다. 그리고 채비도 않고 곧장 날았다. 큰 이유는 아니었다. 그저 눈으로 한번 보고 싶었다. 과연 공주님이 대공님께 어울리는 존재인지를 확인하고 싶었다. 그래서 이슈라는 남몰래 공주의 거처로 찾아갔다. 마침 그 이른 새벽에 공주는 정원을 거닐고 있었다. 혼자가 아니었다. 곁에는 이르이트 대공이 함께 있었다.

그들은 세상에 둘도 없는 연인의 모습으로 서로를 원하며 함께 있었다. 대공이 공주에게 손을 뻗었고 공주는 그 손길에 이끌려 대공의 품에 안겼다. 이윽고 그들의 입술이 포개졌다. 이슈라는 그 모습을 멍하니 바라만 보았다.

아름다웠다. 아름다워서, 무척이나 아름다워서 이슈라의 가슴은 벅차오르다가 종국에는 펑 터져 아프게 식어 버렸다. 정말 끔찍하게도…… 아름다웠다. 그래서 그만 탐이 나고 말았다.

자신의 마음을 깨달은 순간 이슈라는 황급히 자리를 피했다. 혹여 그 마음을 누군가에게 들킬까 봐, 이슈라는 그대로 도망치듯 날며 숨을 곳을 찾았다. 그때, 어디선가 들려오는 속삭임이 그를 이끌었다. 이슈라는 생각할 겨를도 없이 소리를 따라갔다. 그리고 정신을 차렸을 땐, 이미 대공이 열지 말라던 그 문 앞이었다.

이슈라는 황급히 돌아섰지만 문틈에서 들려오는 목소리가 그의 발목을 낚아챘다. 그 목소리는 이슈라를 집요하게 물고 늘어졌고, 이슈라는 결국 귀를 기울이고 말았다.

그로써, 낙원의 상실은 시작되었다.

3
추락

뭐가 그렇게 두려웠던 걸까? 대공과 공주를 엿본 걸 들킬까 봐? 아니면 그들을 향해 맺힌 갈망을 들킬까 봐? 이슈라는 자신의 마음을 스스로도 모른 채 도망쳤다. 어디든 대공의 하늘 아래라는 걸 알지만 어디로든 도망치고 싶었다. 무작정 날다 정신을 차렸을 때, 이슈라는 어느새 대공이 열지 말라 명했던 문 앞에 서 있었다. 그걸 깨닫고 그는 가슴이 철렁 내려앉았다.

'여기는 안 돼.'

이슈라는 황급히 발길을 돌렸다. 그런데 그때, 문틈에서 자그마한 목소리가 흘러나와 그의 발목을 잡았다.

"겁내지 마, 이슈라."

목소리를 듣고 이슈라는 흠칫 놀랐다. 문밖에서 들려온 목소리는 상냥하고 귀여웠다. 어제 만났던 뱀이 분명했다.

"너, 뱀이야?"

"그래, 나야. 역시 너는 여기까지 왔구나."

뱀이 태연한 목소리로 말했지만 이슈라는 어쩐지 오싹 겁이 났다. 그러자 뱀이 웃었다.

"겁먹지 마. 어제 내 목을 비틀던 용기는 어디 간 거야?"

뱀의 비웃음에 이슈라는 입술을 깨물었다. 이슈라가 오기로 버티자 뱀은 속으로 더 웃었다. 이 인간 여자를 다루는 게 참 쉬워서.

"너는 정말 대단한 녀석이야. 여기까지 도달한 건 네가 처음이거든."

"여긴…… 우리에게 허락된 곳이 아니니까."

"그래? 나는 이 땅이 전부 너희의 선물이라고 들었는데, 아니었니?"

"비라는 우리의 선물이 맞아. 하지만 이 문은 절대 열지 말라고 하셨어. 죽을 수도 있다고……."

"아하하, 무슨 바보 같은 소리람? 이 문을 열어도 너는 절대 죽지 않아."

뱀의 단언에 이슈라는 이마를 찡그렸다. 뱀은 아랑곳 않고 유창하게 말을 이었다.

"이 문은 지혜를 주는 문, 죽기는커녕 비라의 세 주인과 같은 힘을 얻게 될 거야."

이슈라는 눈을 커다랗게 떴다. 세 주인과 같아진다니, 믿지 못할 만큼 굉장한 말이었다. 이슈라가 솔깃한 걸 깨닫고 뱀은 웃으며 속삭였다.

"그래서 너희에게 이 문을 열지 말라고 한 거지. 그런데 말이야, 좀 이상하지 않아? 정말 열지 말아야 할 문이라면 너희 발길이 닿지 않는 곳에 숨겨 뒀어야지. 이 문을 굳이 여기 둔 이유는 뭘까?"

"몰라, 그런 건……."

"바보 같긴. 이 문은 사실 이미 너희에게 허락된 거야. 때가 되면 얼마든 열고 나갈 수 있도록 말이야."

뱀의 간교한 말에 이슈라는 속수무책으로 귀를 열었다. 돌아서려던 발도 뿌리가 내린 듯 그 자리에 박혀 버렸다.

"용기만 있다면 언제든 문을 열 수 있어. 그리고 왕은 너희가 용기 내서 지혜를 쟁취할 날을 기다리지. 네가 처음 날개를 펼쳤던 때를 생각해 봐. 용기 있는 자만이 더 높이 날 수 있는 법, 아니었나?"

처음으로 하늘을 날던 날, 그날은 이슈라의 생애에서 가장 특별한 날이었다. 이슈라는 절벽 앞에서 망설임 끝에 이를 악물고 뛰어내렸다. 거기서 날개를 넓게 펼쳤고, 대공의 도움을 받아 간신히 창공으로 비상했다. 비행을 성공한 첫 순간, 그 가슴 벅찬 때가 선명하게 떠올랐다. 큰 용기를 냈고, 그로써 지금의 자신이 되었다. 대공님과 함께 날 수 있는.

이슈라의 생각을 읽었는지 뱀이 말을 이었다.

"또 용기를 낸다면 이제는 대공님과 나란히 날 수 있을 거야. 어쩌면, 그 이상도."

"하지만 대공님이……."

"바로 그 대공님을 위해서라도 넌 한결 나아질 필요가 있는 거야. 아직도 모르겠어?"

이슈라는 뱀의 말이 어지러웠다.

'대공님을 위해서, 대공님을 위해서? 선택의 여지도 없이 공주님과 혼인해야 하는 대공님. 그런 대공님께 내가, 세 주인과 같아진 내가 간다면…….'

"뭐, 네가 대공의 후계자로 만족한다면 좋을 대로 해. 꼭 높이 날 필요는 없지, 사실."

흔들림을 눈치챈 뱀이 슬쩍 돌아서는 척을 하자 이슈라는 금세 당황했다. 뱀이 쥐락펴락하는 틈바구니에서 도무지 정신을 차릴 수가 없었다. 지금까지는 대공의 후계자에 만족했다. 만족을 넘어 자부심까지 느꼈다. 그런데 보다 높은 경지가 있다는 걸 깨닫고 나니 어쩐지 그게 비루하게 느껴졌다. 후계자를 넘어 대공과 나란히 날 수 있다면, 그러면 어떻게 될까? 이슈라는 자신도 모르는 사이 대공과 공주가 입 맞추던 것을 떠올렸다. 감히 범접할 수 없는 대공님과 아름다운 공주님. 혹 그 사이에 발을 들여놓을 수 있을까?

이슈라가 망설일 때 뱀은 문 너머에서 입을 길게 찢고 웃었다. 그 사실을 알 리 없는 이슈라는 문틈에 대고 자그맣게 물었다.

"하지만 대공님은 이 문을 열지 말라고 하셨어."

"그건 널 시험하는 거야. 네가 이 문을 열 용기가 있는지 두고 보는 거지. 네가 처음 하늘을 날았을 때를 기억해 봐. 대공은 너의 성취를 정말 기뻐했어."

사실이다. 대공은 이슈라가 나는 걸 보고 제법이라며 좋아해 주었다. 이번에도 같을까? 이 문을 열어도 좋아해 주실까? 고민하는 이슈라의 귀에 대고 뱀이 은밀하게 속삭였다.

"이 문은 아무나 넘을 수 없는 은밀한 문, 하지만 넌 특별하지. 너는 인간의 뿌리, 아름답고 강한 인류의 시조. 대공의 총애를 받는 자로서 진화할 자격이 충분해. 자, 그러니 문을 열어 이리로 와. 네가 신이 된다면, 대공은 네가 처음 났을 때만큼이나 널 자랑스러워할 거야. 어쩌면 공주를 사랑하듯 너를 사랑하게 될지도 모르지."

공주를 사랑하듯 자신을 사랑하게 될 거라니. 그 마지막 말은 한없이 달콤했다. 갈팡질팡하던 마음이 어느새 간절해졌다.

'이 문을 열면 나는 위대해질 수 있을까? 대공님처럼, 그리고 공주님처럼?'

대공과 공주의 모습이 다시 어른거리며 떠올랐다. 그들을 향한 동경은 어느덧 갈망이 되어 있었다. 동경은 괜찮았다. 하지만 갈망이 시작되어 그 사이로 비집고자 하는 욕심이 생겼을 때, 그것은 수렁으로 향하는 걸음이 되었다.

'그래, 이건 대공님을 기쁘게 해드리는 일이야.'

뱀의 말에 묶인 이슈라는 얼토당토않은 생각을 하며 자신의 엇나간 갈망을 숨겼다. 그리고 곧 문으로 손을 뻗었다. 정녕 거대한 문이었다. 과연 새로운 지평을 열어 줄 것 같았다. 이슈라가 문을 밀 때 뱀은 마른침을 삼키며 똬리를 틀었다. 조금만 더, 조금만 더, 속으로 간절히 속삭이면서.

운명이 찢기며 비로소 문은 여자의 손에 범해졌다.

"문을 열었구나."

벌어진 문의 틈 사이로 뱀이 말했다. 그 목소리는 스산하고도 사악했다. 이슈라가 낯선 목소리에 놀랄 때 뱀과 어둠이 문을 박차며 폭발하듯 쏟아져 들어왔다.

"문을 열었구나!"

그렇게 소리치며 뱀은 큰 소리로 웃었다. 어둠에 휘감긴 이슈라는 겁에 질려 도망치려 했다. 하지만 뱀의 꼬리가 그 몸을 휘감아 속박했다.

"경의를 표한다! 너는 이제 정녕 신이 될 것이다. 우리를 따라 왕이 만들어 놓은 것을 뒤트는 악신이 되겠지!"

뱀의 외침 사이로 수많은 환상이 쏟아졌다. 혹한, 죄악, 폭력, 전쟁, 사망의 모습이 눈앞으로 몰아쳤다. 그것은 장차 벌어질 모든 비극이었다.

"안 돼, 안 돼!"

이슈라가 덜덜 떨며 소리쳤다. 하지만 그 외침은 뱀을 더 즐겁게 할 뿐이었다.

"너는 나다. 왕의 옥좌를 넘보아 추락한 나와 같다. 나와 같은 길을 걷는 자야, 이로써 네게 속한 모든 민족은 내 수중으로 쫓겨났다. 보아라, 저 많은 인간을."

이슈라는 가련하게 떨면서 젖은 눈을 들었다. 수많은 사람이 혹한에서 헤매는 모습이 보였다. 이슈라는 그들이 누구인지 알 수 없었다. 쭉 몰랐다면 차라리 나았을 텐데. 하지만 뱀은 신랄하게 지껄여 이슈라를 더욱 절망하게 만들었다.

"저들은 본디 너를 통해 낙원에서 태어났어야 할 너의 후손들. 하지만 태어나기도 전에 뒤틀리고 망가진 채 시간을 건너 거대한 민족을 이루었다. 바로 너의 과오로 인해서. 너는 서로 잡아먹는 이들의 어미, 그러니 이제 저들과 함께 나를 섬겨야 할 것이다."

뱀의 말을 다 이해하지 못했지만, 그럼에도 눈물은 차올랐다. 인간의 손에 인간이 찢겨 죽었고 인간의 발에 인간이 짓밟혔으며, 인간의 입에 인간이 씹어 삼켜졌다. 이제까지 본 적 없는 참혹한 광경이었다.

피가 범람하고 살점이 흘러내리는 것을 보며 이슈라는 결국 거친 비명을 쏟아 냈고, 뱀은 웃음으로 화답했다. 높고 낮은 수많은 웃음소리가 쩌렁쩌렁 울리며 이슈라에게 퍼부어졌고, 이슈라는 폐부의 모든 것을 토해 낸 끝에 어둠으로 쓰러졌다.

나쁜 마음은 없었어요, 이렇게 될 줄은 몰랐어요, 이러려던 게 아니었어요. 이제 와 그렇게 말해 본들 이미 돌이킬 수 없는 일이었다.

이슈라가 다시 정신을 차렸을 때 세상은 변한 것 없이 달라져 있었다. 비라는 여전히 아름다웠지만 이슈라는 이제 그 낙원을 누릴 수 없었다. 빛 가운데 선 자신이 너무 부끄러웠기 때문이다. 이슈라는 모든 것이 꿈이길 바라며 문을 바라봤다. 하지만 잔인하게도 그 문은 이슈라를 향해 두 팔을 크게 벌리고 있었다.

그 문을 망연자실 바라보는데, 등 뒤에서 자박대는 발소리가 들렸다. 이슈라는 흠칫 놀라 몸을 사렸다. 대공이 굳은 얼굴로 이슈라를 보고 있었다. 대공을 보자마자 이슈라는 황급히 몸을 피했다. 그러자 대공이 나직이 물었다.

"왜 피하는 거냐."

그 목소리에 도망치려던 발길이 얼어붙었다. 동시에 눈에서 눈물이 왈칵 쏟아졌다.

"대공님, 저는……."

"누가 네게 수치를 준 것이냐, 내가 열지 말라고 한 저 문을 네가 연 것이냐?"

"뱀이…… 저 문을 열면…… 대공님을 기쁘게 할 수 있을 거라고……."

이슈라가 떨면서 말했다. 가당치도 않은 변명이었다. 이슈라의 소원이 정말 대공을 기쁘게 하는 것이었을까? 아니다. 자신에게 좋은 일을 대공이 기뻐하길 바랐을 뿐이다. 거기에 어떤 의미를 덧씌운다 해도 무의미하다는 걸 어째서 몰랐을까. 정말 대공을 기쁘게 하려면 문을 열지 말았어야 했다. 사랑하는 이의 말을 어기고 선물을 준비하는 것은 그 자체로 기만이다.

변명 앞에서 이르이트는 아무런 말도 하지 않고 이슈라를 바라봤다. 대공을 마주 보며 이슈라는 눈물을 뚝뚝 흘렸고, 이윽고 신음하며 애원했다.

"대공님, 저를 버리지 마세요……."

이슈라의 흐느낌에 대공은 눈을 질끈 감았다. 그토록 아꼈건만, 그래서 경고했건만. 그런데 돌아온 건 배신이었다. 모든 것을 줬는데 무엇이 부족해서 기어이 저 문을 열었을까. 모든 것을 허락하고 저 문만을 열지 말라고 했는데. 대공은 분노를 참으며 낮게 말했다.

"너는 이미 이곳에 없다. 너와 너로 비롯될 무리는 이미 저 문밖에 있는 이틀라의 노예가 되었다. 문을 열었으니 너는 이제 정해진 대로 죽음을 겪게 될 것이다."

대공의 단호한 선포에 이슈라는 가슴이 내려앉았다. 하지만 대공은 냉정하게 자신의 부관을 잘라 냈다.

"떠나라."

"대공님……."

"옛 재상의 오물을 뒤집어쓴 채 이곳에서 생명을 누릴 수는 없다."

"저는 그럼 이제……."

"혹한에서 왕의 판결을 기다려라. 그가 네게 심판을 내릴지 자비를 내릴지를 겸허히 기다려라."

대공의 말에 이슈라는 다시 한 번 상처받았다. 그 어린 부관은 자신의 과오를 여전히 깨닫지 못하고 있었다.

그는 인류를 진창에 처박았다. 저 문은 왕의 명령으로 봉해진 문, 그것을 성급히 열어 낙원의 무결함을 깨트렸다. 그 때문에 문밖에서 뱀이 꾸미던 저주가 몰아쳤고, 그것은 이슈라뿐만 아니라 그에게 속한 민족에게까지 도래했다. 저주받은 자는 비라에 있을 수 없다. 비라는 생명이 끊어지지 않는 곳, 영원을 누리는 곳. 그러니 저주받은 채 비라에 머문다면 그것은 영원한 저주가 되고 말 것이다.

그래서 이르이트는 냉혹하게 이슈라를 내몰았다. 이슈라는 그제야 자신이 저지른 죄의 무게를 깨달았다. 잠잠한 눈빛 속에 자상함을 담고 있던 대공이 이제는 모르는 사람을 보듯 자신을 보고 있었다. 그 시선에 숨이 막혔지만 야속해할 수도 없었다. 자신이 먼저 그에게서 돌아섰으므로.

이슈라의 두 눈에 다시금 눈물이 차올랐다. 이슈라는 입술을 깨물고 숨죽여 울었고, 이르이트 또한 저미는 심정으로 자신의 부관을 바라보았다. 그러나 손을 내밀 수는 없었다. 그래서 그는 자신의 검한 자루를 대신 내밀었다.

"혹한에서도 네가 잊지 말 것은, 나와 함께 하늘을 날았다는 사실이다. 내가 너를 날게 했다는 것을 기억해라."

그렇게 말할 때 이르이트는 보았다. 이슈라의 손이 동족의 피로 적셔지는 미래가. 이르이트는 입술을 사리물었다. 그는 이 아이가 그곳에서 싸늘하게 식고 날카롭게 벼려지는 것을 결코 원치 않았다. 하지만 원치 않아도 감당해야 하는 까닭은, 이들에게 자유를 허락했기 때문이다. 생명을 주었기 때문이다. 그래서 이르이트는 시간을 되돌리지도, 그들의 기억과 과오를 지우지도 않았다. 상한 것을 꺾어 없애지 않은 것은 그것을 포함한 모든 것이 꽃이기에……

간신히 마음을 추스른 이슈라가 비틀대며 몸을 일으켰다. 대공은 보이지 않았다. 아마 앞으로 다시는 볼 수 없을 것이다. 이슈라는 그렇게 생각하며 치포라를 떨어뜨렸다. 대신 대공이 두고 간 칼을 손에 쥐었다. 이슈라가 마지막 눈물을 짜내고서 문으로 향할 때였다.

"언니, 가지 마."

등 뒤에서 누군가가 달려들어 이슈라를 끌어안았다. 돌아보지 않아도 알 수 있었다. 부드러운 체온과 그치지 않는 꽃향기. 그 무엇보다도 사랑스러운 동생 아미크였다. 이슈라는 울먹이며 달려온 아미크를 바라보다가 무겁게 고개를 가로저었다.

"난 이제 여기 못 있어."

"그럼 나도 같이 가."

"말도 안 돼, 돌아가!"

이슈라가 놀라서 소리쳤지만 아미크는 단호했다. 그 어여쁜 눈을 마주하는 순간 이미 엉망인 이슈라의 마음이 또다시 무너져 눈물이 넘쳤다. 아미크는 그 눈물을 조용히 닦아 주었다.

"울지 마, 내가 같이 가줄게. 그러니까 울지 마."

그렇게 안겨 오는 아미크는 따스했다. 그 작은 온기에라도 기대고 싶었기에, 이슈라는 동생을 더 밀어내지 못했다. 자매는 결국 손을 맞잡고 낙원 밖으로 내려왔다. 그곳에서 단둘이 얼어 죽을 생각이었다. 그런데 혹한에서 돌아보니 수많은 사람이 그들의 뒤를 따르고 있었다. 지금껏 본 적 없는 이들이었다. 그들은 갑자기 세상에 떨어진 사람들처럼 혼란스러워하고 있었다. 그중 한 사람이 이슈라를 보더니 절망적인 얼굴로 물었다.

"우리는 왜 이 혹한으로 내쫓겨진 겁니까? 우리는 본래 낙원에서 태어나야 할 존재들이 아닙니까?"

그 가련한 얼굴을 마주하고서야 이슈라는 깨달았다. 대공과 뱀이 한 말의 참뜻을. 저들은 모두 이슈라의 후손이었다. 이슈라에게서 비롯될, 본래는 비라에서 태어나 낙원을 누렸어야 할 이들. 아, 설마 그게 이런 의미였을 줄이야. 이슈라는 뿌리였다. 뿌리는 줄기를 나무로 단단하게 키워 내고 열매를 맺는 생명의 시초. 이슈라를 향한 대공의 기대도 바로 그런 것이었다. 건강한 뿌리로 번성하는 것.

하지만 그는 본분을 잊고 흙에 내린 뿌리를 스스로 거두었다. 그리하여 그 뿌리는 나락의 허망한 곳에 얽혔고, 그에게 맺혀야 할 열매들도 모조리 끌려 나와 죽음과 뒤섞이게 되었다. 시간마저 엉키게 만들어 저들을 모조리 이 혹한에 끌어들이고 말았다.

인간의 과오는 결코 개인의 것으로 끝나지 않는다. 인간은 영향력을 끼치는 존재였고, 뿌리인 이슈라의 영향력은 상상도 못 할 만큼 컸다. 이슈라는 자신의 과오가 얼마나 참혹한 것인지를 깨달았다. 또한 이 혹한에서 홀로 죽는다고 끝나는 일이 아니라는 것도 알게 되었다. 이슈라는 이를 악물었다. 이 모든 것의 시초이자 원흉으로서 저들을 짊어져야 했다. 그때부터 그의 분투가 시작되었다.

"너희가 혹한에 떨어진 것은 나의 과오다. 그러니 내가 책임지겠다. 나를 따라와라, 너희를 지켜 주겠다."

이르이트의 검을 앞세우며 외칠 때 이슈라는 이미 소녀가 아니었다. 그는 여왕이었다. 그토록 높아지고 싶었건만, 정작 여왕이 되었을 때 그는 조금도 기쁘지 않았다. 기쁨은커녕 가련함조차 사치인 것을 깨닫고 여제는 차갑게 얼어붙어 인간들을 끌어모았다. 어미로서 어떻게든 그들을 살리고자 했다. 저들은 자신에게 속한 존재, 아미크만큼이나 가까운 피붙이니까.

하지만 그런 이슈라에게 들이닥친 것은 징계의 7년이라는 뱀의 선포였다. 그 와중에 통치받기보다 스스로 왕이 되길 바라는 자들이 각지에서 세력을 일으켰다. 그들은 보란 듯 반역했다. 이슈라는 그로써 자신이 비라의 세 주인에게 했던 일을 고스란히 돌려받았다. 이슈라는 그들을 악독하게 탄압했다. 참혹한 일이었다. 하루가 멀다 하고 전쟁이 일어났고, 동족의 피로 손이 젖어 들었다.

처음으로 반역자를 죽였을 때, 대공의 검으로 사람의 몸을 꿰뚫었을 때 이슈라는 뜨거움을 느꼈다. 자신의 몸으로 쏟아지는 피가 뜨거워서 몸이 녹는 줄 알았다. 세상의 첫 시체는 이슈라를 통해 만들어졌다. 그 시체는 이슈라에게 결코 타인이 아니었다. 그는 이슈라의 살점이었다. 이 세계에 떨어진 모든 이가 그러한 것처럼.

이슈라는 고통을 느꼈지만 그럼에도 눈물은 흘리지 않았다. 자신에겐 그럴 자격조차 없다고 생각했기 때문이다. 이자가 왜 죽어야 했을까. 아, 나 때문이다. 내가 문을 열어 이들을 끌어내렸기 때문이다. 내가 저들을 뱀의 입 앞에 던져 버렸다. 깊은 자책 속에서 이슈라는 고통을 삼켰다. 마음과 영혼이 갈가리 찢겨 가루가 되더라도 아픈 기색을 흘리지 않았다. 대신 혹한 속에서 균형을 잡기 위해 외로이 싸웠다. 정의와 질서라는 이름으로 행했지만 그럴수록 이슈라의 악명은 높아졌고 주변의 핏빛은 짙어졌다. 아이러니한 일이었다.

머리부터 발끝까지 피를 뒤집어쓴 날이면 이슈라는 멍하니 자신의 검을 바라보았다. 대공은 말했다. 자신과 함께 비행했다는 사실을 잊지 말라고. 하지만 이제 와선 하늘의 푸른색조차 기억나지 않았다. 날이 갈수록 자신이 무엇을 위해 싸우는지도 잊어버렸다. 인간들을 구하려고 한 것이었나, 아니면 화풀이를 하려던 것이었나. 어느새 인간이 버러지처럼 느껴졌다. 아무리 노력해도 구제가 되지 않는 오물 덩어리. 그럼에도 그것들을 돌보는 까닭은 해묵은 가책 때문이다.

그렇게 지쳐 있을 때 아미크가 사라졌다. 망할 계집, 아무 데도 가지 말라고 했건만. 싸늘히 식어 버린 마음은 동생의 실종에도 움직이지 않았다. 몇 년간 제 자식 같은 인간도 죽여 왔는데 동생이라고 특별할 것은 없었다. 다만 마지막 남은 끈마저 툭 끊어지는 기분에 홀가분하고도 허전할 뿐.

혹한은 그렇게나 지독했다. 대공은 왕의 판결을 기다리며 그의 자비와 사랑에 기대라고 했는데, 기다리는 사이 얼어 죽을 것만 같았다. 정신을 차렸을 때는 이미 꽁꽁 얼어 있었다. 동족을 살리기 위해 몸부림쳤는데 너무 많은 사람을 죽여 버렸다. 친구인 픽쿠드와는 적이 되었고 동생은 내버리게 되었다. 그럼에도 괴로워할 자격은 없다는 생각에 결국 한없이 무뎌져 무쇠처럼 식고 말았다. 그러면서 대공이 전한 말도 변색되었다. 이슈라는 이따금씩 이렇게 되뇌었다.

"당신은 우리를 잊었나? 왜 방치하고서 찾으러 오지 않는 거지?"

"당신들에게도 책임은 있어. 내가 그 문을 열 때 지켜만 보고 있었으니까."

"당신들이 덫을 놨어. 날 이렇게 추락시킨 건 당신들이야."

이슈라는 그렇게 말하다 그만 웃어 버렸다. 비열하다. 비라의 세 주인은 비열하다. 그들은 인간의 동경과 선망을 핥아먹고 잘난 척하기 좋아하는 거만한 존재들이다. 그렇지 않다면 우리를 이렇게 비루하게 만들 리 없다. 그들은 자신의 위대함을 자랑하고 싶었을 뿐이다. 우리의 질투와 시샘으로 배를 채우고 싶었을 뿐이다.

세 주인을 멸시하며 이슈라는 웃었다. 그것이 그의 마지막 웃음이었고, 그 웃음을 밟고 넘어 이슈라는 이요브가 되었다. 그때 그의 마음에 이슈라의 덧없는 메아리가 울렸다. '나쁜 마음은 없었어요, 이렇게 될 줄은 몰랐어요, 이러려던 게 아니었어요.' 하지만 이제는 그마저도 내 알 바 아니다. 네 의도가 어떠했든 네 본질이 어떠했든, 네가 벌인 일은 사라지지 않으니까.

더 높이 날다 떨어진 새는 더 깊게 추락한다. 처음 문을 열었던 자 또한 그러했다. 높이 날았기에 영영 추락한다.

4
수복하는 자

비라의 대기가 변한 것을 감지하고 이르이트는 고개를 들었다. 그는 은밀히 흐르는 이 냄새를 기억하고 있었다. 그것은 아주 먼 옛날, 그가 하늘에서 쫓아낸 옛 재상의 냄새였다. 옛 재상이 이슈라와 접촉했다. 그걸 깨닫고 이르이트는 몸을 일으켰다. 그가 막 날아오르려 할 때, 한 여인이 나오더니 공손히 머리를 조아렸다.

"위대한 대공이시여, 하잘것없는 계집의 절을 받으십시오."

이르이트는 서늘한 눈으로 여자를 내려다보았다. 그는 옛 재상이 타락하여 낳은 딸, 죄였다.

"네가 어디서 왔느냐."

이르이트의 물음에 여자는 공손히 대답했다.

"흑암에 숨어서 상처를 회복하던 중, 주인께서 완성하신 새 세상의 소문을 듣고 왔습니다. 저와 제 아버지를 내치시고 어떤 세상을 만드셨는지 궁금해서 말이지요. 역시 온 천지가 아름다워 경탄하던 중이었습니다."

죄는 그렇게 아첨하는 목소리로 꿍꿍이를 숨긴 채 입을 놀렸다.

"무엇보다도 인간이 놀라웠습니다. 이토록 사랑스러운 존재를 만드시다니, 과연 솜씨가 대단하십니다."

하지만 이르이트는 그 의중을 알고서 냉랭하게 추궁했다.

"왕은 패도한 너희에게도 은혜를 베풀어 머물 곳을 마련해 주었다. 그런데 감히 또 무엇을 넘보는 것이냐."

"큰 욕심은 없습니다. 위대한 엘께서는 빛의 왕, 그리고 제 아비는 어둠의 왕이지요. 설령 어둠이 빛을 이길 수 없다고는 하나 왕이기는 같은 왕, 그리고 왕에게는 의당히 백성이 필요하지 않겠습니까?"

여자가 왕의 자비를 방패 삼아 방자함을 자랑했다. 이르이트는 분노를 참기 위해 눈을 가늘게 뜨고 말했다.

"나가라. 저들은 왕이 기뻐하는 존재다. 너희의 어둠과는 어울리지 않는다."

하지만 오랜 시간 꾀를 내어 작정한 여자는 쉽게 물러서지 않았다.

"서운한 말씀 마시어요. 우리도 왕께 총애를 받던 시절이 있었습니다. 그럼에도 먼저 타락한 우리는 잘 알지요. 왕의 손아귀에서 빠져나갈 틈 하나의 존재를."

여자는 겸손한 척 교만하게 두 손을 들어 하늘을 받쳤다. 그러고는 벽찬 목소리로 소리쳤다.

"움직이는 그림을 그리는 왕께선 자신의 그림에 생명을 부여하고 사랑하십니다. 생명이란 자유, 또한 자유란 존재. 자유를 몰수당한 존재는 생명마저 잃고 말지요. 그러기에 왕께서는 결코 우리의 자유를 빼앗지 않으십니다. 비록 반역하고 타락하더라도."

"그것이 자비인 것을 알면 물러나라. 왕이 억누른 내 분노가 너희를 치기 전에."

이르이트의 나직한 목소리에 죄는 일순 몸을 떨었지만 곧 아닌 척 가장했다.

"지당하십니다. 감히 대공께 우리가 어찌 항거하겠습니까? 하지만 같은 피조물로서 저 어린 인간에게 말 한마디 건네는 것은 괜찮겠지요. 아니면, 혹 왕께서 허락하신 자유에 올가미를 던져 저 아이를 구속하시렵니까? 묶어 두는 것은 자유가 아니지요. 매번 감시하고 참견하면서 자유를 주었다 할 수는 없는 노릇이지요."

여자는 그렇게 말하며 겸양을 떨었고 이르이트는 왕의 자비만 묵묵히 되새겼다.

먼 옛날부터 이틀라는 왕의 옥좌를 탐냈고 엘은 노여움을 참으며 재상에게 돌이킬 기회를 주었다. 그러나 재상은 끝내 반역했고, 이르이트는 그를 우주의 가장 구석진 곳으로 쫓아냈다. 그런데 이틀라는 그곳에서도 잘못을 뉘우치지 않았다. 자신의 역리가 혁명이었다며 오히려 목소리를 높였다. 그는 힘으로는 왕에게 도전할 수 없다는 것을 깨닫고 다른 무기를 준비했다. 그것은 자유였다.

왕은 선함으로 전능하고 공주와 대공은 사랑과 정의로써 무결했다. 그 셋은 말하자면 비집고 들어갈 틈이 없는 완벽. 하지만 왕은 많은 이에게 자유를 부여하여 이 우주에 필연적인 불완전함을 일으켰다. 그것은 우주를 풍성하게 하기 위한 왕의 양보였다. 씨앗이 움트려면 그 표면에 균열이 일어나야 하는 법. 왕은 한 떨기의 꽃을 단숨에 그릴 수도 있었지만 그러지 않고 씨앗을 준비해 그들이 스스로 자라길 기다렸다. 그것은 풍요의 기초인 동시에 왕에게 대항할 수 있는 유일한 여지였다. 그 여지를 준 것이 왕이기에 자유로운 피조물들은 얼마든 선을 떠나 악을 택할 수도 있었다.

옛 재상도 그렇게 악을 택했다. 선에서 벗어나는 것은 악. 그리고 속성의 논리 속에서 그 둘은 대등하다. 옛 재상은 그렇게라도 왕을 뛰어넘고자 했다. 설령 고통받더라도, 자신의 버거운 교만을 위해서.

자유는 그렇게 사용할 수 있다. 자유는 왕에게 반역하는 유일한 길이자 무기. 그리고 인간은 자유를 선물받은 족속. 그러니 저들이 타락을 택하더라도 비라의 주인들은 그것을 막을 수 없다. 왜냐하면 인간에게 택할 기회, 자유를 부여한 것은 그들 자신이니까.

왕이 인간에게 준 자유는 온전했다. 그러므로 그들이 설령 잘못된 길에 들더라도 그 발목을 잘라 막지 않는다. 그것이 바로 왕의 결정, 이르이트가 따를 수밖에 없는 왕의 의지. 이르이트는 결국 내딛던 걸음을 거두었다.

"좋다, 너희를 막지 않겠다. 설령 네가 내 아이들에게 손을 대더라도, 왕이 부여한 자유를 위해 침묵하겠다."

이르이트의 결정에 여자가 감탄을 터트렸다.

"세상에, 정녕 대단한 결정이십니다. 설마 저 어리고 여린 것이 제 아버지를 감당할 수 있으리라 믿으시는 겁니까?"

이르이트는 이미 그 결과를 알기에 대답하지 않았다. 하지만 미래를 볼 수 없는 뱀의 조각은 앞으로 펼쳐질 일을 기대하며 들떴다. 아, 그 뱀들도 천진했다. 아니, 지나치게 오만했다. 그들은 낙원으로 오는 동안 과연 왕에게서 인간을 훔쳐 낼 수 있을지 내기하며 시시덕거렸다. 그들은 이것을 일종의 장난이자 일탈, 왕에 대한 미약한 반항이라고 여겼다. 자신들의 반역에도 인내한 왕이니 인간을 타락시켜도 또 참아 주리라 생각한 것이다. 그래서 여자는 자신에게 도래할 일을 까맣게 모른 채 명랑하게 소리쳤다.

"어머나, 보시어요! 저 아이는 이미 주인의 자리를 탐내고 있군요!"

여자가 발돋움하고 내다보는 곳엔 이슈라가 있었다. 그는 은밀한 꿈을 꾸고 그것을 현실이라 오해하며 도망치고 있었다. 아, 그것은 전날 뱀이 속삭인 말의 찌꺼기일 뿐인데. 하지만 꿈속에서 대공과 공주를 시샘한 이슈라는 겁에 질려서 그것이 꿈인지 깨닫지 못했다.

"이슈라……."

문에 다다른 아이를 보며 이르이트가 탄식했다. 바로 오늘을 두고 이르이트는 이슈라에게 경고했었다. 결코 그 문을 열지 말라고. 하지만 아이는 이미 그 말을 까맣게 잊고 뱀의 사탕발림에 놀아나고 있었다. 아이의 갈등이, 뱀의 유혹이, 그리고 뒤엉켜 탄생한 시샘이 문 앞에서 일렁였다. 지금이라도 손을 뻗어 아이를 끌어오고 싶었지만, 그에게 부여된 자유를 손상시킬 수 없어 가까스로 참았다.

대공이 인내에 인내를 더하고 있을 때 옛 재상의 딸이 소리쳤다.

"아, 저 아이가 결국 문을 열었군요!"

여자는 들떠서 자신이 어느 안전에 있는지도 잊어버리고 마음껏 떠들었다.

"아무래도 이번 내기는 저희가 이긴 모양입니다. 인간들은 양보하셔야겠어요. 이 땅도 왕께서 인간에게 선물로 준 것이니, 저희가 겸사겸사 가져가도 되겠지요?"

여자는 그렇게 말하고는 깔깔거리며 웃었다. 주인들에게 이긴 것이 유쾌해 참을 수가 없었다. 하지만 그는 어떻게 해서든지 참아야 했다. 왜냐하면 대공도 한계의 한계까지 참고 있었으니까. 그걸 눈치챘어야 하는데, 여자는 너무 흥분해서 하지 말아야 할 말까지 해버리고 말았다.

"참 무능도 하십니다. 감당 못 할 법칙을 만들어서 이렇게까지 낭패를 보시다니. 제 아버님께서 왕이라면 그러지 않았을 텐데. 저들을 노예로 삼아 철저히 억압했을 텐데. 대체 왕께서는 언제까지 자유를 운운하며 고집을 부릴 생각이시랍니까? 이제라도 제 아버님께 조언을 구해 보시지요. 그러면 지금보다야 한결 나아질 테니!"

그 말은 경솔해서 스스로의 목을 조르는 말이었다. 여자가 말을 마칠 무렵, 이르이트의 눈이 날카로워지며 여자를 에워싼 공기가 동결되었다. 여자는 대기의 균열 사이에서 혹독한 냉기를 느끼고 다급히 입을 막았다. 하지만 이미 입안이 얼어붙어 숨도 제대로 쉴 수 없었다.

"그 입도 왕이 허락한 것이니 자유로이 떠들어라. 하지만 내가 책임을 물을 것이다."

서릿발 같은 공기에 결박되어 여자는 눈을 홉뜨고 몸을 떨었다. 여태 왕에게 가려져 있던 대공의 분노는 그토록 살벌했다. 여자는 이제라도 빌고 싶었지만 대공은 그럴 기회조차 주지 않았다. 서지도 쓰러지지도 못한 채 굳은 여자를 향해 대공은 낮게 쏘아붙였다.

"저 땅을 탐냈느냐? 그 땅은 오늘로 얼어붙었다. 설마 너희가 가소로운 술수로 우리를 조롱했다고 여겼느냐? 그 동토에서 기다려라. 내가 너희에게 어떤 판결을 내릴지를."

그렇게 말하며 대공은 자신의 옷자락을 털어 냈다. 얼어붙은 공기가 깨지며 죄는 가까스로 자유를 되찾았다. 압도된 죄는 겁에 질려 허둥지둥 도망쳤다. 대공은 굳이 그 뒤를 쫓지 않았다. 그보다 먼저 찾아가야 할 아이가 있었다.

아이는 도망치다 울고 변명했다. 대공은 쓰디쓴 마음으로 그 아이를 기어이 쫓아냈다. 어쩔 수 없이 남는 아쉬움에 오랫동안 사용한 검까지 내주었다.

이르이트는 이슈라와 그의 무리를 낙원 밖으로 쫓아내고 문을 다시 봉했다. 그리고 저들이 다시 돌아오지 못하도록 차원을 나누었다. 비라에서 떨어져 나간 땅에는 아본이라는 새 이름을 붙였다. 이제 비라와 아본은 다른 세계가 되었으니 쉽사리 건너지 못할 것이다. 차원을 넘는 날개가 없이는 그 누구도.

씁쓸한 마음을 누르며 낙원의 손상을 수습한 후 이르이트는 또 한 번 고통을 겪어야 했다.

"무슨 일이죠? 어떻게 된 거예요?"

키브사가 다급히 달려와 물었다. 공주에게 이 비보를 전하는 일은 가혹했다.

"이틀라가 침입했어. 본체는 몰아냈지만 이미 여럿이 넘어갔다."

"무슨 말이에요? 넘어가다니요."

"무리가 그를 따라 비라를 떠났어. 내 부관과 네 친구들도 함께."

"제 친구들이요? 설마⋯⋯."

키브사가 경악할 때 이르이트는 사랑하는 자를 차마 안아 줄 수 없었다. 앞으로 자신들이 겪어야 할 대립을 알았기 때문이다.

그의 예상대로 곧 재판이 시작되었다. 낙원을 어그러뜨린 방종한 뱀과 인간에 대한 재판이었다. 왕은 창공을 옥좌로 삼아 앉았고 공주와 대공은 각기 다른 입장으로 그 앞에 섰다. 서로를 갈망했던 사랑과 정의는 이제 서로를 밀어내며 설전을 벌여야 했다. 대공이 먼저 왕을 향해 외쳤다.

"우리는 인간에게 모든 종류의 자유를 허락했고, 자유를 표방한 방종의 대가가 사망이라는 것도 이미 알렸다. 그럼에도 인간은 스스로 죽음을 택했으니 판결도 죽음이어야 마땅하다."

그러자 공주가 옆에서 왕께 청했다. 그 뜻은 대공과 정반대였다.

"아버지, 이대로 저들을 영영 끊어 내는 건 너무 가혹합니다. 우리가 저들에게 주려 했던 건 생명이지 죽음이 아닙니다."

"저들이 낙원에 한 짓은 그보다 더 가혹하다. 저들은 자기 자신만이 아니라 땅과 바다, 그리고 모든 짐승에게도 고통을 퍼트렸다."

대공이 냉랭히 말했지만 키브사는 고개를 저으며 반박했다.

"고통이 시작되었으니 우리가 그것을 바로잡아야 합니다. 우리는 돌보는 자들이니까요."

"자유에 책임을 부과하는 것이 규율이었다. 그러니 그건 저들이 감당할 일이야."

"하지만 저들은 스스로 문을 열지 않았어요."

"우리의 경고가 부족했나? 그들에게도 책임은 있다."

"그들에게도 과오가 있는 건 사실입니다. 하지만 온전히 그들만의 과오는 아니었습니다. 뱀의 입이 거들었으니, 징계 또한 온전해서는 안 됩니다."

공주와 대공은 한발도 양보하지 않고 첨예하게 대립했다. 사랑과 정의는 범죄 앞에서 입장이 그토록 달랐고, 그 앞에서 그들은 서로를 원하는 마음마저도 숨겨야 했다. 대공은 인간의 잘못을 낱낱이 고발했고 공주는 그것을 변호하며 왕에게 호소했다. 남은 것은 왕의 판결이었다. 치열한 설전을 넘어 주관자 엘이 비로소 입을 열었다.

"옛 재상은 대공에게, 인간은 공주에게 맡기겠다."

엘의 판결에 이르이트는 고함치고 싶은 것을 가까스로 참았다. 인간을 공주에게 맡긴다는 말은 결국 공주를 인간에게 맡긴다는 말과 같다. 대공은 불과 벼락으로 세상을 변하게 하지만 공주는 빗방울처럼 세상을 변화시킨다. 공주의 방식은 떨어진 빗방울이 세상을 두루 흐르다 지하로까지 스며들어야 하는, 땅이 다치지 않게 안에서부터 생명을 일깨우는 방식이다. 그건 너무 큰 고통이다. 떨어진 빗방울은 온몸이 더럽혀지고 흩어지다 끝내는 흔적조차 남지 않으니까.

대공의 심정은 더없이 참혹했다. 그가 왕에게 심판을 요구한 것은 공주를 위해서였다. 왕이 인간을 용서한다면, 그것은 왕의 사랑을 주관하는 공주가 감당해야 할 몫일 테니까.

"리이, 네가 가는 길은 험하기를 넘어 가혹하다. 그래도 가겠느냐?"

왕의 물음에 공주는 공손히 답했다.

"키브사가 되겠습니다."

대공이 참지 못하고 벼락처럼 소리쳤다.

"기다려!"

"이르이트……."

"기다려, 엘. 심판은 죄인의 몫이다."

대공이 공주를 등 뒤로 숨기며 왕의 앞으로 나섰다. 대공이 공주의 손목을 끌어당길 때 공주는 떨고 있었다. 의연히 말하면서도 어쩔 수 없이 가는 몸을 떨고 있었다. 그 미세한 떨림을 여실히 느끼며 대공은 사납게 반박했다.

"그것을 죄 없는 이에게 대신 지우는 일은 결코 공정하지 않다. 엘, 너는 공주뿐만 아니라 나라는 정의도 짊어지고 있다. 그 부당함은 내게 용납되지 않는다."

"그래, 너는 이것을 부당함이라 여길 수 있지. 사랑과 대립하게 된 정의는 무자비하니까."

대공이 논박했지만 왕의 목소리는 여전히 잔잔했다. 의중에도 흔들림이 없었다.

"하지만 너희가 양립하지 못하게 되었더라도 나는 어김없이 선할 것이다. 악을 멸하는 심판도 죄에서 건지는 용서도 마찬가지로 선한 것. 내가 자비를 베풀기로 했는데 누가 감히 그릇되었다 할 수 있느냐. 그러니 내가 그들에게 내 딸을 보내는 것은 악한 일이 아니다."

왕의 단호한 판정에 이르이트가 성내며 소리쳤다.

"엘……!"

"그만해요, 이르이트."

공주가 그의 옷깃을 잡아당기며 말렸다. 대공은 그런 공주마저도 야속했다. 사랑에 눈이 먼 이들은 정의를 외면했고, 그로써 정의는 깊은 상처를 입었다. 사랑하는 약혼녀를 그들의 사랑에 빼앗기고 말았다.

판결이 확정되었다. 인간을 타락시킨 뱀들에겐 이르이트의 심판이, 뱀에게 속아 수렁으로 내려간 인간에겐 리브나 키브사의 구원이 내려지게 되었다. 그러기 위해 이르이트는 정해진 날까지 날개가 봉해졌다. 지금 인간은 뱀들의 소유. 공주가 인간을 뱀들에게서 되찾아올 때까지 대공의 심판도 유예되었기 때문이다. 뱀들과 함께 인간까지 멸할 수는 없으니까.

공주에겐 이슈라가 떨어트리고 간 치포라가 전해졌다. 그 치포라에는 비라와 아본을 두어 번 오갈 수 있는 힘만이 남아 있었다. 공주가 사용하기에 부족하지 않은 양이었다. 판결이 내려지고 대공과 공주는 서로를 찾지 않았다. 그들이 마주쳐 봐야 할 수 있는 건 서로를 부정하는 것뿐일 테니까.

드디어 때가 차 공주가 아본으로 내려갈 날이 되었다. 공주가 아본으로 향할 때 대공은 공주가 지나야 하는 그 문에 서 있었다. 오랫동안 보지 못했던 연인의 얼굴이다. 하지만 그를 차마 반가워할 수 없는 것은 이 낙원이 무너졌기 때문이다.

공주는 뜻밖의 마주침에 놀라 머뭇대다가 곧 모르는 척 웃었다.

"잘 가라고 배웅 나오신 건가요?"

그렇게 애써 상냥하게 말했건만 돌아오는 대답은 냉랭하기 짝이 없었다.

"나는 네 길을 용납할 수 없다."

대공이 매섭게 말했다. 그는 분노하고 있었다. 정의를 외면하고 그의 품에서 자신을 빼앗는 사랑에게.

상처 입은 대공을 보며 공주는 연민과 슬픔을 느꼈다. 하지만 차마 그 품에 안길 수 없는 건 그에게 상처 입힌 것이 바로 자신이기 때문. 공주는 뭐라 말하는 대신 다시 명랑하게 되물었다.

"우리 다시 만날 수 있을까요?"

"이대로라면 만나지 않는 편이 좋겠지."

대공은 공주에게 맞춰 주지 않았다. 만신창이가 된 마음은 웃음도 다정함도 쉽사리 내주지 않았다.

"둘 중 하나는 반드시 죽을 테니까."

그가 내밀 수 있는 건 오로지 날카롭게 벼려진 운명뿐.

"이르이트……."

공주가 참다못해 그 이름을 불렀지만, 손을 뻗었지만 이르이트는 거절했다. 냉정하게 손길을 밀어내며 대공은 낮게 다그쳤다.

"돌아가, 리브나. 지금이라도."

"나는 저들을 내버려 둘 수 없어요."

"그들이 치러야 할 대가일 뿐이야."

"설령 그렇다 해도, 내버려 둘 수 없어요."

신음처럼 말하며 공주는 입술을 물었다. 기어이 내뱉어야 할 다음 말이 아팠다. 자신에게 버거워서가 아니다. 연인에게 또 한 번 상처 입힐 것을 알아서이다. 그럼에도 해야 할 말을 참지 않는 건 그가 가진 숙명, 공주로서 짊어져야 할 왕관의 무게.

"저들은 내 백성이니까요."

그 한마디에 대공은 탄식하며 눈을 감았다. 그는 노여움마저 잊고 결국 애원하듯 호소했다.

"그 세계는 너마저도 상처 입힐 거야."

"알고 있어요. 그래서 이렇게 떨고 있죠."

"그렇게까지 하면서 가겠다는 건가. 어째서?"

"내가 나이기에. 이유는 그것뿐이에요."

부디 마음을 돌이켜 주길 바라며 말했지만 공주는 여전히 단호했다. 그래서 대공은 버려진 아이처럼 가련한 얼굴이 되어 신음했다.

"가혹하다."

신음 속에서 그의 진심이 터져 나왔다.

"그걸 지켜보라니, 널 혼자 보내고 그걸 지켜보라니. 네가 무슨 일을 당할지 뻔히 알면서 널 보내라니……."

대공이 괴로워하는 모습에 공주의 가슴도 찢어졌다. 지금이라도 달려가 안기며 그를 위로하고 싶었다. 하지만 공주는 스스로를 다잡고 다잡아 연인에게 이끌리는 마음을 잘라 냈다. 대신 목소리에 품위를 담아 담담하게 속삭였다.

"두렵지 않은 건 아니에요. 나의 궁전도 왕관도, 심지어 평화조차도 거기엔 없겠죠. 그들을 찾아 그 땅에 내려가면 분명 고통스러워질 거예요."

그렇게 말하는 공주가 어찌 저리 야속한지.

"그럼에도 그곳으로 향하는 건 내가 나이기에, 이유는 그것뿐이에요. 당신이 원하는 내가 사랑이기에."

또한 어찌 저리도 고귀한지.

이르이트는 그를 더 붙잡을 수 없었다. 감히 그 길을 막아 그의 고결함을 방해할 수 없었다. 그것이 바로 그가 원하는 사랑이기에. 이르이트는 죽을 것 같은 심정으로 공주를 바라보았고, 공주는 웃었다. 온 힘을 다해서.

그것이 비라에서 대공과 공주가 나눈 마지막 대화였다. 공주는 연인을 외면한 채 낙원을 떠났고, 대공은 낙원에 발이 묶여 연인을 사지로 보내야만 했다.

연인을 등지고 내려온 세계는 차가웠다. 몰아치는 눈보라는 매서웠고 세상을 휘감은 어둠은 짙었다.

키브사는 날개를 치며 차갑게 얼어붙은 대기로 들어갔다.

남자는 쓰러진 소녀의 가슴을 짓밟았다. 소녀가 고통에 몸부림치자 군홧발로 더 강하게 압박했다. 소녀의 얼굴이 일그러지다 못해 뺨에서 실핏줄이 터졌다. 소녀가 찢어지는 비명을 지를 때 남자는 핏발 선 눈으로 그를 내려다보았다. 고통에 일그러진 소녀의 얼굴은 어렸다. 앞뒤 없이 칼을 휘두른 여자의 얼굴이라기엔, 지나치게 순했다.

남자는 군인이었다. 그리고 소녀는 그들의 노예였다. 척박한 동토에서 전쟁 중인 지금, 군인들은 지친 심신을 달랠 곳이 필요했다. 아니, 그 피폐함을 해소할 곳이 필요했다. 병사의 사기를 위해 필요한 일이었다. 상부에서 내려온 명령이기도 했다. 그래서 남자는 거리낌 없이 식민지의 소녀들을 데려와 노예로 삼았다. 그리고 소녀들이 무자비한 짓을 당하는 것을 방관했다. 전쟁은 당연히 이런 것이라 생각했다. 국가의 번영을 위한 행보 중 하나라고 여겼다. 그래서 어린 소녀가 시들든 찢기든, 거들떠보지 않았다. 그것은 흔하디흔한 전쟁의 조각 중 하나이니까.

그런데 한 소녀가 병사에게 칼을 휘둘렀다. 사실은 칼이라는 말도 우스운, 바닥을 굴러다니던 날붙이 조각이었다. 그럼에도 병사는 죽는 소리를 하며 소녀를 그 앞에 끌고 왔고, 남자는 군율에 따라 그 헐벗은 소녀에게 권총을 겨눴다. 반항하는 노예는 즉결 처형. 이것은 전쟁에서 당연한 것. 국가의 번영을 위한 행보 중 하나.

그랬는데, 그렇게 믿고 있었는데……. 남자는 차마 방아쇠를 당길 수가 없었다. 소녀를 죽이는 게 처음도 아니었다. 아이든 여자든 이미 손끝으로 몇 번이나 죽여 보았다. 그러니 이제 와 망설일 것도 없는데, 이번에는 선뜻 쏠 수가 없었다. 그 소녀가 어머니를 닮아서, 사진으로 본 어머니의 젊은 시절과 꼭 같아서.

남자가 망설이는 사이 소녀가 다시 덤벼들었다. 남자는 곧장 제압했고 소녀는 그대로 내동댕이쳐졌다. 남자는 쓰러진 소녀의 가슴을 짓밟았다. 소녀가 고통에 몸부림치자 군홧발로 더 강하게 압박했다. 소녀의 얼굴이 일그러지다 못해 뺨에서 실핏줄이 터졌다. 소녀가 찢어지는 비명을 지를 때 남자는 핏발 선 눈으로 그를 내려다보았다. 고통에 일그러진 소녀의 얼굴은 어렸다. 앞뒤 없이 칼을 휘두른 여자의 얼굴이라기엔, 지나치게 순했다. 그의 어머니와 같이.

그런데 어머니를 닮은 저 눈은 왜 이다지도 처참한 것인가. 남자는 돌처럼 굳어 버리고 말았다. 이 소녀는 어머니가 아니다. 많이 닮았을 뿐 내 어머니는 아니다. 남자는 그렇게 되뇌며 다시 총을 들었다. 하지만 여전히 쏠 수 없었다. 닮아서, 그저 닮아서. 이 소녀도 누군가에게 어머니가 될 수 있다는 생각이 그제야 떠올랐다. 그 전에 이미 누군가의 딸임을 깨달았다. 소름이 끼쳤다. 제 어머니와 딸을 병사들에게 던져 주어 범해지게 한 것처럼.

손이 떨리며 숨이 가빠 오기 시작했다. 이것은 군율이다. 상부의 명령이다. 군의 기강과 사기가 달린 문제다. 나라의 안녕과 번영을 위힌 것이다!

"큭……!"

남자가 잇소리를 내며 손에 쥔 권총을 다잡았다. 늘 해오던 일이
왜 이다지도 무겁게, 또 끔찍하게 느껴지는지 알 수 없었다. 가슴이
아파 죽을 것만 같았다. 무뎌질 대로 무뎌진 그의 양심을 누가 다시
날카롭게 깎아 놓기라도 한 것처럼.

그가 괴로워할 때, 그의 마음에서 안개를 거둬 낸 이가 조용히 그
를 불렀다.

"두미야."

그 남자, 두미야는 흠칫 놀라 뒤를 돌아보았다. 한 여인이 도톰한
눈밭을 밟으며 걸어오고 있었다.

"누구십니까?"

새하얗게 빛나는 모습에 두미야가 두려워하며 물었다.

"누구신데 제 이름을 아는 겁니까?"

키브사는 대답 없이 두미야를 바라보았다. 마음이 씻긴 두미야는
그가 누구인지 곧 알아보았다.

"이럴 수가……."

두미야가 몸을 떨며 바닥에 엎드렸다. 그는 벌거벗은 사람처럼 덜
덜 떨더니, 이윽고 웅크린 채 오열하기 시작했다. 두려움과 비통함 때
문이었다. 자신이 이제껏 해온 짓을 키브사가 지켜보고 있었다는 사
실을 깨달아서, 그게 어떤 짓이었는지를 이제야 비로소 깨달아서.

한 소녀를 야수 같은 사내 무리에 던져 놓고, 그 소녀가 괴롭다며

할퀴자 도리어 죽이려 들었다. 다른 소녀들에게 절망을 주기 위해서였다. 가당치도 않은 노예의 역할에 소녀들을 순응시키기 위해서였다. 그럼에도 하는 말은 국가를 위해, 민족을 위해, 아, 나의 사랑하는 고국을 위해. 입이 열 개라도 할 말이 없었다. 자신의 비열함과 추악함이 낱낱이 드러나 숨조차 제대로 쉴 수가 없었다.

"죽이십시오. 제발 죽여 주십시오."

두미야가 흐느낌 속에서 어렵사리 말했다. 그 앞에 총이 있었지만 자신의 비루한 목숨을 스스로 끊는 것도 할 수 없었다. 지금 그가 할 수 있는 건 공주에게 청원하는 것, 그리고 허락을 구하는 것 외엔 아무것도 없었다.

사랑으로 이 길을 택한 공주는 손을 뻗어 그의 몸에 댔다.

"이제 네 손의 죄를 씻자."

두미야는 하염없이 눈물을 흘리며 고개를 들었다.

"두려워하지 마. 흰 눈이 널 닦아 줄 거야."

눈처럼 하얀 공주가 손을 내밀었다. 엎드려 절규하던 군인은 절박한 심정으로 그 손을 붙잡았다.

아본 79년. 3차 영주 전쟁이 발발하던 때의 일이다.

키브사가 아본에 내려왔을 때 세상의 일그러짐은 극에 달해 있었다. 옛 재상과 그의 자식들은 스스로를 피네하스라고 부르며 인간을 극한까지 몰아붙였다. 자신들에게 예정된 대공의 심판을 피하기 위해서였다. 그리고 피네하스의 꾀는 아주 그럴싸한 딜레마를 만들어

냈다.

인간은 피네하스의 진창에서 살아남기 위해 뒹굴었고, 그 결과 악덕을 입었다. 왕을 모욕하고 생명을 경시하는 것에 익숙해졌다. 그래서 키브사는 세상을 다니며 사람들에게 명했다. 어둠에서 돌이켜 빛으로 돌아오라고. 너희를 건져 낼 수 있게 다시 돌아오라고. 몇 사람은 그 말을 따랐지만 몇 사람은 비웃었다. 몇 사람은 따르고 싶어 했으나 삶의 문제 때문에 결국 주저앉았다.

키브사는 고통을 겪는 이들을 찾아다니며 행보를 이어 갔다. 그리고 그 길에는, 그리운 옛 친구들도 있었다. 키브사가 가장 먼저 찾은 친구는 픽쿠드였다. 그는 체파르데아라는 이름으로 하루하루 사람을 잡아먹으며 살아가고 있었다. 그의 마음은 이미 탁해질 만큼 탁해져 제정신이라 하기도 어려웠다. 그럼에도 키브사는 그가 여전히 사랑스러워서 마음이 아팠다.

"공주님!"

키브사가 픽쿠드의 성을 찾아간 날 그는 반색하며 달려왔다. 그가 주인 만난 강아지처럼 달려들었지만, 키브사는 묵묵히 바라만 보았다. 그에게 먹힌 인간의 살점이 너무 많아 가슴에 사무쳤다. 그러자 소년은 조바심을 냈다. 공주가 자기 잘못을 걸고넘어지지 않기만을 바라면서.

그는 자신이 한 일을 순진할 만큼 모르고 있었다. 모르는 것에 그치지 않고 그것이 정당했다고 고집스럽게 우기고 있었다. 잡아먹지 않으면 도리어 잡아먹히는 세상이야. 살아남기 위해 뭐든 했을 뿐이야. 내가 하지 않았으면 다른 누군가가 했을 거야. 그런데 그게 나빠? 대체 뭐가 나빠? 픽쿠드의 마음에서 울리는 그 생생한 소리가 키브사의 마음을 참담하게 만들었다.

그 사실을 알 리 없는 픽쿠드는 도리어 생긋 웃었다.

"아본에는 어떻게 오신 거예요?"

"너를 구하러 왔어."

키브사의 차분한 말에 픽쿠드가 환희했다. 하지만 키브사는 잠잠히 그를 제지했다.

"그런데 지금은 네가 너무 붉어서 데려갈 수 없어."

키브사는 소중한 친구를 핏물에서 건지고 싶었지만, 이미 그의 몸과 마음이 핏빛으로 물들었기에 건져 내는 것만으로는 소용이 없었다. 만약 이대로 건져 깨끗한 곳으로 옮긴다면, 그는 자신이 삼킨 죄악으로 그곳까지 붉게 물들일 터였다.

"그럼 어떻게 해야 하죠?"

"때가 되면 내가 널 찾을 거야."

"때……요?"

"그래, 네가 다시 하얗게 될 수 있는 때."

"그럼 저는 그때까지 기다리면 되나요?"

"응, 하지만 넌……."

키브사는 차마 말을 잇지 못했다. 소년은 기다리면 되는 거냐고 물었지만, 그 기다림은 잔혹할 것이다. 지금은 희망에 들떴지만 곧 좌절하고 더 큰 죄를 짓게 될 것이다. 그 끝에서 그는 참혹하게 찢겨 죽을 것이고, 죽어서도 유린당하다 산산조각이 날 것이다. 그렇게, 앞으로 이어질 소년의 미래가 한눈에 보였다. 그래서 키브사는 뒷말을 삼키며 픽쿠드의 어린 뺨을 감쌌다.

"기다려 줘, 내가 널 다시 만나러 갈 때까지. 오랜 기다림이 되겠지만 그래도 기다려 줘, 알겠지?"

정말 오랜 기다림이 될 테지만, 그럴 테지만. 키브사는 슬픔을 삼켰고 픽쿠드는 자신의 미래를 까맣게 모른 채 기쁘게 웃었다.

"네, 공주님. 기다릴게요. 공주님이 다시 오실 때까지 꼭 기다릴게요."

약속을 남기고 키브사는 쓰라린 마음으로 돌아섰다. 그 후 키브사는 이슈라와 아미크에게도 찾아갔다. 이슈라는 만날 수조차 없었다. 군대가 키브사를 막았고, 이슈라는 만남을 거부했다. 아미크와는 가까스로 만났지만, 그 만남은 키브사에게 또 다른 좌절을 안겨 주었다.

꽃 같던 아미크는 힘없는 소녀에게 수모를 주며 유흥을 즐기고 있었다. 소녀로서 상처받은 아미크는 소녀들을 진창으로 넘어트리는 것으로 자신의 아픔을 달랬다. 자신이 아팠던 만큼 저들도 아파야 한다고 믿고 있었다.

그건 키브사와 마주쳤을 때도 마찬가지였다. 공주를 보고 잠시 놀라기는 했지만, 자신이 괴롭히던 소녀에게는 여전히 일말의 연민도 죄책감도 없었다. 한때 그토록 상냥하던 소녀는 자신의 아픔에 침몰당해 남에게도 상처를 내야 직성이 풀리는 여자로 변해 있었다. 그래서 아미크는 자신이 넘어트린 소녀를 키브사가 대신 일으킬 때도 노여워했다. 이 세상 그 누구도, 자신보다 덜 상처받아선 안 되었기에.

아미크도 픽쿠드와 같았다. 지금 손을 뻗어 건져 낸다면 몸에서 뚝뚝 떨어지는 핏물이 사방에 번지고 말 것이다. 그의 과오는 그토록 깊었고 그로 인한 증오의 연쇄는 끝이 없을 만큼 길었다. 결국 키브사가 그곳에서 데리고 나올 수 있는 건 어린 여자아이, 그 한 명이 전부였다.

이르이트의 날개가 봉해져 다행이라 할 정도로, 정의가 유예된 것이 오히려 행운이라 할 정도로 세상의 악은 깊었다. 공주가 마음을 비추었을 때 두미야처럼 비통해하며 뉘우치는 자도 있었지만, 체파르데아처럼 변명하거나 시블라처럼 아랑곳 않는 이도 있었다. 많이 상처받은 사람일수록 자신의 잘못을 깨닫지 못했다.

피네하스의 의도대로 인간은 모두 작은 뱀처럼 변해 버렸다. 아무리 선량한 사람이라도, 아무리 나이가 어려도 어쩔 수 없이 악의에 물들었다. 그것은 키브사가 건져 내 끌어안은 소녀도 마찬가지였다.

"두미야가 그랬어요, 여자도 강해질 수 있다고요. 이요브도 여자지만 어떤 남자보다 강하대요."

온실에서 학대받던 그 소녀는 반년 만에 가까스로 마음을 열었다. 그래서 키브사가 머리를 땋아 줄 때면, 그의 무릎에 앉아 이런저런 이야기를 재잘대곤 했다.

"저도 커서 그렇게 강해질 거예요."

"강해져서 뭘 하고 싶은데?"

"복수요! 나한테 했던 만큼 똑같이 갚아 줄 거예요."

키브사의 물음에 소녀는 씩씩한 목소리로 대답했다.

"실컷 때린 후에 사형시킬 거예요, 시믈라랑 네벨라 둘 다요."

그렇게 말하는 소녀는 천진난만했다. 사람을 죽인다는 말을 어찌 이다지도 순진하게 할 수 있는지. 키브사는 다시금 암담해졌다.

"아야라."

키브사가 이름을 부르자 아야라는 고개를 돌리며 대답했다.

"네?"

키브사는 아이를 바로 앉힌 후 눈을 마주 보며 조용히 말했다.

"부탁이 하나 있는데 들어줄래?"

"네, 말씀만 하세요."

"그 사람들을 용서해 주겠니?"

명랑하게 대답했던 아야라의 얼굴에 의혹이 떠올랐다. 아야라는 의심스러운 얼굴로 조심히 되물었다.

"누구를요?"

"네가 방금 말한 두 사람."

어린 소녀는 이해할 수 없다는 얼굴로 물었다.

"왜요?"

"내가 그걸 원해."

"그 사람들은 나쁜 사람들이에요. 나쁜 사람이 벌 받는 건 당연한데 왜요?"

"그들에게 벌을 주는 건 네가 할 일이 아니야."

"그럼 공주님이 혼내 주실 거예요?"

"아니, 나도 그들을 용서할 거야. 심판은 분명 있지만, 나는 그들이 그걸 피할 수 있게 할 거야."

그것이 바로 키브사가 이 땅에 온 목적이었다. 하지만 공주의 고결한 목적은 누구에게도 환영받지 못했다. 심판 가운데 놓인 사람에게도, 가까스로 그것을 피한 사람에게도, 심지어 이 어린아이에게조차도.

"어째서요?"

"널 괴롭혔던 사람을, 내가 정말 사랑하거든."

공주의 목소리는 여상히 잠잠했고, 아야라는 그 말을 참을 수 없었다. 벌떡 일어난 아야라가 새된 목소리로 소리쳤다.

"그 인간들은 정말 나빠요! 인간 같지도 않은 인간이에요! 나만 괴롭힌 게 아니라 다른 애들도 못살게 굴었어요!"

"나도 알고 있어."

아야라의 피맺힌 폭로에도 키브사는 담담히 고개를 끄덕였다.

"그래서 용서했으면 하는 거야. 다른 누군가를 위해서가 아니라 나를 위해서."

아야라는 대답하지 않고 입술을 씹었다. 아무리 사랑하는 공주님이라지만 이것만큼은 받아들일 수 없었다. 그래서 그는 공주가 곱게 빗어 준 머리를 보란 듯이 헝클어트리고 리본을 집어 던졌다. 그리고 그대로 뛰쳐나갔다.

자신의 무릎으로 떨어진 리본을 보며 키브사는 작게 탄식했다. 머리를 땋아 주던 여자아이들, 두 아이 모두 사랑스러워 마치 딸 같았다. 그런 둘이 원수가 되어 증오의 고리로 연결됐다. 큰아이는 작은아이의 순결함을 증오하고 작은아이는 큰아이에게 할퀴어진 상처가 너무나 크다. 그래서 그 둘을 제 살점처럼 사랑하는 자의 심정은 참혹하다.

혼자 남은 키브사의 마음에 쓸쓸함이 밀려왔다. 외로웠다. 누구에게도 이해받지 못하는 이 길이 고독했다. 그럼에도 여전히 이 길을 택하는 건, 이 길 끝에서 모든 것을 되찾게 되리라는 희망 때문이다.

리브나 키브사는 구제할 도리가 없는 세상을 위해 마지막 방법을 택하기로 했다. 키브사가 그 결정을 하늘로 올린 날, 아본에는 유례없는 혹한이 몰아쳤다.

한편, 세상을 향한 키브사의 확고함을 깨달은 건 하늘만이 아니었다. 피네하스도 키브사가 어떤 계획을 세우고 있음을 깨달았다. 그 계획이 이루어진다면 자신들이 감당할 수 없다는 것도 알았다. 그래서 세상 도처를 다니던 뱀들은 한데 모여 작당했다.

—공주가 무언가를 꾸미고 있다.

—네, 저도 보았습니다. 하늘로 뜻을 전하고 또 하늘의 뜻을 받더군요.

—아마 우리에게서 인간을 되찾을 계획일 것이다.

—그게 과연 가능할까?

―알 수 없는 노릇이다. 분하지만 지금 우리의 지혜로는 그 계획을 간파할 수 없다.

―그럼 이제 어떻게 해야 하죠?

딸이 불안해하며 물었다. 아들도 이빨을 부득거리며 불편한 심기를 드러냈다. 마음이 언짢기는 아비도 마찬가지였다. 공주가 내려오고 요 몇 년, 세상이 크게 변했다. 물론 죄의 족쇄는 여전히 견고했지만 예전만큼 완벽하지 않았다. 인간들은 키브사를 추앙했고 영주인 체파르데아도 피네하스의 명령을 어기고 있었다. 피네하스는 이를 갈면서 그 모두를 지켜보고 있었다. 자신의 영역을 어지럽히는 공주가 못마땅했지만 대공의 눈치를 보며 필사적으로 참는 중이었다. 그런데 또 무언가를 하려는 게 느껴지니, 더는 두고 볼 수가 없었다.

결국 큰 뱀이 결단하며 선언했다.

―공주를 죽음으로 삼켜 버리자.

―네?

―아버지, 진심이야?

자식들이 경악하며 묻자 옛 재상은 단호하게 끄덕였다.

―죽음은 우리의 영역, 그 안에 가두면 제아무리 공주라도 힘을 쓸 수 없을 거다.

―하지만 그건…….

딸은 쉽사리 말을 잇지 못했다. 대공이 두려워 몸을 사리던 게 불과 수십 년 전인데, 이런 과감한 계획이라니.

자식들이 주춤대자 아비가 다그쳤다.

―겁먹지 마라, 우리가 원래 하려던 것이 무엇이냐? 우리가 원한 건 이 우주의 패권이지, 이따위 얼어붙은 땅의 주인 노릇이 아니다. 그러니 마침 잘됐다. 지금은 어영부영 대공의 심판을 피하기 위해 인간을 인질로 삼고 있지만, 공주까지 인질이 되면 우리의 입장은 완전히 달라진다.

아비의 말에 아들인 죽음이 믿을 수 없다는 듯 중얼댔다.

―공주를 인질로? 나더러 공주를 먹으라는 거야?

―그렇다, 공주의 몸값은 인간과 비교할 수 없지. 그러니 공주를 삼키고 그걸로 왕과 대공을 협박하자. 그들은 눈에 넣어도 아프지 않을 딸과 제 몸 같은 연인을 결코 외면하지 못할 것이다.

죽음의 까만 두 눈이 흔들렸다. 공주를 먹는다니, 그의 끝없는 허기가 더욱 간절하게 요동쳤다. 만약 집어삼키게 된다면, 그건 이제껏 먹어 본 적 없는 최고의 별미가 될 것이었다. 죽음은 저도 모르게 입맛을 다시다 깜짝 놀라 탐욕을 삼켰다. 두려움 때문이었다.

―하지만 아버지, 우리는 공주에게 손댈 수 없어.

―손대기는커녕 접근조차 할 수 없죠. 우리가 어둠이라면 그는 빛, 자칫 잘못 건드렸다간 도리어 녹아 버리고 말 거예요.

자식들의 염려에 큰 뱀은 짙게 웃었다.

―무엇이 걱정이냐. 우리에게 얼마나 많은 손과 발이 있는데.

그렇게 말하며 뱀이 내려다보는 건, 설원에서 추위를 견디는 인간들이었다. 뱀은 그들을 바라보며 흡족하게 말했다.

―이 또한 좋지 아니하냐. 인간을 우리의 공범으로 만들기에도 말

이다.

―과연…….

―그럼, 먹을 수 있는 거야?

―물론이다, 아들아. 먹어라, 양껏 먹어 치워라. 우리가 죽음으로 공주를 범하고 그를 인질 삼아 하늘을 위협하자.

―그렇게 되면 혹한과 흑암에서 떨 필요도 없겠죠.

―우리가 저 하늘까지 차지하게 될 테니까!

뜻을 정한 뱀들이 뒤엉켜 똬리를 틀었다. 그들의 외침이 온 아본에 메아리처럼 퍼졌고, 그것은 명령이 되어 영주들에게 전해졌다.

'리브나 키브사를 찾아내 죽여라.'

세상의 주인으로부터 전해진 가장 강력한 명령이었다.

귓전에서 피네하스의 웃음소리가 멀어질 때 나는 긴 한숨을 내쉬었다. 저 옛날에 정말 많은 일이 있었구나. 지켜보는 것도 벅찼다. 키브사의 사랑이 내게도 전해져, 저들의 아픔이 모두 내 아픔만큼이나 짙었다. 그들의 실패와 좌절, 그리고 악행을 지켜보는 건 고통스러웠지만 애써 버텼다. 아직 봐야 할 것과 알아야 할 것이 남아 있으니까. 이제 금방이다. 이 역사는 곧 끝날 것이다. 나는 날개를 펼치며 고개를 들었다. 자, 내가 다음으로 봐야 할 것은…….

뱀들의 명령이 세계 각지로 퍼져 나갔다. 영주들은 각기 다른 생각으로 그 명령을 받았다. 무감각하게 살인을 결정하는 소년도 있었고,

뱀에게 아부할 기회라며 좋아하는 자들도 있었다. 그리고 리브나 키브사를 사랑했던 세 영주는 어쩔 수 없이 동요했다.

체파르데아는 공주의 신변에 문제가 생길까 봐 초조해했고, 망설이던 끝에 결국 공주를 찾아 나섰다. 하지만 리브나 키브사를 가장 걱정한 것은 체파르데아가 아닌 시믈라였다. 체파르데아가 겁에 질릴 때 시믈라는 깜깜한 절망을 느꼈다. 동시에 절망하는 스스로가 비참해 오열했다.

공주가 연회에서 그를 외면하고 떠난 이후, 시믈라는 줄곧 깊은 실의에 빠져 있었다. 그래서 연회도 끝내고 치장도 하지 않고 거의 죽은 듯 살았다. 그럼에도 아름다워 추앙받았지만, 어떤 유흥도 그의 흥미를 끌지 못했다. 그나마 관심을 보이는 것은 멀리서 들려오는 공주의 소식이었다. 무디게 있다가도 공주의 이야기에는 귀를 기울이고, 다 듣고 나면 애써 비웃으며 무관심한 척했다. 그러곤 다시 몇 날 며칠 식음을 전폐했다. 그 미녀는 마치 공주의 소식을 듣기 위해 사는 것 같았다. 그리고 남들 눈에 그렇게 비칠 때, 시믈라는 미칠 것 같았다.

자신을 외면하고 떠난 공주가 원망스러웠다. 자기가 상처 입고 울 땐 코빼기도 보이지 않았으면서 그 여자아이에겐 때마침 나타난 공주가 야속했다. 그렇게 떠나고 난 후 다시는 돌아보지 않는 공주가 무엇보다도 미웠다. 그럼에도, 그리워서 견딜 수가 없었다.

시믈라는 공주를 원했다. 그가 이제라도 와서 구해 주길, 남몰래 바랐다. 자기 자신에게도 드러낼 수 없는 바람이었다. 외면당한 주제에 그걸 원한다는 게 너무 수치스러워서. 그는 공주를 미워하는 한편 사랑했고, 몰아치는 애증 사이로 간절함만 깊어져 일그러졌다.

그러던 중 선포된 피네하스의 명령은, 리브나 키브사를 반드시 죽여 버리겠다는 그의 의지는 시믈라를 절망하게 했다. 그 절망은 여인을 또다시 비련으로 내몰았다. 차라리 이 일을 통쾌하게 여길 수 있다면 좋으련만, 시믈라는 일그러져 범람하는 감정 속에서 비명을 지르고, 울고, 또 한탄했다. 그 끝에서 시믈라가 내린 결정은 한 통의 편지였다.

시믈라는 편지를 썼다. 수십 년 전 버려진 이래 얼굴조차 본 적 없는 언니에게. 내용은 짧았다.

'대공님을 모셔 와. 공주님이라도 지켜.'

그게 꼴도 보기 싫은 언니를 향해서 시믈라가 할 수 있는 최선이었다. 시믈라는 그 짤막한 서신에 치포라를 동봉해 이요브에게 보냈다. 참담한 기분으로, 자신의 증오가 고작 이것밖에 되지 않는다는 데에 실망하면서. 그렇게라도 공주를 지키고 싶었던 시믈라는, 일그러졌음에도 불구하고 결국 소녀였다.

치포라는 급하게 전달되었다. 피네하스의 명령에 마찬가지로 곤혹스러워하던 이요브는 시믈라의 서신을 받자마자 망설임 없이 날개를 펼쳤다. 아주 오랜만에 펼친 새하얀 날개, 하지만 감상에 빠질 겨를은 없었다. 이요브는 곧장 하늘로 날아올랐다.

공주를 죽인다니, 말도 안 되는 소리다. 아니, 더 말도 안 되는 건 지금 아본에 공주가 있다는 사실이다. 당신은 대공의 아내가 되는 게 아니었나? 그런데 왜 홀로 이 세계에 내려온 거야, 대공님은 대체 어쩌고. 이요브는 의문 속에서 이를 아득 물었다. 공주를 이 땅에서 죽게 할 순 없었다. 공주를 위해서, 사실은 그보다 대공을 위해서. 이요브는 여전히 이르이트를 존경했다. 픽쿠드가 미친 와중에도 공주를 사랑한 것처럼, 아미크가 원망 속에서도 자신의 옛 사람들을 놓지 못하는 것처럼, 이슈라에게 남은 것은 이르이트였다.

이요브는 자신은 진창에 있어도 이르이트만큼은 낙원에서 고고하길 바랐다. 그러기 위해서 그 곁에 필요한 건 리브나 키브사였다. 그러니 이 땅에서 공주가 죽는다면 그 타격은 대공에게도 가해질 것이다. 그렇게 생각한 이요브는 높이 날았다. 하늘을 건너 차원마저 넘어, 먼 옛날 자신이 열었던 그 문을 향해서. 그리고 그곳에서 꿈에도 그리던 이를 만났다.

정의는 이요브가 열었던 문 앞에 있었다. 그는 스스로를 유예한 채 얼어붙은 세상을 굽어만 보고 있었다. 정의가 짓밟힌 곳에서 연인이 홀로 걸어가는 것을, 그 위험천만한 광경을.

이요브가 이르이트를 발견했을 때, 이르이트는 이미 그를 보고 있었다. 하지만 그 둘은 오랫동안 말이 없었다. 이 문에서 헤어지던 때의 애틋함도 이제는 없었다. 이요브는 혹한에서 원망하는 마음으로 버텨 온 여자였고, 대공은 저들에게 연인을 빼앗긴 남자였다. 원수나 다름없는 그들의 자리엔 어쩔 수 없이 침묵이 흘렀다.

그 침묵을 깨트린 건 이요브의 간결한 한마디였다.

"뱀들이 공주님을 죽이려고 합니다."

이제 와서 저 대공에게 애정을 구할 마음은 없었기에, 이요브는 짧게 말했다. 이어지는 대공의 대답도 마찬가지였다.

"알고 있다."

"구하지 않으실 겁니까?"

"그걸 왜 걱정하는 거냐. 이 모든 일이 누구에게서 비롯된 줄을 알면서."

그 말이 비수처럼 가슴을 찔렀지만 이요브는 통증을 참았다. 아파할 자격조차 없다, 지난 수십 년간 마음에 새긴 그 말을 되뇌면서. 이요브는 마음을 다잡고 다시 말했다.

"공주님을 구하세요."

무쇠로 된 마음에 온갖 그리움을 숨기고서.

"공주님이 그 땅에서 해를 입으면 왕께서는 우리에게 진노를 쏟으시겠죠. 그러니 우리를 더 궁지에 몰지 말고 구해 가세요."

이르이트는 냉정히 고개를 저었다.

"내가 공주를 구하는 게 무엇을 의미하는지 너는 모른다."

무엇 때문에 왕이 대공의 날개를 봉했을까, 그것은 대공의 정의가 저 땅에서는 뱀보다 더한 재앙이기 때문이다. 진짜 정의는 저 세계를 용서하지 못한다. 이미 턱까지 차오른 인간의 타락을 모조리 쓸어버리고 말 것이다. 행동뿐만 아니라 생각까지, 생각뿐만 아니라 마음까지 저울에 달아 판단하고 자신의 고결한 기준에 미달하는 모든 것에 지독한 형벌을 내릴 것이다. 불결을 용납하지 못하는 그 결벽을 세상은 결코 감당하지 못할 것이다.

"관계없습니다."

하지만 이요브는 대공의 말뜻을 알아듣고도 물러나지 않았다.

"썩어 문드러질 바에야 태워지는 편이 낫습니다. 어차피 더 나아질 수 없다면……."

이요브는 하던 말을 도중에 멈췄다. 그는 뱀에게 농락당할 바에야 차라리 멸망했으면 좋겠다고 진심으로 생각했다. 하지만 그 진심마저도 주제넘어서, 세상을 이렇게 만든 주제에 무책임하게 도망치는 것 같아서 이요브는 결국 말을 삼켰다. 목이 막혔지만 애써 삼키는 건 익숙했다. 이요브는 자신의 통증을 모르는 척하며 다시 이르이트를 바라보았다.

"뱀들이 속삭이는 소리를 들었습니다. 날개가 봉해져서 내려오지 못하신다면, 여기 대공님의 날개 조각을 드리겠습니다."

날개의 주인에게 그 깃털 조각을 건네다니. 꽤 우스웠지만, 이것도 자신이 벌인 일의 결과 중 하나라고 생각하니 차마 웃을 수 없었다.

"너는 나더러 왕의 명을 거역하라고 하는구나."

"어기든 어기지 않든 고통받기는 마찬가지인데, 더 나은 걸 고르십시오."

이요브는 그렇게 말하며 자신의 흰 날개를 깨트려 대공의 발 앞에 뿌렸다. 그 행동에 확신이 있었던 것은 아니다. 만약 대공이 왕의 뜻을 어기고 공주를 구해 낸다면, 대공도 나락으로 침몰하게 되는 게 아닐까? 이요브는 잔혹하다고 생각했다. 얻고자 하기 때문에 모든 걸 잃게 된다니…….

이요브는 혹 자신이 또다시 열어서는 안 되는 문을 열고 있는 게 아닐까 생각하며, 이르이트의 발 앞에 흩어진 치포라의 조각을 바라보았다. 그래, 왕도 문을 두었다. 그 문을 여는 건 인간의 몫이었지. 그러니 나도 대공에게 날개를 준다. 그 선택도 결국 대공의 몫일 테니까. 이요브는 그대로 돌아섰다.

이요브가 사라졌을 때 대공은 천천히 발 앞의 조각을 주웠다. 그리고 지체 없이 날아올랐다.

이변은 뱀들이 가장 먼저 눈치챘다. 하늘로부터 도래하는 강력한 힘을 깨닫고 뱀들은 비명을 질렀다.

—하늘이 열렸어!

—정의가 내려온다, 아직 때가 이르지 않았는데!

—아버지, 아버지!

두 자식이 난리를 치며 아비 뱀을 찾았다. 그 소리를 듣고 아비도 다급히 달려왔다.

—이게 어찌 된 일이냐?

두 뱀이 아비를 보자마자 다급히 매달렸다.

—대공이, 심판이 오고 있어!

—그가 어떻게?

—모르겠어, 분명 날개가 봉해졌다고 했는데!

—이게 대체 어떻게 된 일이죠? 왕이 마음을 바꿔서 인간까지 멸

하기로 한 건가요? 우리가 공주를 죽이려 해서 그런 건가요?

자식들의 소란에 옛 재상이 진저리를 내며 소리쳤다.

—입 좀 닥쳐라, 이 시끄러운 것들아!

자식들을 물리고서 옛 재상은 두려운 눈으로 하늘을 올려다보았다. 하늘이 갈라지는 것을 보며 해묵은 공포가 되살아났다. 아본을 차지하고 왕 노릇을 하는 동안 까맣게 잊고 있었던, 대공을 향한 두려움이었다. 대공의 날갯소리가 귓전에 울렸다. 그와 함께 오랜 상처가 쑤시기 시작했다.

—도망쳐야 한다.

옛 재상이 떨며 말했다. 이제껏 본 적 없는 아비의 약한 모습에 자식들은 경악했다. 동시에 절망했다. 하늘로부터 내려오는 저것이 얼마나 강력한 것인지를 깨달았기 때문이다. 딸이 울음을 터트리며 아비에게 하소연했다.

—도망친다면 어디로 간단 말입니까, 우주를 통틀어 우리가 도망칠 곳이 과연 있기나 합니까?

—대공의 노여움이 풀릴 때까지 몸을 피하기라도 해야겠다. 그러니 너희들이 나가 읍소해라.

—소용없습니다, 아버님. 대공은 눈물에 흔들리지 않아요.

—그러니 너희 목이라도 바치란 말이다!

옛 재상의 외침에 자식들은 또 한 번 당황했다. 꼬리를 만 아비의 모습도 낯설었지만, 이토록 비열하게 자신들을 내치는 모습도 처음이었다. 지금껏 왕의 행세를 하며 위풍당당하고 너그러운 척했지만, 한

꺼풀을 벗겨 내고 보니 그건 다 꾸밈이었다.

　—우릴 제물로 삼겠다는 거야?

　죽음이 으르렁대며 물었지만 옛 재상은 뜻을 굽히지 않았다.

　—나는 나무, 너희는 가지 아니냐! 내가 죽으면 너희도 죽지만 너희가 죽을 때 나는 산다. 그러니 나라도 살아서 재기를 노려야겠다!

　옛 재상이 두 손으로 아들과 딸의 목을 움켜쥐었다. 연약한 딸은 덧없이 몸부림쳤고 사나운 아들은 아비의 손을 먹어 치우려 들었다. 옛 재상은 자식의 시체라도 바쳐 대공의 노여움을 가라앉히려고 했다. 그런데 그때, 딸이 부들부들 떨며 말했다.

　—아, 아버님. 기다리십시오. 저길 보십시오. 공주가…….

　딸의 애원에 아비 뱀은 가까스로 정신을 차렸다. 다시 세상을 돌아보았을 때, 그곳에서는 연인의 재회가 이루어지고 있었다. 옛 재상은 거기서 한 줄기 희망을 발견했다. 눈엣가시 같던 리브나 키브사를 통해서.

　그 일은 키브사가 가장 두려워하던 일 중 하나였다. 눈보라가 몰아닥치는 설원에서 연인을 다시 만나는 것. 세상을 두고 그와 싸우는 것. 사랑과 정의가 양립할 도리 없이 충돌하는 이 순간을 키브사는 고통 속에서 기다리고 있었다. 이르이트가 세상에 온 까닭을 안다. 그 또한 자신의 존재를 감당하지 못해 이곳에 왔으리라. 리브나 키브사가 사랑이기에 이 길을 택한 것처럼, 그는 정의이기에 이 길을 택했다. 아무 죄 없는 이가 죄인들에게 휩쓸려 침몰하는 것은 그의 정의와 어긋나기 때문에.

"돌아가요, 이르이트."

키브사가 잠긴 목소리로 애원했다. 이르이트는 매섭게 날을 세웠지만, 곧 견디지 못하고 연인을 끌어안고 말았다. 그 둘은 그토록 간절했지만, 아직은 함께 있을 수 없었다.

너무 일찍 내려온 이르이트가 염려스러워 키브사가 속삭였다.

"왜 온 거예요……."

"더는 보고만 있을 수 없어."

"안 돼요, 돌아가요. 여긴 아직 당신이 있을 곳이 아니에요."

키브사의 애원에도 이르이트는 물러날 줄 몰랐다. 그는 굳게 서서 키브사를 하염없이 바라만 보았다. 그 눈에 가득한 사랑을 느꼈지만, 키브사는 가까스로 마음을 다잡았다.

"부탁이에요, 그러지 말아요. 제발, 이 세상을 부수지 말아요."

연인은 대답이 없었고 눈물은 마음에만 차올랐다. 쏟아지는 냉기가 세상의 종말보다 매서워 가슴이 쓰라렸다. 이대로 손을 뻗어 나의 온기로 당신을 따스하게 해줄 수 있다면 얼마나 좋을까. 당신을 품에 안고 당신의 품에 안겨 이 추위를 함께 이겨 낼 수 있다면 얼마나 좋을까. 그것을 무엇보다 바라지만 그렇게 될 수 없음을 이미 뼈저리게 알기에. 그렇기 때문에 나는, 리브나 키브사는 결국 검을 들었다. 대공이 설원에 버린 그 검을.

"돌아가세요, 대공."

대공의 검을 들고 키브사가 굳은 목소리로 말했다.

"나는 세상을 구하기 위해 준비된 왕의 기적, 세상을 수복하는 자입니다. 나는 온 세상에 용서를 내릴 것이며, 나의 때가 지나야 당신의 때가 올 것입니다. 그러니 이 땅은 아직 당신에게 허락된 곳이 아닙니다. 그러니 그만 돌아가요."

그럼에도 대공은 미동하지 않았다. 공주는 결국 이를 악물며 검을 세워 들었다. 자신에게 검을 겨누는 키브사를 보며 대공이 비로소 입을 열었다.

"나를 치겠다는 거냐?"

그 목소리에 노기가 서렸다면 차라리 나을 텐데, 이르이트는 나직이 속삭여 키브사를 더 괴롭게 만들었다. 이어지는 말도 모조리 키브사의 가슴을 할퀴는 것이었다.

"차라리 그 편이 낫겠다. 네가 여기서 겪을 일들을 지켜볼 바에야, 차라리."

"바보같이……."

이르이트의 담담한 진심에 키브사는 입술을 깨물었다. 그의 절실함이 느껴졌지만, 그런 건 아무래도 관계없었다. 아니, 관계없어야 했다. 수복하는 자와 멸하는 자는 이 무너진 세계에서 양립할 수 없으니까. 어쨌든 둘 중 하나는 사라져야 하니까. 그리고 리브나 키브사는 양보할 수 없었다. 자신을 위해서가 아니라 세계를 위해서.

키브사는 심장을 도려내는 아픔을 견디며 가장 비정한 결단을 내렸다. 이르이트 또한 키브사의 결심을 눈치채고 잠잠히 말했다.

"가까이 와라. 더 멀어지지 말고."

그리고 두 팔을 벌려, 연인을 향해 내뻗었다.

"어차피 마지막이니."

그것이 키브사가 귀로 들을 수 있었던, 이르이트의 마지막 말이었다.

둘의 충돌은 별이 파괴되는 것만큼 눈부신 빛을 내뿜었다. 새하얀 빛 속에서 그들은 잠시 만났다. 아주 먼 옛날, 당연히 함께이던 어린 시절의 모습으로.

―나쁘다, 정말.

먼저 입을 연 건 어린 키브사였다. 키브사는 순진한 소녀의 모습으로 볼을 잔뜩 부풀렸다.

―대체 왜 온 거야?

그러자 소년인 이르이트가 난처해하며 대답했다.

―널 보고 싶어서 왔어.

부끄러움을 무릅쓰고 진심을 토로했지만, 키브사는 도리어 기가 막힌다는 듯 팔짱을 꼈다.

―그게 이유가 되니?

종알거리는 여자아이의 핀잔에 소년은 결국 웃어 버렸다. 그리고 하는 수 없이 수긍했다.

―그러게.

확실히 이유가 되지 않는다. 그럼에도 그는 이곳에 왔다. 어쩔 수 없이.

―그러게…….

정의로운 그 소년은 자조적으로 웃으며 다시 속삭였다. 그리고 빛은 사그라졌다.

연인의 심장을 관통한 검을 쥐고 키브사는 신음을 삼켰다. 자신의 몸으로 드리운 거대한 연인을 애써 지탱하며, 그렇게 비명을 참았다. 이르이트는 막지 않았다. 피하지도, 저항하지도 않았다. 그저 묵묵히 연인의 검을 받을 뿐. 그 큰 힘을 가지고 있으면서도. 그것이 더없이 참담했지만, 키브사는 애써 침착하게 말했다.

"나는 후회하지 않아요."

잘 떨어지지 않는 입술을 열어 말했다.

"비록 기억을 잃고 자신이 누구였는지도 모른 채 헤매게 되겠지만, 그래도 이게 끝은 아니라고 믿어요."

키브사의 얼굴로 눈물이 떨어졌다. 서서히 흩어져 가는 이르이트의 눈물이었다. 대공의 눈에서 무겁게 넘실대던 눈물이 결국 추락해 키브사의 얼굴을 적셨다. 따스한 눈물방울에 가슴이 미어져 키브사는 오랫동안 말을 이을 수 없었다.

그럼에도 어렵사리 맺은 그것은 예언이었다.

"나는, 그리고 당신은 반드시 여기로 돌아올 거예요."

그렇게 속삭이면서 키브사는 울지 않았다. 투명하게 떨어지는 이르이트의 눈물이 너무 무거워서 차마 울 수 없었다. 한편 이르이트가 슬퍼하는 것은 키브사의 예언이었다. 이 진창으로 또다시 돌아오겠다고 하는 연인이 서글퍼서 하염없이 눈물을 흘렸다. 줄 것이 눈물밖에 없다는 것에 슬퍼하며, 그는 끝내 신기루처럼 흩어졌다.

이르이트가 사라지고 키브사는 혼자 남았다. 키브사의 몸도 하얗게 빛으로 부서지고 있었다. 이르이트가 한 짓이었다. 이제 키브사는 시간을 뛰어넘고 우주를 역행해 어디론가 떨어지게 될 것이다. 그리고 그곳에서 이르이트의 원대로 아픔 없는 삶을 누리겠지.

먼 곳에서 웃음소리가 들려왔다. 어둠에 몸을 숨긴 뱀들의 웃음소리였다.

'정의가 죽었다, 사랑도 사라져 간다. 하하하! 심판은 사라졌다. 이제 마음껏 놀자, 온몸으로 반항하자. 그래서 우리가 자유라는 것을 증명하자!'

뱀들은 큰 소리로 떠들며 춤을 추었다.

혹독한 눈보라에 섞여 들려오는 소리에 키브사는 눈을 질끈 감았다. 삼키려고 안간힘을 썼던 비명이 폐부에서 새어 나왔다. 입술을 깨물어도, 주먹을 움켜쥐어도 이미 한계까지 차오른 그것을 도로 삼킬 수는 없었다. 결국 키브사의 입에서 터져 나온 절규가 세상에 울려 퍼졌다.

키브사는 엎드려 비명을 질렀다. 기어이 대공마저 죽이고 말았다. 그 문에서 가지 말라고 붙잡던 대공이 떠올라 키브사는 미칠 듯 힘겨웠다. 다시 만날 때 둘 중 하나는 반드시 죽게 되리라는 그 말이 떠올라서. 반쪽마저 짓밟고 나는 여기서 무엇을 하는가. 정의를 묵살시키면서까지 이 세계를 지키고자 한 나는 정녕 사랑인가, 아니면 방종인가. 둘도 없는 연인마저 죽이고 나는 여기서 대체, 무엇을……. 고통이 너무 커서 눈물조차 흐르지 않았다. 갈가리 찢긴 마음이 숨통마저 조였다.

그때 엘이 키브사의 좌절 속에 한 소년을 보냈다. 눈 밟는 소리에 쓰러져 있던 키브사가 고개를 들었다. 발이 보였다. 그에게로 다가오는, 엉망진창으로 찢긴 발이.

아, 이럴 수가. 그 발을 보는 순간 혼란이 가라앉고 머리가 차가워졌다. 고개를 더 들었을 때 키브사는 한 소년과 눈이 마주쳤다. 순간 소년의 모든 것을 보았다. 그는 상처투성이, 외로운 고아, 복수하는 가련한 죄인.

그의 텅 빈 영혼을 보며 키브사의 눈에 비로소 눈물이 차올랐다. 그래, 너였다. 널 안아 주고 싶어서 내가 여기까지 왔다. 너 하나를 다시 내 품에 넣고 싶어서. 우리가 널 만들 때 어떤 마음이었는지 너는 모르겠지. 혹한 속에 방치되어 사람과 짐승 사이의 무언가로 자라난 너는, 너는…….

"많이 아프니?"

키브사가 속절없이 속삭였다. 소년에게서 성한 데를 찾을 수가 없었다. 그의 두 발, 몸, 그리고 마음까지도. 그 아픔이 고스란히 느껴져서, 키브사는 소년의 발 앞에 눈물을 떨궜다.

"널 혼자 두고 싶지 않았는데."

너 혼자 버려진 듯 추위에 떨게 하고 싶지 않았는데. 세상의 모든 악의로부터 너를 지키고 싶었는데, 너를 상처 입히고 싶지 않았는데. 그것을 간절히 원했지만 정의도 사랑도 없는 이곳은 너에게 그토록 냉정했다. 그래서 결국 너라는 아픔을 낳았다. 세상이 너를 낳았다.

키브사는 소년에게 손을 뻗었다. 그가 자신을 죽이러 왔다는 것을 알지만, 그저 팔을 뻗었다. 소년을 안아 주고 싶어서, 그저 꼭 안아 주고 싶어서. 하지만 소년은 겁을 먹어 물러섰고, 그를 기다리기엔 키브사에게 남은 시간이 너무 짧았다. 키브사의 온몸이 빛으로 흩어지기 시작했다. 이것으로 마지막인 걸 알고 키브사는 간절히 말했다.

"기다려 줘, 반드시 돌아올 테니까. 그땐 너를……."

키브사는 말을 다 잇지 못했다. 이르이트가 그랬던 것처럼 온몸이 흩어지는 바람에. 소년이 뒤늦게 손을 뻗었지만 이미 너무 늦어 마주 잡을 수 없었다. 그 사실에 가슴이 미어져 키브사는 하늘에 청했다.

'아아, 아버지. 부디 우리를 구하소서.'

그 한탄이 키브사가 세상에 남긴 마지막 흔적이었다.

설원이 눈앞에서 멀어지며 나는 다시 나의 공간으로 돌아왔다. 이야기가 끝났다. 그 끝에서 나는 나를 기다리고 있는 리브나 키브사를 만났다. 순백의 공주는 나를 보며 잠잠히 웃고 있었다. 여느 때처럼 상냥하게. 나는 그를 마주 보며 조용히 물었다.

"이게 아나하라트야?"

"응, 그건 몽상도 꿈도 아니지. 낙천적인 것도 아니야. 그건 아픔, 선택, 각오, 그리고 선을 위해 모든 것을 바치는 것."

"이제 알겠어, 그게 뭔지."

내 대답에 키브사는 더 짙게 웃었다. 나는 그를 바라보다가 한숨을 쉬듯 푸념했다.

"라이시는 그때도 똑같은 일을 했네."

"응, 바보같이."

바보라는 말에 나는 피식 웃었다. 맞다, 라이시는 정말 바보야. 하지만 그 바보 덕분에……

"내 길이 뭔지 알았어."

"죽음을 두려워할 필요는 없었지."

"그 끝에서 모든 것을 얻게 될 테니까."

"그 전에 모든 것을 잃어야 하겠지만."

나와 키브사가 번갈아 하는 말은 절묘하게 맞아 떨어졌고, 그래서 우린 마주 보다가 웃어 버렸다. 사실 당연한 일이다. 우린 같은 사람이니까. 나는 홀가분한 기분으로 키브사에게 손을 뻗었다.

"가자."

키브사는 기꺼이 내 손을 맞잡으며 고개를 끄덕였다.

"응."

우리가 손을 맞잡자 공간이 벌어지며 새로운 문이 열렸다. 우리를 기다리는 세계로 이어지는 문이었다. 오랜 시간이 걸렸지만 그래도 다시 돌아왔다. 이제 그만 결론을 맺자. 이제 정말 세상을 구하자.

우리는 결단하며 새 빛으로 뛰어들었다.

5

공주의 세계, 반복

다시 정신을 차렸을 때 나는 새하얀 설원 위에 있었다. 아, 익숙하다. 저 흐릿하게 하얀 하늘. 그리고…….

"으……."

등줄기를 타고 올라오는 이 한기도.

"추워!"

나는 두 팔로 몸을 감싸며 벌떡 일어났다. 으악, 진짜 추워! 나는 몸서리치며 황급히 눈을 털어 냈다. 그리고 사방을 둘러보는데, 와, 데자뷰 진짜 엄청나. 주변이 온통 눈이다. 내가 아본에 처음 왔을 때처럼. 차이가 있다면 옆에 라이시가 없다는 건데, 이거 대단히 치명적이다. 하복 차림으로 눈밭에 떨어진 나는 구제해 줄 남자 친구가 없다는 사실에 좌절하며 최대한 몸을 오그렸다. 으앙, 빨리 와줘! 기껏 돌아왔는데 이러다간 얼어 죽을지도 몰라!

내가 오들오들 떨고 있을 때였다. 설원 저편에서 무언가가 일렁였다. 새하얀 눈 사이로 희미하게 보이는 그것은, 내가 애타게 기다리던 사람이었다. 힘껏 팔이라도 흔들고 싶지만 반팔이라서 못하겠다. 나는 이를 딱딱거리며 저편에서 어서 날 발견해 주길 기다렸다. 느끼기엔 영원 같았지만 실제로는 몇 분이 지나고, 저쪽에서 드디어 나를 발견했다. 그 아이는 나를 보자마자 놀라서 달려 왔다. 작은 몸으로, 여느 사람보다 훨씬 더 빠르게.

"괜찮으세요?"

순식간에 눈을 박차고 달려온 아이는 예전보다 씩씩해 보였다. 시간이 꽤 흘렀는데 그간 잘 지낸 모양이다.

"일행이 있나요? 옷차림은 왜……."

아이가 나를 살펴보며 다급히 물었다. 그래서 나는 나를 몰라보는 그에게 웃으며 말했다.

"안녕."

내 얼굴을 보도록.

"오랜만이야."

그리고 놀란 토끼 눈을 하도록.

아니나 다를까, 아이의 눈이 한없이 커졌다. 아이는 믿을 수 없다는 표정으로 소리쳤다.

"공주님?"

"응, 많이 컸네."

그래 봐야 아직 내 턱까지밖에 오지 않지만, 그래도 참 많이 컸다. 나는 아이의 머리를 쓰다듬으며 이름을 불렀다.

"무아카."

나를 보던 무아카의 눈이 매섭게 변했다. 그와 함께 인정사정없는 발차기가 날아왔다. 아, 생각해 보면 이것도 그때와 비슷하다. 이 세계에 오자마자 무지막지하게 구른 것. 이 세계는 정녕 위기가 끊이질 않는 모양이다.

나는 가쁘게 숨을 몰아쉬며 생각했다. 이 아이 참 잘 컸다고. 발차기 한 번에 바닥을 저렇게 무너트리다니, 잘 컸다. 참 잘 컸다.

"죄, 죄송해요, 공주님."

하지만 당황하면 이렇게 우물쭈물하는 건 옛날 그대로다. 나는 가슴이 벌렁거리는 걸 숨기며 애써 웃었다.

"아니야, 몰라서 그런 건데 뭐."

말은 그렇게 했지만 아깐 정말 진땀을 뺐다. 아, 한 대 맞는 줄 알았어. 무아카는 내 얼굴을 보고서 다짜고짜 공격했다. 이유인즉 시믈라의 권속인 줄 알고. 오해받은 나는 눈밭을 구르고 뒹굴며 죽다 살아났다. 무아카가 공격을 멈춘 건 내가 간곡히 호소하고 몇 가지 질문에 대답한 후였다. 그로써 나인 걸 깨닫고 무아카는 얼떨떨하게 물었다.

"어떻게 된 거예요, 공주님? 지금까지 어디 계셨어요? 3년 전하고 변한 게 하나도 없으세요."

역시 3년이 지났구나. 여기 오기 전에 키브사에게 듣고는 반신반의 했는데.

그랬다. 내가 원래 세계에서 일주일을 보내는 동안, 그리고 긴 꿈을 꾸는 동안 아본에서는 3년이라는 시간이 흘렀다. 그래서 무아카는 이제 열 살 꼬맹이가 아니라 열세 살 어엿한 소녀다. 코가 빨갛게 얼어붙은 채 묻는 무아카에게 나도 여러 이야기를 해주고 싶지만, 우선은 여기서 벗어나야겠다. 이대로라면 정말 동상 걸리겠어.

"궁금한 것도 많고 알고 싶은 것도 많겠지만, 일단 집에 들어가서 얘기하면 안 될까? 나 너무 추워."

"아, 네! 절 따라오세요!"

무아카는 뒤늦게 내 상황을 깨닫고 자신의 목도리와 겉옷을 허둥지둥 건네주었다. 아이의 옷을 빼앗는 게 미안했지만 나는 얇은 교복 차림이라 차마 사양할 수가 없었다. 우리는 추위를 절반씩 나눠 갖고서 무아카의 집으로 향했다. 나란히 걸어가며 나는 무아카에게 넌지시 물었다.

"그동안 잘 지냈니?"

내 물음에 무아카는 그저 웃었다. 조금 난처한 듯이.

"요즘도 변신해?"

"아니요, 저도 이제는 검은 힘을 마음대로 쓰지 못해요."

하긴, 3년간 피네하스를 거역했다면 제약이 생겼겠지. 기달티처럼. 3년, 결코 짧은 시간이 아니다. 하지만 굳이 3년 후로 정한 것은 지금이 최적의 시간이기 때문에. 세상을 구하기에 가장 좋은 때가 되었다. 물론 그걸 모르는 사람들은 그동안 날 원망도 했을 테다. 무아카처럼.

"공주님은 그동안 뭐 하셨어요?"

무아카의 목소리엔 의구심이 가득했다. 그 속에는 궁금함 이상의 감정이 보였다. 그건 사실 세상이 이렇게 될 동안 왜 없었냐는 원망에 가까웠다. 아이의 작은 마음이 느껴졌지만 나는 그저 웃었다.

"준비했어."

"준비요?"

"응."

그게 어떤 준비인지 무아카는 되묻지 못했다. 이야기하는 사이 어느새 목적지에 도착했기 때문이다. 우리가 도착한 곳은 다름이 아니라 두미야의 산채였다. 북동쪽, 키브사가 떠났던 자리에 세워진 이곳은 우리가 오르내리는 하늘의 문과 가장 가까운 마을이다. 마을 곳곳은 여전히 폐허였지만, 그 사이에 있는 집 한 채는 아주 멀쩡했다. 이들이 와서 보수한 덕이다.

우리가 집에 들어설 때 한 여인이 마중 나왔다. 무아카를 기다리던 그 여인은 의아한 눈으로 나를 바라보았다. 무아카가 누굴 데려온 건가 살피던 그 눈에 경악이 차오른 건 잠시 후였다.

"공주님?"

무아카랑 반응이 똑같네. 나는 나를 한눈에 알아본 제미라를 향해 기쁘게 웃었다.

"이제 앞이 보이는구나."

날 똑똑히 담은 제미라의 두 눈이 더 커졌다. 훌쩍 큰 무아카와는 달리 제미라는 별로 달라진 게 없었다. 다만 선명한 두 눈이 예전과 다르다.

"정말 공주님이세요?"

"응, 나야."

내가 잠잠히 대답했지만 제미라는 여전히 믿을 수 없다는 얼굴이었다. 그에게 놀랄 시간을 더 주고 싶었지만, 먼저 해야 할 일이 있다.

"야빈은 어디 있어?"

내 물음에 그들의 눈이 다시 커졌다. 내가 야빈을 찾는 걸 놀랍게 여기는 표정이었다. 그 반응에 나는 그만 웃고 말았다. 그보다 더 놀라운 건 너희 둘이 오순도순 한 집에서 살고 있는 건데, 자신의 기적은 깨닫지 못하고 내 물음을 신기해한다.

"안쪽 방에 있어요."

제미라가 머뭇대며 나를 안내했다. 집의 가장 구석진 방, 그 어두운 곳에는 희미한 숨소리가 있었다.

"힌네는 이미 작년에 죽었어요."

뒤따라 온 제미라가 작은 목소리로 속삭였다.

"야빈도 힌네처럼 뿔이 떨어지더니 몸에 멍이 생기고 이렇게 됐어요. 못 일어나게 된 지는 벌써 두 달째예요. 최근에는 의식도 거의 없어서 아무래도 곧……."

제미라는 서글퍼하며 말을 잇지 못했다. 무아카도 슬픈 얼굴이었다. 나는 그들을 뒤로하고 방으로 들어갔다. 숨을 몰아쉬는 마른 아이, 억지스러운 교접부가 서서히 썩어 가는 아이. 야빈이 그 방에 누워 있었다.

"야빈."

나는 그 아이를 조용히 불러 깨웠다. 아이가 어렵사리 눈을 뜨고 나를 바라봤다. 그 희미한 눈빛은 죽음을 앞두고 있었다. 죽음은 이 아이에게 이미 예정된 일이었다. 과학자들에게 난도질당하며 본래의 육체를 모두 빼앗겼을 때부터. 우리는 그런 너를 가엾이 여긴다. 그래서 너에게 조금 더 시간을 주려고 한다. 그러니까,

"이제 그만 일어나자."

나는 조용히 속삭이며 야빈의 이마를 쓸어 넘겼다. 그러자 뿔이 떨어져 구멍이 난 자리가 채워지고 피부의 멍이 씻기듯 사라졌다. 동물의 귀가 사람의 온전한 것으로 바뀌며 핏기 없던 뺨에 생기가 돌았다. 희미하던 아이의 호흡도 선명하고 고르게 바뀌었다.

야빈이 깨끗이 낫는 모습을 보고 제미라가 헛숨을 삼켰다.

"세상에……."

야빈의 눈매가 또렷해지자 무아카가 달려와 물었다.

"야빈, 괜찮아? 정신이 들어?"

하지만 야빈은 제미라와 무아카에게 신경 쓰지 않았다. 그 아이는 몸을 일으키더니 또렷한 음성으로 나를 불렀다.

"공주님."

"응."

"이것도 꿈인가요?"

어김없이 침착한 그 아이를 보며 나는 싱긋 웃었다.

"아니, 이번엔 현실이야."

모든 기적이 꿈이 아니라는 걸 증명하려고, 내가 여기에 왔어.

야빈은 병상에서 바로 일어났다. 옷에 묻은 고름이 다 가짜인 것처럼 멀쩡해진 모습으로. 그리고 그 아이는 이제 양과 섞여 있지 않다. 아이는 이제 온전한 사람이다.

배고파하는 야빈에게 제미라는 급히 음식을 가져다주었다. 야빈은 배불리 먹은 후 몸을 씻고 돌아왔다. 제미라와 무아카가 내게 무슨 짓을 했는지 다급히 물었고, 나는 오직 한마디로만 답했다.

"내가 해야 했던 일 중 하나였어."

처음부터 내가 원했던 건 양을 구하는 거였으니까. 하지만 그 말을 제대로 이해한 건 야빈뿐이었다.

"꿈에서 공주님이 오시는 걸 봤어요."

"응, 나는 꿈으로도 말하거든."

내 스스로에게 그랬던 것처럼 나는 야빈에게도, 그리고 다른 몇몇 사람들에게도 내 이야기를 전했다. 내가 돌아왔다고.

한편 제미라와 무아카는 아직도 얼떨떨한 표정이다. 그 둘은 나란히 앉아서 같은 표정을 짓고 있었고, 나는 그들의 이야기가 궁금했다. 그래서 그들의 눈을 통해서, 그들에게 있었던 옛일을 읽어 보았다.

3년 전, 기달티 성으로 포탄이 쏟아질 때 아이들은 새벽잠을 자고 있었다. 두려움 속에서 간신히 든 쪽잠이었으나 무자비한 공격은 아이들을 다시 지옥 같은 전쟁터로 끌어냈다.

그때 무아카는 어안이 벙벙했다. 힘 있는 자신이 무언가를 해야 한다고 생각했지만 이 무너지는 성에는 아이들이 너무 많아 누구를 먼저 도와야 할지 몰랐다. 그때 맞은편에서 달려오는 타누와 야빈이 보였다. 그들은 출구로 달리는 아이들을 역행하며 힌네와 하야를 찾고 있었다. 그 모습에 무아카도 퍼뜩 제미라가 생각났다.

그때부터 다급해진 무아카는 잴 것 없이 제미라의 방으로 달려갔다. 한 번도 찾아간 적은 없지만, 그 방이 어디인지는 잘 알고 있었다. 매일 눈으로 바라보던 곳이니까. 제미라의 방문을 여는데 망설임은 없었다. 하지만 두렵기는 했다. 그 두려움은 아비규환 속에 웅크린 제미라를 보는 순간 더 커졌다. 그럼에도 무아카는 지체하지 않고 침대에 웅크린 제미라의 손을 잡아끌었다.

"이쪽으로 오세요."

앞이 보이지 않아 혼자 떨고 있던 제미라가 깜짝 놀라 되물었다.

"누, 누구니?"

무아카는 대답할 수 없어 묵묵히 제미라를 잡아당겼다. 제미라는 망설이면서도 무아카를 따라 일어났다. 하지만 제미라는 무아카의 손을 잡고도 제대로 걷지 못했다. 그래서 무아카는 제미라를 등에 업었다. 아이에게 업히는 순간, 그리고 무아카가 빠른 속도로 달리는 순간 제미라도 결국 수상한 낌새를 챘다.

"너…… 누구야?"

이번에도 무아카는 대답하지 못했다. 대신 사정을 모르는 누군가가 저편에서 소리쳤다.

"무아카! 이쪽이야!"

야빈의 외침이 야속했다. 때마침 멈춘 포격도.

"무아카?"

제미라가 질겁하며 그 이름을 되뇌었다. 그럼에도 대답이 없자 의심은 확신으로 바뀌었다.

"이, 이거 놔!"

제미라가 격하게 반항했고, 현관으로 내려온 무아카는 그 격정을 이기지 못해 그를 내려놓았다. 그러자 제미라는 몸에 칼이라도 닿은 것처럼 기겁하며 물러났다.

"저리 가, 내 몸에 손대지 마!"

"저기, 아가씨. 나도 사정은 대충 아는데 지금 그럴 때가 아니잖아?"

보다 못한 타누가 중재에 나섰지만 소용없었다. 제미라의 반항 때문이 아니라 또 한바탕 난리가 나는 바람에. 갑자기 성문이 열리며 주민들이 들이닥쳤다. 기껏 포격이 멈췄건만, 그들은 무기를 움켜쥐고서 성 꼭대기로 달려갔다. 제미라의 비명과 주민들의 난입 사이에서 무아카는 혼란에 빠졌다. 그를 일깨운 건 따라가 보라는 야빈의 한마디였다.

그리고 뒤따라간 곳에서 무아카는 덩달아 공격당했다. 주민들은 아이마저 찔렀고, 끝내는 기달티에게 도륙당했다. 몸을 베인 채 무아카는 모든 것을 보았다. 아야라의 죽음을, 그리고 기달티가 괴물로 임하는 것을.

성을 쪼개며 몸을 일으킨 기달티는 실로 거대했다. 그의 포효는 이 세상의 소리가 아닌 것 같아서 살아 있는 모든 것을 두려움에 떨게 했다. 그 아비규환 속에서, 피까지 얼려 버릴 듯한 공포 속에서 가장 먼저 정신을 차린 건 무아카였다. 무아카는 늑대로 변해 생각나는 사람들에게 달려갔다. 다른 누군가를 구할 겨를은 없었다.

무아카는 야빈과 동생들, 타누를 등에 태우고 제미라를 입에 물었다. 제미라가 째지는 비명을 질렀지만 놓아줄 수 없었다. 기달티에게서 도망치는 게 더 급했다. 기달티가 날개를 펼칠 때 새벽은 밤처럼 어두워졌다. 그리고 세상이 멸해지기 시작했다. 땅이 무너지고 거대한 가시가 솟구쳤다. 검은 비가 내려 살아 있는 것을 썩게 만들었다. 혼란 속에서 야빈은 결국 하야를 놓쳤다. 아이는 순식간에 녹아 버렸고 무아카는 그 독에 닿지 않으려고 필사적으로 달렸다. 근방에 진을 치고 있던 중앙의 군대도 모조리 휩쓸렸다. 거기서 살아나올 수 있었던 건 무아카와 야빈, 타누, 힌네 그리고 무아카의 숨결에 진저리를 내는 제미라뿐이었다.

"저리 가, 건드리지 마. 제발 가란 말이야!"

그렇게 절규하는 제미라의 마음은 몇 달 전 늑대의 피를 받아 마시던 그때로 돌아가 있었다. 꿈에서도 잊히지 않는 기억이 덮쳐 와 제미라의 숨통을 막았다. 마음 깊은 곳에서 도사리는 공포가, 결코 사라지지 않는 증오가 그의 눈을 캄캄하게 만들었다. 그는 죽을 것같이 비명을 질렀다. 범람하는 댐처럼, 지난날 참고 삼켜 왔던 모든 것을 뱉어 냈다.

그리고 그것을 비로소 마주하게 된 어린아이는 울지 못했다. 그가 할 수 있는 건 말이 섞인 신음뿐이었다.

"미안해요."

아이가 신음했다.

"정말 미안해요."

자신이 낼 수 있는 온 힘을 다해서.

늑대 울음밖에 들어 본 적 없는 제미라에게 무아카의 목소리는 생소했다. 깜깜한 어둠 속에서 들려오는 목소리는 작았다. 어리고, 또 여렸다. 거짓말처럼.

닭 우는 소리가 새벽을 알리듯, 그 아이의 목소리가 제미라의 어둠을 깨트렸다. 제미라의 눈앞이 천천히 밝아 왔다. 뿌옇게 보이는 형상속에서 한 아이가 보였다. 그 아이는 상처를 입고 있었다. 찔리고 베여 만신창이었다. 그럼에도 용서만 비는 아이의 눈망울이 제미라의 가슴을 내리쳤다.

"이게 뭐야."

제미라가 참담한 심정으로 속삭였다.

"어린애가, 무슨 이런 상처를……."

제미라는 떨리는 손으로 무아카의 상처 난 어깨를 감쌌다.

"이게 대체 뭐야."

그의 두 눈에서 눈물이 떨어졌다. 무엇 때문인지는 정확히 알 수 없었다. 다만 제미라는 깨달았다. 자신이 더는 이 아이를 미워할 수 없다는 것을. 자신이 무아카를 완전히 용서했다는 것을.

"공주님?"

내가 혼자 웃자 제미라가 나를 불렀다. 그래서 나는 상념에서 퍼뜩 깨어났다.

"아, 응."

제미라가 이상하다는 눈으로 나를 바라보았다. 그 옆에 앉은 무아카도 똑같은 눈빛이다. 모든 상처를 떨쳐 낸 두 사람은 아름다웠다. 이전에도 분명 아름다운 사람들이었지만, 남아 있던 일말의 그늘까지 지운 그 모습은 눈이 부셨다. 그래서 나는 또다시 웃고 말았다. 나란히 앉은 두 사람이 재미있어서. 그러자 제미라와 무아카의 눈에 슬슬 불만이 어렸다. 아, 이제 더 웃으면 안 될 것 같다. 이러다 정말 화 내겠어. 아니나 다를까 제미라가 답답하다는 투로 말했다.

"어떻게 된 일인지 말씀 좀 해주세요. 지금까지 대체 어디 계셨던 거예요?"

아까 무아카도 물어본 거지만 참 설명하기 어렵다. 그래서 나는 이번에도 간략하게 요약했다.

"준비를 하고 왔어."

"준비요?"

"응."

"무슨 준비를······?"

너무 당연한 물음에 나는 결국 또 한 번 웃었다.

"뭐겠어."

내가 여기 온 이유는 처음부터 하나뿐이었는데.

"당연히 세상을 구할 준비지."

나는 망설임 없이 뜻을 밝혔다. 하지만 제미라와 무아카의 표정은 그다지 밝아지지 않았다.

"그러기엔 너무 늦었어요. 세계는 이미 멸망 직전인걸요."

제미라가 어두운 얼굴로 유감스럽게 말했다.

"지금 세상은 끝에 와 있어요. 땅이 점점 썩어서 발 디딜 곳도 얼마 남지 않았어요. 그 와중에 사람들은 전쟁을 계속하고 있고요."

그래서 너무 늦었다고, 이제 와선 다 틀렸다고 말했다. 그들의 좌절은 짙었다. 다시 몰아닥친 혹한 속에서 꽁꽁 얼어붙은 마음은 따스함을 전혀 기대하지 않았다. 하지만 나는 실망하지도 화를 내지도 않고 끄덕였다.

"응, 다 알고 있어. 지금 자이트와 시로니가 싸우고 있다는 것도."

자이트와 시로니, 그리운 이름이다. 내게서 너무 멀어진 이름들.

3년 전, 기달티가 폭주하면서 세상은 위기에 빠졌다. 해일처럼 모든 것을 휩쓰는 기달티는 그야말로 재앙. 그리고 그 재앙이 가장 처음 달려든 곳은 북쪽이었다. 발등에 불이 떨어진 자이트는 전쟁을 일으켰다. 중앙의 메트로폴리스를 차지하기 위해서. 그 진격을 저지한 건 시로니였다. 스승을 살해하고 연구소를 차지한 시로니는 위기의 순간 중앙의 군대까지 장악했다. 그리고 한때 친구였던 남자와 치열한 전쟁을 벌였다. 그들은 필사적이었다. 자이트는 몰살을 피하기 위해 메트로폴리스를 차지해야 했고, 시로니는 고향을 지키기 위해 자이트라는 위험인물을 저지해야만 했다.

하지만 그건 3년 전 기달티가 날뛰던 때의 상황. 지금은 그때와는 상황이 조금 달라졌다.

"기달티는 지금 동쪽에 묶여 있지?"

"네, 라이시 형이 성주님을 붙잡고 있어요."

내가 묻자 야빈이 대답했다.

"라이시 형은 3년 전에 이요브한테 납치당했었어요. 그런데 타누 형이 구출해 왔고요."

참 많은 일이 있었던 3년 전, 이 이야기는 조금 더 자세히 들여다봐야 할 것 같다.

6
하늘의 대공

기달티가 폭주하던 그날, 무아카 일행은 북쪽으로 도망치고 있었다. 그들은 그림자가 드리우는 것을 보고 멈춰 서서 하늘을 올려다보았다. 하늘에서 커다란 날개를 펼친 남자가 내려오고 있었다. 타누와 제미라는 그를 한눈에 알아보고 다급히 소리쳤다.

"알타쉬헤트 공!"

"라이시 오빠!"

무아카의 일행은 이곳에서 만난 라이시가 절실하게 반가웠다. 하지만 정작 라이시는 혼란에 휩싸여 있었다.

"어떻게 된 거야, 저건 대체……."

라이시는 말을 흐리며 동쪽, 기달티 성이 있어야 할 방향을 바라보았다. 맑게 갠 이곳과 달리 저곳에선 폭우가 내리고 있었다. 검은 비였다. 그 비에 젖은 세상도 검었고, 그 가운데엔 산처럼 거대한 무언가가 있었다. 젖은 땅은 먹색으로 썩어 들었고, 질척한 구정물빛 늪이 되어 세상을 좀먹기 시작했다. 아본의 설원과 대비되는 또 다른 절망이었다.

나를 원래 세계에 데려다주고 돌아온 라이시는 갑자기 변해 버린 상황에 당황했다. 무슨 일이 일어났는지 전혀 모르는 그에게 무아카가 자그맣게 말했다.

"성주님이에요."

"뭐?"

"성주님, 아야라 선생님이 죽어서……."

"아야라가 어떻게 됐다고?"

라이시가 눈을 부릅뜨며 다그쳤다. 그래서 무아카는 더듬거리며 종전의 일을 설명했다.

"새벽에 또 포탄이 떨어졌어요. 그때 사람들이 왔는데, 성주님이 떨어지는 선생님을 잡으려다가……."

무아카는 횡설수설하던 끝에 결국 울먹거렸다. 도망치는 동안 꾹 참고 있던 서러움이 이제야 북받쳤다. 라이시는 훌쩍이는 무아카에게서 고개를 돌렸다. 그는 동쪽 저 먼 곳을 바라보았다.

"저게 기달티라고……."

라이시는 자기도 모르게 탄식했다. 자리를 비운 사이에 너무 큰 일이 벌어졌다. 그는 나를 데려다주고 돌아오는 길에 시간을 거스르려고 시도해 봤다. 하지만 자신이 존재하던 시간으로는 들어갈 수 없었고, 접근할 수 있는 가장 빠른 시간을 선택한 것이 바로 지금이었다.

라이시는 거대한 절망 앞에서 이를 악물었다. 그가 다시 날개를 펼치자 타누가 놀라서 붙잡았다.

"어쩌려고요?"

"기달티를 막아야 돼."

"무리예요. 사람이든 건물이든 저 비에 닿자마자 녹아 버렸어요. 가까이도 못 가고 죽을 거예요."

타누의 말에 라이시는 다시 동쪽을 바라보았다. 구름도 없이 내리는 검은 비, 그건 기달티가 내뿜는 숨결이었다. 며칠 전 기달티가 용으로 변했을 때는 나와 힘을 합쳐서 간신히 떨어트렸다. 그런데 지금은 혼자, 심지어 기달티는 그때보다 더 거대하다. 가시 돋친 용의 형상도 그날보다 더 흉측하다. 저런 기달티를 혼자서 막아 낼 가능성은 스스로 생각해도 희박했다. 하지만 라이시는 물러나지 않고 마음을 다잡았다. 내가 원래 세계로 돌아가고 아야라가 죽은 지금, 기달티를 책임져야 하는 건 자신이니까.

그래서 라이시는 자신을 붙잡은 타누를 떨쳤다.

"애들 좀 챙겨 줘."

그 말만 남기고 라이시는 땅을 박차며 날아올랐다. 하지만 그의 비행은 오래가지 못했다. 그 앞을 막아선 한 여인 때문에. 공중에서 그를 가로막은 건 다름 아닌 이요브였다. 땅에 있던 타누가 이요브를 알아보고 질겁했지만 이요브는 신경도 쓰지 않고 라이시만을 주시했다.

이요브는 지쳐 있었다. 그 당시엔 아무도 알 수 없었지만, 이요브는 그때까지 피네하스에게 감금되어 있었다. 나와 라이시가 중앙 놀이터에 잠입했을 때 우리를 도운 것이 화근이었다. 피네하스는 나를 피해 어둠 속에서 이요브의 일거수일투족을 지켜보고 있었고, 내가 떠난 뒤 징계를 내렸다. 그래서 흑암의 감옥에 갇혀 있다 간신히 탈출한 이요브는 몹시 지쳐 있었다. 그럼에도 그가 이곳으로 온 이유는 오직 하나. 설령 몰라 주더라도 그 이유는 하나였다.

이요브는 라이시를 막아선 채 그의 사라진 한쪽 눈을 묵묵히 바라보았다. 그 시선에 라이시는 조바심이 났다. 또 그 묘한 태도다. 적대하는 것도 아니고 협조하는 것도 아닌 애매모호한 태도. 항상 헷갈리는 그 눈빛에 라이시는 이를 질끈 물었다.

"비켜."

라이시가 매몰차게 말했지만 이요브는 거부했다.

"안 돼."

칼을 뽑아 들면서.

"가지 마."

이요브는 그렇게 칼끝을 겨누며 속으로 비웃었다. 이 검으로 당신을 위협하게 될 줄이야. 그는 자조를 숨긴 채 말했다.

"또 죽게 될지도 몰라."

그날의 진실이 담긴 말에 라이시의 몸이 덜컥 경직됐다. 그것은 그가 아직 다 모르는 이야기, 미치도록 알고 싶지만 동시에 결코 알고 싶지 않은 이야기. 이르이트 대공과 키브사 공주가 서로를 죽였다는,

기록으로만 본 두려운 이야기였다. 그 말에 잠시 동요했지만 라이시는 다시 냉정하게 떨쳐 냈다.

"당신이 관여할 바가 아니야."

그 말이 못내 아팠지만 이요브는 내색하지 않았다. 대신 담담히 인정했다.

"그래, 내가 관여할 바 아니야. 후회와 책망으로 가득한 나는, 아무 데도 관여할 자격이 없어."

체념하듯 말했지만, 칼끝은 여전히 라이시를 정확히 겨눴다.

"하지만 그렇기 때문에 어디에든 관여한다. 자격은 없지만, 책임은 져야 하니까."

그것은 기달티와는 또 다른 죄인의 말로, 숨고 싶어도 숨을 수 없는 대죄인의 몸부림.

"당신을 여기까지 끌어내린 책임을 지겠어."

이요브는 그렇게 결단을 내뱉었다. 직후 이요브의 검이 움직였고 라이시는 공격에 대비했다. 하지만 라이시가 반응할 때 이요브는 이미 그를 스쳤다. 검은 날개가 공기를 날카롭게 찢었고, 라이시는 무슨 일이 일어났는지도 모른 채 거꾸러졌다.

추락하는 몸을 이요브가 낚아챘다. 그토록 염원하던 대공을 손에 넣었지만, 그 얼굴에는 아무런 표정도 없었다. 쓰디쓴 비탄이 마음에서만 넘쳐날 뿐이었다.

라이시는 어둠 속에 있었다. 그곳에서 연인의 잔상이 섬광처럼 떠오르고 지기를 반복했다. 그 얼굴은 사방의 깜깜한 암흑 속에서 웃고 있었다. 아니, 울고 있었다. 마지막 순간을 피하려는 듯 애써 웃던 소녀는 헤어지자는 말에 결국 울음을 터트렸다. 가지 말라고 매달리는 연인을 그는 끝내 뿌리쳐야만 했다. 왜냐하면, 자격이 없다는 생각에. 날 다치게 했다는 자책에……. 그럼에도 상관없다며 흐느끼던 나를 그는 애써 등졌다. 그리고 괜찮아질 거라고, 잘 지내길 바란다고 마음에도 없는 소리를 했다.

사실은 헤어지고 싶지 않았는데, 이렇게 떠나고 싶지 않았는데, 어쩔 수 없이 그렇게 했다. 내가 그것을 원하든 원하지 않든 오직 나를 위해서. 그럼에도 후회가 남는 건 아쉬움일까 미련일까. 알 수 없다. 이 세계의 운명만큼이나, 알 수가 없다.

다시 눈을 떴을 때 라이시는 낯선 장소에 있었다. 모든 것이 새것처럼 보이는 넓은 방이 어딘지 익숙했다. 마치 전시가 목적인 듯 빈틈없이 꾸며진 방, 그 방은 중앙 놀이터의 호텔 방과 비슷했다. 침대에서 몸을 일으킨 라이시는 발목에서 무언가가 절그렁대는 것을 느꼈다. 시트를 걷어 보니 발목에 쇠사슬이 감겨 있었다. 그 사슬을 보는 순간 정신을 잃기 직전 이요브와 대치했던 것이 떠올랐다.

라이시는 불안한 마음으로 상황을 살폈다. 몸은 다시 치료되고, 옷도 새 옷으로 갈아입혀져 있었다. 옷이 바뀐 걸 알고 라이시는 몹시 당황했다. 혹시나 싶어 몸을 더듬어 본 후 당혹감은 더 깊어졌다. 치포라가 없어졌다.

"치포라를 찾는 거라면 소용없어."

라이시는 나직한 목소리에 흠칫 놀랐다. 창가에 놓인 소파에서 한 여인이 몸을 일으켰다. 숨소리도 내지 않아서 거기 있는지 미처 몰랐다. 이요브였다. 그제야 이요브에게 끌려온 걸 확신하고, 그에게 감금된 것을 알고 라이시는 낮게 이를 갈았다.

"날 어쩔 셈이야."

"글쎄."

돌아오는 이요브의 대답은 무성의했다.

"거기까진 생각해 보지 않았어."

나른한 듯, 아니면 허탈한 듯. 그는 평소보다 더 무뎌 보였다. 애매모호한 대답에 라이시는 질문을 바꿨다.

"날 왜 데려온 거지?"

"당신이 죽는 모습을 또 보고 싶지 않았어."

라이시가 나를 사랑해서 돌려보낸 것처럼, 이요브도 그를 사랑해서 지키려 했다. 어쩔 수 없이 그렇게 했다. 라이시가 그것을 원하든, 원하지 않든. 공주를 향한 대공의 마음이 숭고했다면, 지금 이 마음도 숭고하다고 할 수 있을까? 짧게나마 그런 생각을 하고 이요브는 자조했다. 숭고함이라니, 어울리지 않는 말이다. 자신에게 어울리는 건 질척한 욕망과 끝없는 질투뿐이니까. 바로 지금, 대공을 눈앞에 둔 이 순간조차도. 이요브는 짐짓 태연한 척 말했다.

"그런데 막상 손에 들어오니 뭐든 해보고 싶기도 해."

그래, 이 파국의 시초도 그런 탐욕이었다. 자기 것이 아닌 것을 가지고 싶다는 마음, 그리고 그것을 향한 질투. 그에게 입을 맞춘 것도 같은 이유에서였다. 어린 시절 낙원에서 훔쳐본 대공과 공주의 입맞춤에 침범하기 위해. 그 사이로 끼어들어 빼앗고 훔쳐 내기 위해.

"겁먹었나?"

이요브의 물음에 라이시의 눈이 사나워졌다. 이요브는 그 눈빛을 아무렇지 않게 받아 내는 스스로가 끔찍했다. 그리고 그 끔찍하다는 소감조차도, 이젠 아무렇지 않았다. 이토록 무뎌진 여왕. 사랑이 무엇인지도 알고 정의가 무엇인지도 알지만, 질투에 휩싸여 그것을 어그러트린 철혈의 여제.

이요브는 자신을 돌이켜 보며 메트로폴리스를 떠올렸다. 밤새 불이 꺼지지 않는 도시, 덧없이 몸부림치는 메트로폴리스. 이요브는 자신을 따르는 인간들에게 그 도시를 선물했다. 추위도 배고픔도 없는, 생존이 보장되는 도시를. 인간을 비라에서 끌어낸 책임을 지기 위해 그 비슷한 세상을 만들어 주었다.

그런데 인간들은 어떻게 했던가. 그 도시에서 과연 행복하게 잘 살아갔나? 아니었다. 배고픔과 추위가 사라지니까 서로를 질투하기 시작했다. 시샘하고 비교하며 우월감과 열등감에 사로잡혀 새로운 싸움을 시작했다. 결국 그 도시는 새로운 추위에 휩싸였다. 인간들은 풍요 속에서 빈곤해지고 축제 속에서 고독해졌다. 그 실체 없는 추위에 쫓기듯 달렸고, 끝내 남은 것은 치열한 경쟁뿐이었다. 그로써 불빛이 꺼지지 않는 도시, 황혼이 내리지 않는 도시, 매 시간 스스로 목숨을 끊는 그 도시가 완성되었다.

이요브는 그 도시가 싫었다. 하지만 지금 와서 보니 비난할 수가 없다. 그건 전부 주인인 자신을 닮은 탓이니까. 시샘으로 가득 차 부글부글 끓어오르는 그 모습이 바로 어린 시절의 그였으니까.

"겁먹을 것 없어. 지금은 아무것도 안 할 테니까."

그렇게 말하며 이요브가 바라본 것은 라이시의 다친 눈이었다. 다친 그를 배려하겠다는 말이었지만 라이시는 더 불편해졌다. 마치 사로잡혀 유린당하는 처녀가 된 것 같았다. 모멸감을 감수하며 라이시는 자신의 발목에 감긴 족쇄를 가리켰다.

"이거 풀어."

"불편하지 않을 거야. 이 방에서 생활하는 데에는."

라이시는 다시금 이를 사리물었다. 아야라와 기달티가 어떻게 됐는지도 확실히 모르는데 이런 곳에서 꼼짝도 할 수 없다니. 상황은 절박했지만 할 수 있는 것이 아무것도 없었다. 이 사슬을 끊는 것도, 치포라를 되찾는 것도, 이요브를 쓰러트리는 것도.

"돌아가도 어차피 당신이 할 수 있는 건 없어."

라이시를 지켜보던 이요브가 다시 입을 열었다.

"한쪽 눈을 잃고 불구가 됐는데 그 꼴로 다시 돌아가겠다는 건가?"

라이시는 대답하지 않았지만 이요브는 대답을 들었다. 흔들림 없이 확고한 눈을 통해서. 이요브는 대공의 강직함을 좋아했다. 하지만 이제 와선 그게 너무 씁쓸하다.

"당신은 그때도 다 알고 있었지. 아본으로 내려오면 어떻게 될지. 그런데도 당신은 내가 던진 날개 조각으로 세상에 내려왔어. 나는 그게 아직도 이해되질 않아."

그건 이요브의 오래된 의문이었다. 대공에게 날개 조각을 건네고, 이요브는 먼 곳에서 그들의 재회를 지켜봤다. 그때 이요브가 바란 것은 시믈라와 같았다. 대공이 이 세계에서 공주를 데려가기만을 바랐다. 하지만 정작 그곳엔 어떤 구원도 없었다. 구하러 온 연인을 칼로 찔러 죽이는, 비정한 공주만이 있을 뿐. 대공은 대체 무슨 생각으로 공주에게 자신을 내어 준 걸까, 그리고 지금 그들은 과연 그때의 일을 알고나 있을까? 그걸 알면서 어린 연인 행세를 하는 걸까? 이요브는 그걸 묻고 싶었다. 그래서 옛날이야기가 나올 때마다 혼란스러워하는 라이시에게 정확히 물었다.

"어디까지 알고 있지?"

그 물음에 라이시의 얼굴은 한층 더 가라앉았다. 막연한 두려움이 피할 수 없는 화제가 되어서.

"……나와 공주가 서로를 죽였다는 것까지."

라이시의 낮은 대답에 이요브는 미간을 좁혔다.

"왜 그렇게 알고 있지?"

왜라니. 뜻밖의 되물음에 라이시는 당황했다. 그래서 자기도 모르게 변명하고 말았다.

"체파르데아의 일기장에서……."

"그 멍청이 눈에는 그렇게 보였나 보군."

"뭐?"

"서로가 아니야."

간결한 한마디에 라이시의 눈이 더 커졌다. 그의 놀란 얼굴을 향해 이요브는 거침없이 말을 이었다. 그렇게 모든 것을 털어놓는 의도는 스스로도 알 수 없었다. 그들의 오해를 풀어 주고 싶은 건지, 아니면 이간질을 하고 싶은 건지. 자신의 의도를 스스로도 모른 채, 혹은 두 가지 의도를 모두 품은 채 이요브는 다시 입을 열었다.

"당신은 공주를 공격하지 않았어. 하지만 공주는 당신을 찔렀지. 저항도 하지 않는 당신을."

이요브는 잊을 수 없었다. 그때의 일을. 공주는 비정했고 대공은 말이 없었다. 그리고 이요브는 비명을 질렀다. 이럴 줄 알았으면 대공을 불러오는 것이 아니었는데, 그에게 날개를 건네는 게 아니었는데.

그때 이요브가 느낀 절망은 아본으로 향하는 문을 열었을 때에 버금갔다. 세상의 한 축이 자신으로 인해 붕괴되는 감각, 무슨 짓을 해도 돌이킬 수 없는 지독한 실수. 그 상실 속에서 20년 만에 대공을 다시 만난 것이다. 그러니 이제는 순수할 수도 순전할 수도 없다. 잃었다 다시 얻은 것은 무엇보다도 소중한 법이니까.

"당신은 처음부터 키브사에게 죽을 생각으로 아본에 왔던 거야. 그리고 공주는 망설임 없이 당신을 죽여 버렸고."

그렇게 말하며 이요브는 자신의 허리춤에 있는 검을 손으로 쓸었다. 두 자루의 검. 이 검의 원래 주인은 이르이트였다. 한 자루는 이요브가 비라에서 추방될 때 그가 건넨 것이고, 다른 한 자루는 키브사가 이르이트를 죽이고 버린 것이다. 아이러니한 일이다. 돌이킬 수 없는 과오 앞에서 그의 검을 한 자루씩 얻게 되다니.

이르이트를 찌른 검을 회수할 때 이요브는 만신창이였다. 공주와 대공이 함께 사라진 그때, 뱀은 기뻐하며 날뛰었다. 그리고 한편으론 분노했다. 이요브는 대공을 불러온 대가로 피네하스의 분노를 오롯이 받아야 했다. 피네하스는 모든 악의 근원, 그가 원한을 품고 찍어 넣는 고통은 인간의 모든 역사보다 잔인하고 역겨웠다. 이요브는 온몸이 찢기고 씹힌 후에야 풀려났고, 풀려난 후 공주와 대공이 재회했던 그곳으로 돌아갔다. 상처투성이인 이요브는 거기서 자신의 검을 한 쌍으로 완성했다. 그리고 짝을 이룬 검 앞에서 마음은 조금 더 얼어붙었다.

싸늘한 비탄 속에서 피어난 것은 공주를 향한 원망이었다. 대공의 죽음도, 뱀에게 받은 멸시도 공주 때문이라고밖에 생각할 수 없었다.

"그런데 당신은 지금도 바보같이 그 공주와 어울리고 있지. 키브사는 계속해서 당신을 망치기만 하는데."

일방적으로 살해당했으면서 다시 연인이 되었다. 그리고 이번에도 역시 공주는 대공을 좀먹었다. 회담 자리에서 이요브는 확신했다. 공주는 또다시 세상을 구하려 들고, 그 행보를 돕기 위해 대공은 상처입게 될 거라고. 아니나 다를까 공주는 위험천만한 행보를 이어 가며 라이시를 끌어들였다. 종국엔 그의 한쪽 눈까지 도려냈다. 그뿐일까, 공주는 대공에게 무지한 인간의 허물까지 입히고 저런 초라한 꼴로 세상을 헤매도록 만들었다.

가당치도 않은 일이다. 대공은 은하를 건너던 존재였는데, 산울림도 천둥도 대공의 목소리에 순종했는데. 그런데 이토록 낮은 곳까지 떨어지다니. 이요브는 이 모든 상황을 이해할 수 없었다. 어떤 부조리도 이보단 나을 거라고 생각했다. 그래서 라이시가 공주를 원망하길 바랐다. 자신을 그렇게 끌어내린 공주를.

그런 마음으로 모든 것을 토로했건만, 돌아온 반응은 기대와 달랐다.

"정말인가?"

도리어 정반대였다.

"내가 죽인 게 아니었어?"

반신반의하며 되묻는 라이시는 혼란스러워 보였다. 그리고 혼란 속에서 똑똑히 보이는 다른 감정은 안도였다. 연인에게 일방적으로 살해당했다는 얘기를 했는데, 그는 백 가지 불행 중 단 한 가지 행운을 찾은 사람처럼 환희하고 있었다.

"내가 죽인 게……."

라이시가 되뇔 때 이요브의 눈에는 환멸이 차올랐다. 이요브는 여자에게 빠져 판단력을 잃은 대공을 경멸하듯 바라보았다. 사실 경멸이 아니라 질투였다.

"마음껏 좋아해. 어차피 다시는 만날 수 없을 테니까."

이요브는 그렇게 말하며 소리 없이 끓어오르는 속을 감췄다. 아무리 애를 써도 손에 넣을 수 없는 금단의 열매가 이요브의 갈증을 돋웠다.

"또 망가지게 할 바엔 차라리 내 옆에 묶어 놓는 편이 나으니까."

그 갈증을 해소하기 위해서라면 무엇이든 할 수 있었다.

"절대 놓지 않겠어. 당신이 그걸 원하든, 원하지 않든 간에."

그렇게 일그러진 갈망은, 또 다른 죽음으로 번져 갔다.

감금이 이어졌다. 라이시는 발에 사슬이 묶인 채 방에 갇혔다. 하지만 불편한 것은 없었다. 매끼의 식사는 호화로웠고 치료는 정중했다. 이요브가 그를 위해 마련하는 것은 모두 최상이었다. 그곳에서 라이시는 식사를 거르지 않았다. 치료도 제대로 받았고, 시중을 드는 군인에게는 예의 바르게 행동했다. 탈출하려면 기회를 봐야 했으니까. 이요브는 간간이 찾아와 아무 말 없이 라이시를 바라보다가 돌아갔다. 그가 무엇을 하고 싶은지는 아직 정해지지 않은 것 같았다.

라이시는 시중을 드는 군인을 통해서 세상의 소식을 전해 들었다.

"요즘 바깥은 어떻습니까?"

라이시의 물음에 군인은 고개를 가로저었다.

"여전합니다. 남동쪽은 이미 다 녹았고, 이제는 동쪽 체파르데아의 성터까지 늪이 확장되고 있습니다."

군인의 암담한 대답에 라이시는 깊은 한숨을 내쉬었다. 그가 갇힌 지 이제 열흘, 그사이 세계는 또 다른 격변을 맞이했다. 열흘간 아본의 동쪽은 모두 녹아 버렸다. 거대한 용으로 변한 기달티는 독기 어린 숨결로 땅을 썩혔다. 그 멸망은 살아 있는 것을 죽이는 데 만족하지 않았다. 두 번 다시 생명이 설 수 없도록 죽음의 늪을 만들었다. 멸망의 지나간 자리는 그토록 흉측했다.

"그리고 북쪽으로 출진하는 날짜가 정해졌습니다. 사흘 후 북쪽

군대가 우리 국경에 접근하면 그때 첫 교전을 벌일 겁니다."

한편 기달티의 폭주는 또 다른 전쟁의 도화선이 되기도 했다. 기달티는 동쪽을 삼킨 후 북쪽으로 이동했고, 그 바람에 북쪽 도시는 발등에 불이 떨어졌다. 맞설 수도 없는 강력한 적이 아무 목적 없이 죽음만을 이끌고 달려든다. 그런 상황에서 자이트가 택한 활로는 중앙의 메트로폴리스였다.

땅을 모조리 잃게 될 상황에서 살길은 요새를 다시 띄우는 것뿐, 하지만 이미 낱낱이 해체된 요새는 시민을 모두 태울 수 없었고, 도시를 다시 조립할 때까지 기달티가 기다려 줄 리도 만무했다. 그래서 자이트는 중앙의 메트로폴리스를 빼앗기로 했다. 그 작은 모조 세계라면 개조 요새에도 능히 실을 수 있으니까. 그로써 전쟁이 발발했다. 그리고 지금 북쪽의 군대는 이미 중앙 국경의 지척까지 왔다.

전쟁 소식을 듣고 라이시는 다시 넌지시 물었다.

"이요브가 지휘를 맡는 겁니까?"

만약 이요브가 출전한다면 도망칠 기회가 생길지도 모른다. 라이시가 기대를 품고 물었지만 앞에 앉은 군인은 고개를 저었다.

"아니요, 이요브 사령관은 현재 군 지휘권이 없습니다. 피네하스에게 모두 박탈당하고 나삭 교수에게 위임한 상태입니다."

이 얘기는 처음 듣는 소리다.

"나삭 교수는 죽었다고 하지 않았습니까?"

"그래서 제자인 시로니 교수가 군대를 편성하고 방어전을 준비 중입니다."

시로니라는 이름에 라이시의 미간은 더욱 좁아졌다. 기달티와 자이트, 그리고 시로니. 그들은 모두 라이시와 일면식 이상의 인연이 있는 자들이다. 기달티는 가족이나 다름없고 시로니와도 나름 각별했다. 그런데 이렇게 되다니, 입이 썼다.

같은 시간, 연구소를 장악한 시로니는 냉정하게 전쟁을 준비하고 있었다. 혼란을 도려낸 그 과학자에게 전쟁은 어렵지 않았다. 의사로서 사람들을 바라볼 땐 모든 생명이 어렵고 무거웠는데, 스승의 머리에 총알을 박아 넣고 보니 세상에 이만큼이나 가벼운 게 또 없었다. 그래서 수많은 사람이 죽게 될 전쟁에 시로니는 두말 않고 가담했다. 동시에 필사적이기도 했다. 자이트처럼 위험한 인간을 메트로폴리스에 들여서는 안 된다는 마음으로 군사를 일으켰다.

그렇게 또 다른 파국이 준비되었다. 희망 한 줄기 찾을 수 없는 상황에 라이시는 눈앞이 아득했다. 그 와중에 계속해서 마음에 걸리는 건 열흘 전 잠깐 마주쳤던 무아카 일행이었다.

비가 내리고 있었다. 기달티가 내뱉는 검은 비가 아니라 하늘에서 내리는 쌀쌀한 가을비였다. 제미라와 야빈은 창가에 앉아 그 고즈넉한 광경을 바라보았다. 무너진 마을이 비에 젖어 들고 있었다. 그것을 바라보는 제미라의 심정은 복잡했다. 왜냐하면 이곳은 제미라의 고향, 두미야의 산채였으니까.

제미라는 며칠 전 이곳에 왔다. 피신할 곳이 여기밖에 생각나지 않았다. 그런데 막상 도착해 보니 생각보다 더 심난했다. 설마 이곳

에서 무아카와 피난 생활을 하게 될 줄은 꿈에도 몰랐으니까. 그래
서 야빈과 집을 지키는 동안 제미라는 조금 우울해지고 말았다. 평
생 앞을 볼 수 없을 거라고 생각했는데 무아카의 목소리로 빛을 되
찾게 되다니. 웃을 수도 없고 울 수도 없고, 참 기막힌 일이다. 그렇
게 비 내리는 풍경을 바라볼 때였다. 옆에 앉은 야빈의 귀가 쫑긋하
고 움직였다.

"누가 왔어요."

동시에 현관에서 문 열리는 소리가 들렸다. 비를 피해 안으로 다급
히 뛰어온 것은 타누와 무아카였다. 먼 길을 다녀온 그들은 이미 푹
젖어 있었다. 제미라는 무아카를 보고도 침착한 스스로에게 놀라며
그들에게 수건을 가져다주었다.

"좀 어떻던가요?"

"별로 좋지 않아요."

타누가 수건을 받아 들며 답했다. 그의 머리에선 물이 뚝뚝 떨어
졌다.

"늪이 훨씬 더 가까워졌어요. 여기까지 오는 데 보름도 안 걸릴 것
같아요."

타누가 무아카와 함께 보고 온 것을 전했다. 땅을 고사시키면서 천
천히 이동하는 기달티는 나흘 전보다 확실히 가까워져 있었다. 아무
래도 기달티는 이 세상을 완벽하게 부숴 버릴 작정인 것 같았다.

"보름이라니……."

제미라가 근심하며 중얼댔다. 이제 어디로 가야 할까. 안전한 곳이

있기는 있을까?

제미라가 탄식할 때, 다른 이들도 모두 지쳐 있었다. 타누는 온실에 있는 누이가 염려스러웠고 아야라의 죽음을 목격한 무아카와 동생을 눈앞에서 잃어버린 야빈은 그날의 충격에서 벗어날 수가 없었다. 그리고 힌네는 어제부터 고열에 시달리고 있었다. 이런 상황에서 또다시 피난을 가야 하다니. 게다가 기달티를 피해 계속 가면 북쪽이다. 북쪽의 요새가 기달티 성을 공격했다는 사실을 그들은 잘 알고 있었다.

나아가지도 돌아가지도 못하는 진퇴양난의 상황, 그들은 바다 위의 부표처럼 이리저리 흔들렸다. 지탱할 것은 아무것도 없었고 모든 것이 위태롭고 아슬아슬했다.

"이제 어떡하죠?"

뾰족한 수가 없다는 걸 알면서도 제미라는 덧없이 물었다. 다시 눈을 떴건만 세상은 눈을 감고 있는 것보다 어두웠다. 그래서 기댈 곳을 찾았다. 공주님이 계셨다면, 라이시 오빠가 있었으면…… 아빠가 함께 계셨더라면.

제미라가 허망한 아쉬움을 이어 가는데 문득 타누가 말했다.

"알타쉬헤트 공을 구해야겠어요."

뜻밖의 말에 다들 놀랐다. 라이시를 구한다니, 그가 지금 누구에게 붙잡혀 있는지 뻔히 알면서.

"라이시 오빠를요?"

"기달티 공을 막을 가능성이 있는 건 공주님과 그 사람뿐이에요.

그런데 공주님은 어디 있는지 모르니까, 적어도 어디에 있는지 아는 알타쉬헤트 공을 찾아야죠."

조목조목 맞는 말이지만 다들 선뜻 동의하지 못했다. 타누가 하는 말이 그다지 설득력이 없어서였다. 무아카나 야빈은 물론, 제미라도 타누가 어떤 사람인지 알고 있다. 그는 아무 생각이 없이 그날의 즐거움에 만족하는 어릿광대 같은 사람이었다.

"하지만 상대는 이요브예요. 그 사람이 무섭다고 한 건 타누였잖아요."

타누의 성품을 생각하며 제미라는 고개를 저었다. 하지만 타누는 물러나지 않았다.

"그렇긴 한데 영주라면 우리 쪽도 있잖아요. 승산이 아주 없진 않아요."

"무아카를 보내자는 뜻이에요?"

"네."

그 말에 제미라는 더 단호히 고개를 저었다. 그리고 속으로 더 실망했다.

"안 돼요, 너무 위험해요."

"혼자 보내겠다는 게 아니에요. 저도 같이 갈게요. 이래 봬도 권속이니까 보통 사람보다는 좀 낫겠죠."

그 말에 제미라와 아이들은 처음보다 더 크게 놀랐다. 이요브에게서 라이시를 구하러 가겠다니. 그가 어린 무아카에게 모든 일을 떠민다고 오해했던 제미라는 할 말을 잃어버렸다. 당황스럽기는 야빈도 마찬가지였다.

"형……."

이제껏 타누와 가깝게 지내 왔던 야빈은 그의 결단이 낯설었다. 그리고 불안했다. 볏짐을 지고 불로 뛰어드는 것 같아서. 하지만 타누는 당혹스러워하는 이들을 향해 태연히 웃었다.

"아무것도 안 하면 어차피 죽잖아요. 그러니 이거라도 해봐야죠."

고양이처럼 가느다란 그 웃음이 가짜 웃음이라는 걸 야빈은 알고 있었다. 하지만 가짜 웃음까지 지으며 저런 말을 하는 까닭은 알 수 없었다. 아무도 그에게 희생을 강요하지 않았는데.

야빈은 미처 몰랐지만, 타누의 이 선택은 야빈이 그에게 했던 말 때문이었다. 죽음이 있기에 사람이 어떻게 살아야 할지 알 수 있다는 말. 어떤 사람이든 의미 있는 것과 무의미한 것, 둘 중 하나를 선택할 수 있다는 말. 지난여름 아이가 한 말은 청년의 마음에 깊이 심겨졌고 비로소 이때에 열매를 맺었다. 아이는 아직 깨닫지 못했지만, 청년의 선택은 그날의 결과였다.

"그러니까 좀 도와주라. 그 양반 있는 데까지만 데려다줘."

타누의 부탁에 무아카도 눈만 동그랗게 떴다. 가장 위험한 일은 당연히 자기 몫일 거라고 생각했는데, 그래서 타누도 그렇게 미룰 거라고 생각했는데 아니었다. 그리고 그 행동은 마치, 공주님 같았다.

다들 할 말이 없었다. 스스로 가겠다고 하는 걸 막을 수도 없었다. 그 일은 위험한 만큼 간절히 필요한 일이었으니까.

타누가 무거운 짐을 혼자 질 때 야빈은 여전히 당혹스러워했다. 그

조숙한 아이는 자기도 모르는 사이 타누에게 의지하고 있었고, 그래서 그가 떠나는 게 싫었다. 그 심정을 눈치챘는지 타누는 씩 웃으며 야빈의 머리를 쓰다듬고 헝클어뜨렸다.

"다녀오마."

타누는 알고 있었다. 자신이 세상을 구할 수 없다는 걸. 대신 세상을 구할 수 있는 누군가를 데려올 수는 있다. 그건 결국 세상을 구하는 것이 되겠지. 비록 이런 자신이라도. 참으로 의미 있는 선택이다. 타누는 그렇게 생각하며 지체 않고 출발했다. 늑대로 변신한 무아카를 타고, 중앙을 향해서.

감금 보름째, 라이시는 지쳐 있었다. 아무리 좋은 것을 대접받아도 마음이 편치 않아 거북했다. 이요브에게선 점차 압박이 느껴졌고, 밖에서 들리는 소식은 연일 안 좋은 이야기뿐이었다. 보름간의 요양으로 몸 상태는 좋아졌지만 탈출할 길은 요원했다. 발목에 감긴 사슬도 문제였고, 치포라의 행방도 문제였다. 그걸 다 해결한다 해도 이요브라는 큰 산이 남는다. 답답했다. 라이시는 자신의 무력함을 뼈저리게 느끼고 괴로워했다. 그럼에도 시간은 야속하게 흘렀고, 시간을 헛되이 보낼수록 점점 더 미칠 것만 같았다.

라이시가 홀로 고뇌하고 있을 때, 문 두드리는 소리가 들렸다. 이 방을 드나드는 사람은 단 두 명, 이요브와 그의 시중을 들어 주는 군인뿐이다. 라이시는 제발 이요브가 아니길 바라며 천천히 열리는 문을 바라봤다. 다행히 문을 열고 들어온 건 그를 돕는 군인이었다. 아직 식사하기엔 이른 시간인데, 그는 카트를 밀며 방으로 들어왔다.

이제 낯이 익은 그 군인은 테이블에 음식을 내려놓기 시작했다. 식탁을 차리는 장소가 평소와 달랐지만 라이시는 별생각 없이 그 앞에 가서 앉았다. 어차피 즐기려는 식사가 아니니까. 거기서 묵묵히 스프를 뜨는데, 어째선지 앞에 선 남자가 돌아서질 않았다. 평소라면 붙잡지 않는 한 식사를 차리자마자 인사하고 나가는데. 라이시는 의아해하며 고개를 들었다. 왜 이러나 싶어 바라보는데, 늘 묻는 말에만 답하던 그 남자가 뜬금없는 질문을 던졌다.

"맛있습니까?"

어처구니없는 물음에 라이시는 눈만 껌뻑거렸다. 이 상황에선 뭘 먹든 맛있을 턱이 없다. 어쩔 수 없이 기계적인 식사를 하는 중인데 사정 뻔히 알면서 맛있냐고 묻다니.

"나쁘지는 않습니다."

라이시는 마지못해 대답하며 다시 고개를 내렸다. 이쯤이면 갈 줄 알았건만 그 군인은 아예 맞은편 의자에 털썩 앉았다. 그러고는 접시에 놓인 고기 한 점을 덥석 입에 넣었다.

"나쁘지 않은 정도가 아니라 엄청 맛있는데? 와, 걱정하고 왔는데 잘 지내고 있잖아?"

라이시의 눈이 커다랗게 떠질 때 그 군인은 씩 웃었다. 그리고 특유의 호칭으로 그를 불렀다.

"알타쉬헤트 공."

라이시는 놀라서 벌떡 일어났다. 앞에 선 남자는 여전히 그 군인이었지만 이젠 그 사람으로 보이지 않았다. 평소 진중한 표정만 짓던 그 남자가 아주 익숙한 미소를 짓고 있었다.

"너?"

"반가워 죽겠죠?"

군인으로 변신한 타누가 원래 모습을 그에게 살짝 보여 줬다. 반신 반의하던 라이시는 그 얼굴을 보고 결국 헛웃음을 터트렸다. 말마따 나 반가워 죽을 지경이었고, 이게 꿈인지 생시인지 믿기지도 않았다.

"어떻게 된 거야, 여길 어떻게……."

"무아카가 길을 알더라고요. 전에 와봤다면서. 그다음엔 냄새로 찾았죠. 우리 멍멍이가 아주 똑똑해요."

"다른 애들은?"

"제미라 양의 고향에 숨어 있어요."

"네가 변신한 그 남자는 어쨌어?"

"잠깐 가둬 놨어요. 무아카가 지키고 있으니까 탈출 못 할 거예요."

타누는 그렇게 말하며 주머니에서 카드키를 꺼냈다. 라이시의 족 쇄를 푸는 카드였다. 카드를 대자 보름간 라이시의 발목을 조이던 족 쇄가 풀렸다. 놀랍다 못해 기가 막혔다. 그래서 그는 예상치도 못한 타누의 활약에 속절없이 웃고 말았다.

"너무 좋아하지 말아요, 열쇠는 찾았는데 치포라는 못 찾았어요. 그건 이요브가 가지고 있어요."

그 말에 라이시는 곧장 웃음을 지웠다. 지긋지긋한 족쇄를 간신히 떨어 냈는데 여기서 탈출하지 못하면 소용이 없다. 그리고 치포라가 없으면 탈출할 확률은 희박하다. 또 다른 좌절이 라이시를 덮쳤지만 타누가 그렇게 생각 없이 찾아온 건 아니었다.

"저한테 계획이 있어요. 여기 여벌 옷 있죠?"

그렇게 말하다가 타누는 예전에 내가 했던 당부를 떠올렸다. 앞으로 알타쉬헤트 공의 모습으로는 절대 변하지 말라고 했는데. 뭐, 자기 애인을 구하는 일이니까 그 공주님도 이해해 주시겠지. 뜬금없이 생각났지만, 타누는 그렇게 웃어 넘겼다.

다행히 문 앞에 장이 있었다. 성인 남자가 들어가 숨을 수 있을 만큼 커다란 장이다. 라이시는 이요브 너머로 그 장을 슬쩍 보고는 시선을 도로 내리깔았다.

오늘도 어김없이 이요브가 찾아왔다. 그는 침대에 앉은 라이시를 묵묵히 바라만 보았다. 지난 며칠간 지겹게 반복된 일이었다. 이요브는 목마른 사람이 물을 찾듯 그를 찾아온다. 하지만 찾아와서는 아무것도 해갈하지 못한 채 덧없이 돌아선다. 그 이유는 자신이 무엇을 원하는지 스스로도 모르기 때문. 대공을 지키고 싶은지, 옛날 같은 관계로 돌아가고 싶은지, 아니면 그의 연인이 되고 싶은지. 자신이 어떤 걸 원하는지 이요브는 몰랐다. 이제껏 탐내고 질투했을 뿐, 손에 넣고 난 후의 일은 생각해 본 적이 없었다.

그리고 간신히 손에 넣은 대공의 존재는 사실 버거웠다. 그가 화를 낼까 봐 두려웠다. 자신을 혐오하고 경멸할까 봐 무서웠다. 싸늘하게 식어 버린 마음이 둔탁하게나마 통증을 호소했고, 이요브는 결국 아무엇도 할 수 없었다.

그 혼란은 오늘도 여전했다. 그러니 곧 라이시를 내버려 둔 채 돌아설 것이다. 그리고 라이시는 침묵으로 그를 외면하겠지. 평소였다면.

"바라는 게 뭐야?"

하지만 오늘은 여느 때와 상황이 달랐고, 라이시는 돌아서려던 이요브를 말로 붙잡았다.

"나한테 뭘 하고 싶은 거야."

라이시의 나지막한 물음에 이요브는 망설이다 입을 열었다. 마치 꾸지람을 들은 아이처럼.

"모르겠어."

솔직한 토로였지만 다시 돌아온 대답은 냉정했다.

"지겹게 굴지 말고 확실히 해, 나한테 바라는 게 뭔지."

라이시는 진저리를 냈다. 이러지도 저러지도 못하는 여왕의 답답한 태도에.

"만약 호의를 바란다면 지금이라도 날 보내 줘."

"……그럴 순 없어."

"그게 아니면 횡포라도 제대로 부려, 애매하게 시간만 끌지 말고!"

라이시가 소리치며 이요브의 멱살을 움켜잡았다. 그는 그동안 참아 온 격정을 쏟으며 이요브를 밀어 넘어트렸다. 맥없이 넘어진 이요브는 대공의 분노 앞에서 아무런 대응도 할 수 없었다.

지척에 있는 대공의 눈빛은 따귀라도 한 대 올려붙일 듯 사나웠다.

따귀 한 대가 대수일까, 이요브는 그렇게 생각하며 묵묵히 기다렸다. 하지만 정작 날아든 것은 매서운 손찌검이 아니었다. 그에게 쏟아진 건, 거칠기 짝이 없는 입맞춤이었다.

이요브는 눈을 홉떴다. 하지만 상대는 아랑곳하지 않고 집요하게 숨을 틀어막았다. 그사이 남자의 큰 손은 몸을 더듬어 왔다. 찰나의 시간이었지만 혼란은 폭풍처럼 거셌다. 이요브는 간신히 그 격정에서 빠져나와 라이시를 밀쳤다. 그가 라이시의 몸 아래에서 막 빠져나올 때였다. 갑자기 등 뒤에서 덜컹하는 소리가 들렸다.

반사적으로 돌아본 이요브는 자기 눈을 의심했다. 장에서 나와 문 밖으로 달려 나가는 사람은 분명 라이시였다. 이요브는 고개를 획 돌려 다시 자기 앞에 있는 사람을 쳐다보았다. 그도 마찬가지로 라이시였다. 두 명의 라이시, 미끼인 라이시와 도주한 라이시. 이요브는 시믈라의 시종을 곧장 떠올렸다. 농락당한 걸 깨닫고 이요브는 눈앞의 라이시를 거칠게 집어 던졌다.

"곱게 죽이지는 않겠다, 천박한 놈."

이요브는 내동댕이쳐진 남자를 향해 짓씹듯 말을 뱉은 후 곧장 달려 나간 라이시의 뒤를 쫓았다. 셔츠 주머니에 넣어 둔 치포라가 저 남자의 손에 들어갔다는 건 미처 모른 채였다.

장에 숨어 있던 라이시는 복도를 질주했다. 하지만 아무리 급히 달려도 날개가 있는 영주에게서 달아나기는 역부족이었다. 넓은 복도는 날개를 펼치기에 족했고, 이요브는 탈출하는 남자를 잡기 위해

전력을 다했다.

라이시는 결국 이요브에게 따라잡혀 바닥에 메쳐지고 말았다. 그는 아파하며 고개를 들었다. 처음엔 이요브의 분노한 얼굴을 보고 질겁했지만, 그 뒤를 보고는 다시 안심했다. 그래서 라이시는 씩 웃으며, 자신이 무서워하던 여왕에게 친절히 조언했다.

"이 녀석 너무 좋아하지 마요. 나쁜 남자잖아요."

알아들을 수 없는 말에 이요브는 눈썹을 찡그렸다. 그리고 진짜 라이시는 그가 방심하는 틈을 놓치지 않았다.

"크윽!"

뒤를 치는 충격에 이요브가 잇소리를 냈다. 곧 이요브를 기습한 누군가가 붙잡혔던 라이시를 쑥 빼어 갔다. 이요브를 공격한 것 또한 라이시였다. 보란 듯 하얀 날개를 펼친, 치포라를 되찾은 라이시.

두 명의 라이시가 서로를 붙잡았고, 이요브는 이를 갈며 달려들었다. 하지만 그 모습은 이제 위협이 될 수 없었다. 날개를 되찾은 라이시는 망설임 없이 내빼 버렸다.

라이시는 공기를 찢듯이 날았다. 그는 바쁘게 나갈 곳을 찾으며 자신에게 매달린 타누에게 물었다.

"괜찮냐?"

"그럼요. 고마워요, 좋은 구경했어요."

"……아까 본 건 잊어."

"그럼 쓰나요. 공주님께 세세하게 전해 드릴게요."

공주라는 말에 라이시는 쓴웃음을 지었다. 아까 일 알면 분명 화내겠지. 하지만 앞으로는 영영 만날 수 없으니까, 이것만은 다행인가? 마음이 착잡했지만 라이시는 애써 떨쳐 내고 딜출에 집중했다.

"젠장, 복도가 너무 복잡해."

"여기서 오른쪽으로 돌면 창문이 있어요. 거기로 가요."

타누의 말대로 복도를 돌자 창문이 보였다. 라이시는 드디어 발견한 활로에 기뻐했다. 모든 게 뜻밖이었다. 이런 식으로 탈출하게 될 줄은, 설마 타누가 이렇게 든든하게 도움이 될 줄은. 이대로 무사히 나가면 그에게 며칠 정도는 몸종 노릇을 해줘도 좋을 것 같았다. 그렇게 생각하며 비행에 박차를 가하는데, 매달려 있던 타누가 갑자기 묵직해졌다.

"어?"

타누도 이상한 느낌에 자신의 발목을 내려다보았다. 하얀 손이 그의 발목을 붙잡고 있었다. 어느새 따라붙은 이요브였다. 그들이 반응할 겨를도 없이 이요브는 팔을 휘둘러 라이시와 타누를 벽에 내리찍었다. 무자비한 충격에 라이시와 타누는 거친 숨소리를 토해 냈다. 라이시는 고통을 견디며 다시 타누를 잡아끌었다. 하지만 이요브는 타누를 잡은 손을 놓지 않았다. 그 손을 뿌리치려고 타누를 잡아당기는데, 갑자기 타누의 몸이 덜컥 경직됐다.

순식간이었다. 타누의 입술이 힘없이 벌어졌고, 라이시는 눈을 커다랗게 떴다. 타누는 떨리는 손으로 자신의 가슴을 더듬었다. 길쭉한 무언가가 돋아나 있었다. 아니, 박혀 있었다. 칼에 꿰뚫려 벽에 박혀 버린 타누는 그걸 깨닫는 순간 왈칵 피를 토했다.

"아……."

무슨 말이든 하려 했는데 아무 말도 떠오르지 않았다. 그 순간 타누는 죽음을 직감했다. 아, 죽는 건가? 타누는 목소리를 낼 수 없어 스스로에게만 그렇게 물었다. 그 순간의 호흡이 그의 마지막 숨이었다.

라이시가 경악할 때 이요브는 타누를 벽에 꽂아 둔 채 다른 검을 뽑았다. 농락당한 대가를 톡톡히 치르려는 듯, 그는 라이시에게도 검을 휘둘렀다. 검 끝이 라이시의 가슴에 닿았다. 이번에도 노린 건 치포라였다. 그때 치포라에는 이미 금이 가 있었다. 수년간 험하게 다뤄진 흔적이 그 몸체에 고스란히 남아 있었고, 거기에 칼이 닿자 뜻밖의 일이 벌어졌다.

미세하게 금이 가 있던 치포라는 이요브의 공격을 견딜 수 없었다. 칼끝이 닿는 순간 치포라에는 균열이 퍼졌고, 끝내는 반으로 깨져 버리고 말았다.

본체가 부서지자 그 안에 담겨 있던 힘은 원래 주인을 찾아갔다. 그것은 마중물이 되어 라이시의 몸에 묶인 힘을 끌어올렸고 마침내 범람하게 만들었다.

폭발하는 빛 속에서, 대공은 자신의 힘을 되찾았다.

7
진주와 진흙

"타누 형은 그렇게 죽었어요."

이미 3년 전 일이지만 야빈의 목소리엔 그리움이 묻어 있었다. 그 이야기를 할 때 제미라와 무아카도 그의 죽음을 말없이 기렸다.

나도 그들과 함께 조용히 생각했다. 타누는, 주인의 눈치를 보며 살아남기에 급급했던 그 시종은 결정적인 순간에 위험을 자처했다. 그로써 세상은 멸망을 피해 갈 수 있었고 많은 사람이 살아남았다. 3년 전, 그의 희생으로 인해. 타누는 연명하기 위해 어릿광대를 자처하던 사람이었다. 하지만 이제는 그 누구도 그를 우습게 여기지 못할 것이다.

"라이시 형은 이요브에게 풀려나고 우리한테 들렀어요. 라이시 형이 타누 형을 묻어 줬어요."

"그리고 다시 곧장 떠났지."

"네."

내 말에 야빈은 고개를 끄덕였다. 그때 라이시는 제미라와 아이들을 챙기고 싶었다. 미처 그럴 수 없었던 건 기달티의 일이 더 급했기 때문이다.

"그때 라이시 오빠는 좀 이상했어요. 구체적으로 설명하긴 어려운데, 어쩐지 지금 공주님 같았어요. 분위기가 좀 묘한 게……"

제미라가 머뭇대며 한 말에 나는 그저 잔잔히 웃었다. 물론 달라졌을 거다. 겉모습은 같아도 속은 완전히 변했겠지. 그도 자신을 되찾았으니까.

"형은 성주님을 막아야 한다면서 가버렸어요. 우리도 형을 다시 본 적이 없어요. 다만 성주님이 멈춘 걸 보면서 형이 저기 있다는 걸 추측할 뿐이죠."

야빈의 추측은 정확했다. 나는 알 수 있다. 동쪽 저곳에서 여전히 몸부림치는 기달티와 그를 막아서는 라이시를. 기달티는 그곳에서 내 약속을 기다리고 있고, 라이시는 거기서 나와의 약속을 지키고 있다.

라이시가 기달티를 막아서면서 북쪽과 중앙의 전쟁도 기세가 누그러졌다. 그렇다고 완전히 끝난 건 아니다. 자이트와 시로니는 기달티에게 무슨 일이 벌어졌는지 미처 알지 못했다. 기달티의 이동이 멈춘 건 알지만 누가, 어떻게 그를 멈췄는지는 몰랐다. 그 때문에 그들은 불안 속에서 여전히 싸우고 있다. 혹한에서의 전쟁이 고된 것도 모르고, 오지 기달티라는 재해를 피하기 위해.

"그럼 공주님, 이제 형한테 가실 거예요?"

야빈이 조심스럽게 물었다. 지금 동쪽에는 검은 눈이 내리고 있는데 그것 때문에 내가 걱정스러운가 보다. 괜한 걱정이다. 나는 부드럽게 웃으며 소년을 안심시켰다.

"물론 만나러 갈 거야."

나를 기다리고 있을 테니까. 하지만 나는 그 전에……

"그런데 먼저 만나야 할 사람이 있어."

"누구를요?"

"내가 아주 예전에 잃어버린 사람."

야빈의 눈이 동그래졌다. 내가 라이시보다 먼저 만날 사람이 있다니까 놀라운 모양이다. 그렇게 눈을 동그랗게 뜨는 모습이 닮아서 나는 자연스럽게 떠올렸다. 내가 먼저 만나야 할 사람. 내가 정말 사랑하는, 마치 햇살 같던 소녀를.

그는 누구보다 아름다운 자태로 끊임없이 칭송받았다. 그럼에도 마음의 낙담이 깊어 결국은 스스로 목숨을 끊으려고 했다. 시믈라는 그것으로 나를 향한 복수를 완성하려고 했다. 하지만 그때 시믈라는 죽을 수 없었다. 피네하스가 그의 죽음을 막았기 때문이다. 피네하스는 시믈라를 보기 좋은 전리품처럼 여겼다. 그자는 내가 시믈라를 아끼는 걸 뻔히 알았고, 그래서 그를 집요하게 괴롭혔다. 그걸로 자신의 반역을 드러내기 위해서.

결국 시믈라는 죽고 싶어도 죽지 못한 채 살아남았다. 그리고 지금은 북쪽과 동쪽 사이의 어느 탑에 홀로 유배되어 있다. 두미야의 산채와 그리 멀지 않은 곳이다.

"그 사람이 왜 북동쪽 탑에 갇혀 있는 거죠?"

야빈이 내 옆에서 나란히 걸으며 물었다. 병상에서 일어난 지 한 시간도 채 되지 않았는데 야빈은 멀쩡히 잘 걸었다. 그래서 야빈을 염려하던 무아카도 곧 마음을 놓았다.

나는 지금 야빈과 무아카를 데리고 시믈라가 갇혀 있는 탑으로 향하는 중이다. 눈 덮인 언덕을 자박자박 오르면서. 가까운 곳에 시믈라가 갇혀 있다는 얘길 듣고 아이들은 적잖이 놀랐다. 왜냐하면 시믈라의 온실은 이곳과 가장 먼 남쪽이니까. 의아해하는 야빈에게 나는 담담히 설명했다.

"자이트가 가둬 놨거든."

"자이트요?"

야빈과 무아카는 자이트의 이름을 듣자마자 얼굴을 찡그렸다. 둘이 함께 그러는 게 귀여워서 웃음이 났다.

"자이트한테 불만이 많구나?"

"우릴 계속 괴롭혔어요."

무아카가 불만스러운 얼굴로 말했다. 그 말처럼 무아카는 요 몇 년간 자이트 때문에 꽤나 고생했다. 자이트는 무아카를 손에 넣고 싶어 했다. 전쟁에 쓸 수 있는 강력한 영주였으니까. 두미야의 산채에 자리를 잡은 무아카는 실수로 북쪽의 병사들과 마주쳤고, 자이트는 무아카가 근방에 있다는 소식을 듣고는 추적했다. 그들은 집요하고도 거칠었다. 처음엔 회유하더니 안 통하자 포획을 시도하고, 끝내는 나로 변장해서 꼬드기려고도 했다. 무아카가 나를 처음 보자마자 공격한 것도 그 탓이었다. 이미 한 번, 나로 변한 누군가에게 속아 곤욕을 치른 적이 있어서.

지난 일을 떠올리고서 무아카가 어두운 얼굴로 내게 물었다.

"그 사람은 나쁜 사람이죠?"

순진한 물음에 나는 웃으며 답했다.

"길을 잃은 사람이지."

제대로 된 길을 찾고 싶어서 몸부림치는 사람이기도 하고, 너무 멀리 엇나간 자신에게 매일같이 절망하는 사람이기도 하다. 그럼에도 그의 만행은 심히 다채로웠다. 3년 전, 자이트는 중앙을 공격하며 남쪽으로도 비밀리에 군사를 파견했다. 그는 온실의 사람들을 모조리 잡아들였다. 영주인 시믈라까지.

자이트는 무아카를 원하듯 시믈라 또한 원했다. 시믈라는 약하지만 그 권속들의 능력은 아주 쓸 만했으니까. 자이트는 기어이 시믈라를 손에 넣었고, 그의 피를 뽑아 직속의 비밀 조직을 만들었다. 지금은 조직의 증원과 유지를 위해 시믈라를 꼭꼭 숨겨 둔 상태다. 그 조직이 물밑에서 얼마나 잘 움직였는지는 말할 것도 없다. 서기관이었던 자이트는 지금 총통이라 불린다.

언덕을 오르는데 무아카가 문득 이상하다는 듯 물었다.

"그런데 왜 도시 밖에 가둬 놨을까요? 시믈라에게 무슨 일이 생기면 안 되잖아요."

"시믈라는 위험하니까."

야빈이 나보다 먼저 대답했다. 명확한 대답이었지만 무아카는 여전히 이해하지 못했다.

"그 사람은 약하잖아."

무아카가 너무 순진해서 야빈은 대답을 포기했다. 그래서 나는 그 총명한 소년을 대신해서 찬찬히 설명해 주었다.

"자이트도 고민을 많이 했어. 그러다가 결국 도시 바깥에 가두기로 결정한 거야."

"대체 왜요?"

"도시 안에 두기엔 시믈라가 너무 미인이거든."

자이트가 시믈라를 경계하는 건 당연했다. 가문이 대대로 네벨라의 측근이었던 자이트는, 비록 직접 대면한 적은 없지만 시믈라에 대해 많은 것을 알고 있었다. 게다가 전해만 들었기에 이야기는 상당히 비약되고 부풀려 있었다. 오직 안 좋은 쪽으로만.

자이트에게 시믈라는 그야말로 요부, 남자만 있다면 천하를 거머쥐는 간교하고도 위험한 여인이었다. 그런 여자를 도시에 들이는 건 너무 위험했다. 모처럼 견고하게 쌓은 권력에 균열이 갈 수도 있는 노릇이었다. 그래서 자이트는 시믈라를 도시에서 멀리 떨어진 곳에 가두고 그 존재조차 철저히 비밀에 부쳤다. 요부가 도시에 어떤 영향도 끼칠 수 없도록. 그게 3년 전의 일, 그 후 지금까지 시믈라는 차가운 탑에 홀로 외로이 갇혀 있다.

"아, 다 왔다."

언덕 꼭대기에서 나는 허리를 쭉 폈다. 우리는 경사진 눈밭을 걸어 오느라 여태 등을 굽히고 있었다. 몸을 펴며 언덕 아래를 내려다보았 다. 언덕 아래 골짜기에 그다지 크지 않은 탑이 하나 보였다. 계곡 사 이에 잘 숨겨져 있어서 언뜻 보고는 모르고 지나칠 법한 탑이었다.

"저기예요?"

나는 긴 숨을 내쉬며 끄덕였다. 두미야의 산채에서 거의 40분쯤 걸 어온 것 같다.

"경비가 삼엄하지 않을까요?"

무아카가 걱정스레 물었다. 삼엄하냐고 묻는다면, 물론 그렇다. 자 이트가 보물을 숨겨 놓은 곳이니까. 비좁은 창은 모두 철장으로 가 로막혔고, 무쇠로 된 문은 다 커다란 자물쇠로 잠겨 있다. 시믈라가 있는 옥탑까지 올라가려면 그렇게 잠긴 문 여덟 개를 통과해야 한다. 그 열쇠는 탑의 시녀들이 각기 따로 가지고 있다. 그들도 하루에 한 번 이상은 그 문을 열지 못한다. 탑의 유일한 입구는 병사들이 쉬지 않고 지켜 선다. 만약 이대로 내려간다면 우리는 곧장 공격당할 거 다. 그리고 무아카의 정체를 들키면 붙잡히게 될지도 모르지.

그러나 나는 무아카와 야빈을 보며 아무렇지 않게 말했다.

"괜찮아, 가자."

나는 주저하는 아이들을 이끌고 언덕을 내려갔다. 탑이 가까워질 수록 아이들은 긴장했다. 탑에서 병사들이 나올까 봐 겁을 냈다. 하 지만 그 긴장은 곧 놀라움으로 바뀌었다. 탑의 보초들이 곤히 자고 있는 모습을 발견하고서. 다섯 명의 보초들은 모두 벽에 몸을 기댄 채 깊은 잠에 빠져 있었다. 그들이 미동도 하지 않는 걸 보며 무아카가 작게 속삭였다.

"이 사람들 자고 있어요!"

"우리가 다시 나올 때까진 일어나지 않을 거야."

내가 말하는 순간 굳게 닫힌 철문이 저절로 열렸다. 문에 걸려 있던 자물쇠가 눈 위로 툭 떨어지는 걸 보고 야빈과 무아카는 다시 입을 크게 벌렸다. 나는 감탄하는 아이들을 데리고 탑으로 들어갔다. 탑에서 시중드는 여자들도 모두 잠들어 있었다. 그들은 복도와 계단마다 쓰러져 있었고, 우리는 그들을 피해 탑을 올랐다.

이윽고 우리는 옥탑의 문 앞까지 도착했다. 우리가 계단 끝에 서자 그 문도 자신의 빗장에 걸린 자물쇠를 토해 냈다. 무쇠 덩어리가 카랑카랑 소리를 내며 계단 아래로 굴러 떨어졌다. 요란한 소리가 났지만 그럼에도 잠에서 깨는 이는 없었다. 나는 조용히 그 문을 밀어 방으로 들어갔다. 방에는 한 여인이 있었다. 겨울의 시린 햇살을 받으며 연명하는, 얼음꽃 같은 여인이었다.

나는 등진 그 여인을 향해 자그맣게 속삭였다.

"안녕."

인기척에도 미동 않던 여인이 내 목소리를 듣고 어깨를 떨었다. 그가 머뭇대며 고개를 돌렸다. 그로써 나는 그립던 얼굴과 마주하게 되었다.

"안녕, 아미크."

내가 다시 인사할 때 시믈라는, 그리고 아미크는 나를 바라보았다. 그의 두 눈이 바람결에 떨어지는 꽃잎처럼 흔들렸다. 이전보다 더 창백해진 시믈라는 오랫동안 나를 바라보았다. 오랫동안, 정말 오랫동안……

그럼에도 내가 사라지지 않자 그가 어렵사리 입을 열어 물었다.

"당신, 꿈이야?"

신음 같은 물음에, 그 갈라진 목소리에 나는 상냥하게 대답했다.

"아니."

"그럼 내 환상이야? 내가 정말 미친 거야?"

혼란스러워하는 시믈라를 향해 나는 다시 한 번 고개를 저었다. 그리고 가까이 다가가 알려 주었다. 내가 여기 있다고, 너를 만나러 왔다고. 내가 손을 뻗자 시믈라는 입술을 질끈 깨물었다. 그는 짓눌린 목소리로 거부했다.

"가까이 오지 마."

하지만 나는 멈추지 않았다. 시믈라는 다시금 새된 비명을 질렀다.

"오지 마!"

나는 소리치는 시믈라의 뺨을 끝내 감쌌다. 그의 뺨은 차가웠다. 내가 손끝으로 그 뺨을 조용히 쓸자 시믈라는 괴로워하며 속삭였다.

"정말 당신이야?"

얼굴을 찡그린 채 신음처럼 물어 왔다. 나는 보고도 믿지 못하는 시믈라를 기다렸다. 아주 먼 옛날 그랬던 것처럼, 그 뺨을 어루만지면서. 그의 차갑던 뺨이 온기로 물들 때 시믈라도 비로소 깨달았다.

그 앞에 있는 게 나라는 걸.

하지만 시믈라는 그걸 깨닫고는 더 표독스럽게 되물었다.

"왜 온 거야?"

오랫동안 방치되어 마음이 굳어진 여인은 묻어 둔 원망을 모조리 끄집어내듯 물었다. 내가 잠잠히 바라만 보자 시믈라는 내 손을 날카롭게 뿌리쳤다.

"왜 왔냐고 묻잖아."

입술이 그렇게 말할 때 그의 마음도 함께 말했다. 또 날 버리려고 왔어? 또 날 비참하게 만들고 떠나려고? 시믈라의 마음은 그렇게 말하며 떨고 있었다. 흐느끼며, 절절하게 떨고 있었다.

"너를 만나러 왔어."

내가 조용히 답하자 시믈라의 입에서 헛웃음이 터져 나왔다. 시믈라는 웃었다. 탄식하듯이, 한숨을 내쉬듯이. 한참을 웃던 시믈라는 이내 웃음을 뚝 그치며 나를 노려보았다.

"웃기지 마, 이제 와서 뭘 어쩌겠다고 찾아와. 당신한테 그럴 자격이 있어?"

시믈라는 가시를 세웠다. 먼저 거절하는 것이 거절당하는 것보다는 덜 비참하리라는 생각에.

"아미크."

"그렇게 부르지 마!"

내가 이름을 부르자 시믈라는 날카로운 목소리로 고함을 질렀다. 시믈라는 어느새 울고 있었다. 나를 격렬히 거부하며, 고통을 참지 못해 울고 있었다. 그는 입술과 마음으로 각기 다른 말을 내게 전했다.

"이제 와서 내 이름 부르지 마."

'왜 나를 구해 주지 않았어? 내가 아플 때 왜 내버려 뒀어?'

"이제껏 모른 척했으면서, 갑자기 왜 또 나타나, 왜……!"

'내가 그렇게 더러웠어? 내가 그렇게 미웠어?'

시믈라는 격정을 토해 낸 끝에 얼굴을 가렸다. 그리고 흐느끼며 속삭였다.

"당신을 죽여 버리고 싶어……."

알고 있다. 너의 마음을 이제는 누구보다도 더 잘 안다. 심지어 네 자신보다도. 그리고 네가 지금은 나를 받아들일 수 없다는 것도, 아프도록 잘 알고 있다.

모든 것을 헤아리며 나는 엎드린 시믈라를 일으켰다. 시믈라는 팔을 휘저으며 나를 밀치려 했다. 하지만 전보다 더 가늘어진 팔로는 아무것도 하지 못했다. 나는 시믈라를 일으키고 그의 헝클어진 머리카락을 넘겨 주었다. 그때까지도 시믈라는 울고 있었다. 계속해서 흐르는 그 눈물까지 닦아 주고 나서, 나는 손으로 시믈라의 양 뺨을 감쌌다. 시믈라가 고개를 들고 나를 바라볼 때, 나는 그 얼굴을 마주 보며 부드럽게 말했다.

"이 고집쟁이 녀석."

그리고 그의 여읜 양쪽 뺨을 쭉 잡아당겼다.

"아윽!"

내가 갑자기 볼을 당기자 시믈라는 기겁하며 신음을 터트렸다. 자기도 모르게, 마치 어릴 적에 그랬던 것처럼. 나는 그대로 시믈라의 볼을 흔들며 말했다.

"고집도 세고, 말도 안 듣고."

양 볼을 잡힌 시믈라의 눈이 커졌다. 설마하니 이런 짓을 당하리라고는 상상도 못 해서 놀란 눈이었다. 나는 그 멍한 표정을 보며 웃음을 터트렸다.

"그래도 사랑하고 있어."

"이거 놔!"

시믈라는 뒤늦게 나를 뿌리쳤다. 그러고는 당황을 숨기려고 더욱 화를 냈다. 하지만 나는 그 화난 눈빛마저 담담히 받아들이며 다시 말했다.

"전에 나한테 할 말이 있다고 했지?"

온실에서 영주 회담이 열렸을 때의 일이다. 시믈라는 나를 따로 불러서 말했다. 나에게 할 말이 있다고, 하지만 아무것도 모르는 내게는 말하지 않을 거라고. 그러면서 내가 비참해졌을 때, 자기만큼이나 상처를 입었을 때 말해 주겠다고 했다. 나는 시믈라가 했던 말을 되뇌며 그에게 말했다.

"난 듣고 싶어, 네가 하는 말을. 그러니 그때가 오면 꼭 얘기해 줘."

"뭐……?"

시믈라는 내가 한 말을 이해하지 못했다. 하지만 때가 오면 알게 될 거다. 자신이 했던 말도, 내가 한 말의 뜻도.

나는 시믈라 앞에서 숙이고 있던 몸을 다시 일으켰다. 그러자 시믈라는 불안해하며 나를 올려다보았다. 내가 이대로 또 떠나는 줄 알고서. 하지만 이번엔 아니다. 나는 옆에서 지켜보고 있던 무아카에게 고갯짓을 했다.

"무아카, 데려가자."

"네!"

무아카가 씩씩하게 대답하며 시믈라에게 달려들었다. 아이는 시믈라의 가벼운 몸을 단번에 번쩍 들어올렸다. 어린아이의 손에 갑자기 들리게 되자 시믈라가 기겁하며 소리쳤다.

"뭐, 뭐야!"

"착하고 귀여운 여자애야. 자, 무아카. 언니한테 인사해야지."

"안녕하세요."

무아카 정말 많이 컸다. 농담도 할 줄 알고.

"손대지 마! 이거 놔!"

시믈라가 발버둥을 쳤지만 역시 소용없었다. 그간 더 마르고 쇠약해진 시믈라는 곧 지쳤고, 끝내는 숨을 몰아쉬다가 다시 울기 시작했다. 혼란스럽고, 억울하고, 어처구니없고, 또 원망스러워서. 그렇게 복잡한 마음을 이기지 못해 흐느껴 울었다.

"울지 마."

"저리 꺼져……."

"추우니까 이불도 덮자."

"정말 죽여 버릴 거야……."

내가 어깨에 침대 시트를 덮어 주자 시믈라는 더 구슬프게 울었다.

내게 욕을 하며 울고 또 울었다.

"공주님, 이 언니 눈을 안 떠요."

무아카가 등에 업힌 시믈라를 보며 걱정스럽게 물었다. 시믈라는 아기처럼 시트에 감싸여 무아카의 어깨에 기대 있었다.

"괜찮아, 잠든 거야."

시믈라는 계속 훌쩍이더니 탑에서 나올 때쯤 소리 없이 잠들었다. 우리가 탑을 빠져나올 때 탑의 시녀들과 병사들은 여전히 잠들어 있었다. 야빈이 탑을 돌아보며 물었다.

"저 사람들은 언제 깨어날까요?"

"우리가 언덕을 넘고 발자국이 지워질 때쯤에."

그러니 안심하라고 했지만 아이들은 영 불안한가 보다. 언덕을 올라가는 발걸음이 바빴다. 언덕을 오르는데 야빈이 또 물었다.

"저 사람, 앞으로 괜찮을까요?"

"왜?"

"공주님을 싫어하잖아요."

"원망하는 거지."

"저 사람이 어떤 사람인지는 저도 알아요."

"어떤 사람인데?"

"엉망인 사람이요."

소년의 말은 이번에도 역시 명료했다.

"물론 사람은 변한다고 생각해요. 무아카도 그랬고, 제미라 누나네 아버지도 그랬다고 들었어요. 하지만 모든 사람이 변한다고는 생각하지 않아요. 특히 저 사람은 좀……."

"오래됐지. 굳어졌고. 변할 가능성이 없는 것처럼."

나는 말꼬리를 흐리는 야빈의 뒷말을 이었다.

"하지만 그게 불가능하다면 나는 여기 오지 않았을 거야."

"……잘 모르겠어요."

석연치 않아 하는 아이에게 나는 다시 물었다.

"야빈, 진주라는 보석 알고 있니?"

"아니요."

"진주는 진흙에서 찾는 보석이야. 발견되기 전까지는 진흙에 섞여 있어서 밝은지 어두운지 구별할 수가 없어. 그걸 확인하려면 진흙을 파헤치고 진주를 닦아 봐야 해."

"되게 성가시네요."

야빈이 심각한 얼굴로 중얼댔고 나는 그만 웃어 버렸다. 맞는 말이다. 성가신 일이지. 지저분하고, 힘들고, 때로는 괴롭고. 진흙을 누비는 건 그런 일이다. 하지만 그게 전부는 아니다.

"만약 세상에 하나뿐인 보석이 진흙 속에 숨어 있다면 너는 어떻게 할래?"

"당연히 찾아야죠."

"성가신데도?"

"네."

"어째서?"

"귀한 거니까요."

"그래, 그게 내 마음이야."

내 말을 듣고 야빈은 다시 이마를 찡그렸다.

"공주님이 사람들에게 의미를 부여하신다는 건 알아요. 하지만 저 사람은 그걸 깨닫지 못해요."

"몇 번이라도 부르면 돼. 알게 될 때까지."

그 또한 내가 여기서 할 일이니까.

나는 결코 의미 없이 진흙을 파헤치지 않는다. 나는 보상을 원한다. 그 안에 숨은 진주라는, 내 수고의 대가를 똑똑히 바란다. 그렇기 때문에 나는 부를 것이다. 네가 거부하더라도 계속해서, 계속해서. 내가 찾는 진주가 너라는 걸, 네 스스로 깨닫도록.

8

약속

"세상에……."

제미라는 입을 다물지 못했다. 잠이 든 채로 무아카에게 업혀 온 시믈라 때문에.

집으로 돌아온 우리는 시믈라를 침대에 눕히고 그 언 몸을 녹였다. 깊이 잠든 시믈라는 그때까지도 깨어날 기색이 없었다.

"이 사람이 시믈라군요."

제미라는 시믈라의 얼굴을 보며 연신 감탄했다. 세상에서 가장 유명한 미녀의 얼굴이 마냥 신기한 모양이다. 그에게서 눈을 떼지 못하는 제미라가 물었다.

"지키는 사람은 없던가요?"

"있었는데 공주님이 해결하셨어."

"공주님이?"

"우리가 모르는 사이에 수상한 기술을 연마하신 것 같아."

야빈이 눈을 가늘게 뜨며 나를 바라보았다. 수상한 기술이라니, 이 녀석. 제미라가 설마 때려눕힌 거냐고 묻는 사이, 나는 창문을 살짝 열어 보았다. 밖에는 눈이 내리고 있었다. 바람과 뒤섞인 눈보라였다. 이제 저 눈과 바람이 우리의 발자국을 덮어 줄 것이다.

"눈이 내려요."

무아카도 옆에서 보고는 걱정스레 말했다.

"이렇게 눈이 많이 오면 동쪽으로는 못 갈 텐데."

"괜찮아, 곧 그칠 거야."

멀찍이 있던 야빈이 우리 이야기를 듣고는 놀라 물었다.

"공주님, 오늘 동쪽으로도 가실 거예요?"

"응."

"지금 정오가 한참 지났어요. 눈이 그치면 금방 해가 질 거예요. 오늘은 못 가요. 짐도 챙겨야 하고요."

야빈이 조목조목 따지며 반대했지만 나는 고개를 저었다.

"눈이 그치면 바로 출발할 거야, 야빈."

"공주님 혼자 가시나요?"

"아니, 너랑 무아카도 같이."

야빈의 눈이 덜덜 흔들렸다. 시믈라에게 다녀오느라 이미 지쳤는데 또 나간다고 하니 엄두가 안 나는 모양이다. 하긴, 이해한다. 거의 두 시간을 걸었으니까. 그럼에도 나는 뜻을 꺾지 않았다.

"눈이 그치면 같이 가는 거야."

"그럼 짐 챙길까요?"

야빈이 좌절하는 사이 그에 비해 아직 쌩쌩한 무아카가 의욕 넘치게 물었다. 나는 거기에도 고개를 저었다.

"금방 다녀올 거니까 짐은 없어도 괜찮아. 대신 망토 두 개만 챙겨 줘. 큰 것과 작은 걸로."

그러자 계속 불안해하던 야빈이 혹시나 하며 말했다.

"무아카는 이제 늑대로 변신 못 해요."

"응, 나도 알고 있어."

그래서 아이는 더욱더 미궁에 빠졌다. 이 상황에서 그 먼 곳을 어떻게 다녀오겠다는 건지 이해가 안 된다는 얼굴이었다. 어리둥절해하는 아이에게 나는 웃으며 말했다.

"야빈, 눈이 그쳤는지 좀 봐줄래?"

야빈은 반신반의하면서 종종걸음으로 문가까지 걸어갔다. 문에 걸어 둔 방한 담요를 비집고 문틈을 살짝 열어 보았다.

"네, 눈은 그쳤어요."

문밖으로 고개만 빼꼼 내민 야빈에게 나는 다시 한 번 물었다.

"그럼 라이시와 아야라가 왔는지도 봐줄래?"

"형이랑 선생님이요?"

"아니, 사람 말고. 용."

이야기를 듣고 있던 무아카의 눈이 커졌다. 야빈이 감탄을 터트린 건 그 직후였다.

눈보라가 그칠 무렵 집 앞으로 용들이 날아왔다. 우리가 예전에 라이시, 그리고 아야라라고 이름을 지어 준 그 용들이었다.

"우와, 공주님! 진짜 걔네들이에요!"

무아카는 그 용들을 특히나 반가워했다. 용들도 마찬가지였다. 한때 동고동락한 무아카를 알아보고는 그에게 머리를 비볐다. 무아카가 용들을 반길 때 제미라와 야빈은 그저 얼떨떨한 얼굴이었다.

"이 용들은 어디서 온 거죠?"

"공주님인 것 같아. 정말 수상해졌어."

나는 이번에도 웃으며 용의 이마를 토닥였다.

"자, 그럼 갈까?"

내 말에 아이들은 허둥지둥 망토를 둘렀다. 무아카는 내가 말한 여분 망토도 함께 챙겼다.

"금방 올게. 시믈라를 좀 챙겨 줘."

내 부탁에 제미라는 기꺼이 끄덕였다.

"돌아올 땐 라이시 오빠도 함께 오는 거죠?"

"……그랬으면 좋겠어."

조금 어려운 대답이었다. 하지만 제미라는 내 근심을 모른 채 상냥히 웃었다.

"조심히 다녀오세요."

제미라의 배웅을 받으며 우리는 고삐를 당겼다. 용들은 날개를 치며 평소보다 더 세차게 날아올랐다. 우리는 동쪽으로 향했다. 동이 트는 곳으로, 내 약속이 기다리는 그곳으로.

얼어붙은 바람이 뺨을 스쳤다. 빠른 속도로 훑는 바람은 칼날처럼 날카로웠다. 3년 전, 아본에는 다시 혹한이 몰아쳤다. 이 끝나지 않는 겨울은 그의 슬픔, 하늘을 마음으로 삼는 내 연인의 비통함이다. 나는 지금 그를 만나러 가는 길이다. 마주쳤을 때 우리가 무슨 이야기를 하게 될지 아직은 알 수 없다. 그건 그의 선택이니까. 그래서 그를 만나러 가는 길이 마냥 가볍지는 않다. 사실, 조금 두렵다.

뜻을 관철하기 위해 검을 들었던 나를, 자신을 깊게 찔렀던 나를 그는 어떻게 생각할까? 모르겠다. 한 가지 확실한 건 그가 무엇을 말하든, 어떻게 행동하든 내겐 불평할 자격이 없다는 것뿐.

"공주님!"

나를 크게 부르는 소리에 돌아보니 나란히 날던 무아카가 속도를 줄이며 팔을 흔들고 있었다. 무아카는 앞을 가리키며 말했다.

"저기 보세요, 저게 검은 눈이에요."

앞에 펼쳐진 하얀 설원이 뚝 잘려 있었다. 그 너머는 새카만 늪이었다. 늪 위로는 끊임없이 검은 눈이 내렸다. 그것은 기달티가 뱉는 지독한 숨결, 살결을 녹여 버리는 독이었다. 그 독이 얼어붙어서 눈처럼 내리고 있었다.

늪 앞에 내려서 보니 그 늪은 펄펄 끓고 있었다. 아이들의 얼굴이 어두워졌다. 3년 전, 이 늪에 쫓기던 기억이 되살아난 모양이었다. 야빈의 뇌리에는 하야를 놓친 순간이 똑똑히 남아 있었다. 급박한 순간 하야의 손이 미끄러졌고, 아이는 넘실대는 검은 숨결로 떨어졌다. 그리고 사라졌다. 흔적도 없이, 이 세상에 있지도 않았던 것처럼. 야빈은 동생의 마지막 모습을 떠올리며 늪을 바라보았다.

"이건 정말 위험해요. 조금만 닿아도 피부가 녹아 버릴 거예요."

그리고 아이는 경계심을 가득 담아 말했다.

"눈보다 높이 날아서 가면 중심까지는 갈 수 있어요. 하지만 내려가는 건 무리예요."

야빈이 근심하며 나를 돌아봤다.

"이제 어떻게 하실 거예요?"

"걸어서 가자. 걱정은 하지 말고."

내 쉬운 대답에 아이들은 멍해진 눈으로 나를 보았다. 동의도 반대도 하지 못하는 가련한 눈망울로. 그래서 나는 굳어 버린 아이들을 뒤로하고 늪으로 걸어갔다. 아이들이 소리치며 나를 만류했다. 하지만 나는 멈추지 않고 걸어 그 늪에 발을 담갔다. 늪에서 첨벙 소리가 나자 아이들이 비명을 질렀다. 그러곤 나를 끌어내기 위해 다급히 달려왔다. 하지만 정작 가까이 왔을 때, 아이들은 내게 손대지 않았다. 그럴 필요가 없었으니까.

"늪이……"

야빈이 믿을 수 없다는 듯 중얼거렸다. 아이는 아직도 그것을 늪이라 부르지만, 이제는 늪이 아니다. 맑은 물이 넘실대는 그것은 호수였다. 발을 담가 늪을 호수로 바꾸고 나는 하늘로도 손을 뻗었다. 그러자 독기로 검었던 눈이 본연의 흰 빛을 되찾았다. 어둠이 사라지고 환한 빛이 비추자 두 아이는 놀람을 감추지 못했다. 나는 아이들에게 손을 뻗으며, 아까 했던 말을 똑같이 반복했다.

"걸어서 가자. 걱정은 하지 말고."

우리가 걷는 동안 그 얕은 호수는 모두 낮은 데로 흘러갔다. 그래서 우린 눈도 없는 맨 땅을 밟으며 앞으로 나아갔다.

"공주님은 정말 뭐든지 할 수 있으시네요."

야빈이 옆에서 감탄조로 말했다. 오늘 본 일이 다 꿈만 같아 잘 믿기지 않는 듯 얼떨떨해하는 아이에게 나는 웃으며 대답했다.

"거의 그렇지만 전부는 아니야."

"공주님도 못하시는 게 있어요?"

"응."

"그게 뭔데요?"

야빈은 못 믿겠다는 투로 되물었다. 다 죽어 가던 몸을 고치고, 병사들을 잠재우고, 문이 스스로 열리게 하고, 이번엔 죽음의 늪마저 바꾸었다. 이런 내가 못하는 게 있다니까 믿어지지 않는 모양이다. 의심하는 아이에게 나는 솔직히 말했다.

"너희 마음을 돌리는 것."

내가 유일하게 할 수 없는 것, 그래서 큰 계획으로 이루려고 하는 것을.

"병을 떠나게 할 수 있고 죽은 것도 되살릴 수 있지만, 너희의 마음만큼은 나도 어쩔 수가 없어."

"정말요?"

"못 믿겠니?"

"이요브의 권속도 생각을 조작하는데 공주님이 못하신다고요?"

아이의 의구심 가득한 말에 나는 난처하게 웃었다.

"난 절대 그렇게 하지 않아. 그러니까 못하는 거야."

예전에도 같은 말을 한 적이 있다. 나는 보기 좋은 인형을 만들기 위해 그들을 없애지 않는다. 설령 그들이 진홍빛의 죄인이라도. 고통과 오류를 없애는 것만이 내 목적이라면 나는 모든 것을 할 수 있다. 시간을 돌리고 천체를 뜯어고쳐서 너희를 개조할 수 있다. 하지만 내가 그렇게 하지 않는 이유는, 그것이 너희를 없앨 것이기 때문에.

나는 존중한다. 너희의 생각과 마음을, 그리고 선택을. 그래서 내 마음대로 바꾸지 않는다. 반드시 너희 스스로 마음을 돌리게 한다.

"그래서 기다리는 거야. 너희가 스스로 마음을 바꾸도록."

새가 알을 깨고 나오는 걸 기다리듯, 씨앗에서 싹이 틀 때를 기다리듯이.

"그럼 그냥 내버려 둔다는 거예요?"

"아니, 내버려 두지 않아. 나는 너희에게 모든 걸 알려 줄 거야. 너희가 마음을 바꿀 수 있게."

"뭘 알려 주는데요?"

"세상의 진리."

연이어 질문하던 아이의 얼굴이 어리둥절해졌다. 이 아이에게 나는 예언했다.

"너는 그걸 가장 먼저 깨닫게 될 거야. 그리고 그걸 세상에 알리는 게 네 역할이야."

아빈은 여전히 알아듣지 못하고 눈만 껌뻑였다. 나는 굳이 설명하지 않았다. 왜냐하면 곧 알게 될 테니까. 내가 가르치는 것을 차근차근 곱씹는 이 아이라면, 조만간 모든 것을 알게 될 테니까.

역시 곰곰이 생각하던 아이는 지난 꿈을 떠올리고 불현듯 말했다.

"꿈에서도 그 말씀을 하셨어요."

"응, 했지."

"계속 생각해 봤는데, 공주님이 하시는 말씀은 이상해요."

"이상해?"

"네. 절대 아닌 것 같고 정말 잘못된 것 같은데 확인해 보면 맞아요. 너무 이상해요."

아까는 수상하다더니 이제는 이상하다고 한다. 아이의 악의 없는 감상에 나는 그저 웃었다. 그러자 야빈도 빙긋, 좀처럼 웃지 않는 양 뺨에 미소를 걸며 덧붙였다.

"그래서 재미있어요. 상상 못 한 답이 있다는 게요."

이걸 재미있다고 말하는 이 아이가 예뻤다. 더 이야기하고 싶었지만, 나는 대화를 멈췄다. 그리고 말없이 걸었다. 저 앞에서 나를 기다리는 그가 느껴져서, 어쩔 수 없이 초조해진 탓이다.

이제 한 걸음이다. 너를 찌른 나를, 너는 과연 용납해 줄까? 난 그토록 철저하게 널 배반했는데. 나의 사랑을 위해 너라는 정의를 내동댕이쳤는데. 나는 걸음을 멈추고 따라오는 아이들을 돌아봤다.

"얘들아."

"네?"

"너희는 여기 있어."

내 말이 갑작스러운지 아이들이 눈을 동그랗게 떴다. 의문을 가지고 올려다보는 아이들에게 나는 어렵사리 말했다.

"만나고 올게."

지금 가야 하는 곳엔 아이들을 데려갈 수 없었다. 그와는 단둘이 할 이야기가 있으니까. 나는 아이들을 그곳에 두고 홀로 걸음을 옮겼다. 내 연인이 기다리는 곳으로.

혼자가 되자 마음이 더 깊어졌다. 나는 떨리는 기분으로 걸음을 이어 갔다. 걸음을 따라 추억이 스쳤다. 함께한 어린 시절, 비라에서 서로 사랑하던 시절, 그리고 아본에서 또다시 함께했던 그때까지도. 아름답던 기억이 내 마음을 낱낱이 훑고 지나갔다.

하지만 그것도 잠시, 뒤이어 무자비한 시간들이 나를 덮쳐 왔다. 그랬다. 내가 지금 떠올려야 할 것은 우리가 사랑했던 시간이 아니었다. 지금 우리가 넘어야 할 것은 그날, 우리가 서로를 노려보던 그 혹한이다. 내가 지금 되새겨야 할 것은 내가 그를 찌르고 그가 내게 찔리던 그 순간이다.

그 사실을 마음에 아프게 새기며 나는 걸어갔다. 그리고 비로소 그가 있는 곳에 다다랐다. 높은 언덕에 그가 있었다. 내가 그를 올려다볼 때 그는 이미 나를 내려다보고 있었다. 그는 지난 3년간 저 자리를 지키고 있었다. 기달티를 막기 위해서. 본래의 그라면 가차 없이 죄인을 단죄했을 것이다. 그는 정의니까.

설령 정이 깊은 상대라도 반드시 합당한 대가를 치르게 한다. 그런 정의가 자신의 뜻을 이루지 않은 건 오직 나 때문에, 지난날 나와 한 약속 때문에.

아본에서 새롭게 연인이 되었을 때 그는 약속했다. 내가 아끼는 것을 지켜 주겠다고. 그때 우리는 그 약속의 참뜻을 이해할 수 없었다. 하지만 이제는 그 의미를 아프도록 안다. 나는 정의로운 남편에게서 죄지은 자식을 지키고 싶은 여자였다. 그리고 그는 그런 아내를 자기 자신보다도 사랑한 남자였다. 그래서 그는 약속했다. 이 세상을 지킬 것을. 내 울음을 그치게 하기 위해서, 설령 스스로를 옭아맬지라도.

바로 그 약속 때문에 그는 분노를 참으며 나를 기다렸다. 마음이 아렸다. 자신을 배신한 연인의 약속도 끝내 지키는 그가 아름다워서, 정의로운 그가 너무나 사랑스러워서.

높은 곳에서 나를 내려다보던 라이시가 날개를 펼쳤다. 그가 하늘에서 내려오며 두려웠던 대면이 시작되었다.

"라이시."

내가 먼저 그를 불렀다.

"키브사."

그 또한 나를 불렀다.

그 잠잠한 음성이 나를 더 두렵게 만들었다. 그 앞에서 나는 애써 마음을 다잡았다. 당신이 어떤 말을 하든, 어떠한 판결을 내리든 나는 받아들일 것이다. 그게 당신을 찌른 내가 감당할 몫이니까. 내가 떨고 있을 때 그가 드디어 입을 열었다. 그 입에서 나온 건 나직하고도 간절한 말이었다.

"가까이 와. 더 멀어지지 말고."

그 말에 나는 고개를 들고 멍하니 그를 바라보았다. 나를 마주 보는 그의 눈은 차분했다. 이제껏, 늘 그랬던 것처럼 날 향한 사랑을 담고 있었다. 그럼에도 쉽사리 다가가지 못하는 내게 그가 다시 말했다.

"겨우 다시 만났잖아."

더 버틸 수 없었다. 나는 참고 있던 눈물과 신음, 그를 향한 사랑과 죄책감을 쏟아 내며 뛰어들었다. 그는 기꺼이 팔을 벌리고 나를 맞았다. 그에게 안기는 순간 몰아친 안도가 나를 숨 쉬게 했다. 나는 그 품을 파고들며 가쁘게 흐느꼈다. 그의 용서가 벅차고도 버거워서.

"왜 화 안 내?"

나는 말없이 안아 주는 그에게 물었다.

"내가 밉지 않아?"

내가 무슨 짓을 했는데, 그것이 너라는 정의가 결코 용납 못 할 일이라는 걸 아는데. 하지만 돌아오는 라이시의 음성은 여전히 잠잠하고 너그러웠다.

"됐어."

그는 나를 더 깊이 안았다.

"됐어, 이제."

가슴으로 눈물을 받아 내려는 듯이, 그렇게 내 눈물을 닦아 주려는 듯이. 나는 그 품에 안기고도 믿기지가 않아서 미련스레 되묻고 말았다.

"이걸로 정말 괜찮아?"

"그래, 와줬으니까 됐어."

한결같은 대답이 내 마지막 의심마저 녹였다. 나를 향한 그의 마음은 여전히 변함이 없었다. 시간에도 퇴색되지 않고 내 행동에도 변치 않았다. 한없이 사랑하는 그 앞에서 나는 작아질 대로 작아져 오랫동안 울었다. 나는 사랑이지만 오히려 그에게서 사랑을 배웠다. 그가 나를 그렇게 사랑하였기에, 나도 그렇게 사랑할 것이다.

자신의 생명보다 나를 사랑해 준 그의 품 안에서 나는 오래도록 울었다.

영원을 보낸다 해도 아깝지 않은 시간이었다. 그 곁에 더 머물고 싶었지만 아직은 할 일이 남아 있었다. 그래서 나는 라이시의 품에서 어렵사리 고개를 들었다.

"라이시."

그러자 그도 마지못해 나를 놓았다.

"응."

"나 세상을 구하고 싶어."

대답이 없다. 대신 그의 눈이 서글퍼지고 입술에선 탄식이 흘렀다. 침묵하는 그에게 나는 다시 한 번 말했다.

"이 길을 끝까지 가고 싶어."

내게는 이제 약간의 길이 남았고, 나는 그 길을 마저 걷기 위해 돌아왔다. 그렇기에, 나를 바라보는 연인의 근심은 이토록 깊다. 라이시는 오랫동안 나를 바라보았다. 그는 이 길에 선 나를 이미 한 번 저지했다. 하지만 나는 기어이 돌아왔다. 내가 예언했던 것처럼.

라이시는 그런 내가 안타까운 듯 말했다.

"꼭 그래야겠어?"

"응……."

그도 이미 알고 있을 거다. 말려도 소용없다는 걸, 막을 수도 없다는 걸. 그래서 결국은 힘없이 끄덕인다.

"그래, 기다릴게."

"어디서?"

"길 끝에서."

그 담담한 대답에 나는 근심을 지우며 환히 웃었다.

영원을 보낸다 해도 아깝지 않은 시간이었다. 이대로 조금 더 그의 곁에 머무르고 싶었다. 하지만 아직 할 일이 남아서, 나는 다시 고개를 들었다. 그리고 다시 나의 길로 향했다.

나는 라이시와 함께 아이들과 헤어졌던 곳으로 돌아왔다. 돌아와 보니 두 아이가 머리를 맞대고 쭈그려 앉아 있었다. 아이들은 인기척에 우릴 돌아보더니 흠칫하고 놀랐다. 라이시 때문이었다. 그 아이들은 어려워하고 있었다. 나와 함께 돌아온 라이시가 형인지 오빠인지, 아니면 하늘의 대공님인지 구분할 수가 없어서. 아이들은 그가 대공이라는 이야기를 듣고 몹시 놀랐었다. 그래서 내가 떠난 사이 자기들끼리 심각하게 얘기하고 있었나 보다. 다시 만나면 어떻게 할지를. 하지만 아직 결론을 못 내렸는지, 아이들은 우물쭈물 머뭇거렸다.

그러자 라이시가 무려 3년 만에 만난 아이들에게 먼저 말했다.

"뭘 보냐."

아, 진짜 못됐다, 이 녀석. 그리고 아이들은 그의 못된 면모에 확신을 얻고 그제야 도도도 달려왔다. 대단하다, 대단해. 까칠함으로 자신을 인증하다니. 아이들은 라이시 앞으로 달려와서 필사적으로 소리쳤다.

"대, 대공 형님!"

"라이시 님!"

예전처럼 형이나 오빠 소리는 안 나오나 보다. 기합이 팍 들어간 아이들의 외침에 라이시는 다시금 심드렁히 대꾸했다.

"왜들 이래? 심란하게."

"기체가 만강하십니다!"

"물어서 죄송합니다!"

그렇지, 야빈은 몰라도 무아카는 찔리는 게 많겠지. 누군가의 사주를 받고 라이시를 공격한 게 한두 번이던가. 그래서 무아카는 지금 잔뜩 주눅이 들어 눈치를 보고 있다. 어쨌든 야빈도 무아카도 라이시 앞에서 제정신이 아니었다. 그 아이들을 가련히 여긴 걸까? 라이시는 긴장한 아이들의 머리를 토닥토닥 다독여 주었다.

"그래, 많이들 컸다."

그러자 동그랗게 떠진 아이들의 눈에 점차 눈물이 고였다. 정말 오랜만에 만난 라이시가 반갑기도 하고, 어쩐지 마음도 놓여서 울컥한 모양이다.

존재하는 것으로 누군가의 위로가 될 수 있다는 건 그 삶이 아름다웠다는 증거다. 나는 내 연인이 그런 존재라는 게 기뻤다. 동시에, 일면은 추하고 일면은 아름답던 누군가가 떠올랐다. 기달티, 그가 날 기다리고 있다. 이번에는 내가 약속을 지킬 차례다.

늪은 사라지고 눈도 그쳤다. 기달티가 세상을 멸하기 위해 퍼트리던 검은 힘은 모두 흩어졌고 남은 것은 가시나무 숲 같은 거대한 용, 그 하나뿐이다. 맑아진 하늘 아래 그 모습은 멀리서도 잘 보였다. 뾰족뾰족한 피막 날개로 몸을 휘감은 그는 검고 거대한 산처럼 보였다.

"성주님하고 이야기는 해보셨어요?"

묵묵히 걸어가던 중 야빈이 라이시에게 물었다. 옛 두려움이 되살아났는지 아이의 얼굴은 어두웠다. 그날 기달티라는 재앙은 야빈의 동생을 죽이고 아이들과 어른들, 살던 곳, 그 밖의 모든 것을 집어삼켰다. 하지만 야빈은 기달티라는 개인을 원망하거나 욕할 수 없었다. 너무 압도적이어서, 이게 한 사람의 악의라는 사실이 믿기지가 않아서였다. 한두 사람을 죽였다면 경악하고 증오할 수 있다. 하지만 기달티는 검은 구멍처럼 모든 것을 빨아들였고, 그 낭떠러지 끝에 선 자는 허망함 말고는 느낄 것이 없었다.

"아니."

야빈의 물음에 라이시는 고개를 저었다.

"나를 못 알아봐."

라이시도 기달티에게 접근해 본 적이 있다. 하지만 그는 라이시를 알아보지 못했다. 이성과 사고가 모두 날아가 버린 듯, 그는 미쳐 날뛰는 짐승에 지나지 않았다.

그리고 온몸에 가시를 두른 그 짐승은 지금 잔뜩 곤두서 있다. 자신에게 접근하는 우리의 존재를 눈치채고서.

나는 시무룩한 표정을 짓는 야빈을 불렀다.

"야빈."

"네?"

"기달티를 다시 만나면 어떨 것 같아?"

야빈은 선뜻 대답하지 못했다. 아이는 오랫동안 고민했다. 말하려다 멈추고, 다시 말하려다 멈추고. 망설인 끝에 그 아이가 간신히 한 대답은 희미한 혼잣말이었다.

"모르겠어요."

야빈은 혼란스러워했다. 기달티를 만나면 어떻게 해야 할지. 어떻게 반응하고 어떻게 여겨야 할지. 그를 반가워해야 할까? 아니면 무서워해야 할까? 미워하고 외면해야 할까? 자신을 보살펴 준 은인이자 동생을 죽인 괴물, 그런 그를 대체 어떻게 받아들여야 할까.

물론 야빈도 알고 있다. 그가 자신의 욕심을 채우려고 사람들을 죽인 게 아니라는 걸. 그는 지키던 인간들에게 배신당했고 아내마저 빼앗겼다. 그래서 결국 미쳐 버렸다. 무작정 비난하기에는 사연이 너무나 많다. 하지만 사정을 헤아려 주기엔 그 손에 죽은 사람도 지나치게 많다. 야빈의 동생뿐 아니라 수천 명의 사람을 집어삼켰다. 자기 아내를 빼앗긴 슬픔에 못 이겨 수많은 이의 아내와 자식을 빼앗았다. 그래서 배신자들과 같아졌다. 아니, 그보다 더 극악무도해졌다. 그런 그를 예전처럼 스승으로, 혹은 사람으로 대할 수 있을까?

야빈은 고민 끝에 다시 고개를 저으며 힘없이 중얼거렸다.

"정말 모르겠어요."

시무룩해진 아이를 보며 나는 조용히 웃었다. 그리고 일전에 했던 말을 다시 반복했다.

"이건 내가 이미 너한테 했던 말이야."

"네?"

"나는 진흙 속에 숨은 보석을 찾으러 왔어."

야빈의 얼굴이 어두워졌다. 답답한 기색이었다.

"세상의 모든 악당들이 공주님의 보석인가요?"

야빈이 거의 따지듯 물었지만 나는 웃으며 고개를 저었다.

"닦아도 빛나지 않는다면 그건 자갈이야. 하지만 닦았을 때 빛난다면, 그건 아무리 깊이 파묻혀 있어도 보석인 거야."

사람들은 겉으로 보이는 것에 잘 속는다. 그것이 전부라고 믿기도 한다. 하지만 그렇게는 본질을 확인할 수 없다. 진짜 빛나는 건 숨어 있기 마련이니까.

"나는 사람들에게 의미를 부여할 거야. 하지만 그 의미에 모두가 화답하지는 않겠지. 그럼에도 네가 할 일은, 내가 그들에게 부여한 의미를 인정하는 거야."

"하지만 성주님은 너무 많은 걸 부쉈어요. 지나칠 정도로요."

"내가 너희에게 주는 회복이 그가 낸 상처보다 작을 거라고 생각하니?"

"……저는 이제 공주님이 뭐든 하실 수 있다고 믿어요."

야빈은 힘없는 목소리로, 마지못해 동의하는 투로 답했다. 그리고 덧붙였다.

"하지만 하야는 이미 죽었어요. 그건 어떻게 회복하죠? 지나간 일은 상관없으세요?"

합당한 의문이다. 그 아이가 생각하는 회복은 흉터가 남는 것이니까. 축사에서 풀려나 죽은 친구들을 기리는 것이 전부니까. 야빈은 지금 미처 생각하지 못하고 있었다. 자신의 몸이 어떻게 나았는지, 내가 그를 어떻게 고쳤는지. 아직 많은 것을 오해하고 있는 아이에게 나는 고개를 저었다.

"아니, 잊지 않아. 그래서 내가 이 길을 가는 거야."

우리의 대화는 거기서 끊겼다. 우리를 주시하던 기달티가 몸을 일으켰기 때문이다.

날개로 된 산이 쪼개지며 용이 괴성을 내질렀다. 그는 누군가가 자신에게로 다가오는 것을 원치 않았다. 그래서 날개를 머리 위로 높게 펼쳤다. 광활한 피막 날개가 태양을 가렸고, 땅에 남은 것은 그 피막을 통과한 어스름함뿐이었다. 용이 포효하자 찢기는 고성에 천지가 진동했다. 아이들은 귀를 막으며 비명을 질렀고 나와 라이시는 그 모습을 묵묵히 바라보았다.

괴성을 내지른 용이 검은 숨결을 토해 냈다. 안개처럼 짙은 독기가 우리에게 덮쳐 왔다. 그것은 내 발 앞에서 반으로 갈라지며 흩어졌다. 숨결이 정화되자 용은 날개 끝으로 땅을 내리찍었다. 땅이 흔들리며 우리 발밑으로 가시가 솟구쳤다. 만개하는 가시나무가 발밑을 무너 트렸고, 라이시와 무아카가 나와 야빈을 구하며 몸을 피했다.

"다녀올게."

라이시는 그렇게 말하며 나를 내려놓았다. 그리고 기달티에게 곧 장 돌진했다. 라이시가 날아들자 기달티는 더 사납게 울부짖었다. 지 난 3년, 라이시는 기달티를 잡아 두기 위해, 기달티는 라이시에게서 벗어나기 위해 지겹도록 많은 사투를 벌였다. 싸움은 대개 라이시가 기달티의 숨통을 끊기 직전에 멈췄다. 그래서 사람의 기억을 모두 잊 어버린 저 용은 라이시를 무척 증오했다.

라이시가 날아오자 기달티도 땅에 박아 넣었던 날개를 뽑아서 펼 쳤다. 그리고 곧 땅을 박차고 날아올랐다. 하늘로 솟구친 둘은 몇 번 이고 맞부딪쳤다. 그때마다 천둥소리가 났고, 기달티의 가시나무 같 은 몸체는 깨지고 너덜너덜해졌다. 하늘이 울릴 때마다 칼날 같은 가 시가 비처럼 쏟아져 내렸다. 그들은 몇 합이나 충돌하고 멀어지기를 반복했다. 계속해서 부스러지던 기달티의 한쪽 날개가 꺾였고, 결국 그 거대한 몸은 태양을 가린 채 추락하기 시작했다.

하늘에서 재앙이 내렸다. 거친 충돌에 땅은 비명을 지르며 형태를 바꾸었다. 별처럼 추락해 땅속 깊이 파묻힌 용은 꺾이고 찢겨 경련했 다. 그럼에도 그는 싸우기 위해 몸부림쳤다. 우릴 공격하려고 필사적 으로 몸을 세우다가 다시 쓰러졌다. 엎드려진 용은 숨을 거칠게 몰아쉬며 우리를 노려보았다. 그 샛노란 눈은 분노와 격정으로, 그리고 공포로 번들거리고 있었다.

나는 곁으로 내려온 라이시와 함께 기달티에게 다가갔다. 우리가 가까워지자 기달티는 다시 으르렁거렸다.

"고, 공주님!"

뒤에 남은 야빈이 기겁하며 소리쳤지만, 나는 아랑곳 않고 기달티 곁에 내려섰다. 그리고 손을 뻗어, 그를 휘감은 검은 힘을 지웠다. 가시나무 숲이 모래성처럼 스러졌다. 잠시 후 그 잔해 속에서 사람의 형상이 드러났다. 두 사람이었다.

기달티, 그리고 아야라.

기달티는 아야라의 시체를 안고 있었다. 3년 전 그날부터 시간이 멈춘 듯 그 둘은 함께 있었다. 숨이 멎은 아야라는 창백했고 기달티의 두 눈은 흐리고 탁했다. 기달티는 우리를 바라보지 않았다. 짐승의 본능을 걷어 낸 그는 빈 껍질처럼 텅 비어 있었다. 그 와중에도 자신의 아내만은 놓지 않고, 굳은 듯이 있었다.

나는 그에게 한 걸음씩 다가갔다. 흰 눈이 내리기 시작했다. 바람이 불며 어둠이 내렸고, 우리를 감싼 시간이 되감겼다. 내가 그 앞에 섰을 때 우리는 지금까지와 전혀 다른 모습으로 변해 있었다.

설원이 펼쳐졌다. 그곳엔 나와 기달티, 단둘만 있었다. 나는 비라에서처럼 새하얀 공주였고 그는 아직 소년이었다. 이곳은 우리가 처음 만났던 그날의 설원이었다. 그곳에서 기달티는 비로소 고개를 들었다. 소년은 흐린 눈으로 나를 바라보며 마른 입술을 열었다.

"난 아무것도 없어."

그는 가진 것이 없었다. 가족도, 친구도, 꿈도, 하루를 살아갈 희망도. 처음부터 없었던 것은 아니다. 기억도 나지 않는 먼 옛날에 모조리 빼앗겼다. 타인에게, 세상에게, 수많은 악에게. 소년은 빈털터리가 되었고 끝내는 자기 자신마저 빼앗겼다. 무자비한 고문으로 또 상처받았던 소년은 그래서 아무런 기대도 없이 내게 묻는다.

"그런데 또 뭘 뺏으러 왔어?"

빼앗지 마. 빼앗지 마. 나는 이미 충분히 고통스러워. 마음으로 속삭이며 덤덤한 척 내게 묻는다. 소년에게로 나는 한 걸음 더 다가갔다. 소년은 이제 경계하지도 물러나지도 않았다. 그저 모든 것을 포기한 듯, 고개만 비스듬히 떨어트렸다. 이후 멸망이라 불린 이 소년은 사실 모든 것을 빼앗긴 무력한 자였다. 그래서 지금도 무엇을 또 빼앗길까 두려워한다. 나는 내색 없이 염려하는 소년에게로 손을 뻗었다.

"뺏으러 온 게 아니야, 내 얼굴을 봐봐."

나는 그 얼굴을 들어 나를 보게 만들었다.

"널 다시 만나러 왔어."

오랜 시간이 흘렀지만, 드디어 너의 기다림에 응할 때가 되었다. 네게 기다리라고 했던 이유를 드디어 전할 수 있게 되었다.

"많이 아팠지?"

나는 그의 상처를 바라보았다. 어리석은 자들은 그 소년에게 상처 내는 것을 두려워하지 않았다. 그 상처가 소년의 마음에서 곪아 멸망을 탄생시키리라는 걸 모른 채로.

"나는 널 혼자 두고 싶지 않았어."

그 소년은 혼자였다. 수많은 사람이 존재하는 세상에서 외따로 혼자였다. 그렇기 때문에 가능한 일이었다. 그가 세상을 부수기로 결심한 것은.

모두에게 외면당해 어둠 끝자락에서 숨죽이던 소년이 나는 아팠다. 그로 인해 살인을 결심한 소년의 과오가 무엇보다도 고통스러웠다. 그래서 나는 말했다. 기다리라고. 반드시 돌아오겠다고. 그리고 나는 이제,

"돌아왔어, 너를 안아 주려고."

나는 그의 언 몸을 감쌌다. 오래전 내가 뻗었던 손을 잡을까 말까 고민했던 소년은, 끝내 잡지 못해 후회했던 소년은 말없이 내 품에 안겼다. 소년은 허물어지듯 내 어깨에 머리를 기댔다. 그러고는 눈물만 뚝뚝 흘리기 시작했다.

아무 표정 없이 눈물만 떨어트리며 소년이 말했다.

"나랑 같이 있던 여자애가 죽었어."

나는 눈을 감으며 그의 머리를 쓰다듬어 주었다. 소년이 잠긴 목소리로 다시금 속삭였다.

"사람들이 죽이려고 했어."

기달티는 그 사실이 슬프다는 것을 이제야 깨달았다. 소년은 쏟아지는 아픔을 모두 받아들였다. 몸부림치지 않고, 무언가를 부수지도 않고. 차가운 파도처럼 밀려오는 슬픔을 그저 온몸으로 받아들였다.

"내가 그 애를 죽였어."

그렇게 말하며 소년은 결국 눈물만이 아닌 울음을 터트렸다. 이제껏 그래 본 적 없이 서글프게, 몹시 서글프게 울기 시작했다. 눈이 새빨개질 때까지, 내 어깨를 다 적실 때까지. 아팠던 일을 모두 떠올리며 소년은 울었다. 나는 소년을 다독이며 그의 눈물을 말없이 받아 주었다. 소년은 아주 오랫동안 울었고, 눈물은 그의 마음을 씻어 냈다.

한참 후 눈물이 멎어 갈 즈음 소년은 고개를 들었다. 빨간 토끼눈을 하고 코 먹은 목소리로 내게 물었다.

"이 세상은 가치가 있어?"

그것은 그가 가진 오랜 의문이었다. 태어나 겪은 것이 고통뿐인 그는 이 세상이 존재할 만한 이유를 찾을 수 없었다. 그래서 의심할 수밖에 없었다.

소년에게 나는 속삭여 대답했다.

"응, 있어."

그러자 소년이 또다시 물었다.

"나는 여기에 있어?"

고통과 추위를 피하기 위해 소년은 스스로를 외면했다. 온몸이 아파도 그것을 모르는 척하고 죽도록 비참해도 상관없는 척했다. 그렇게나마 고통을 피해야 했고, 그로써 소년은 자신이 무엇인지 알 수 없게 되었다. 실존하는 사람인지 부유하는 망령인지, 아니면 누군가의 꿈인지. 나는 그 위태로운 소년을 더 꼭 끌어안았다.

"그래, 내가 널 안고 있어."

"계속 안아 줄 수 있어?"

"얼마든지."

소년은 조금 더 얼굴을 파묻었다. 그의 숨소리가 차분하게 가라앉았다. 그는 마음을 가다듬고 있었다. 아직 가장 중요한 질문이 남아서, 그 물음을 마저 꺼내 놓기 위해서. 이윽고 소년이 입술을 움직였다.

"나는, 살아 있으면 안 돼?"

그 물음은 그의 죄였다. 씻을 수 없는 잘못에 대한 고백이었다. 자신의 죄를 알기에 할 수 있는, 필사적인 애원이었다. 그리고 그에 대한 나의 대답은 이미 확고하게 정해져 있었다.

"응, 안 돼."

소년의 경직이 느껴졌다. 하지만 설령 그가 다시 울음을 터트리더라도, 나는 칼날처럼 냉혹한 현실을 그에게 내밀어야 했다.

"그러기엔 네가 한 잘못이 너무 커."

그것은 헤아릴 수 없이 많고 덮어 둘 수 없이 크다. 그러기에 나는 분명히 고해야 했다.

"너는 너무 많은 죄를 지었어."

너의 고통과 상처를 안다. 하지만 그것이 면죄부일 수는 없다. 나는 그렇게 셈하지 않는다. 누가 대체 선한 것이 어리숙하고 만만하다고 하는가. 그것은 이 세상에 존재하는 가장 정확한 잣대. 낱낱이 달아보는 틈 없는 저울. 어떠한 거짓도 통하지 않는 두려운 심판대. 그 앞에서 너라는 진홍빛은, 결코 살아 있을 수 없다. 그것이 바로 세상의 진리.

그리고 그것을 인정하는 소년은 판결에 저항하지 않는다. 항의하지도, 호소하지도 않는다. 그저 눈물을 떨어트릴 뿐이다. 내 냉정한 대답에 소년은 입술을 깨물었다. 그럼에도 비집고 나오는 신음을 참지 못해 두 손으로 얼굴을 가렸다. 손을 모아 만든 동굴 속에서 소년은 울었다. 숨이 막히도록.

나는 사형을 선고받아 우는 소년을 다시 품에 안고 귓가에 조용히 속삭였다.

"하지만 걱정하지 마, 내가 대신 용서를 구할 테니까."

혼자일 수밖에 없는 너를 혼자 두지 않으려고 왔으니까.

"네가 받아야 할 벌을 내가 대신 다 받아 줄 테니까."

비탄에 빠진 너를 안아 주러 왔으니까.

"그러니까 걱정하지 마."

그러려고 왔으니까.

"이제 그만 울어도 괜찮아."

네 눈물을 닦아 주려고 내가 왔어.

눈을 떴을 때 우리는 원래 모습으로 되돌아와 있었다. 여고생인 나로, 거대한 남자인 기달티로.

기달티는 눈물 젖은 눈으로 나를 바라보다가, 이윽고 자기 품에 누운 아야라를 내려다보았다. 그는 아내의 새하얀 얼굴을 손끝으로 어루마지고 싸늘한 입술을 눈물로 적셨다. 최초의 애도였다. 아야라가 죽는 순간 이성의 끈을 놓았던 기달티는 지금껏 아내의 죽음을 슬퍼하지 않았다. 그저 고통에 몸부림칠 뿐 아내의 죽음을 제대로 받아들이지 못했다. 그것을 너무 오랫동안 미뤄 온 것이 미안해서 기달티는 뒤늦게 아야라를 끌어안았다. 그 남자가 아내를 위해 울 때, 멀리 있던 아이들도 가까이로 다가왔다. 그리고 그를 위해 함께 울었다. 그들이 슬피 우는 것이 안타까워 나도 조금 울었다. 하지만 나의 슬픔은 그들과 달랐다. 내게 그 죽음은 영원한 것이 아니라 그저 조금 긴 잠에 불과하니까.

나는 기달티의 어깨를 토닥이며 그를 일으켰다. 그러자 기달티의 눈물을 자신의 눈물처럼 흘리는 아야라가 보였다. 나는 몸을 숙이며 그의 뺨을 어루만졌다.

"아야라."

아이를 깨우듯, 나는 아야라의 이마를 쓸며 작게 속삭였다.

"이제 일어나요."

내 말이 스미자 창백하던 뺨에 혈색이 돌았다. 입술은 장밋빛으로 돌아와 다시 호흡을 시작했고, 그 첫 숨과 함께 감겨 있던 두 눈이 천천히 깨어났다. 아야라는 잠에서 막 깬 사람처럼 나른하게 눈을 떴다. 그러고는 의아해하며 나를 불렀다.

"공주님……?"

아야라는 입을 가리고 큰 하품을 하더니 주위를 둘러보았다.

"다들 여기서 뭘 하고 있어요?"

두 눈으로 기달티를 담고, 라이시를 담고, 마지막으로 아이들을 담고서 아야라는 깜짝 놀랐다.

"어머?"

아야라는 어느새 훌쩍 큰 두 아이를 놀란 눈으로 바라보았다. 그리고 다른 사람들은 그렇게 살아 움직이는 아야라에게 놀랐다. 기달티는 품 안에서 깨어난 아야라를 바라보다가 어렵사리 그 이름을 불렀다.

"아야라……."

부르는 소리에 아야라가 기달티를 올려다보았다. 기달티의 얼굴은 눈물로 젖어 있었고, 아야라는 그것을 뒤늦게 발견했다. 그래서 그 상냥한 여인은 남편의 눈물을 닦아 주었다.

"우는 거야?"

아내의 따스한 물음에 그의 눈가는 더욱 젖어 들었다. 기달티는 아야라를 끌어안고 그 품으로 속절없이 얼굴을 파묻었다. 아야라는 어리둥절하면서도 남편의 등을 다독였다. 나는 재회한 부부에게서 몸을 일으키며 이쪽을 지켜보던 아이들을 돌아보았다. 무아카는 아야라의 생환을 울며 기뻐했고, 야빈은 기쁨보다도 놀라움에 사로잡혔다.

"어떻게……."

야빈은 눈을 커다랗게 뜬 채 말을 잇지 못했다. 죽은 사람이 다시 살아나는 것, 야빈은 전 세계를 통틀어 그것과 가장 밀접한 연관이 있는 아이였다. 그는 연구소에 갇혀 영생을 갈망하는 인간들의 몸부림과 좌절을 고스란히 지켜보았다. 수천, 수만의 이론과 실험, 그리고 실패를 바라보며 야빈은 결론 내렸다. 살아 있는 인간의 생을 연장시킬 수는 있어도, 죽은 자를 되살리는 것을 결코 불가능하다고. 그런데 그 일이 눈앞에서 벌어졌다. 너무 쉽게, 말 한마디로.

나는 놀란 아이에게 웃으며 물었다.

"이제 알겠니?"

"네?"

"내가 아까 했던 말의 의미를."

야빈은 알아듣지 못하고 멍하니 눈을 깜빡였다. 하지만 그것도 잠깐, 그 총명한 아이는 내가 했던 말을 떠올리곤 탄성을 질렀다. 나는 고개를 끄덕이며, 그 아이에게 다시 한 번 말했다.

"그래, 내가 너희에게 주는 회복은 어떤 상처보다 클 거야. 분명히."

기달티와 아야라는 무아카가 여분으로 챙겨 온 망토를 몸에 둘렀다. 아야라는 우리에게 그간 있었던 일을 전해 듣고 크게 놀랐다. 그러더니 천천히 기억을 더듬어 곧 자신이 죽던 순간까지 떠올렸다. 설명을 들은 후 아야라는 자신이 되살아난 것보다 라이시의 정체에 더 놀랐다.

"대공님 욕을 그렇게 하더니……."

아야라는 혼잣말을 하고는 화들짝 입을 가렸다. 그러곤 눈치를 봤는데, 다행히 라이시는 별로 언짢아하지 않았다. 하긴, 라이시가 대공을 좀 가혹하게 평한 건 사실이니까. 무려 '대공은 세상의 재앙!'이라고 했었지.

라이시가 겸연쩍은 듯 중얼거렸다.

"틀린 말을 한 건 아니었어."

어련하시려고요. 라이시에게 놀란 아야라는 이어 나에게 놀라 물었다.

"공주님은 돌아오신 건가요?"

"네, 돌아왔어요."

그래서 이젠 널 온전히 기억해. 내가 진흙을 헤치고 찾아낸 내 아이. 나는 아주 오랫동안 나를 기다린 아야라에게 조용히 말했다.

"고마워요, 아야라."

"네?"

"내가 없는 동안 잘해 줘서."

너는 내가 없는 동안 내 일을 맡아서 해주었다. 날 대신해서 기달티를 안아 줬고, 부모를 잃은 아이들에게 엄마가 돼주었다. 그로써 너는 내가 발견한 것 중 가장 고귀한 보석이 되었다.

"정말 고마워요."

아야라는 멍하니 나를 바라보다가 그 뜻을 깨닫고 미소 지었다.

"기뻐요, 공주님."

그렇게 답하며 사랑스럽게 웃는 아야라는 분명 보물이었다. 내게만이 아니라 모든 이에게 귀한 사람이었다. 내가 일어나자 이제는 아이들이 그에게로 달려들었다. 그들의 재회를 바라보며 나는 라이시를 넌지시 불렀다.

"라이시."

"응?"

"아직도 추워?"

"아니."

"그럼 이제 봄이 오면 좋겠어."

내 말에 라이시는 옅게 웃더니 하늘을 바라보았다.

"이미 봄이야."

나는 그와 함께 하늘을 올려다보았다. 희던 하늘이 어느새 푸르게 물들어 있었다. 공기는 따스했고 언 땅이 녹기 시작했다. 나는 땅을 살펴보았다. 생명을 준비하는 씨앗들이 봄을 느끼고 기지개를 켜고 있었다.

그래, 네가 하늘을 바꿨다면 나는 이제 땅을 가꿔야지. 내 마음을 알고서 눈치 빠른 씨앗들이 움을 틔웠다. 여린 싹이 얼었던 땅을 쪼개며 보란 듯 잎을 펼쳤다. 그러자 꾸벅꾸벅 졸던 다른 씨앗들도 부랴부랴 뿌리를 내렸다. 그것들은 이내 서로 질세라 꽃을 피웠다. 황무지 같던 땅이 곧 생명으로 뒤덮였다. 위세를 떨치던 겨울은 어느새 사라지고 이제 남은 건 완연한 봄이었다. 나는 봄의 탄생을 놀랍게 바라보는 이들에게 말했다.

"이제 돌아가자."

내가 그렇게 말할 때 라이시는 내 손을 가만히 붙잡았다. 이제 헤어질 때인 걸 알고서. 그래서 나는 날 붙잡은 그의 손에 다시 손을 포갰다.

"괜찮아."

"그래."

"또 만날 거잖아."

라이시는 묵묵히 끄덕였다. 그의 눈이 깊었다. 목까지 차오른 말을 꾹 참고 있었다. 나는 웃으며 고개를 저었다.

"이제 가."

나는 굳어 선 라이시의 등을 떠밀었다. 그는 내 손을 마지막으로 한 번 꼭 움켜쥐고, 이내 힘없이 도로 놓았다. 쉽사리 떠나지 못하는 그에게 나는 빙긋 웃어 주었다. 늘 그랬던 것처럼, 온 힘을 다해서. 그는 나의 결심을 인정할 수밖에 없었다. 그래서 그 또한 결심을 굳히고, 날개를 펼쳐 하늘로 날아올랐다.

라이시가 훌쩍 가버리자 야빈이 놀라서 물었다.

"대공님은 같이 안 가세요?"

"응, 따로 해야 할 일이 있거든."

그의 할 일은 나를 기다리는 것, 나의 길 끝에서 나를 맞이하는 것. 그것을 준비하기 위해 그는 떠났다. 하지만 이 이별은 결코 길지 않을 것이다. 우리는 곧 만날 테니까. 나의 길 끝에서.

라이시를 보내고 우리는 다시 제미라의 집으로 돌아갔다. 그동안 내 발밑에서 시작된 봄이 온 세상으로 퍼져 나갔다. 두미야의 산채에 도착했을 땐 그곳도 이미 신록에 뒤덮여 있었다.

들꽃이 흐드러지게 피어난 제미라의 집 앞, 그곳에는 한 여인이 웅크리고 앉아 있었다. 시믈라였다. 시믈라는 밖에서 멍하니 들꽃을 바라보고 있었다. 의미 없이 꽃잎을 매만지던 그는 누군가를 기다리는 것 같았다. 나는 시믈라가 깨어난 것을 보고 반색했다. 하지만 시믈라는 나를 보자마자 인상을 쓰더니 집 안으로 들어가 버렸다. 문을 쾅 닫으면서.

"모르는 사람이 보면 저 사람이 집주인인 줄 알 거예요."

못마땅해하는 야빈의 말에 나는 그저 웃었다. 한편 아야라는 시믈라를 알아보고 눈을 크게 떴다.

"저 사람……."

"시믈라예요."

반신반의하는 아야라에게 야빈이 답했다. 그러자 아야라는 더욱 놀랐다.

"왜 여기 있는 거니?"

"공주님이 데려오셨어요."

"공주님이……."

아야라가 말끝을 흐리며 나를 바라봤다. 생각이 복잡한 얼굴이었지만 나는 담담히 마주했다. 그 옛날 너는 시믈라를 참 미워했지. 하지만 이제는 염려하지 않는다. 그동안 너는 놀랄 만큼 크게 자랐으니까. 나는 아야라를 향해 빙긋 웃었다. 아야라는 잠시 망설였지만 결국 마주 웃었다. 마음에 담긴 착함으로.

집으로 들어가자 제미라는 기달티와 아야라를 보고 또 한 번 놀랐다. 제미라가 뜻밖의 손님을 보고 놀라는 게 오늘만 벌써 세 번째. 하지만 아직 끝이 아니다. 네 번째 방문이 남아 있으니까.

제미라는 아야라의 생환을 기뻐하며 한참을 울었다. 우리가 모였을 때 하루는 이미 다 저물어 저녁이었다. 그 저녁에 우리는 둘러앉아 식사를 했다. 시플라는 물론 방에서 나오지 않았다. 기달티도 여러 가지를 꺼렸다. 지난 몇 년간 이들이 자신 때문에 고통받은 것을 아니까. 수많은 사람이 또 자신에게 죽은 것도 아니까. 하지만 나는 그가 은신하기 전에 붙잡았다. 예전처럼 탑 꼭대기에 자신을 가두지 못하도록. 결국 기달티는 마지못해 버텼다. 다른 사람들도 뭐라 말하지 않았다. 할 수 있는 말이 없었다. 비난도 위로도 없이 옆자리를 허락하는 것 외엔, 아무것도.

어쨌든 우리는 모두 둘러앉았다. 대죄인과 되살아난 그의 아내, 또 다른 작은 죄인과 그를 용서한 과부, 그리고 모든 것을 지켜본 아이가 나와 함께 한 식탁에 앉았다. 아이들은 들떠 있었다. 그립던 사람들을 다시 만난 걸 좋아했고, 오늘 겪은 일에 흥분했다.

야빈이 식사 중 내게 물었다.

"공주님, 아야라 선생님처럼 다른 사람들도 다시 살릴 수 있나요?"

그렇게 묻는 의중에는 타누, 힌네, 하야 그리고 죽은 친구들이 있었다.

"혹시 몸이 남아 있어야 하나요? 몸이 사라지거나 땅에 묻은 사람도 살릴 수 있어요?"

아무래도 야빈은 모든 사람을 되살려 달라 하고픈 모양이다. 나는 눈을 빛내며 묻는 아이에게 웃으며 되물었다.

"야빈, 이 땅에 영원히 사는 사람이 있니?"

대답이 아닌 물음이 돌아오자 야빈은 고개를 저었다.

"아니요."

"그럼 죽은 사람을 다시 죽을 사람으로 만드는 건 의미가 있을까?"

야빈의 의문이 더욱 깊어졌다. 그 아이는 슬쩍 내 눈치를 보더니 절묘하게 대답을 피했다.

"그건 잘 모르겠지만 아야라 선생님 듣는데 그런 말씀을 하시면 곤란해요."

아이의 말에 나는 그만 웃어 버렸다. 그리고 답을 구하는 아이에게 차근차근 답해 주었다.

"두 가지만 명심하면 돼. 상처보다 큰 회복이 준비되어 있다는 것, 그리고 죽음은 너희를 위한 게 아니라는 것. 알겠니?"

천천히 설명했지만 야빈의 불만은 오히려 깊어졌다. 내 말이 영 아리송해서. 그래서 야빈은 다시 직설적으로 물었다.

"다른 사람은 살려 주지 않으실 거예요?"

"모두를 살릴 거야. 하지만 네가 생각하는 방식과 다를 거야."

"……공주님 말은 이해하기가 어려워요."

"때가 되면 다 알게 될 거야. 특히 너는 가장 먼저."

내가 달랬지만 야빈은 여전히 시무룩했다. 그 아이는 영 못마땅한 투로 말을 이었다.

"죽음이 우리를 위한 게 아니라고 하셨지만, 지금도 중앙과 북쪽은 계속 싸우고 있어요. 거기서 사람들은 매일같이 죽고요. 사람이 있는 곳엔 늘 죽음이 있어요."

반박하는 야빈의 목소리가 어두웠다. 이해한다. 이 아이에게 죽음은 두렵고 절대적이며 영원하니까. 하지만 머지않아 알게 될 거다. 내가 그 죽음을 부수러 왔다는 걸.

"동쪽의 늪이 사라진 걸 알면 사람들은 전쟁을 멈추지 않을까요?"

내가 침묵하는 사이 제미라가 말했다. 합당한 말이지만 곁에 앉은 기달티 때문에 조심스러웠다. 당사자 앞에서 그로 비롯된 사달을 논하는 건 불편한 일이니까. 하지만 사안이 사안이기에, 그들은 기달티를 배려하기보다는 말을 이어 나갔다.

"그렇진 않을 거예요. 그 늪은 3년간 멈춰 있었어요. 그런데도 아직 싸우는 건 성주님을 무서워해서가 아니에요."

"그럼 왜 계속 싸우는 거지?"

"세상에서 가장 큰 의문이에요. 사람들은 대체 왜 전쟁을 할까요?"

제미라의 의문에 야빈이 날카롭게 되물었다. 물론 그 아이는 알고 있다. 이 전쟁이 어떻게 시작됐으며 어떻게 이어지고 있는지. 그럼에도 그것은 대답이 못 된다. 그 행위의 합리를 설명할 수 없다.

처음엔 분명 기달티를 피하기 위해서였다. 그들은 절대적인 재앙을 피하기 위해 싸웠다. 자이트는 시민에게 메트로폴리스라는 새로운 삶의 터전을 주려고, 시로니는 자국민의 평화를 지키려고 창과 방패처럼 겨뤘다. 하지만 그들은 곧 깨달았다. 검은 늪이 더 퍼지지 않는다는 것을, 기달티가 동쪽에 자리를 틀고 멈췄다는 것을. 이로써 그들이 싸워야 할 이유는 사라졌지만, 그럼에도 그들은 전쟁을 멈추지 않았다. 아니, 멈출 수 없었다.

자이트는 기달티가 멈춘 것을 대중에게 알리지도 못했다. 전쟁을 위해 끌어모은 것이 너무 많았다. 그리고 전쟁으로 인한 희생도 너무 컸다. 이런 상황에서 이제는 기달티가 위험하지 않다는 것이 알려지면 그건 지도자를 비난할 좋은 빌미가 될 것이다. 그의 오판으로 막대한 손해를 본 것이나 다름없으니까. 그래서 자이트는 이 사실을 감춰야 했다. 동시에 또 다른 당위성을 찾아야 했다. 군대를 일으킨 것을 변명하고 수많은 피해를 무마할 수 있는 것, 그것은 역시나 중앙이라는 전리품뿐이었다.

그래서 전쟁은 이어졌다. 또 다른 기만에 물들어서. 그 기만에 악의를 더한 것은 중앙의 시로니였다. 시로니는 전쟁으로 사망한 군인을 시체 인형으로 만들어서 자이트의 약을 올렸고, 휴전을 위한 타협안을 내놓을 수 있었지만 그러지 않았다. 시로니 또한 북쪽을 점령할 마음이었기에 그 전쟁은 둘 중 하나가 망하기 전엔 끝날 수 없었다.

두 지도자의 아집과 이기심에 사람들은 덧없이 죽어 나갔다. 그러니 이 전쟁을 향한 야빈의 물음은 타당하다. 세상에서 가장 큰 의문, 그것은 사람들이 전쟁을 하는 이유.

"혹시 그 사람들이 새로운 영주가 된 건 아닐까요?"

제미라가 답답한 심정으로 물었다. 그 말처럼 자이트와 시로니가 하고 있는 일은 영주들보다 대단하다. 자이트는 온갖 공작으로 도시를 장악하고 시민들을 벌써 수만 명이나 전쟁터로 보냈다. 시로니는 스승의 만행을 고스란히 답습하고 있다. 생체 실험은 멈췄지만 스승의 유물인 과학자들의 살아 있는 뇌는 스스럼없이 사용한다. 게다가 그들은 하루 한 생명을 뱀에게 족히 바쳤다. 하지만 그럼에도,

"그들은 영주가 아니야."

"영주가 아니에요?"

"응, 피네하스가 선택하지 않았어."

그렇다. 그럼에도 그들은 영주가 아니다. 피네하스에게 선택되지 않았다. 자격이 충분하고 공석도 있지만, 피네하스는 두 가지 이유로 그들을 선발하지 않았다.

하나는 지금 피네하스가 숨어 있기에 바쁘기 때문이다. 3년 전부터 그는 라이시의 눈을 피하느라 정신이 없다. 그러니 영주를 선발할 겨를도 당연히 없었다. 두 번째 이유는 자이트와 시로니, 그 두 사람이 이미 영주보다 악독하기 때문이다. 내가 앞서 말했듯이. 그래서 굳이 영주로 삼을 필요가 없었다. 결국 피네하스의 강요가 없어도 인간의 악의는 자생되는 지경에 이른 것이다.

그 사실에 둘러앉은 이들의 얼굴이 어두워졌다. 사방을 에워싼 어둠에, 틈 없이 새카만 악에 숨이 막혀서. 하지만 모처럼 함께하는 식사인데, 그렇게 우울해할 필요는 없다. 그래서 나는 목소리를 바꾸며 명랑하게 말했다.

"너무 걱정하지 마. 전쟁은 곧 끝날 거야."

"어떻게요?"

야빈이 믿을 수 없다는 듯 되물었다. 그와 함께 기달티와 무아카가 고개를 들며 문 쪽을 돌아보았다. 세미한 소리를 듣고 무아카가 굳은 목소리로 속삭였다.

"누가 왔어요."

그 말에 제미라는 재빨리 일어나 촛불부터 불어 껐다. 제미라가 본능처럼 숨으려 했지만, 나는 그를 만류하고 다시 초를 켰다.

"괜찮아, 무서워하지 마."

그와 동시에 쿵쿵쿵, 문 두드리는 소리가 들려왔다. 제미라와 아이들의 얼굴에 긴장이 감돌았다. 셋이서 오랜 시간 숨어 지낸 탓이었다. 이해는 하지만 정말 무서워할 필요 없다.

"야빈, 나가 볼래? 네가 아는 사람이야."

야빈이 주저하며 일어났다. 그러곤 문가에 서서 의심스레 물었다.

"누구세요?"

"위해를 가하러 온 게 아니니 우선 안심하십시오."

문밖에서 들려온 건 젊은 남자의 시원스런 목소리였다. 그는 먼저 우릴 안심시키고 자신의 정체와 용건을 밝혔다.

"중앙 연구소 시로니 교수의 비서입니다. 교수님이 간밤에 꿈을 꾸셨다고 해서 찾아왔습니다."

야빈은 그 소개를 듣고 입이 크게 벌어지더니 지체 없이 문을 벌컥 열었다. 문밖에는 한 남자가 서 있었다. 제미라를 제외하고는 다들 잘 아는 얼굴, 디브리였다.

집으로 들어온 디브리는 오랫동안 말을 잇지 못했다. 그는 입만 떡 벌린 채 우리를 연신 번갈아 보더니, 이윽고 신음처럼 중얼거렸다.

"교수님이 계속 꿈 얘기를 하실 땐 이 사람이 드디어 미쳤구나 싶었는데……."

3년이 지났지만 디브리는 여전했다. 얼굴도, 말투도, 상사를 소심하게 모욕하는 것까지도. 디브리는 예전처럼 소란스런 목소리로 우리에게 물었다.

"그런데 여기 와서 보니 제가 미친 것 같습니다. 아니면 꿈을 꾸고 있든지 말입니다. 이게 대체 어떻게 된 일입니까? 여기만 3년 전으로 되돌아간 겁니까? 성주님은 늪 만들기를 이제 그만두신 겁니까?"

대범하고도 눈치 없는 디브리는 결국 기달티마저 헛기침하게 만들었다. 디브리가 꿈이라는 말을 반복하자 제미라가 의아해하며 물었다.

"꿈 때문에 오셨다고요?"

"네, 교수님께서 며칠 전부터 계속 같은 꿈을 꾸신다고 절 부르셨습니다."

"대체 무슨 꿈을 꿨기에……."

"하늘에 빛이 비치더니 검은 늪이 사라지고 겨울이 끝났답니다. 그리고 북쪽으로 오라는 목소리가 들렸다면서 제게 이곳의 좌표를 알려 주셨습니다."

그 이야기를 듣고 다들 감탄을 터트렸다. 디브리도 그들과 같은 심정인지 손짓까지 하면서 더 장황하게 말했다.

"그 얘길 하면서 진지하게 절 보내는데, 진짜 미친 줄 알고 얼마나 놀랐는지 모릅니다. 하긴 몇백 개의 뇌를 동시에 운용하는데 미치지 않고서 배기겠냐마는……. 그래서 그 망상을 없애 드리려고 왔는데 갑자기 땅에서 풀이 나더군요. 그때부터 심상치 않았는데 좌표로 찾은 곳에 정말 집이 있을 줄이야. 게다가 여기 공주님이 계실 줄은 상상도 못 했습니다."

디브리가 나를 돌아볼 때 나는 싱긋 웃었다. 꿈으로 시로니를 부른 건 나다. 왜냐하면 시로니에게도 약속을 지켜야 했으니까. 예전에 나는 그와 한 가지 약속을 했다. 당시 그 과학자는 자신이 오판으로 잘못된 선택을 할까 봐 겁을 냈다. 그릇된 믿음과 오류에 갇힌 인간을 경멸하며 자신만은 그러지 않기를 간절히 원했다. 그래서 그가 내게 요구한 것은 하나였다.

정답. 시로니는 내게 답을 구했다. 그리고 그 답의 옳음을 내가 증명하길 원했다. 바로 승리와 즐거움으로. 그때 나는 약속했다. 그에게 승리와 즐거움을 보이기로, 그걸로 내 길이 옳다는 것을 증명하기로. 나는 그 약속을 잊지 않았다. 그래서 그를 불렀다. 크게 낙담해 자신을 내버린 과학자에게, 약속한 것을 기꺼이 보여 주기 위해서.

나는 내가 했던 모든 약속을 지킬 것이다. 그러기 위한 준비는 이제 모두 끝났다. 검은 늪은 사라졌고 겨울도 끝났다. 그리고 이날로부터 40일 후, 길었던 전쟁도 막을 내리게 된다.

9
양의 길

양은 양의 길을 걷는다.

가시와 찔레가 무성한 그 길을 울더라도 걷는 이유는, 그 끝에서 만날 네가 그리워서다.

아본에 봄이 돌아온 지 사흘이 지났다. 날이 화창해서 나는 아야라와 함께 빨래를 널러 나왔다. 공주님이 하는 일은 성에서도 세탁, 여기서도 세탁. 하지만 요리엔 소질이 없으니 어쩔 수 없어.

우리는 두미야의 산채에 자리를 잡았다. 사흘 전 우리를 찾아왔던 디브리는 시로니에게 보고하기 위해 곧장 돌아갔다. 보고를 마친 디브리가 다시 우리를 찾아오면 세상은 또다시 큰 변화를 맞을 것이다.

빨래 바구니를 내려놓으며 아야라는 하늘을 올려 보았다.

"오늘은 날씨가 좋네요. 어제는 비가 그렇게 쏟아지더니."

"봄을 당겨 와서 급하거든요. 갑자기 자란 풀에게 햇빛과 비를 필요한 만큼 주려면요."

아야라는 감명 깊은 얼굴로 고개를 끄덕였다. 자신이 기른 아이가 저 하늘의 주인이라니, 아직 얼떨떨한 모양이다.

"대공님도 함께 오셨으면 좋았을 텐데."

"그러게요."

"사실 아직도 잘 안 믿겨요. 알타쉬헤트가 대공님이셨다니……."

"아쉽죠? 자식처럼 길렀잖아요."

"잘 모르겠어요. 대공님의 기저귀를 갈아 봤다는 게 그저 신기할 따름이에요."

아야라의 진지한 말에 나는 웃음을 터트렸다. 아, 이거 재미있다. 나중에 두고두고 놀릴 수 있을 것 같아. 기저귀를 차고 계시던 대공님. 이유식을 드시던 대공님. 아야라도 함께 웃으며 다시 젖은 빨래를 털었다.

"이러니까 우리끼리 성에서 지내던 생각이 나네요."

아야라가 추억하는 건 이주민을 받기 전, 아이들하고만 지내던 때다. 그땐 어른들이 없어서 성의 살림까지 우리 몫이었다. 대수롭지 않게 말한 아야라는 곧 성의 주민들을 떠올렸다. 그건 자연스럽게 죽음의 기억으로까지 이어졌다. 옛일을 떠올리며 아야라는 쓰게 웃었다. 꿈처럼 먼 일로 느껴져 분노나 배신감은 들지 않았다. 다만 궁금하긴 했다.

"그때 제가 어떻게 하면 좋았을까요?"

너무 강한 적 앞에서 성은 모조리 무너졌다. 그리고 주민들은 사람과 짐승 그 사이의 무엇이 되어 날뛰었다. 지도자였던 아야라는 그때를 떠올리며 내게 물었다. 나는 아야라처럼 빨래를 탁탁 널며 간단히 대답했다.

"그땐 어떻게 하든 같았을 거예요."

"그랬을까요?"

"네, 사람들에게 다가온 악의가 너무 컸어요. 그들은 연약했고."

"결국 우리가 한 모든 일은 무의미했군요."

아야라가 힘없이 말했다. 돌이켜 본 삶이 허망하게 느껴졌다. 모두가 행복한 세상을 만들었다고 생각했는데 아니었다. 끈질긴 악의에 선의는 짓밟혔다. 모든 노력이 덧없는 걸까, 아야라는 서글프게 자조했다. 그에 나는 단호히 고개를 저었다.

"그렇지 않아요. 선한 일은 아무리 작아도 헛되지 않아요."

"하지만 우린 아무것도 건지지 못했어요."

아야라의 얼굴은 여전히 어두웠다. 패배를 곱씹으며 아야라가 내게 물었다.

"공주님, 그때 기적을 보여 주실 순 없었나요? 제게 하신 것같이요."

그것은 모든 사람이 내게 원했던 일이다. 위기의 순간 그런 기대는 인간에게 합당하다. 하지만 나는 그렇게 하지 않았고, 그들은 날 원망했다. 아야라의 순전한 의문에 나는 담담히 답했다.

"할 수 있었어요."

"그런데요?"

"곧 썩어 없어질 것이 과연 기적일까요? 우리는 영원을 원해요."

"영원이요?"

"겨울을 봄으로 바꾼 건 결코 거창한 기적이 아니에요. 인간의 힘으로는 불가능하니까 신기하기는 하겠죠. 하지만 봄비가 내린다고 세상이 따스해지지는 않아요."

아야라의 고개가 기울어졌다. 나는 의아해하는 아야라에게 웃으며 부연했다.

"사람들은 내가 적을 무찌르길 원했죠. 만약 그런 것이 기적이라면, 우리는 누구의 기도를 듣고 누구를 위해 기적을 일으켜야 할까요? 모두가 자신의 욕심대로 기도하는데. 우리가 바라는 기적은 그런 게 아니에요."

"그럼 어떤 기적을 바라시죠?"

"한 소년에게 친절하게 대해 주는 거요."

내 말에 아야라의 눈이 동그래졌다. 그 평범한 일이 무슨 기적이냐고 묻는 것 같았다. 그래, 그건 평범한 일이다.

"수상하고 지저분하더라도 싫어하지 않고 곁에 있어 주는 거죠. 그게 우리에겐 바다를 가르는 것보다 더 간절한 기적이에요."

나는 내 뜻을 헤아리려 애쓰는 아야라를 깊이 바라보았다.

"기달티는 멸망이었죠."

"……네."

"그렇다면 아야라는 멸망을 막은 사람이죠."

"네?"

아야라가 놀라서 반문했다. 말이 너무 거창하다고 느꼈을 터이다. 하지만 아니라고 할 수 있나? 아야라는 내가 가르쳐 준 대로 외로운 소년의 친구가 되었고, 그로써 그 소년이 세상에 화풀이하는 것을 막아 냈다.

"그게 바로 우리가 바라는 기적이에요. 그때도 지금도 내가 할 말은 같아요. 기적은 사랑하는 것뿐이에요. 내가 일으키는 모든 일은 그것의 증명에 지나지 않아요."

아야라는 빨래를 든 채 멍하니 나를 바라봤다. 그러더니 곧 부드럽게 웃었다.

"신기하네요."

"뭐가요?"

"모습은 어린 공주님인데 속은 하얀 공주님이라서요."

내 말이 여전히 아리송하다는 뜻이다. 아야라는 홀가분한 한숨을 내쉬었다. 죽음에서 돌아온 그는 이전보다 평안하고 온화했다.

"사실 저도 성주님께 그다지 친절하지 않았어요. 그냥 함께 있다가 정이 든 거죠."

그 말을 듣고 나는 더 짙게 웃었다. 어린 시절 아야라가 기달티를 매일 걷어찼다는 건 나도 잘 알고 있다.

"기달티는 좀 어때요?"

남편의 이야기가 나오자 아야라는 난처한 낯으로 고개를 저었다.

"예전이랑 비슷해요. 아니, 더 심각하죠."

"우중충해요?"

"몹시요."

아야라는 가감 없이 단언했다. 첫날 우리와 함께 앉았던 기달티는 다음 날 다시 자신의 굴속으로 들어갔다. 그는 비좁은 방에 틀어박혔고, 아야라가 식사를 가져다줘도 입에 대지 않았다. 아야라와 달리 그는 3년 전의 일을 초월하지 못했다. 감히 그럴 수 없었을 것이다. 그날, 그가 수년간 가르친 아이들도 무자비하게 휩쓸렸다. 이름을 알고 얼굴을 알고, 분명 무척이나 아꼈을 아이들이다. 그런 아이들을 제 손으로 죽음에 묻어 버렸으니 멀쩡할 리 없다.

"너무 가혹한 일이었어요."

그렇다. 그 일은 가혹했다. 영원히 미쳐 버리는 편이 차라리 나을 정도로.

"그 사람에겐 이제 어떤 기적이 필요할까요?"

아야라의 남편은 다시 살아가게 되었지만 어떻게 살아야 할지 몰랐다. 예전엔 나를 기다리며 살기로 결심했다지만, 이젠 무엇을 위해 살아야 할까? 어렵지 않은 질문이다. 이번에도 역시 답은 같으므로.

나는 노크하고 문을 열었다. 기달티는 창문을 닫아 둔 채 의자에 앉아 있었다. 그 어두운 방에는 손도 대지 않은 아침상이 그대로 있었다.

"계속 식사 거르면 몸 상해요."

나는 새로 가져온 식사를 테이블에 내려놓고 창문을 활짝 열었다.

햇살이 들어오자 기달티는 움찔 겁을 냈다. 빛에 닿으면 녹아 버리는 사람처럼. 방을 환히 밝히고서 나는 그의 맞은편에 앉았다. 기달티는 내 시선을 피해 고개를 숙였다.

3년 전, 기달티는 자신이 저지른 죄를 고스란히 돌려받았다. 타인의 소중한 사람을 죽인 대가를 자신의 소중한 사람을 잃는 것으로 뼈저리게 갚았다. 그 응징이 더 쓰라린 까닭은, 그 참사가 스스로의 손에서 비롯되었기 때문이다. 아내를 죽였다. 이제껏 기르고 가르친 아이들을 죽였다. 주민들도, 적도, 피아 구분할 것 없이 모조리 죽였다. 정신을 차린 지금, 기달티는 그 일을 감당할 수 없어 또다시 말라 가고 있다. 자신을 혐오하면서, 자괴감에 빠져서.

기달티처럼 자신의 죄에 초연해지지 않는 것은, 우리가 무엇보다도 바라는 일이다. 우리는 모든 사람이 죄의 무게를 똑똑히 깨닫길 원한다. 그것이 얼마나 검고 붉은지, 그것이 얼마나 크고 무거운지를 알기 원한다.

하지만 동시에, 우리는 사람들이 그 죄에서 자유로워지기를 바란다. 낱낱이 알되 묶이지 않으며 사무치게 깨닫되 함몰되지 않기를 바란다. 이것이 마치 곡예 같다고 불평해도 어쩔 수 없다. 그게 바로 우리가 원하는 회복이니까.

"어떤 사람이 둥지에서 떨어진 새 한 마리를 발견했어요. 다른 새는 다 죽고 딱 한 마리만 날개가 부러진 채 살아 있었죠."

기달티는 여전히 고개를 숙이고 있었지만, 나는 그가 듣고 있다는 것을 알고 말을 이었다.

"사람은 새를 소중히 치료해 줬어요. 그래서 분명 다 나았는데, 새는 계속해서 다친 것처럼 굴었대요. 왜 그랬을까요?"

침묵이 흘렀다. 나는 기다렸고, 한참 후 나직한 답을 들을 수 있었다.

"……혼자 살아남은 것이 미안해서."

그 대답이 그의 마음이었다. 나는 잡힐 듯 눈에 선한 마음에 대고 다시 조용히 말했다.

"내가 그 새를 치료한 건 하늘을 나는 모습이 보고 싶어서였어요. 계속 아파하는 모습이 아니라."

아래를 향하고 있던 기달티의 턱이 조금 위로 들렸다. 나는 몸을 낮추며 그와 눈을 맞췄다.

"같은 일이에요."

내가 주고자 하는 회복은 부족한 것이 아니다. 죄책감에 함몰되고 원한을 끊지 못해 발을 구르는 것이 아니다. 그러니까,

"기뻐해 줘요, 나를 위해서."

내가 보고 싶은 건 그런 거니까. 진흙에서 진주를 찾아내는 건 빛을 보기 위함이고, 날개가 부러진 새를 치료하는 건 다시 날려 보내기 위함이니까.

기뻐하라는 내 한마디에 기달티의 눈이 흔들렸다. 그는 상처받은 표정을 짓고 있었다.

"불가능해."

그는 괴로운 얼굴로 나를 바라보다가 고개를 저었다.

"내가 어떻게······."

내 말이 부당하다는 듯, 말도 안 된다는 듯. 그래, 네가 한 일은 그
토록 끔찍하다. 기뻐하라니, 염치없이 감히 그럴 수는 없지. 하지만
뼈가 붙고도 부러진 척하는 건 연극이다. 낫고도 병상에 눕는 건 기
만에 불과하다. 대체 누구를 위해 그렇게 하지? 자기 자신을 위해?
죽은 자들을 위해? 아니, 실의에 빠지는 것은 아무 열매도 없이 허망
하다. 애써서 보상을 원하는 나를 배신하는 짓이다.

"기달티, 전에 나한테 했던 말 기억나요?"

오래전, 우리가 북쪽의 아크제리유트를 만나러 가던 길에.

"내가 구했으니 내게 모든 것을 바치겠다고 했었죠."

별빛이 억수같이 쏟아지던 그 밤에 기달티는 내게 말했다. 자신의
전부를 주겠다고. 그는 잊지 못할 그날을 떠올리고 고개를 끄덕였다.
그래, 그리고 나는 그때 분명히 그를 받았다. 그러니 지금 내가 말하
는 이것은 결코 부당한 것이 아니다.

"이건 부탁도 아니고 충고도 아니에요. 내 소유인 당신에게 하는
명령이에요."

명령이라는 말에 그의 두 눈이 불안하게 흔들렸다.

"나를 기억하고 그들을 기억하면서 기뻐할 방법을 찾아요. 내가 구
해 낸 게 허망해지지 않게. 그게 당신이 앞으로 해야 할 일이에요."

죄와 눈물은, 그리고 받아야 할 벌은 내가 다 가져갈 테니까.

기달티는 말없이 나를 바라보았다. 선처를 바라는 것 같았다. 제발
뜻을 거두어 달라고 애원하는 것 같았다. 수치를 아는 죄수에게 이

보다 가혹한 형벌은 없을지도 모른다. 하지만 나는 벌을 주려는 것이 아니다. 내가 주고 싶은 것은 오직 자유.

"기달티, 이 세상은 가치가 있을까요?"

익숙한 질문을 내가 던지자 기달티는 당황했다. 하지만 그것도 잠깐, 그는 이내 고개를 끄덕였다. 그의 시인을 통해 나는 두 번째 질문을 던졌다.

"나는 과연 여기 있을까요?"

이번에도 망설임 끝에 고개를 끄덕인다. 그 대답에 웃으며, 나는 예정된 세 번째 물음을 마저 던졌다.

"그럼 기달티는요?"

"……여기, 그대 곁에 있다."

마지못해 흘러나온 흐린 대답에 나는 환하게 웃었다. 그러곤 앞에 놓인 빵을 쪼개서 그에게 내밀었다.

"네, 내가 살렸어요. 내가 바라는 건 기쁨이에요."

기달티는 거부할 수 없었다. 그는 머뭇대며 빵을 건네받았고, 결국 그것을 입에 넣었다. 우리는 마주 앉아 함께 식사를 했다. 그때 그는 한숨과 함께 조금 울었다.

그 후 기달티는 밖으로 나와 제미라에게, 그리고 아이들에게 정중히 사과했다. 그 나름대로 내린 결론이었다. 물론 괜찮다는 대답은 돌아오지 않았다. 그 어느 것도 괜찮지 않았으니까. 하지만 그래도, 그들은 기달티를 받아 주었다. 기달티는 버거워하면서도 자신의 위치에서 날 위해 기뻐하는 방법을 찾았다. 나는 그가 곧 답을 발견하리라 믿는다. 그 곁에는 아야라도 함께 있으니까.

기달티는 삶의 궤도를 천천히 찾고 있었다. 그에 반해 시믈라는 아직 멀리서 배회하는 중이다. 시믈라는 없는 사람처럼 지냈다. 대부분 방 안에 틀어박혀 있다가 이따금 아무도 모르게 밖으로 나가곤 했다. 그러다 해가 질 때까지 돌아오지 않으면 우리가 찾으러 가는데, 그때 시믈라는 늘 마을 입구에서 서성이고 있었다. 거기서 떠날 듯 말 듯 망설이다가, 우릴 보면 깊게 체념했다.

나는 매일같이 시믈라를 찾아갔다. 하지만 그는 나를 고집스럽게 외면하며 얼굴도 제대로 보여 주지 않았다. 그건 일주일이 지난 오늘도 마찬가지다.

"아미크."

시믈라는 창밖으로 시선을 던진 채 말이 없었다. 길어지는 침묵 끝에 나는 그에게 조용히 물어보았다.

"혹시 타누 소식 안 궁금해?"

미동도 없다. 그래서 나는 다시 한 번 물었다.

"이슈라는?"

언니의 이름에 시믈라의 미간이 좁아졌다. 먼 곳을 보던 시믈라가 내게로 시선을 돌렸다. 잔뜩 곤두선 그 눈은 분노로 일렁이고 있었다.

"당신, 이제 와서 나한테 왜 이래? 이제까지 내버려 둔 주제에."

"내버려 둔 게 아니야. 널 다시 데려올 때를 기다린 거야."

완곡히 말했지만 소용없었다. 시믈라는 기가 막힌 듯 헛웃음을 터트렸다. 그것도 잠시, 그 얼굴은 다시 싸늘하게 가라앉았다. 시믈라는 갈등하고 있었다. 마을 어귀에서 이러지도 저러지도 못하고 망설이는 것처럼. 이대로 나를 떠날까, 아니면 머무를까. 밀어낼까, 아니면 받아들일까. 어느 것도 선택할 수 없었다. 무엇을 택하든 고통스러우니까. 나를 떠나면 또다시 고독에 시달릴 것이다. 하지만 나를 인정하는 것은 스스로에게 용납되지 않는다. 지금껏 받은 상처가, 오랫동안 쌓아 둔 원망이 그것을 거부한다. 결국 어느 것도 선택하지 못하고 눈초리만 한없이 냉랭해진다. 시믈라는 나를 노려보다 이내 창밖으로 고개를 돌렸다.

"밖에 있는 저 여자."

시믈라가 나직이 중얼댔다. 마침 밖에는 아야라가 있었다. 아이들과 함께 물을 길어 오는 아야라는 여느 때처럼 곱게 웃고 있었다. 그를 바라보며 시믈라가 조용히 물었다.

"그날 당신이 데려간 그 앤가?"

"응."

어두운 방에서 숨죽이는 시믈라와 햇살 가득한 들판에 선 아야라. 두 여자는 마치 겨울과 봄처럼 달랐다. 한쪽은 싸늘하게 얼어붙었고 다른 한쪽은 따스하며 생명이 넘쳤다.

시믈라가 아야라를 알아본 건, 며칠 전 아야라가 그를 찾아왔기 때문이다. 아야라는 시믈라를 찾아와 말했다.

'당신은 나를 기억 못 하겠지만 나는 당신을 기억해요. 하지만 더

는 미워하지 않아요.'

담담하게 고백하는 아야라에게 시믈라는 아무런 말도 하지 않았다. 대신 자연스레 20년 전 사건을 떠올렸다. 내가 데려갔던 한 소녀, 얼굴은 물론 기억나지 않았다. 하지만 직감이 말했다. 이 여자가 그때 그 소녀라고. 시믈라는 불쾌해졌다. 아야라의 땋은 머리를 볼 때부터 그랬다. 왜냐하면 시믈라가 아미크일 때 비라에서 내가 늘 그의 머리를 땋아 주었으니까.

"당신은 소중한 것이 많지."

서리꽃 같은 시믈라는 복사꽃 같은 아야라를 시샘하고 있었다. 그리고 그 사실에 비참해하며, 목소리를 일부러 더 차게 한다.

"그러니 나한테까지 이럴 필요 없어."

시믈라는 내가 돌아서길 바라며 말했다. 그래야 혼란이라도 덜 수 있으니까. 그래야 마음껏 나를 원망할 수 있을 테니까. 나는 그가 안타까워 속삭였다.

"작은딸이 있다고 큰딸을 버리는 엄마가 있니?"

내 말에 시믈라의 입술이 비틀어졌다.

"배 속의 아이를 죽이는 엄마는 잔뜩 있지."

그 한마디가 내 가슴을 힘껏 할퀴고 지나갔다. 그의 비웃음이 아득하고 암담해서 나는 말이 나오지 않았다. 우리는, 사람들이 자신의 죄에 함몰되지 않길 바란다. 하지만 초연하기를 바라지도 않는다. 죄의 무게를 모르고 방자하게 행하기를 결코 바라지 않는다. 우리는 그것을 가증하게 여긴다.

나는 입을 꾹 다물고 시믈라를 바라보았다. 그는 아직도 모르고 있었다. 우리 사이의 이 넓은 간극이 어디서 오는지를. 상처를 치료하려면 다친 것을 드러내고 더러운 것을 먼저 씻어 내야 하건만, 시믈라는 그것을 감싸 쥐고서 아픔만을 토한다. 그 안에 담긴 자신의 잘못은 등한시하고 사납게 호소하기만 한다. 그로써 내가 사랑하는 다른 것들을 보란 듯 망가트리고 자신의 상처로 그것을 무마한다. 모른 척한다.

너는 이미 내게 말했다. 나의 세계를 부수겠다고. 그리고 결국 그렇게 했다. 세상을 구해 가는 내가 거슬린다며 힘껏 분탕을 쳤다. 너에게 부끄러움이 있다면 그것을 기억하겠지. 하지만 지금 네겐 일말의 염치도 없어서, 자신의 사무친 상처 외엔 어떤 것도 안중에 없어서, 자신이 한 일에 무지하고 뻔뻔하다. 그래 놓고 너에게 단 한 번의 죄도 짓지 않은 나를 교묘히 짓밟고, 그럼에도 너를 찾아온 나를 여전히 대적하고 증오한다.

그런데도 너를 아직 사랑하는 나는,

"……그래."

아마 미쳤는지도 모르겠다.

"그래."

나는 아득함을 견디며 나직이 속삭였다. 입술을 깨물던 것도 한숨과 함께 애써 삼키고, 가슴이 찢기듯 아픈 것도 그냥 감췄다. 지금 네게는 소용없을 테니까. 그래서 나는 고개만 끄덕이며 도로 물러났다.

"네 마음이 그렇다면 알겠어."

늘 그랬던 것처럼, 널 향한 미련을 버리지 못하고.

"기다릴게."

나는 착잡한 마음으로 한 걸음 물러났다. 그럼에도 시믈라는 여전히 냉랭했다.

"기다리지 마."

시믈라는 또다시 나를 잘라 냈다. 스스로 떠날 수 없으니 나를 쫓아내기라도 하려는 듯.

"기다려도 소용없으니까. 당신이 뭘 하든 이미 다 끝났어."

"끝나지 않았어."

단정 짓는 시믈라에게 나는 고개를 가로저었다.

"내가 널 포기할 때까진 끝이 아니야."

네가 아무리 날 비웃어도 상관없다. 내가 널 포기하지 않았으니까. 그때가 되어서도 과연 네가 날 밀어낼 수 있을지, 나도 벼르고 있으니까.

그날 저녁, 나는 모두를 불러 모았다. 내가 돌아온 지 오늘로 일주일, 이제 다음 일을 말해야 할 때가 왔다.

"내일 시로니가 올 거예요."

디브리는 일주일 전에 나를 만난 후 곧장 시로니에게 돌아갔다. 그리고 시로니는 디브리에게 보고를 받자마자 주변의 급한 일을 정리했다. 나를 만나러 오기 위해서.

"시로니가 오면 함께 북쪽 도시로 갈 거예요. 다들 같이 가요."

내 말에 모두의 눈이 커졌다. 특히 야빈이 믿지 못하는 얼굴로 내게 물었다.

"북쪽 도시요?"

"응."

"아직 전쟁 중인데요?"

"전쟁은 곧 끝날 거야."

내가 차분히 말했지만 야빈은 여전히 당혹스러워했다.

"북쪽에 가서 뭘 하시려고요?"

"피네하스를 칠 거야."

내 단조로운 한마디는 야빈을 비롯한 모든 이에게 경악을 선사했다. 나는 놀라서 말을 잇지 못하는 이들에게 다시 한 번 말했다.

"피네하스에게서 세상의 소유권을 되찾고 전쟁을 끝낼 거야."

양은 양의 길을 걷는다. 가시와 찔레가 무성한 그 길을 울더라도 걷는 이유는, 네가 그리워서. 그저 그리워서.

별이 깜빡이는 깊은 밤, 나는 혼자 하늘을 올려다보고 있었다. 저 별빛이 내 마지막 길을 비추는 듯해 기분이 처연했다. 무성한 별빛 사이로 풀 밟는 소리가 들렸다. 아이의 가벼운 발소리였다.

"공주님."

이윽고 울리는 것은 어린 소년이 속삭이는 소리, 야빈이었다. 뒤를 돌아보니 야빈이 담요를 들고 종종 걸어오고 있었다.

"안 주무세요?"

"응, 너는?"

야빈은 대답 대신 내게 담요를 내밀었다. 밤공기가 쌀쌀해서 마침 필요했다. 아이는 내 곁에 서더니 나를 따라 하늘을 올려다보았다. 나와 함께 별을 세던 야빈이 나직이 말했다.

"갑자기 너무 많은 것이 변했어요."

"어떤 게 변했는데?"

"절대 변할 리 없다고 생각한 것들이요. 몸이 낫고, 겨울이 끝나고, 성주님과 선생님이 돌아오시고. 그건 좋은 일이지만……, 사실 정말 좋은 건지 잘 모르겠어요."

아이는 혼란스러워하고 있었다. 그게 무엇인지 알지만 나는 조용히 기다렸다. 그 아이가 자신의 말을 하도록.

"공주님, 정말 피네하스를 이길 수 있으세요?"

"응."

"왜요?"

"왜라니?"

"3년 전에는 못 하셨잖아요. 그래서 우리가 다 죽도록 내버려 두셨잖아요."

별빛으로 여울지는 밤하늘에 아이의 억눌린 목소리가 번졌다. 그가 광활한 밤에 대고 외친 것은 원망이었다. 얼마나 억울했으면 내게 와서 이런 말을 할까. 야빈은 그간 많은 고난을 겪었다. 수술대에서 몸이 뒤틀리고, 축사에서 죽음보다 더한 공포를 겪고, 간신히 구조된

후엔 시한부 인생을 선고받았다. 그럼에도 아이는 자신을 추슬렀다. 동생들을 돌보고 친구들과 공부하면서. 그런데 마지막엔 그 터전마저 빼앗기고 정든 사람들을 잃었다.

그러니 아이의 마음에 들어찬 의심은 합당하다. 하지만 그것을 내 탓으로 돌리는 건 합당하지 않고, 현명한 아이는 그것을 이미 안다.

"공주님을 탓할 일이 아니라는 건 알아요. 나쁜 건 사람들이었으니까요. 그냥, 이해할 수 없어서 그래요. 이렇게 해결되는 게 저는 이해가 되지 않아요."

"어떻게 하면 이해가 될까?"

"책임을 제대로 물어 주세요. 나쁜 짓을 한 사람들에게요. 아니, 나쁜 짓을 하고도 잘못한 줄 모르는 사람들에게요."

"시믈라 얘기니?"

"네, 그 사람도 포함해서요."

야빈은 시믈라를 보고 있었다. 맑은 눈으로, 투명한 지성으로. 그 아이는 내가 시믈라를 감싸는 것을 이해하지 못했다. 그는 무아카처럼 어리다는 핑계를 댈 수도 없고 기달티처럼 자신의 과오를 괴로워하지도 않았으니까.

"만약 체파르데아가 지금 살아 있다면, 공주님은 그 사람도 감싸실 건가요?"

나는 대답하지 않았다. 내 침묵을 긍정으로 알고 야빈이 입술을 떨며 되물었다.

"그럼 축사에서 죽은 제 친구들은 어떡하고요?"

물음과 함께 아이의 눈에는 눈물이 고였다.

"저는 아야라 선생님이나 제미라 누나처럼 그 사람을 용서할 수 없어요. 왜냐하면 제가 당한 게 아니니까요. 저는 그 사람을 용서하면 안 돼요. 제 친구들을 위해서요."

야빈은 입술을 깨물었다. 울지 않으려고 애쓰며 아이는 말했다.

"무아카와 성주님의 일도 사실은 잘 모르겠어요. 그렇게 쉽게 해결해도 되는 건가요? 그러면 안 될 것 같아요. 무아카와 성주님을 좋아하지만, 그래도 이건 공평하지가 않아요."

합당한 균형을 바라는 그 마음을 내가 왜 모를까. 내가 가장 사랑한 것이 정의인데. 나는 서러워하는 아이의 머리카락을 부드럽게 쓰다듬었다.

"나는 정의를 좋아해."

그리고 눈물을 닦아 주며 말했다.

"그래서 네가 깨끗한 판결을 원하는 것도 좋아. 안타까운 건 네가 착각하고 있다는 거야."

"착각이요?"

"응, 내 사랑이 흐지부지하다는 착각."

우리는 밤과 낮을 바꿀 수 있고 땅과 바다를 뒤집을 수 있다. 그러니 능력으로 세상을 구한다면, 너희는 이미 비라에서 내 뜻대로 살고 있을 것이다. 하지만 그렇게 하지 않은 이유는 내 사랑이 방종하지 않기 때문에, 나의 반쪽 날개가 정의롭기 때문이다.

"야빈, 우린 결코 죗값을 잊지 않아. 그리고 우리의 잣대는 네 잣대

보다 무디지 않아. 너희가 한 줌의 정확함을 요구하면 우리는 알갱이 한 알까지 낱낱이 계산할 거야. 그리고 그 대가를 분명히 요구할 거야. 정의롭게, 네가 오롯이 인정하고도 남을 만큼 정확하게. 다만 사랑으로. 무슨 말인지 알겠니?"

"……아니요."

"곧 알게 될 거야."

내가 말을 맺자 야빈의 얼굴이 얼떨떨해졌다. 야빈은 눈물 맺힌 눈으로 나를 멀뚱멀뚱 바라보다가 곧 성을 냈다.

"그게 뭐예요……."

아이는 보란 듯 미간을 찡그렸고 나는 그 얼굴을 보며 웃음을 터트렸다.

"내가 밉니?"

"조금요."

"그래도 난 너를 좋아해."

내가 얼버무린다고 생각했는지 아이의 얼굴이 더 부었다. 하지만 나는 숨기는 게 아니다. 아직은 말해도 모를 것이라, 이 아이가 직접 보고 알게 될 때까지 기다릴 뿐.

"그리고 친구들 걱정은 하지 않아도 돼."

"친구들이요?"

"그래, 축사에서 잃은 네 친구들. 그리고 지카도."

지카라는 이름에 야빈의 좁은 어깨가 흔들렸다. 지카. 설원에서 나를 간절히 찾던 아이. 내가 이곳에 처음 왔을 때, 그 여린 아이가 겁먹고 도망치던 나를 이 세상에 붙박았다. 그래서 나는 야빈을 구했고, 야빈은 자신과 운명이 교차한 지카에게 늘 빚진 마음이었다.

"걱정은 하지 않아요."

야빈이 이마를 찡그린 채 고개를 저었다. 이미 죽어서 걱정할 수 없다는 뜻이었다. 그래서 대신 화를 낸다. 친구를 죽인 세상의 잔혹함에, 그 잔혹함을 감싸는 것에 대해. 야빈이 아까 내게 따져 물은 것도 모두 친구를 위한 거였다. 나는 그 상냥함에 대고 속삭였다.

"지카는 화살이지."

꼬리가 화살처럼 생겼다고 해서 붙은 우스운 이름, 지카. 실제로 지카는 화살처럼 빠르게 나를 스치고 지나갔다. 손을 뻗을 겨를도 없이, 잔상조차 남기지 않고. 나를 이 길에 못 박은 것이 바로 그 화살 같은 아이였다.

"야빈, 날아간 화살을 잡을 수 있을까?"

"잡을 수 없어요. 이미 날아갔다면."

"아니야, 잡을 수 있어."

"어떻게요?"

"화살이 날아간 방향으로 달리면 돼."

너무 쉬운 대답에 야빈의 고개가 기울어졌다. 갸웃대는 아이를 보고 나는 웃었다.

"어떤 화살도 영원히 날아가지는 않아. 분명 어딘가에서 기다리고 있을 거야."

그때 나를 스쳐 간 그 아이처럼.

"그러니 괜찮아. 걱정하지 않아도 돼."

왜냐하면 이제부터 내가 그 아이를 향해 달릴 테니까. 나는 모든 것을 말했지만 야빈은 듣고도 알지 못해 한숨을 내쉬었다.

"오늘 공주님이 하신 말씀은 아무것도 이해되지 않아요."

"이해하지 않아도 괜찮아."

"……곧 알게 될 테니까요?"

아이가 영특하게 대답을 가로챘고, 나는 기분 좋게 끄덕였다. 그래, 곧 알게 될 거다. 내가 말한 모든 것을, 세상의 상처를 지울 우리의 계획을. 시간에 구애되는 자는 흘러간 것에 미련을 갖는다. 예전의 내가 그랬고, 지금의 야빈이 그렇다. 그래서 지카는 채울 수 없는 상실이자 상처였다. 하지만 나는 이제 지나간 화살에 대고 애달파하지 않는다. 별빛이 비추는 내 마지막 길이 처연함은, 바로 그런 까닭이다.

다음 날 아침, 나는 창가에 앉아서 손끝으로 창틀을 톡톡 두드렸다. 자, 지금쯤 내렸겠지. 그대로 잔디밭을 성큼성큼 가로질러서 이제 문 앞. 입술을 질끈 깨무는 게 느껴진다. 나는 굉음을 예상하며 눈을 꽉 감았다.

쾅! 아니나 다를까 거친 소리와 함께 현관문이 열렸다. 노크도 없이 문을 열어젖힌 것은 한 여자와 한 남자였다. 아, 오고야 말았다. 매우 분노한 과학자와 그의 비서가.

갑자기 난입한 시로니는 3년 전보다 훨씬 피폐해 있었다. 안색은 창백하고 몸은 마른 데다가 눈빛은 예민해서 그의 스승 나삭과 비슷했다. 곧 식사 시간이라 시믈라를 제외한 모두가 한자리에 모여 있었는데, 그들은 전부 시로니의 등장에 크게 놀랐다. 놀랄 것이 너무 많았다. 갑작스러운 등장, 3년만의 재회, 그럼에도 전혀 아랑곳 않는 저 뻔뻔스러운 태도까지.

시로니는 싸늘한 눈으로 우리를 쭉 둘러보았다. 그러곤 점점 얼굴을 일그러뜨렸다. 무아카는 이상할 게 없었지만 앞이 보이는 제미라는 시로니에게 조금 이상했다. 양의 뿔과 귀가 사라진 야빈은 그보다 더 이상했고, 멀쩡한 아야라와 기달티는 매우 이상했다. 하지만 그중에서 가장 이상한 건, 그래서 그를 몹시 언짢게 만든 건 바로 나였다. 내게 눈을 고정한 채 시로니는 옆에 선 디브리에게 말했다.

"딱 듣던 대로네. 거짓말이었으면 뺨을 후려칠 생각이었는데."

"교수님, 저를 조금 더 신뢰해 주······."

"시끄럽고."

시로니는 비서의 불평을 일축하며 내게로 성큼 걸어왔다. 웃음기 하나 없는 시로니의 얼굴이 내 앞에 멈췄다.

"딱 세 가지만 물어볼게요."

시로니는 그렇게 말하며 곧장 질문을 던졌다.

"당신, 내가 알던 그 공주 맞아요? 나랑 중앙에 다녀온?"

"네, 맞아요."

"내 꿈에 나온 거, 동쪽 늪을 없앤 거, 날씨를 바꾼 거. 다 당신이 한 일인가요?"

"앞에 두 개만요. 날씨를 바꾼 건 라이시예요."

"여기 온 목적이 뭐죠?"

"세상을 구하려고요."

시로니의 침착은 거기까지였다.

"젠장, 나는 당신한테 또다시 놀아나고 싶지 않아!"

시로니는 더 참지 못하고 새된 비명을 내질렀다. 그 격한 외침에 모두의 눈이 휘둥그레졌다. 하지만 시로니는 아랑곳하지 않고 온갖 비난을 쏟아 냈다.

"구하긴 뭘 구해, 정작 필요할 땐 아무것도 못한 주제에! 무능해서 질질 울던 주제에 뭐라고 또 나타나! 대체 무슨 염치로 다시 나타나서 들쑤셔! 당신한테 그럴 자격이 있어? 이게 장난인 줄 알아!"

시로니는 계속해서 폭언을 퍼부었다. 목청이 터지도록, 얼굴이 시뻘겋게 달아오를 때까지 자격 미달, 바보 멍청이를 외쳤다.

"당신 대체 뭐야, 제발 날 바보 천치로 만들지 마! 헷갈리게 만들지 말란 말이야, 이 망할 팔푼이 공주야아악!"

시로니는 그렇게 마지막 기력까지 짜내 집이 떠나가도록 소리쳤고, 나는 그 비난과 튀는 침을 맨얼굴로 다 받았다. 시로니가 말을 멈추고 씩씩거릴 때, 나는 얼굴을 닦으며 그에게 물었다.

"……다 했어요?"

"네, 후련하네요."

혁혁대는 숨을 고르며 대답하는 시로니의 목소리는 태연했다. 그래서 주변인들의 얼굴은 더 어처구니가 없어졌다. 시선을 느끼고 시로니가 시큰둥하게 물었다.

"뭘 봐요?"

뭘 보냐는 물음에 다들 부지런하게 눈만 깜빡였고, 시로니는 그저 흐트러진 머리를 쓸어 넘겼다.

"내적 갈등은 일주일 동안 이미 끝냈어요. 방금은 그냥 넘어가기 억울해서 한 분노의 토로였고."

시로니는 그렇게 말하며 옷을 탁탁 털었다. 그로써 직전의 격정은 흔적도 없이 사라졌다. 목격자가 없었다면 완전 범죄가 될 만큼 감쪽같았다. 하지만 나는 차마 웃지 못했다. 시로니가 속으로는 여전히 이를 박박 갈고 있다는 걸 알기 때문이다.

마지못해 날 찾아왔지만 그의 마음에는 원망과 불신이 가득했다. 3년 전의 좌절로 그 과학자는 순수를 잃었다. 뚫을 수 없는 세상의 벽에 굴복했고, 선한 것으로는 악한 것을 이길 수 없다는 걸 뼈저리게 깨달았다. 그 와중에 갑자기 나타난 내가 반가울 리 없다. 시로니가 주머니에 손을 찔러 넣은 채 말했다.

"재회를 기뻐할 마음은 없으니 본론부터 꺼낼게요. 미리 말하는데 난 옛날처럼 당신을 신뢰하지 않아요. 호의는 손톱만큼도 없고요. 나는 지금 거래를 하려고 온 거예요."

시로니는 굳은 마음으로 말했다. 사실 그는 나를 상종하고 싶어 하지도 않았다. 그럼에도 나를 찾아온 건 그만큼 절박했기 때문이다. 오랜 전쟁에 신물이 난 과학자가 내게 물었다.

"정말 전쟁을 멈출 수 있어요?"

"네."

"그럼 내가 해드려야 할 건?"

"북쪽 도시에서 자이트를 만나게 해주세요."

내 말에 시로니는 헛웃음을 터트렸다.

"옛날처럼 말 몇 마디로 요령 좋게 넘어갈 생각은 하지 말아요. 물론 옛날에도 자이트 그놈한텐 안 통했지만."

시로니가 비웃었지만 나는 웃지 않았다. 그러자 시로니도 곧 웃음을 그치고 얼굴을 찡그렸다.

"진심이에요?"

"네."

시로니의 안색은 나아지지 않았다. 미심쩍게 나를 한참 바라보다가 그는 이내 석연치 않은 목소리로 답했다.

"뭐, 좋아요. 지금 지푸라기라도 잡는 심정으로 온 거니까. 절박하다는 뜻이 아니라 아무런 기대도 안 한다는 뜻이에요. 그러니 손해 볼 것 없는 선에서 협조해 드리죠."

그렇게 말하는 시로니의 얼굴은 냉정했다. 자신의 말처럼 아무런 기대도 하지 않으려고 스스로를 다잡고 있었다. 3년 만의 재회지만 그가 내게 한 말은 그게 다였다. 비난과 용건. 시로니는 그 외엔 아무 것도 입 밖에 내지 않았다. 궁금해하지도, 해명을 바라지도 않았다.

"세상을 구하네 마네 하는 거창한 건 필요 없어요. 이 지긋지긋한 전쟁이나 어서 끝내요. 또 도망치지 말고."

내게서 모든 기대를 접은 과학자는 그 말을 남기고 휙 돌아섰다.

그리고 그는 다른 이들의 눈을 피했다. 3년 전, 자신이 저들을 버리고 떠난 것을 기억하면서.

시로니는 다시 중앙으로 돌아갔다. 내가 말한 대로 자이트와 이야기할 자리를 만들기 위해서였다. 연락을 위해 디브리는 우리 곁에 남았다. 그래서 우리는 시로니를 기다리는 동안 디브리와 함께 지내게 됐다. 그는 예전처럼 깍듯하고 호의적이었고, 모든 관심을 끊어 낸 시로니와 달리 우리의 상황과 안부를 궁금해했다. 여러 소식 중 그가 가장 먼저 찾은 건, 몇 달간 친구로 지낸 타누였다.

"그런데 타누가 안 보입니다?"

디브리는 제미라와 아이들을 보고 타누도 살아 있을까 싶어 물었다. 그 물음은 야빈을 침울하게 했다.

"타누 형은 죽었어요."

대답은 그의 죽음을 가장 슬퍼하는 아이의 입에서 나왔고 디브리는 자신의 경솔함을 후회했다. 쉽게 말하고 쉽게 잊어버리는 그로서는 드문 일이었다. 당황하는 디브리에게 나는 정황을 알려 주었다. 이요브가 라이시를 납치했고, 그를 구하려다 타누가 희생된 일을. 이야기가 시작될 때 디브리의 얼굴은 애도로 젖어 있었다. 하지만 시간이 지날수록 그것은 점차 경악으로 바뀌어 갔다. 이야기가 끝날 무렵엔 대단히 심각해졌다.

"이요브가 알타쉬헤트 씨를 납치했었단 말입니까?"

"네."

"그럼 지금 이요브는 어떻게 됐습니까?"

디브리의 관심은 이제 타누가 아닌 이요브였다. 군인인 그에게 여제의 행방은 친구의 죽음보다 사안이 급했다. 이 지지부진하게 긴 전쟁은 일면 이요브의 부재 때문이기도 했으니까. 그리고 이요브가 지금 중앙을 지키지 못하는 이유는 간단하다.

"갇혀 있어요. 메트로폴리스에."

"누가 그 여제를……."

"물론 피네하스죠."

내 대답에 디브리는 탄식을 터트렸다. 이요브는 결국 피네하스에게 처벌을 당했다. 이제껏 관대하던 피네하스도 이번만큼은 이요브를 놔둘 수 없었다. 이르이트를 비라로 데려온 것, 나삭을 방해한 것도 모자라 이번엔 라이시를 각성시켜서 그에게 치명적인 위협을 가했으니까. 그래서 지금 이요브는 모든 힘을 잃고 메트로폴리스에 감금되어 있다.

"계속 찾았는데 그런 꼴이었다니."

디브리가 다시금 허탈한 탄식을 내뱉었다. 결코 성군이라 할 순 없지만, 이요브는 자기 영토를 지킬 줄 아는 지배자였다. 중앙의 번영은 그의 비호로 가능한 것이었으니, 그가 갑자기 모습을 감췄을 때 중앙의 부대는 오합지졸이 될 수밖에 없었다.

3년 전, 잔뜩 벼르고 쳐들어온 북쪽 요새는 중앙의 병력을 일방적으로 학살했다. 그때 이요브의 빈자리를 메꾼 것이 시로니였다. 그는 나삭의 혐오스러운 유산, 과학자들의 살아 있는 뇌를 십분 활용해

대규모의 괴수와 시체로 북쪽의 침공을 저지했다. 그로써 북쪽과 중앙은 아슬아슬한 균형을 이루었다. 무서운 물량을 가진 중앙과 강력한 요새를 지닌 북쪽은 그렇게 3년째 전쟁을 이어 오고 있다.

"이요브가 사라져서 교수님은 지금까지 혼자 싸우셨습니다. 부족한 병력을 채우려고 수백 개의 뇌를 운용하는데 그럴 때마다 무섭게 예민해지십니다. 그걸 3년간 반복하니 지금은 딴사람처럼 변하셨습니다. 웃거나 농담하는 일은 이제 거의 없고 갑자기 불같이 화만 내십니다. 아까 무례하게 행동하신 것도 다 그 탓입니다."

디브리는 참담한 얼굴로 상사의 고장 난 부분을 내게 고했다. 말마따나 시로니는 한계에 다다라 있었다. 괴수를 양산하고 시체를 재가공하며 그것을 조종하기 위해 자신의 뇌를 혹사했다. 협상이나 휴전, 항복 같은 선택지도 분명 있었지만 시로니는 차마 그것을 택하지 못했다. 자이트가 두려웠기 때문이다. 적당한 두려움은 타협을 허락하지만 감당할 수 없는 공포는 극단적인 배척을 요구한다.

시로니는 자이트가 무서웠다. 물밑에서 뱀처럼 움직이는 그 남자를, 모든 것을 광기로 불살라 버리는 그 혐오스러운 남자를 어떻게든 제거해야만 했다. 결국 전쟁에 매달리게 된 시로니는 하루하루 지쳐 갔다. 그가 그토록 피폐하고 날카로워진 것은 어떤 면에서 당연하다.

"하지만 무리하지 말라는 말씀은 드릴 수 없었습니다. 지금 교수님 말고는 자이트를 막을 사람이 없으니 말입니다."

디브리가 근심하며 이마를 짚었다. 그도 시로니 못지않게 지쳐 있었다. 승리의 트로피는 애당초 있지도 않은 진창 싸움이었다. 이겨 봐야 최악을 면할 뿐이고 지면 모든 것이 나락이었다. 원치 않게 투쟁을 계속하는 그들에게 자유란 없었다.

"전쟁은 곧 끝날 거예요."

내가 속삭이자 디브리는 고개를 들더니 희미하게 웃었다.

"정말 그랬으면 좋겠습니다."

그는 내 말이 그냥 위로인 줄 알고 대수롭지 않게 여겼다. 아직 몰랐던 것이다. 내가 정말 이 전쟁을 끝내리라는 걸.

그 후 다시 여러 날이 지났다. 온 세상이 봄에 익숙해졌을 때, 시로니는 자이트와 협상 끝에 회담 자리를 마련했다. 회담이 확정되고 우리는 모두 북쪽으로 떠날 준비를 했다. 우리가 북쪽 도시로 들어가게 된 것은 내가 아본으로 돌아온 지 꼭 한 달째 되는 날이었다.

북쪽에도 분명 새싹이 돋아나고 있었다. 하지만 무쇠로 된 도시는 풀 한 포기도 용납하지 않아 여전히 싸늘했다. 그 도시는 여전히 컸다. 여전히 차갑고, 여전히 강했다. 그리고 그곳에는 이전보다 더 거대해진 나의 동상이 하늘을 받치고 서 있었다. 견고한 성벽에 둘러싸여 생명을 거부하는 도시. 나는 오래전의 안타까움을 기억하며 다시 이곳으로 돌아왔다. 이 철의 도시가 내 긴 여정의 종착지이다.

우리가 탄 거대한 밴은 미지근한 멀미를 일으키며 북쪽 도시의 관문을 지났다. 도시의 대로로 진입하자 수많은 군인이 조각처럼 서서 우리를 환대, 혹은 경계했다. 행렬의 가운데 토막에서 우리는 도시의 낯선 정경을 바라보았다. 어른들은 각자 복잡한 심정에 말이 없었고, 아이들은 도시의 위용에 놀라고 있었다.

도시의 적막과 긴장이 피부로 느껴졌다. 호흡조차 조심스러운 이곳에서 사람들은 죽은 듯 살아가고 있었다. 억압과 침묵으로 점철된 도시는 메트로폴리스만큼이나 피네하스의 마음에 들었나 보다. 도시 모든 곳에서 그자의 자취가 느껴졌다.

"이 도시에 피네하스가 있어."

내 속삭임에 다들 흠칫 몸을 떨었다. 특히 영주인 기달티와 시믈라, 그리고 무아카가. 무아카는 겁을 한 움큼 집어먹고 차창 밖을 두리번거렸다. 그래서 나는 초조해하는 아이를 부드럽게 달래 주었다.

"괜찮아, 어차피 나타나지 못할 거야."

너희가 그 뱀을 겁내듯, 그 뱀도 나를 겁내고 있으니까. 피네하스는 지금 두려움에 떨고 있다. 자신의 마지막이 가까운 줄을 깨닫고 균열에 숨어 소리 없이 몸서리치고 있다. 그럼에도 뱀들은 아직 포기하지 않았다. 자신의 손에 쥔 마지막 패를 믿고 고집스럽게 역전의 기회를 노리는 중이다. 공멸이라고 하는, 인간이라는 패를 쥐고서.

"공주님, 여기서 정말 전쟁을 끝내실 건가요?"

무아카와 함께 밖을 보던 야빈이 염려스럽게 물었다. 그러자 같은 의문을 품은 이들의 시선이 내게로 모였다. 그들은 야빈과 함께 묻고 있었다. 정말 이곳에서 피네하스에게 승리할 수 있는지를. 나는 그들의 시선을 담담하게 마주하며 대답했다.

"응. 이제 그만 끝내려고."

"하지만 피네하스는 아직 세계의 소유권을 가지고 있지 않나요?"

맞는 말이다. 피네하스는 첫 변절자로 모든 배덕의 아비가 되었고, 비라를 등진 인간은 배반의 개척자인 피네하스에게 적을 두게 되었다. 피네하스는 자기 품으로 떨어진 인간에게 집요히 파고들었다. 그것은 비유하자면 뽑히지 않는 뿌리, 벗을 수 없는 족쇄. 따라서 피네하스가 침몰하면 인간도 그 뒤를 따를 수밖에 없는 운명이다.

우리의 오랜 기다림은 그 때문이다. 그래서 우리의 전쟁은 참으로 길었다. 뱀들이 붙잡은 인질은 우리가 포기할 수 없는 것이니까. 하지만 그건 이제까지의 이야기.

"이제는 걱정하지 않아도 돼. 소유권은 모두 되찾을 거니까."

내가 단언했지만 사람들의 안색은 나아지지 않았다. 아야라와 제미라는 염려 가득한 눈으로 나를 보았고 기달티는 어두운 표정으로 외면했다. 그리고 시믈라는 비웃었다. 순진한 아이들은 눈동자만 데굴데굴 굴렸다. 삶에 지친 이들은 희망을 믿지 않는다. 이제껏 좌절한 경험 때문에. 하지만 그 때문에 진짜 희망을 보고도 깨닫지 못한다는 건 슬픈 일이다. 그들의 회의 앞에서 나도 침묵했고, 그대로 무거운 적막이 흘렀다. 그 고요를 깨트린 건 무아카였다.

"공주님, 저기 보세요!"

무아카가 차창을 두드리며 소리쳤다. 무아카를 따라 다들 바깥으로 시선을 던졌다. 아이가 가리킨 것은 건물 위로 우뚝 솟은 동상이었다.

"저 동상, 설마 공주님인가요?"

아야라가 동상을 보고 놀라서 내게 물었다. 나는 씁쓸하게 웃으며 고개를 끄덕였다.

"네. 여전히 안 닮았지만요."

그 동상은 도시 입구에서도 한눈에 보일 만큼 거대했다. 두 손으로 하늘을 떠받친 무쇠의 여신상이다. 내 담담한 대답에 아야라가 당혹스러워하며 되물었다.

"그때 부쉈다고 하지 않으셨나요?"

"그랬죠."

"그럼 저건 뭐죠?"

"새로 만들었나 봐요. 전에는 저렇게까지 크지 않았는데."

"어째서 공주님의 동상을 또 세운 거죠? 3년 전에는 적대하지 않았나요?"

맞다, 자이트는 이미 3년 전에 나를 잘라 냈다. 접근도 용납하지 않고 심지어는 나를 죽이기 위해 요새를 보냈다. 그런데 또 저런 동상을 세워 두다니, 이해하기 어려운 건 당연하다.

아야라의 의문에 무아카가 다급히 답했다.

"저 봤어요, 공주님으로 변신하는 사람이요."

무아카는 동의를 구하듯 야빈을 돌아봤다. 그러자 야빈도 함께 고개를 끄덕였다.

"그 사람이었어요. 전에 우리 성에 왔던 타누 형의 누나요."

그래, 첼라다. 나로 종종 변신하던 시믈라의 장난 심한 시종. 첼라의 이야기가 나오자 시믈라도 힐끗 관심을 보였다. 그건 1년 전, 야빈의 몸이 썩어 들기 전의 일이었다.

끝나지 않는 겨울이 되돌아온 지 두 해째였다. 얼어붙은 땅에 소
산은 없었고, 아이들은 살기 위해 보물찾기를 하듯 눈과 땅을 파헤
쳤다. 거기서 열매나 뿌리, 혹은 얼어 죽은 산짐승을 찾아 연명했다.
그날도 아이들은 산채에서 꽤 먼 곳까지 나와서 먹을 것을 찾고 있
었다. 동쪽은 기달터 때문에 위험해서 북쪽으로 이동했는데, 거기서
아이들은 필연적으로 북쪽 군인들과 마주치고 말았다. 군인들은 아
이들을 수상히 여겼고 아이들은 그들을 뿌리치고 도망쳤다. 무아카
의 정체는 그때 모두 탄로 났다. 무서운 힘을 가진 서쪽 출신의 어린
아이, 그건 무아카를 알아보기에 충분한 특징이었다.

자이트는 무아카가 출현했다는 소식을 듣고 추적을 명령했다. 그
래서 북동쪽에 상주한 군인들과 무아카는 한동안 술래잡기를 해야
했다. 처음에는 잘 먹여 주겠다며 회유했다. 하지만 그 대가로 전쟁
터에 내보내질 것을 알고 아이들은 단호히 거절했다. 그러자 군인들
은 태도를 바꿔 무력을 사용했다. 가당치도 않은 시도였다. 무아카는
불쾌한 만큼 군인들을 밟아 주고 도망쳤다. 끈질긴 자이트는 결국 첼
라를 보냈다.

나로 변한 첼라는 무아카와 야빈이 돌아다니는 근방을 서성였고
곧 어렵지 않게 아이들을 만났다. 첼라는 나인 척 아이들을 꼬드기
려 했다. 그때 그의 연기가 대단히 절절해서 무아카는 깜빡 속아 넘
어갔다. 하지만 야빈은 위화감을 느꼈다.

"정말 공주님이세요?"

"그래, 나야."

첼라가 태연히 말했지만 야빈은 속지 않았다. 나라고 주장하는 첼라의 행동이 너무 불공평했기 때문이다. 첼라는 무아카의 이름만 간절히 부를 뿐 야빈은 부르지 않았다. 알지도 못하는 꼬마의 이름이니 부르고 싶어도 불가능했다. 하지만 야빈이 기억하는 나는 공평한 사람이었다. 첼라의 행동이 너무 노골적이어서, 야빈은 무아카를 끌어당기며 말했다.

"무아카, 변신해 봐."

"어?"

"무아카는 이제 검은 힘을 쓰면 폭주해요. 진짜 공주님이라면 막을 수 있겠지만 가짜라면 가장 먼저 죽겠죠."

그렇게 단언하고서 야빈은 변장 중인 첼라를 추궁했다.

"다시 한 번 물어볼게요. 정말 공주님이세요?"

첼라는 차마 그렇다고 할 수 없었다. 제시된 감별법은 위험천만했고, 첼라는 자이트를 위해 목숨을 걸고 싶은 마음이 추호도 없었다. 그래서 그는 빠르게 포기하며 푸념을 내뱉었다.

"으, 이 꼬맹이 쓸데없이 눈치가 빠르네? 그냥 적당히 속아 주지."

첼라가 연기를 접자 무아카도 질색하며 물러났다. 늑대 영주가 성을 내자 첼라는 재빨리 변명했다.

"잠깐, 기다려! 나야, 나 알지?"

첼라는 무아카에게 본모습을 살짝 드러냈다. 그러곤 누가 볼 새라 다시 변신했다. 짧은 순간이지만 무아카는 한눈에 알아봤다. 일전에 우리 성에 방문했던 첼라를, 같은 민족이니만큼 정확하게 기억하고 있었다.

"타누 오빠랑 같이 왔던 사람이야……!"

무아카의 외침에 야빈은 알 만하다는 듯 고개를 끄덕였다. 정체가 발각됐지만 첼라는 별 아쉬움 없이 느긋하게 말했다.

"그래요, 언니예요. 나쁜 사람 아닌 거 알지? 자, 나랑 같이 가지 않을래? 너네도 이런 산에서 너무 고생스럽잖니."

첼라가 내 얼굴로 생글댔지만 야빈은 단칼에 거절했다.

"웃기지 마, 또 싸우게 할 거잖아. 그보다 왜 북쪽에 있는 거야? 시 블라의 권속 아니었어?"

"아하하, 이 꼬맹이 세상 물정 참 모르네. 어떤 무서운 오빠가 우리 온실을 꿀꺽한 게 벌써 한참 전인데."

첼라가 웃으며 한 말에 아이들은 얼이 빠졌다. 첼라는 말하자면 전쟁 포로였다. 하지만 그는 아무렇지도 않은 얼굴로 가볍게 말을 이었다.

"어쨌든 북쪽도 그렇게 나쁘지만은 않아. 오히려 이 산골짜기보단 훨씬 나을걸? 게다가 너희는 오면 귀빈 대접이야. 좀 성가신 일은 있 겠지만, 그것만 빼면 나머진 아주 괜찮을 거야. 좋은 거 입고 좋은 거 먹고. 적어도 이렇게 추운 데서 배고플 일은 없다는 거지."

정말 빤한 말이지만 아이들은 멍하니 굳어 버렸다. 사실 군인들이 회유할 때도 갈등했다. 무서워서 도망쳤던 것뿐, 그들의 제안 자체는 유혹적이었다. 혹한 속에서 하루하루 견디는 것이 고역스러워서, 그 도시에서 잘 먹고 편히 쉬는 상상을 잠깐이나마 했었다.

아이들이 솔깃한 것을 눈치챈 첼라가 다시 매끄럽게 말했다.

"생각해 봐, 그 누더기 입고 고생하기는 정말 싫잖아. 뭘 고민해? 남들은 오고 싶어도 못 와. 혹시 오더라도 너희만큼 대우받지는 못할 거야. 기왕 가진 힘 잘 써먹어서 편히 살면 얼마나 좋아. 안 그래?"

달콤한 꾐에 아이들은 서로를 마주 보았다. 첼라는 꼬마들이 다 넘어온 줄 알고 생글생글 웃었다. 그런데 한참을 주저하던 야빈이 차분하게 물었다.

"누나는 타누 형이 어떻게 됐는지 궁금하지 않아?"

동생 이야기가 나오자 첼라의 웃음은 뚝 그쳤다. 누가 뭐래도 죽이 잘 맞던 오누이였다. 이미 죽었다고 생각하며 단념하고 있었는데, 아이의 입에서 타누의 이야기가 튀어나오니 첼라는 적잖이 당황하고 말았다. 첼라가 놀라 되물었다.

"어떻게 됐는데?"

"죽었어. 그 대신 세상을 구했어."

야빈은 담담히 대답하며 첼라의 얼굴을 빤히 바라보았다. 아이는 확인하고 싶었다. 첼라를 따라가도 되는지, 타누의 누나라는데 과연 믿을 만한 사람인지를. 첼라는 잠시 멍하니 있다가 이내 억지로 웃었다. 그리고 곧 자조적인 목소리로 중얼거렸다.

"왜 그렇게 쓸데없는 일을 했을까? 안 어울리게."

우리에게 어울리는 건 그저 눈치껏 길게 살아남는 건데. 첼라는 잠깐이나마 속마음을 드러냈다. 그로써 야빈은 결심을 굳혔다.

"역시 안 가는 게 낫겠어."

야빈은 고개를 저으며 무아카와 함께 물러났다.

"타누 형이 쓸데없는 일을 했다고 하는 사람이랑은 같이 못 가."

타누는 누군가 반드시 해야 할 일을 했다. 모든 사람을 위해서. 그런데 그걸 쓸데없다고 치부한다면, 그건 남을 위할 줄 모르고 자신의 이익만을 쫓는 사람이다. 그런 사람의 말을 믿을 수는 없었다. 같은 생각인지 무아카도 첼라를 경계했다. 그러자 첼라는 해맑게 웃었다.

"곤란해, 너희가 안 가면 내가 혼나."

첼라는 웃으며 손을 들었다. 아이들은 웃는 낯을 보느라 그 손에 뭐가 들려 있는지 눈치채지 못했다. 이윽고 아이들의 얼굴로 분사된 것은 매운 최루 가스였다. 아이들은 기겁하며 비명을 질렀고 첼라는 피리를 꺼내 불었다. 그러자 주변을 포위하고 있던 군인들이 돌진해 와서 그물을 던졌다. 무아카는 필사적으로 저항했다. 그 바람에 이곳저곳 상처를 입었지만, 아이는 아랑곳 않고 그물을 빠져나갔다. 가까스로 빠져나온 두 아이는 서로를 꼭 안고 멀리멀리 도망쳤다. 더는 움직이지 못할 만큼 지쳤을 때, 그 자리에서 한참을 울었다. 눈이 맵고 무서워서, 예나 지금이나 변함없이 사람들이 너무 무서워서.

새삼 떠오른 옛일에 아이들의 안색이 어두워졌다. 그땐 정말 무서웠다. 군인들이 그물과 무기를 들고 덤벼들었고, 첼라는 내 얼굴로 포획을 명령했다. 그날 이후 아이들에게 북쪽은, 그리고 자이트와 첼라는 철천지원수가 됐다.

이렇듯 자이트와 첼라는 결탁하고 있다. 남쪽을 습격한 자이트는 나로 변신할 수 있는 첼라를 사로잡고 쾌재를 불렀다. 첼라는 정말 대단한 패였다. 나를 전면에 내세운다면 골치 아픈 반대 세력을 흡수할 수 있다. 시민을 선동하는 것도 훨씬 수월할 테고, 그가 예전부터 바라던 상징적인 인물로도 적격이다. 게다가 첼라는 다루기가 쉬웠다. 그는 힘에 굴복할 줄 알았고 좋은 것을 주면 금방 충성했다. 달리 말하면 언제든 배신할 수 있다는 뜻이지만, 그건 걱정할 바가 아니었다. 여기서 자이트를 배신하고 갈 곳은 지하나 감옥뿐이니까.

어쨌든 그 두 사람은 마음이 잘 맞았다. 자이트는 목적이 분명했고 첼라는 연기에 능숙했다. 이후 첼라는 나로 변신해 모든 사람에게 추앙받는 공주님이 되었다. 그 결과물이 바로 저 거대한 동상이다. 동상이 세워질 무렵 삐걱대던 내부는 통합되고 반란자들은 모두 숙청당했다. 그리고 자이트는 총통이라는 칭호를 얻었다.

기만에서 시작된 모든 것은 뿌리내릴 데가 없어 허망하고도 위태롭다. 겉모습이 아무리 그럴싸해도 마찬가지다. 저 동상을 바라보며 나는 더욱더 자이트를 만나고 싶어졌다. 조만간 만날 테지만. 그때 바라는 것은 하나뿐이다. 그가 나를 너무 싫어하지 않았으면 좋겠다.

나는 도시에 들어서자마자 회담 장소로 이동했다. 총통부에 마련된 회담장은 삭막할 정도로 군더더기가 없었다. 예전에 들어가 본 자이트의 사무실과 비슷한 분위기였다.

북측의 주요 인사들도 회담장에 들어왔다. 그 선두에 자이트가 보였다. 오랜만에 보는 그는 예전보다 훨씬 더 경직되어 있었다. 태도는 정갈하다 못해 모든 부드러움을 잃었고, 그래서 사람이라기보다 정밀한 기계처럼 느껴졌다. 살결은 손을 대도 따스할 것 같지 않았고, 머리카락은 바람에도 나부낄 것 같지 않았다. 반면 그의 눈은 예전보다 더 흉흉하게 이글거렸다. 고요하게 끓는 두 눈은 자이트에게서 발견할 수 있는 유일한 생기였다.

이윽고 자이트와 도시의 주요 인사들, 그리고 공주님이 회담장에 착석했다. 첼라는 내 얼굴을 한 채 새하얀 옷을 입고 고결한 성녀처럼 자리를 지키고 있었다. 시로니는 첼라를 보고 코웃음을 쳤다. 자신에게까지 저 가짜를 내세운 게 가당치 않아서. 자이트는 시로니를 속일 생각이었을까? 아니, 자이트는 그렇게 순진하지 않다. 다만 믿고 있었다. 시로니가 첼라를 알아보더라도 아무것도 할 수 없다는 것을. 어쩌면 덫일지도 모른다. 시로니가 첼라를 걸고넘어지면 자이트는 이 과학자를 신성 모독으로 매도할 수 있고, 그건 훌륭한 빌미가 될 것이다. 아주 재미있는 꿍꿍이지만 시로니는 그걸 가소롭게 여겼다. 바로 곁에 나를 두고 있으니, 자이트의 속셈은 우스운 광대놀음에 불과했다.

한편 나는 후드로 얼굴을 가리고 회담장 끝자리에 앉았다. 아무도 나를 알아보지 못했다. 사람들은 나를 중앙에서 온 수행원 중 한 명으로만 여겼다.

모두 자리에 앉자 북측에서 회담 시작을 알렸다.

"오늘 이 자리는 중앙의 요청에 따라 현재 진행 중인 전쟁을 주요 안건으로……."

회담에 합당한 절차였지만, 시로니는 그 말을 끊으며 정면에 앉은 자이트에게 인사했다.

"오랜만이야, 친구."

그 한마디에 회담장이 싸하게 가라앉았다. 회담 분위기에 찬물을 끼얹은 시로니는 짓궂게 웃었다. 그리고 시로니의 그런 성미를 잘 아는 자이트는, 낮은 목소리로 인사를 받았다.

"그렇군."

"안부를 물을 필요는 없겠지. 대단히 잘 지내는 것 같으니까."

정치가가 아니라 과학자인 시로니는 신랄했다. 그것이 이 회담장에 모인 사람들을 불편하게 했지만 시로니는 아랑곳하지 않았다.

"질질 끌 것 없이 본론만 말할게. 전쟁을 끝내고 싶어."

"조건은?"

"깡패처럼 굴지 마, 이 쓰레기 같은 놈아."

시로니의 입에서 욕설이 튀어나오는 순간 북측의 인사들이 덜컥 몸을 일으켰다. 자이트가 손을 들어 충견들을 막는 사이 시로니는 좋을 대로 말을 이었다.

"동쪽 늪이 사라진 건 너도 알겠지. 위험하다는 핑계도 물 건너갔는데 언제까지 시비를 걸 셈이야? 이딴 지지부진한 전쟁 지겹지도 않아? 같잖은 권력 때문에 발버둥 치는 꼴이 가상하긴 한데, 이제는 철이 좀 들어야 하는 거 아닌가?"

시로니의 비난에 북측 인사들의 얼굴이 하얗게 질려 갔다. 그 와중에 자이트가 아무런 말도 하지 않아서 사람들은 더 불안해했다. 보다 못해 한 남자가 중재에 나섰다. 그는 시로니와도 안면이 있는, 한때 이 도시의 시장이었던 테루아였다.

"시로니 교수, 협상을 하러 온 거라면 최소한의 예의는 지키시오. 총통은 교수의 친구가 아니라 우리의 지도자요."

테루아의 굳은 권고에도 시로니는 코웃음을 쳤다.

"아아. 착잡하네, 정말. 시장님도 결국 거기 붙으셨군요."

"이젠 시장이 아니오. 지금은 도시 안보를 맡고 있소."

테루아는 그렇게 대답하며 시로니의 조소를 차분하게 흘려 넘겼다. 그리고 그는 말을 이었다.

"평화를 바라는 건 우리도 마찬가지요. 그러니 교수도 우리에게 협력해 주시오."

"협력이고 나발이고, 댁들이 바라는 평화가 대체 어떤 건지 난 모르겠네요. 독재자가 혼자 뛰노는 게 평화인가?"

"이 도시에 독재자는 없소. 우리는 하늘의 뜻에 따르는 것이오."

시로니의 조롱에 테루아는 담담히 말하며 한 곳을 가리켰다. 그것은 상석에 앉은 첼라였다. 첼라를 대하는 테루아의 태도는 조심스럽다 못해 경건했다. 진중한 성품의 전임 시장은 영주와 싸워 이긴 하늘의 따님을 열렬히 신봉했고, 그가 하는 말이라면 뭐든지 믿었다. 자이트와 앙금을 풀고 그가 총통이 되도록 지지한 것도 그 때문이었다. 첼라를 나라고 철석같이 믿는 테루아를 보며 시로니는 결국 웃음을 터트렸다.

"하늘의 뜻이라니, 정말 깜찍하게들 노네. 설마 저 여자가 정말 공주라고 생각하는 거야?"

"불손한 발언은 삼가게."

"설마 당신들보다 불손할까. 차라리 손바닥으로 하늘을 가리시지."

시로니는 차갑게 쏘아붙인 후 첼라를 돌아봤다. 그를 바라보며 시로니도 내심 놀랐다. 저렇게 감쪽같을 수가. 저 정도면 아둔한 원칙주의자 하나쯤은 문제도 아니었겠군. 권속의 능력에 감탄하며 시로니가 첼라에게 물었다.

"어디 직접 한번 말씀해 보시죠. 진짜 공주님이 맞으신가요?"

시로니가 비아냥대자 첼라는 차분히 웃었다. 그리고 우아한 목소리로 되레 그를 추궁했다.

"그만해요, 시로니. 더는 우리를 모욕하지 말아요. 하늘이 두렵지 않나요?"

"그 말 그대로 돌려드리지, 가짜 공주님."

시로니는 날카롭게 웃으며 자리에서 일어났다. 몇몇 사람이 움찔 몸을 움직였지만 시로니는 아랑곳 않고 내게로 휘적휘적 걸어왔다. 과학자는 큰 소리로 모두의 시선을 끌었다.

"잘 봐, 여러분. 이 즐거운 사기극의 정체를."

그렇게 말하며, 시로니는 내가 뒤집어 쓴 후드를 벗겨 냈다.

후드가 벗겨지며 얼굴에 내렸던 그늘이 사라졌다. 내가 얼굴을 드러내자 사람들은 경악했다. 그중에서 가장 놀란 것은 역시 자이트였다. 그가 눈을 홉뜰 때 사람들은 황급히 첼라를 돌아봤다. 그러곤 다시 기겁하고 말았다. 내가 후드를 벗는 순간에 첼라는 이미 본모습으로 되돌아가 있었기 때문이다. 눈앞에 펼쳐진 광경에 북쪽의 인사들은 기함했다.

"이게 어떻게 된 일이야!"

"누가 진짜지? 저 여자는 누구야!"

자신의 얼굴을 볼 수 없었던 첼라는 사람들의 외침을 듣고 손등을 내려다보았다. 매끄러운 갈색 피부를 본 순간 그도 소스라치게 놀라며 자리에서 일어났다. 첼라의 동요로 사람들의 아우성이 더욱 거세졌다. 사람들의 손가락질과 비난 속에서 첼라가 선택한 것은 도망이었다. 공주의 옷을 입은 여자가 급히 빠져나가자 사람들은 더 큰 혼란에 빠졌다. 그들의 분주한 웅성거림을 그치게 한 것은 자이트가 책상을 내리치며 낸 굉음이었다. 그 소리에 장내가 한순간에 조용해졌다. 자이트는 침착했다. 아니, 잔뜩 굳어 평정을 가장하고 있었다. 자이트는 그렇게 시선을 긁어모은 후 나직이 말했다.

"조용히 하시오."

살벌한 목소리에 북측 사람들은 말과 행동을 멈췄다. 그러나 테루아만은 혼란을 감당하지 못하고 다급히 물었다.

"총통 각하, 이게 대체 어떻게……."

"추태 그만 부리고 조용히 하시오. 아직 회담 중이오."

자이트는 테루아의 말을 끊어 혼란한 입을 막았다. 그러는 동안에도 자이트의 눈은 나를 향하고 있었다. 끝까지 침착한 그의 모습을 보며 시로니가 비아냥거렸다.

"정말 괴물이 따로 없네. 조금은 놀랄 줄 알았는데 끄떡도 안 하다니."

"애당초 회담은 핑계였나."

"핑계라니 서운하네. 전쟁을 끝내려고 온 건 진짠데 말이야."

시로니가 키들대자 자이트는 과학자를 가만히 노려보았다. 다만 그것뿐이었다. 딱 그뿐, 그는 분통을 터트리지도 변명하지도 않았다. 대신 장중으로 눈을 돌리며 선언했다.

"회담은 중단하겠소. 다시 시간을 잡도록 하지."

가짜 공주의 정체가 폭로되었음에도 그의 목소리는 냉정했다. 나는 말없이 자이트를 바라보았다. 그 또한 나를 바라보았다. 그의 시선은 지극히 객관적이고 사무적이었다. 마치 기묘한 현상을 구경하는 것처럼, 혹은 제거해야 할 방해물을 관찰하는 것처럼.

자이트의 속임수가 모두 드러났다. 자이트와 첼라만이 알던 은밀한 비밀은 모두에게 들통났고, 북측 관리들은 이제껏 자신이 속아 온 것을 깨달았다. 그것은 너무 놀라운 사기극이어서 그들은 분노하지도 못했다. 막 꿈에서 깬 듯 어리벙벙해할 뿐이었다.

첼라는 지난 3년간 이 도시에서 참 많은 일을 했다. 그는 자이트에게 저항하던 마지막 양심인 테루아를 굴복시켰고, 하늘의 뜻이라는 미명하에 전쟁을 부추겼다. 어리석은 대중은 그가 하는 모든 말이 옳다며 따랐고, 그 말에 의심을 품는 자는 도리어 배척되고 학대 당했다. 자이트는 옆에서 온 힘을 다해 공주를 보필했다. 아니, 보필 하는 것처럼 보이게 했다. 그로써 그는 공주의 충신이자 신의 은총을 받는 지도자가 되었다. 그런데 그게 모두 자이트가 꾸민 연극이었다 니, 고위급 관리들은 마냥 기가 막혔다.

한편 기회주의자들은 눈을 빛냈다. 이제껏 따르던 절대자가 알고 보니 써먹기 좋은 도구라니, 대단히 매력적인 일이다. 그 막강한 패를 독점한 자이트가 괘씸하긴 했지만, 앞일을 생각하면 그건 아무래도 좋았다. 이제라도 그 힘을 공유할 수 있다면 지난 일이야 대수일까. 그래서 해명을 듣기 위해 찾아온 고급 관리들은 저마다 은밀한 요구 를 품고 있었다. 하지만 그들의 승냥이 같은 성미를 잘 아는 자이트 는 틈탈 여지를 단칼에 잘라 냈다.

"달라질 것은 없소."

기만에 대한 사과도 반성도 없이 그는 도리어 당당히 말했다.

"지금까지 공주의 이름은 대의를 위해서만 사용했소. 그건 앞으로 도 마찬가지일 거요."

자이트의 고압적인 선언에 북측 관리들은 다시 한 번 깨달았다. 공 주는 정말 상징일 뿐이라는 걸. 그 상징을 깃발처럼 휘두르는 저 남 자가 이 도시의 진정한 정점이자 지배자라는 걸. 하지만 공주가 가짜 라는 사안은 그 대단한 권력에 흠집을 낼 정도로 파급이 컸다. 지주 출신의 잔뼈 굵은 관리들에게 그것은 물어뜯기 좋은 빌미였다.

"하지만 각하, 이런 일을 저희에게까지 비밀로 하시다니 참 애석합니다. 알았다면 각하의 뜻을 더 부지런히 보필했을 텐데 말입니다."

은근한 비난에 다른 지주들도 미소 지었다. 자이트는 묵묵히 듣는 척하며 낮게 웃는 이들을 모두 눈여겨보았다. 그걸 모른 채 관리들은 바삐 말을 나눴다.

"중요한 건 그게 아니오. 중앙에서 이 일을 대중에게 폭로하면 어찌합니까?"

"헛소문으로 치부하면 그만입니다. 목소리를 흘리는 자는 도시 곳곳에 있지 않소."

"그보다 중앙에서 데려온 그 공주는 누구입니까? 정말 본인입니까?"

"모를 일이오. 중앙에서 뭔들 못 만들겠습니까. 똑같이 성형한 또 다른 가짜인지 누가 알겠소?"

"그 공주가 나타날 때 우리 쪽 공주의 변신이 풀렸소. 이건 어떻게 설명할 거요?"

"진짜라면 왜 이제야 나타난 겁니까? 이제껏 가짜가 활보하게 놔둘 이유가 어디 있습니까?"

"무슨 사정이 있었겠지요. 게다가 공주가 진짜라면 갑자기 날씨가 변하고 늪이 사라진 것도 설명이 됩니다."

"그럼 어떻게 되는 겁니까. 아크제리유트처럼 우리도 말살되는 겁니까?"

"그게 무슨 말이오! 우린 아크제리유트처럼 폭정을 저지르지 않았소!"

아까 자이트를 비꼬았던 지주가 버럭 소리쳤다. 아크제리유트와는 다르다며 성을 낸 그자는, 폭군의 집권기에 요새 구석에서 마음껏 횡포를 부리던 자였다. 외곽을 다스리고 있어서 자이트가 터트린 화염을 피했지만, 그의 본질도 결국은 부패한 권력자였다. 하지만 그는 아크제리유트와는 전혀 무관한 양 그렇게 시치미를 뗐다. 그러곤 다시 자이트의 일을 언급했다.

"공주님이 화낼 일을 하긴 했지. 하지만 그건 우리가 아니오. 어느한 분의 독단이었지."

그 발언은 이 자리에 모인 몇 사람을 즐겁게 하고 나머지 몇 사람은 두렵게 했다. 노년의 그 쟁쟁한 관리는 새파랗게 어린 총통의 꼬투리를 잡아낸 게 즐거워서 견딜 수가 없었다. 한편 늙은 관리의 발언에 좌불안석이 된 다른 이들은 말 돌리기에 바빴다.

"그게 중요한 게 아닙니다. 우리 쪽 공주가 어떻게 됐는지 먼저 확인해야 합니다. 그 권속이라는 여자가 여전히 공주 행세를 할 수 있다면 문제는 없습니다. 둘이라면 우리가 택한 쪽이 시민들에게 진짜가 될 테니 말입니다."

"아니, 그전에 공주의 측근들을 생각해 보시오. 공주는 기달티와 무아카를 거느렸소. 그들이 지금도 함께 있다면 어떻게 되는 겁니까?"

"기달티까지 함께 있다면 무력으로는 감당할 수 없소. 섣불리 건드려선 안 되오."

"그렇다면 중앙에서 어떻게 나올지를 두고 봐야 합니다. 어쨌든 그들이 회담을 요청한 건 전쟁 때문이잖습니까."

"그게 낫겠습니다. 게다가 전쟁을 끝낼 수 있다면 우리에게도 좋은
일입니다. 시민들을 이해시킬 만한 이유를 준다면야 거절할 까닭이
없지요."

많은 말이 오갔다. 도시를 다스리는 중추들의 대화였지만 그것은
도적들의 모의와 별로 다르지 않았다. 논의 끝에 그들이 내린 결론은
다음 회담을 기다리자는 거였다. 달면 삼키고 쓰면 뱉어 내기 위해,
그 맛을 판가름할 수 있을 때까지는 입에 머금어 보자는 결정이었다.
지극히 정치가다운 발상이었다.

논의가 끝나고도 도시의 위정자들은 좀처럼 자리를 뜨지 않았다.
중앙과의 회담에 대해선 이야기를 나눴지만, 가짜 공주와 자이트의
입장에 대해서는 시원하게 이야기를 듣지 못했으니까. 하지만 자이트
는 끝내 입을 열지 않았고 그 나이 많은 지주가 다시 한 번 공격했다.

"이번 회담이 끝나면 총통이라는 직함에 대해서도 더 이야기해 봐
야겠지요. 총통을 임명한 건 가짜 공주였으니 말입니다."

찌르는 말에도 자이트는 대답이 없었다. 이제 총통의 침묵을 두려
워하지 않게 된 그 주동자는 자리에서 일어났다.

권위자들이 떠나고 회의실에는 자이트와 테루아만 남았다. 테루
아는 퇴실하지 않고 가만히 서서 자이트를 바라보고 있었다. 단둘이
되자 테루아가 낮은 목소리로 자이트를 불렀다.

"총통 각하."

자이트가 돌아볼 때 테루아는 그 시선에서 끔찍함을 느꼈다. 사람의 눈이 저토록 무심하고 차가울 수 있을까, 그는 자이트의 눈을 보며 자주 섬뜩함을 느끼곤 했다. 하지만 테루아는 내색하지 않고 침착하게 물었다.

"달라질 것이 정말 없습니까?"

아니, 침착하려 애쓸 뿐 그 마음은 참혹했다. 3년 전 나와 라이시가 이 도시의 수용소와 동상을 파괴한 이후, 테루아는 지하에서 또다른 혁명을 준비했다. 아크제리유트라는 폭군에게서 요새를 해방시킨 것처럼, 자이트라는 독재자에게서 도시를 구하기 위해. 그런 테루아를 지하에서 이끌어 낸 것이 바로 가짜 공주였다. 첼라는 나인 척 접근해 그와 혁명군을 설득했다. 그리고 중재하는 척하며 테루아를 현 정권에 끌어들였고, 가랑비에 옷 적시듯 그를 적응시켰다.

그동안 테루아의 신념은 자이트의 냉혹함을 처절하게 거부했다. 그럼에도 그가 끝까지 이 자리에 남은 건 순전히 나 때문이었다. 나라고 믿었던 족쇄 때문에. 그런데 그게 가짜였다니, 테루아는 하늘이 무너지는 심정이었다. 까맣게 속아 독재를 도왔고, 신념은 진창에 처박혔다. 지하로 돌아갈 엄두도 나지 않았다. 권력을 버리는 게 두려워서가 아니라 이제는 자신이 깨끗하지 않아서.

테루아는 길을 잃은 심정으로 자이트 앞에 섰다. 그리고 호소했다. 아무 의미 없다는 걸 알면서도, 갑갑함을 견딜 수 없어 그렇게 했다.

"달라져야 할 것이 정말 없습니까? 진짜 공주님이 나타나셨는데?"

"달라질 건 없소. 달라져서도 안 되고."

"이런 식으로 진실을 가려서는 안 됩니다."

"대의를 위해서라면 진실도 은폐하라 배웠소."

"이런 일을 은폐하다니, 말도 안 됩니다."

"말이 안 될 리가!"

자이트가 테루아의 항변을 끊으며 매섭게 소리쳤다. 그는 테루아를 힘껏 노려보았다. 눈이 마주치는 순간 테루아는 또다시 놀랐다. 이번엔 그 두 눈이 끓는 기름처럼 지글거려서, 늘 얼음장 같던 눈이 무시무시한 격정에 휩싸여 있어서.

자이트는 테루아를 노려보며 씁듯이 말했다.

"이제 와서 딴소리하지 마십시오. 그걸 내게 가르친 건 당신입니다."

테루아의 온몸에 소름이 돋았다. 자이트의 원망 속에서 그는 오랜 의문의 답을 발견했다. 그는 자이트가 왜 갑자기 돌변했는지 늘 궁금했다. 순전한 열정을 가진 젊은이였는데, 청운을 품던 그가 왜 괴물이 됐는지 항상 고민했었다. 그런데 방금 그가 한 말, 자신에게서 배웠다는 그 말로 테루아는 기억해 냈다. 저 젊은이가 눈시울을 붉히던 것을, 한 죽음에 대해 정의로운 판결을 청하던 것을.

아, 그런데 시장이었던 테루아는 그때 어떻게 했던가. 그것을 묻어 버렸다. 그때 젊은이의 양심까지 함께 파묻었다. 현실이라는 벽을 들이밀며 늙은이의 비겁한 행동을 가르쳤다. 지금 자이트가 따르는 것, 그리하여 이 독재자를 만든 것은 바로 자신의 가르침이었다. 두려운 현실을 깨닫고 테루아는 신음했다. 그의 두 눈이 떨리는 것을 보며 자이트는 차분히 한숨을 내쉬었다. 그는 차게 가라앉은 목소리로 물었다.

"후회하십니까?"

그렇게 묻는 목소리는 예전 같았다. 그가 아직 서기관일 때처럼, 테루아를 시장이자 어른으로 대하던 때처럼. 그러자 테루아도 탄식하며 옛날처럼 대답했다.

"뼈저리게 후회하네. 내가 자네를 망쳤어."

자이트는 전임 시장의 말에 동의했다. 그래, 망쳤다. 자이트는 지금 엉망진창으로 망가져 있다. 그 이지러진 마음의 밑바탕을 헤아리게 되자 테루아는 이제 자이트가 두려운 지배자로 보이지 않았다. 그는 좌절한 청년이었고 무너진 꿈이었다. 테루아는 그의 오랜 고통을 그제야 느끼며 안타까운 심정으로 물었다.

"이제 어쩔 생각인가. 공주님께서 이 일을 그냥 넘어가지 않으실 거야."

"이미 말씀드렸습니다. 달라질 것은 아무것도 없다고. 공주의 건도 마찬가지입니다."

그럼에도 자이트는 여지없이 단언했다. 달라질 것은 없었다. 달라지고 싶어도 이제 와 달라질 수 없었다. 이미 너무 멀리 와버렸다.

자이트가 곤경에 처했을 때 시로니는 일그러진 기쁨으로 키득거리고 있었다. 오랜 전쟁 탓에 옛정이라곤 한 조각도 남지 않았는지, 그는 자이트의 불행을 기꺼이 즐겼다.

"아까 일은 재미있었어요. 거기서 그렇게 폭로하다니. 다들 제정신이 아니었죠."

시로니가 유쾌한 목소리로 말했다. 옛날처럼 맑은 음색은 아니었다. 타인의 불행을 기뻐하느라 그 웃음소리는 어쩔 수 없이 탁했다. 시로니의 비아냥거림이 이어졌다.

"당신의 옛 친구들이 당신을 왜 그렇게 싫어하는지 이제 알 것 같아요. 쭉 지켜봤는데, 당신은 착한 척하면서 사람들에게 가장 치명적인 짓을 해요. 그거 알고 있어요? 방금 전에도 자이트의 목을 졸랐잖아요."

시로니는 오해하고 있다. 그는 내가 자이트의 목을 졸랐다고 하지만 사실은 그 반대다. 나는 오히려 풀어 주려고 했다. 그의 목에 칭칭 감겨 올가미처럼 당겨진 거짓말을. 거짓은 겉보기에만 그럴싸할 뿐 뿌리내릴 토양이 되지 못한다. 혹 그 모양새에 속아 안주한다면 함께 침몰할 뿐이다. 빠르든 늦든, 언젠가는 반드시. 침몰하기 전에 거짓이 탄로 나는 것은 회생할 수 있는 마지막 기회. 그것을 도리어 야속해하며 원망하는 것은, 정녕 가련한 오해다.

"내 목은 언제 조를 거죠?"

하지만 시로니는 그것을 모른 채 내게 물었다. 웃고 있지만 목소리는 어쩔 수 없이 처연했다.

"저번엔 잘도 속였죠. 이번엔 언제 또 내 뒤통수를 칠 거예요?"

그 우울한 물음에 나는 고개를 저으며 조용히 답했다.

"나는 시로니를 속이지 않았어요."

"아니요, 당신은 날 속였어요. 처음부터 지금까지 계속. 당신이 돌아와서 한 일들은 잘 봤어요. 대단하던데요? 그만한 능력이 있으면서 그때는 왜 사람들을 구하지 않았죠?"

익숙한 원망이다. 왜 우리를 구해 주지 않았어, 왜 나를 구해 주지 않았어. 사람들은 구원을 바란다. 고통과 부조리에 몸부림치며 문제에 대한 해답을 찾는다. 하지만 그들은 답을 찾지 못하고, 좌절 끝에 어김없이 토해 낸다. 하늘을 향한 분노를.

"당신은 늘 그런 식이었죠. 뭐든 다 해줄 것처럼 굴더니 정작 중요할 땐 나 몰라라 하는. 그래 놓고 또 나타나 세상을 구하겠다니, 앞뒤가 전혀 맞지 않아."

그 분노 끝에 찾아오는 것은 조소, 그마저도 지치면 남는 것은 냉담. 시로니는 그렇게 차가워진 눈으로 나를 바라보았다. 경멸 어린 눈이었지만, 나는 무작정 욕을 퍼붓는 것보단 낫다고 생각했다.

"그러니 이제 말해 봐요. 전에 아무것도 모르는 어린애 행세를 한 건 장난이었나요?"

"단 한 번도 장난친 적 없어요. 나는 세상을 구하려고 언제나 최선을 다했어요."

"그게 어떻게 최선이 될 수 있죠? 능력이 있으면서 수많은 사람이 죽는 걸 구경만 했잖아요. 방관이 최선이었다면 또 같은 얘기가 반복되네요. 당신, 이 세상을 구할 생각이 있기는 해?"

시로니는 이해할 수 없었다. 그에게 나는 괴팍하고 변덕스러우며 정체를 알 수 없는 자칭 구세주, 그럼에도 차마 무시할 수 없는 괴이쩍은 존재였다. 그는 북쪽 도시로 오기 전만 해도 내게 흥미를 갖지 않으려 했다. 내게서 모든 의문을 철회하는 것이 복수라고 여긴 듯이. 하지만 그가 가진 호기심이라는 소양은 어쩔 수 없이 내게 이끌렸다. 그는 깊은 오해와 의심 속에서도 알고 싶어 했다. 나를, 세상을, 그리고 구원을.

그래서 나는 진리를 추구하는 그 과학자에게 차분히 되물었다.

"안전한 울타리를 만들어 주는 것이 구원일까요?"

시로니의 눈에 의문이 떠올랐다. 나는 의아해하는 과학자에게 다시금 물었다.

"그렇다면 메트로폴리스는 낙원인가요?"

과학자는 대답하지 않았다. 그 도시의 실체를 가장 잘 알고 있으니까. 그곳엔 추위와 굶주림이 없다. 하지만 그곳을 낙원이라 할 수 없는 까닭은, 추위와 굶주림보다 더한 고독이 있기 때문이다.

"시로니의 말대로 나는 무너지는 성을 구할 수 있었어요. 하지만 그것으로 내 이야기를 끝내지 않은 건, 울타리 안의 양을 기르는 것이 구원이 아니기 때문이에요. 구원은 어느 한 영웅이 이루는 게 아니에요. 그날의 반짝임은 그날의 희망으로 그칠 뿐, 밤하늘 같은 세상을 밝힐 수 없어요."

그걸 가장 처음 증명한 게 이 북쪽 도시였다. 이 도시는 폭군의 지배에서 벗어나 눈부신 새벽을 맞이했다. 하지만 그들이 과연 자유를 오롯이 누렸던가? 아니다. 영웅의 출현은 지배자의 이름을 바꾸었을 뿐 아무런 구원도 이루지 못했다. 우리 성도 마찬가지다. 그곳엔 아야라라고 하는 현명한 영웅이 있었다. 하지만 그뿐이었다.

"나는 사람들을 사랑했어요. 당연히 행복하길 바랐죠. 하지만 그들은 이기적이었고 위기가 찾아왔을 때 결국 그 이기심을 드러냈어요. 자신이 살기 위해서라면 뭐든지 했죠."

"그게 인간의 본성이니까요."

"네, 그래서 나는 그 성을 지킬 수 없었어요. 그들의 본성 때문에. 그걸 당연히 여기며 인정하는 것 때문에."

"말도 안 되는 변명을 하는군요."

나는 변명이라는 말에 웃으며, 아직 이해하지 못하는 과학자에게 차분히 설명했다.

"그 성이 지켜졌다면 뭐가 달라졌을까요. 그들의 본성이 여전한데. 그 사람들이 상냥했다는 건 나도 인정해요. 하지만 부족함이 없을 때 상냥한 건 누구나 가능해요."

사자도 배가 부르면 토끼를 핥는다. 하지만 그 만족은 수명이 짧아서 언제나 다음 것을 요구한다.

"인간은 생존을 위해서라면 뭐든지 하죠. 생존이 당연해지면 그다음 것을 원하고요. 이것을 당연한 본성으로 인정한다면 뒷얘기는 뻔해요. 욕심을 부리기 시작하겠죠. 강자는 약자를 지배하게 될 테고요. 모든 만족 중 가장 위에 있는 것은 남보다 낫다는 우월감이니까."

시로니는 묵묵히 고개를 끄덕였다. 역사를 통해 신물 나게 증명된 것들이니까.

"빤히 보이는 인간의 역사를 반복하는 게 정말 구원일까요? 아크제리유트가 가진 왕관을 자이트에게 옮긴 것은 구원이 아니었어요.

사람들은 낙원이 없다고 한탄할 자격이 없어요. 낙원을 보란 듯 짓밟는 건 그들이니까."

그럼에도 사람들은 모른다. 자신이 무슨 짓을 하고 있는지. 남들이 다 악당이어도 자신만은 정당하다고 여기며 살아간다.

"그래서 나는 보여 줘야 했어요. 세상의 실체를. 그걸 모두 낱낱이 보여 줘야 진짜 구원을 이해시킬 수 있으니까요."

내가 말을 맺자 내 말을 곱씹던 시로니가 비웃음을 터트렸다.

"대단히 그럴싸한 소리네요. 하지만 어떡하죠? 그걸 보여 주려고 사람들을 희생시켰다는 말로밖에 들리지 않는데."

시로니가 희생이라는 말로 조롱했지만 나는 항변하지 않았다. 내가 그들을 죽인 게 아니라는 사실도, 그들의 죽음이 끝이 아니라는 계획도 지금은 삼켰다. 내 침묵 위로 시로니의 질문이 이어졌다.

"그래서 당신의 결론은 뭐죠? 이전까지의 모든 것이 과정이었다면 결론은요."

"내가 말하는 건 처음부터 끝까지 하나예요."

시로니가 눈으로 되물었다. 그게 무엇이냐고. 그래서 나는 그가 익히 아는 답을 꺼냈다.

"서로 사랑하라는 것."

잠깐이나마 기대하던 시로니는 싫증을 내며 얼굴을 찡그렸다.

"사랑은 실체가 없어요. 그건 관념이고 세상을 바꾸지 못해요."

시로니는 자신이 미워하던 스승과 같은 말을 하고 있었다. 그 앞에서 나는 고개를 저었다.

"아니요, 유일한 해답은 그것뿐이에요."

"여전히 꿈속에서 사는군요."

"꿈이 몽상만 있는 건 아니에요. 때로는 이루어지는 꿈도 있죠."

내가 지지 않고 답하자 시로니는 떨떠름한 표정을 지었다. 나는 그런 시로니에게 넌지시 덧붙였다.

"그러니까 곧 보게 될 거예요."

관념 이상의 사랑을, 내가 몸부림치며 찾아낸 결론을. 그 앞에서 나는 확신한다. 이것만이 유일한 해답이자 구원이라고.

첼라의 정체가 폭로된 날 밤, 나는 혼자 자이트의 저택으로 찾아갔다. 그를 만나는 것은 어렵지 않았다. 회담장에서의 일은 은폐되어 공주님은 여전히 북쪽의 우상이었다. 그러니 이 도시에서 내가 갈 수 없는 곳은 없었다.

자이트는 갑자기 찾아온 나를 보고 난색을 보였다. 나는 그가 당혹스러워하는 것을 이해했다. 그는 한때 나를 사랑했다. 그래서 나를 따르고자 했다. 하지만 곧 나를 버렸다. 세상에 상처 입고 실망해서 나를 저버렸다. 쫓아내고 죽이려 들었다. 내가 결국 사라지자 그는 내 이름을 도구로 사용해 세상을 거머쥐었다. 그런데 오늘 그 무소불위의 권력에 균열이 생겼다. 이번에도 역시 나로 인해서. 우리의 관계는 정녕 복잡했다.

자이트는 굳은 듯 서서 나를 한참 바라보았다. 그때 그의 마음은 격렬하게 요동치고 있었다. 그는 한때 나를 사랑했지만 곧 돌아섰고,

이내 나를 죽이고 싶어 했다. 그럼에도 다시 돌아온 나는 그의 두려움이다. 그는 떨림을 숨기며 마지못해 나를 맞이했다.

"들어오십시오."

그는 경직된 채 나를 응접실로 안내했다. 잠시 후 저택의 관리자가 내온 것은 홍차였다. 우리가 마지막으로 마주 앉았던 때에도 그는 홍차를 대접했다. 그와 다시 차를 마시기까지 참 오랜 시간이 걸렸다. 나는 찻잔을 들며 자그맣게 말했다.

"착한 오빠."

자이트는 미동도 하지 않았다. 은근슬쩍 말해 본 게 혼잣말이 되어서 나는 조금 민망했다.

"웃지를 않네요."

예전엔 그래도 잘 웃었는데. 들떠서 자신의 포부를 신나게 이야기하던 사람이었는데.

"마지막으로 웃어 본 게 언제예요?"

"기억나지 않습니다."

"그럼 마지막으로 울었던 건?"

"……모르겠습니다."

자이트는 그렇게 답하며 고개를 숙였다. 그는 말을 잇지 못했다. 굳게 입을 다물고 침묵하는 모습이 마치 메마른 땅 같았다. 물을 마시지 못해 바싹 마르고 갈라진, 황폐함에 괴로워하며 가늘게 호흡하는 땅. 나는 고독으로 다져진 황무지에서 길을 잃은 자이트에게 속삭였다.

"선도자는 외로워요."

무리를 이끌기 위해 누군가는 반드시 먼저 길을 걸어야 한다. 그래서 선도자는 어쩔 수 없이 외롭다. 홀로 길을 찾아야 하기에, 뒤따르는 모두를 이끌어야 하기에. 그것은 사람이 감당하기에 너무 버거운 일이다. 웃음도 눈물도 다 잊어버릴 만큼. 자이트는 버거운 짐을 홀로 짊어지고 여기까지 왔다. 첫발을 디딜 땐 그 길이 혁신일지 독단일지 아무도 몰랐다. 그저 막연한 확신만 가지고 멈출 수 없어 내달렸을 뿐. 그래서 그 길의 한창까지 온 지금에서야 나는 묻는다.

"지금 가는 그 길은 어때요? 여전히 옳은 길 같나요?"

웃지도 울지도 못하고 걸어온 길, 모두의 반대에도 선택했던 외로운 길. 당신이 그 길을 걷고자 한 까닭을 나는 안다.

"그토록 원하던 무결한 세상에 조금이라도 닿았나요?"

독재자가 되고 3년이 흐른 지금, 자이트는 뒤를 더듬어 볼 수 있을 만큼의 길을 걸었다. 그는 자신의 행보를 어떻게 판단할까. 예전처럼 이것만이 유일한 답이라 주장할까? 그렇지 않았다. 자이트는 내 물음에 묵묵히 고개를 저었다.

아, 자이트. 내 가련한 위정자. 그는 이미 예전에 깨달았다. 이 길이 잘못됐다는 것을. 그는 모든 악을 척결하려 했다. 악한 것을 죽이고 약한 것을 죽이고 병든 것을 죽이며 세상의 정화를 꿈꿨다. 하지만 손을 아무리 피로 적셔도 세상은 변하지 않았다. 오히려 더 힘겨워졌다. 시민들이 고통스러워하는 것을 알면서도 자신의 무자비한 기준을 칼날처럼 들이민 것은, 더 나은 세상으로 보상하려는 생각

때문이었다.

세상은 조금도 나아지지 않았다. 아무리 정의로운 인간도 높은 자리에 올려 두면 곧 눈이 멀어 타락했다. 악당들을 모조리 잡아들여도 도시에는 또다시 불한당들이 생겨났다. 억압하면 억압할수록 더 치밀하고 교묘하게 악행을 저질렀다. 부패한 것은 위나 아래나 다를 것이 없었다. 힘 있는 자들은 자신의 권력을 견고히 하고자 온갖 곳에 결탁했고, 약자들은 한 아름도 되지 않는 욕심을 부리며 비빌 곳을 찾다가 수가 틀리면 내키는 대로 행패를 부렸다.

아무리 애를 써도 인간은 나아지지 않았다. 마치 어떻게 쪼개든 동그랗게 뭉치는 물방울처럼, 이 세계는 모든 노력을 무시하며 악함을 유지했다. 반복되는 척결과 부패 속에서 자이트는 결국 길을 잃고 말았다. 사과 궤짝에서 썩은 사과 하나를 꺼내면 될 줄 알았는데, 모든 사과가 제각기 썩은 부분을 가지고 있었다. 그들은 눈치를 보다가 기회만 생기면 악취를 풍겼다. 그러니 자이트는 세상을 구하는 게 무엇인지, 누구를 무엇으로부터 구해야 하는지 알 수 없게 되었다.

"세상은 조금도 고쳐지지 않았습니다. 무슨 수를 써도 그대로였습니다."

자이트는 지친 목소리로 패배를 시인했다. 감추거나 비통해하지 않고, 그저 남의 일을 이야기하듯 그렇게 말했다. 숨길 기운조차 없어서, 그는 자신의 속내를 털어놓았다.

"그럼 이제 그만 돌아와요."

나는 갈 길을 알지 못하고 덧없이 타오르는 그 남자에게 손을 뻗었다. 세상을 위해 자신을 불사른 그에게, 끝내 걷잡을 수 없는 불길이 된 그에게.

"너무 멀리 갔어요. 이제라도 돌아와요."

자이트는 대답 없이 나를 바라보았다. 그 흐린 눈에는 이 모든 과오를 되돌리고픈 갈망이 있었다. 그럼에도 그는 내 손을 잡지 못했다. 괴로운 얼굴로 주저앉을지언정, 돌아서지는 못했다.

"너무 늦었습니다. 어디로 돌아오라 하는지도 모를 만큼, 말씀하신 것처럼 너무 멀리 왔습니다."

깊고 어두운 밤이면 그는 잠들지 못하고 상상했다. 자신이 후세에 어떤 평가를 받을지를. 앞선 두 폭군과 조금이라도 다를 수 있을까, 그런 생각을 하며 그는 홀로 몸서리쳤다. 두렵고도 괴로웠다. 자신의 신념이 폭군들의 탐욕만큼이나 어긋나 있었다는 사실이. 그것을 알지만, 그래도 돌아서지 못했다. 엇나간 길이 까마득하고 달리던 관성은 너무 강해서. 그래서 멈추지 못하고 가던 방향으로 계속 달리고 만다. 그 끝이 낭떠러지일지라도.

"그 길을 계속 가면 안 돼요."

"멈출 수 있었다면 진즉에 멈췄겠지요."

"내가 도와줄게요. 제대로 된 길을 알려 줄게요."

"무립니다. 이제와 멈추다니, 가능할 리 없습니다."

자이트가 고개를 가로젓는 것을 보며 나는 쓰게 웃었다.

"그때와 같은 대답을 하네요."

자이트가 아크제리유트의 측근이던 시절, 그때도 그는 이렇게 대답했다. 혁명은 불가능하다고, 무리라고. 그의 눈은 그때처럼 회의가 가득했다. 아니, 그때보다 더 심했다. 그날엔 폭군이 사라지면 세상이 변할 거라는 믿음이라도 있었지만, 이제는 그마저도 없다. 세상을 구할 수 있는 어떤 대안도 떠올릴 수 없어 결국 희망을 잃었다. 그러니 내 목소리도 닿지 않는다. 그 자리에서 굳어 버린 그에겐, 아직.

나는 차게 굳어 듣지 못하는 그에게 조용히 말했다.

"혁명이 시작되던 날, 시하가 나한테 한 가지 부탁을 했어요."

시하의 이름이 나오자 자이트는 흠칫했다. 그의 눈이 흔들리는 것을 보며 나는 담담히 말을 이었다.

"자이트를 구해 달라고 했어요."

그의 안색이 더욱 처참해졌다. 그의 괴로움을 향해 나는 다시 물었다.

"시하는 어디에 있죠?"

"손님을 맞을 상황이 아닙니다."

"만나게 해줘요."

자이트의 얼굴에 또 다른 갈등이 떠올랐다. 하지만 그는 거절하지 못했다. 결혼식 때 이미 나를 내쫓았으니, 이번에도 그러기에 염치가 없었다. 자이트는 침울한 얼굴을 한 채 나를 규실로 안내했다. 방 앞에서 자이트는 조심스럽게 노크했다. 대답이 없었지만 그는 문을 열고 침대로 다가갔다. 침대에는 시하가 누워 있었다. 자이트가 부드럽게 깨웠지만 시하는 일어나지 않았다. 잠에서 깨어 눈을 깜빡일 뿐 몸은 일으키지 못했다.

시하는 지난 3년간 침대에서 일어날 수 없었다. 남편을 막기 위해 삼킨 독에 몸이 마비되어 말하는 것도 몸을 가누는 것도 할 수 없게 되었다. 남편을 막으려고 몸부림치던 시하는 독을 마시기 전, 자신의 생명을 담보로 자이트에게 한 통의 편지를 남겼다. 하지만 그 편지는 유령의 손에 불살라졌고, 시하는 아무것도 남기지 못한 채 남편의 고통이 되고야 말았다.

절망 속에 누워 있던 시하는 나를 보더니 눈을 커다랗게 떴다. 나는 그의 머리맡으로 다가가 슬픔으로 야윈 뺨에 손을 대었다. 내 손이 닿자 시하의 눈에서 눈물이 흘렀다. 지난 3년간 마음에 사무친 아픔이었다. 나는 시하를 다독였다. 괜찮다고, 고생 많았다고. 내 위로에 오랫동안 굳어 있던 시하의 혀와 입술이 부드럽게 풀렸다. 입술에 감각이 돌아온 걸 깨닫고 그가 신음했다. 그리고 그 신음은 이내 자그마한 속삭임을 이끌어 왔다.

"공주님……."

시하가 눈물을 떨구며 나를 불렀다. 아내가 말하는 것을 보고 자이트는 놀라서 침대에 엎드렸다.

"시하……."

남편이 불렀지만 시하는 대답하지 않았다. 그보다 더 급한 말이 있었다. 남편의 애절함에 화답하는 것보다 더 중요하고 간절한 말이 있었다.

"이 사람을 구해 주세요."

시하가 내 팔을 붙잡으며 한 말은 지난 3년간 마음으로 매일같이 되뇌던 말이었다.

"제 남편 좀 구해 주세요……."

시하는 목소리를 쥐어짜 그렇게 말하곤 목 놓아 통곡했다. 그가 슬피 우는 것을 보며 자이트는 돌처럼 굳어 버렸다. 아내가 나은 것에 기뻐할 겨를 없이 비통함이 덮쳐 왔다. 아내의 오열에 그의 마음은 무너져 내렸다. 나는 시하를 품에 안고 아파하는 자이트를 바라보았다.

"신부가 목소리를 찾지 못하면 다시 불러 찾겠다고 했었죠."

자이트가 시하를 신부로 맞이하러 갈 때 한 말이다. 그리고 나는 그 말에 이렇게 대답했었다.

"나 또한 그래요."

사람도 연인을 위해 인내한다. 하물며 나는…….

"거기가 아니에요, 이쪽이에요."

내 목소리를 찾지 못하면 다시 불러 찾게 하면 그만이다. 언제든지, 얼마든지.

"이제 그만 돌아와요."

내 청에 자이트의 얼굴이 희게 질렸다. 그는 흔들리는 눈으로 나와 시하를 번갈아 보았다. 도시의 지배자는 두 여자 앞에서 겁에 질려 뒷걸음질을 쳤다. 나와 눈이 마주치자 목에 칼이라도 들어온 것처럼 질겁했다. 물러나던 그는 끝내 벽에 등이 닿았고, 더 물러날 곳이 없다는 것을 깨닫고 몸부림쳤다. 정녕 막다른 길, 이제라도 발길을 돌려야 하건만 자이트는 결단하지 못했다. 그는 숨을 몰아쉬며 가련하게 고뇌하던 끝에, 결국 침실 밖으로 뛰쳐나갔다.

그가 도망치는 모습을 보며 나는 눈을 감았다. 여전히 내 목소리를 듣지 못한다. 아무리 부르고 불러도 깨닫지 못한다. 그런 너희에게 내가 줄 수 있는 것은 사랑뿐, 거부하지 못할 사랑뿐.

내 길의 끝이 더욱 가까워졌다. 이제 한 걸음, 이제 정말 마지막.

다음 날 회담이 이어졌다. 중앙은 전쟁의 종결을 요구했다. 북쪽도 전쟁을 끝내고 싶기는 마찬가지였다. 북쪽은 이제 전쟁을 이어 갈 명분이 없었다. 기달티의 위협도 공주의 이름도. 대중은 아직 속고 있지만 발각되는 것은 시간문제다. 그럼에도 아무 수확 없이 전쟁을 계속하는 것은 그들에게도 부담이었다.

심지어 3년간의 겨울로 북쪽의 물자는 바닥이 난 상태였다. 시민들은 피죽으로 하루하루를 연명하며 더 많은 노동에 시달렸다. 가렴주구로 대중의 불만은 이미 극에 달해 있었다. 굶주린 분노는 거칠다. 자유의 탄압은 소수의 지식인만을 노엽게 하지만 굶주림은 모든 이에게 분노를 일으킨다.

그러니 북쪽도 하루빨리 전쟁을 끝내야 했다. 그러기 위해선 쏟아부은 노력에 걸맞은 전리품이 필요했다. 시민을 이해시킬 수 있는, 이 전쟁이 승리로 끝났다고 당당히 선전할 수 있는 무엇. 그것마저 없다면 민중은 무능하고 부패한 지도자들을 용서하지 않을 테니까.

그래서 북쪽에서는 중앙에 협조를 넌지시 구했다. 정치적으로 결탁해서 서로 살자는 뜻이었다. 하지만 시로니는 정치가가 아니라 과학자였고, 그러한 권모술수를 경멸했다.

"무슨 소리야, 싸움을 안 걸 테니 돈을 내놓으라니. 댁들 깡패야?"

시로니는 코웃음을 치고는 다시 또박또박 쏘아붙였다.

"가련한 시민을 위해서라면 또 모를까, 내가 왜 당신들의 자리를 지켜 줘야 하지?"

정치적 상식이 통하지 않는 시로니는 매몰찬 말로 북측 인사들을 당황시켰다. 훗날을 생각해 빚을 만들어 두는 것도 좋은 정치 방법 중 하나지만, 권력을 휴지 조각처럼 여기는 그 과학자는 그럴 마음이 전혀 없었다.

"내가 할 말은 딱 세 가지야. 너희 공주는 가짜다. 검은 늪은 사라졌다. 이거 너희가 알리지 않으면 내가 직접 까발릴 거다. 이쯤 얘기하면 이해가 되겠지? 지금 전쟁놀이 계속할 처지가 아니라는 거."

북측 인사들은 딱딱하게 굳고 말았다. 시로니는 협상을 하러 왔다지만 그것은 협박이나 다름없는 일방적인 통보였다.

"이 일을 대체 어떻게 할 거요! 늪은 그렇다 쳐도 공주가 가짜라는 사안은 심각하오. 이 일이 대중에게 밝혀지면 끝장이오."

북쪽의 인사들만 모인 자리에서 한 사람이 버럭 성을 냈다. 그러자 또 다른 인사가 넌지시 받았다.

"역시 도가 지나쳤습니다, 총통 각하."

전날 자이트를 은근히 압박했던 지주 출신의 권력가였다. 비난의 화살이 자이트에게 돌아가자 테루아가 나서서 논점을 정비했다.

"우리끼리 탓할 때가 아닙니다. 시로니 교수가 일을 터뜨리기 전에 해결책을 찾아야 합니다."

하지만 지주는 그 말에 별로 동의하지 않았다. 이참에 일이 터져서 자이트가 거꾸러진다면 그것도 나쁘지 않은 결말이었다. 물론 그 전에 자신도 싸잡혀 추락하지 않게 피할 구멍을 찾아 놔야겠지만. 거기까지 생각한 지주가 느닷없이 첼라의 일을 물었다.

"그 여자는 찾았소?"

"아직 수색 중입니다."

어젯밤 첼라는 사라졌다. 회담 후 정치가들에게 불려 가 수모를 당하고는 도망쳐 버렸다. 그들은 첼라에게 공주로 다시 변신해 보라고 다그쳤지만 첼라는 할 수 없었다. 나와 마주친 순간 그가 마신 영주의 피는 힘을 잃고 말았다. 제미라가 그랬던 것처럼, 목에 붉은 줄이 그어져 있던 요새의 사람들처럼. 첼라가 쓸모없어졌다는 걸 깨달은 관리들은 그를 어떻게 처분할지를 고민했고, 눈치 빠른 첼라는 미련 없이 도망쳤다. 안 그래도 복잡한 사안에 첼라의 도주까지 겹쳐서 관리들의 신경이 더욱 곤두섰다.

"빨리 찾아내야 합니다."

"하지만 찾아서 뭐합니까. 변신을 못하면 쓸모가 없습니다."

"변신이 되고 말고를 떠나, 그 여자는 너무 많은 것을 알고 있소."

"반드시 찾아야 합니다. 혹시 모를 일이니까요. 그 여자가 마지막으로 한 번만 변하면 이 문제를 해결할 수 있습니다."

그렇다. 변신이 가능하다면 이 문제를 해결할 수 있다. 모든 상황을 신의 뜻으로 파묻어 버리면 그만이니까. 그 후 시로니가 진상을 규명해도 뭐가 맞고 틀린지 저들끼리 싸우느라 진실은 영영 가려질 것이다.

자이트도 같은 생각을 했다. 그래서 어젯밤에 또 다른 공주를 만들어 보려고 시도했다. 하지만 비밀리에 조직한 시믈라의 권속들도 첼라처럼 힘을 잃은 상태였다. 이로써 그는 또다시 낭패를 봤다. 변신하는 수하들을 부려서 도시의 정세뿐 아니라 자신을 압박하는 지주의 문제도 해결할 생각이었다. 걸림돌을 치우고 그 빈자리를 위장한 수하로 채우는 것은, 자이트가 정적을 제거하는 방식 중 하나였으니까.

결국 자이트는 이러지도 저러지도 못하는 상황에 놓였다. 시로니는 대중에게 진실을 밝힐 것은 요구했고, 다른 정치가들은 그에게 모든 책임을 떠넘겼다. 그 와중에 돌아오라는 나의 명령은 이제껏 그가 쌓은 모든 것을 무너트리라는 것과 같았다. 내게 돌아오려면 정치적 생명도, 총통이라는 정점의 자리도 모두 버려야 했다. 자이트는 그걸 차마 버릴 수 없었다. 그것은 신물 나고 지긋지긋한 동시에 이제껏 그가 쌓아 온 모든 것이었으니까.

총통이 고뇌할 때 장교 한 명이 집무실 문을 다급히 두드렸다.

"급히 보고드릴 것이 있습니다."

회의 중인 것을 알면서도 장교는 긴박하게 소리쳤다. 평상시엔 없는 일이라 테루아가 까닭을 물었다.

"무슨 일인가?"

"동상에 예를 올릴 시간인데 시민들이 광장으로 모이지 않습니다."

장교의 보고에 총통과 측근들의 얼굴이 일그러졌다. 상관의 얼굴이 굳는 것을 보고 장교는 마른침을 삼키며 덧붙였다.

"대신 외곽 공터에서 공주님께서 일정에 없는 연설을 하고 계십니다."

앉아 있던 자들이 의자를 넘어트리며 일어났다. 그중에서도 특히 불에 덴 듯 벌떡 일어선 총통은, 곧 뒤도 돌아보지 않고 밖으로 내달렸다.

그때 나는 북쪽의 시민들을 만나고 있었다. 도시의 가혹한 지배에 병들고 지친 그들은 나를 보자 고통을 호소했다. 나는 그들에게 다가가 병을 고치고 굶주림을 채워 주었다. 내가 베푼 기적에 사람들은 환희하며 나를 에워쌌다. 그들은 존경과 경의를 담아 아낌없이 나를 칭송했다. 위대한 공주님, 우리를 위해 기적을 일으키는 자비로운 하늘의 딸. 온갖 찬사가 난무했지만 그것이 손바닥보다 더 쉽게 뒤집히는 마음에서 비롯된 것을 나는 안다. 그럼에도 나는 그들을 그윽이 바라보았다. 그들의 웃는 모습이 좋았다.

정오가 되자 광장에서 종소리가 울렸다. 연달아 울리는 종소리에 사람들이 초조한 기색으로 나를 바라보았다.

"공주님, 동상에 절할 시간이 지났는데 어떡하죠?"

한 사람이 내게 물었다. 그 물음에 나는 간결하게 대답했다.

"나는 여기에 있어요."

그 말에 사람들이 웅성대기 시작했다. 그래서 나는 그들에게 다시금 말했다.

"하늘은 당신들이 철에 지배받길 원하지 않아요. 칼날에도 황금에도 가짜 동상에도 마음을 빼앗기지 마세요. 당신들이 받은 건 자유니까요."

철은 아무것도 사랑하지 않는다. 그러니 사랑할 수 있는 자들은 사랑할 만한 걸 사랑해야 한다.

"자유를 속박하는 잘못된 말에 속지 마세요. 울리는 말이 많다고 다 들을 필요는 없어요. 진짜 들어야 할 목소리를 들으세요. 신랑과 신부가 서로의 목소리를 찾는 것처럼요."

그러자 사람들이 내게 물었다. 그 목소리가 무엇인지, 그대로 따르면 굶지 않고 잘살 수 있는지. 그때 웅성거리는 사람들 사이로 커다란 고함이 들려왔다. 도시의 시경과 군인들이었다. 군인들이 나타나자 날 둘러싸고 있던 시민들은 썰물이 빠지듯 달아났다. 사람들이 흩어지고 나니 멀찍이서 나를 바라보는 자이트가 보였다. 그는 내게로 다가오지 못했다. 아내를 고쳐 준 내게 처절한 증오를 품게 되어서, 그 마음을 들킬까 봐.

그의 심전이 불길처럼 일렁이는 것이 보였다. 굳은 듯 서 있던 그는 이내 눈을 감으며 돌아섰다. 나는 그 뒷모습을 오래도록 바라보았다. 또다시 도망치는 그를, 언제나 붙잡을 수 있을까 생각하며.

그날 저녁 나는 모두와 둘러앉았다. 기달티와 아야라, 제미라, 야빈과 무아카, 시로니와 디브리, 그리고 시믈라와 첼라까지. 나는 시믈라에게도 오늘만은 함께 앉자고 특별히 청했다. 마지막 만찬을 위해서였다. 물론 시믈라는 거절했지만 첼라가 끈질기게 매달려 결국 나오게 만들었다.

어젯밤 시로니가 첼라를 빼돌렸다. 첼라는 시청에 남아 봐야 득 될 것이 없다는 걸 알고 냉큼 시로니를 따라왔다. 야빈과 무아카의 원성이 자자했지만 첼라는 가벼운 사과와 함께 타누의 이름을 팔아서 아이들의 원한을 누그러트렸다.

그로써 참 특별한 식탁이 만들어졌다. 결코 마주 앉을 수 없는 사람들이 마주 앉게 된 식탁. 거기서 우리는 함께 음식을 나눴다. 그러나 제대로 된 대화는 없었다. 아이들이 순진하게 도란대는 소리, 디브리가 눈치 없이 던진 말에 시로니가 면박하는 소리가 다였다.

나는 그들을 찬찬히 둘러보았다. 그리고 때가 되었음을 깨닫고 말했다.

"나는 이제 마지막 일을 하러 가요."

담담히 말하려 했지만, 마지막 때 앞에서 나는 어쩔 수 없이 목소리를 떨었다. 그러자 아야라가 염려스럽게 물었다.

"마지막 일이라뇨?"

"그야 세상을 구하는 일이죠."

나는 다시 목소리를 가다듬고 조용히 답했다.

"모두가 궁금해하던 일이죠. 대체 세상을 어떻게 구해야 하는지. 이제 드디어 보여 줄 수 있게 됐어요."

애써 태연히 말했지만 아야라의 표정은 나아지지 않았다.

"혹시 도와드릴 게 있나요?"

"아니요, 혼자 가야 할 길이에요."

나는 옅은 미소를 지으며 고개를 저었다. 그러다 문득 생각나서 다시 말했다.

"대신 하나만 기억해 줘요."

"무엇을요?"

"내가 스스로 이 길을 선택했다는 거요."

아야라는 그 의미를 궁금해했지만 미처 내게 되묻지 못했다. 그 말이 내가 그 식탁에서 할 수 있는 마지막 말이었기 때문이다. 직후 우리의 식탁으로 북쪽의 군인들이 들이닥쳤다. 나를 체포하기 위해서였다.

이로써 양이 걷던 길이 끊겼다. 한없는 낭떠러지의 어둠은 가시와 찔레보다 날카롭지만, 순결한 백색 양은 멈추지 않고 어둠마저 걷는다.

10
묶는 나무

들이닥친 군인들이 나를 에워쌌다. 기달티와 무아카가 막으려 했지만 내가 제지했다. 두 사람이 가진 힘은 불법의 힘, 그 힘은 세상의 불법을 가속시킬 뿐 세상을 구할 수 없다. 그래서 나는 그들에게 더는 그 힘을 쓰지 말라 이르고 군인들을 따라나섰다.

집 밖에는 한 소대의 군인들이 나를 기다리고 있었다. 서른 명이 넘는 장정이 나 한 사람을 잡기 위해 무섭게 무장하고 있었다. 그들은 나를 가두듯 차에 태웠다. 그곳에서 나는 눈이 가려졌다. 그들은 죄인에게 하듯 내 얼굴을 가리고, 알지 못할 곳으로 나를 이끌었다. 어둠 속에서 느껴지는 차의 흔들림은 요람 같았다. 아니, 관 같았다.

이윽고 도착한 곳은 으슥한 지하실이었다. 복면을 벗었을 때 내 앞에는 한 사람이 서 있었다. 자이트였다. 나를 부른 사람이 그라는 건 이미 알고 있었지만, 그래도 마음은 아팠다. 군인들이 나가고 그곳엔 자이트와 나만 남았다. 우리는 서로 말이 없었다. 그는 이 벼랑 끝에서 무슨 말을 꺼내야 할지 고민하는 것 같았다. 한참을 침묵하다가 이윽고 그가 정적을 깨트렸다.

"이유도 묻지 않으시는군요."

왜 끌고 왔냐, 이게 무슨 짓이냐, 내가 그렇게 물었다면 말을 꺼내기가 한결 나았을 것이다. 하지만 나는 아무것도 묻지 않았고, 그 때문에 그는 입안에서 껄끄럽게 맴도는 말을 어떻게 꺼내야 할지 고심했다. 사람은 고통을 싫어한다. 그래서 그의 고심은 분노가 되고, 분노는 곧 악의로 변질되었다. 날 향한 시선도 그와 함께 변했다. 망설이던 눈에는 이내 독기와 분이 차올랐다.

"공주님의 협조가 필요합니다."

부탁이 아니라 협박이었다. 하지만 자이트는 내색하지 않고 차분하게 말을 이었다.

"전쟁을 멈출 수 있게 대중 앞에 나서 주십시오."

"거짓말을 하라는 뜻인가요?"

자이트는 부정하지 않았다. 부끄러워하지도 않았다. 거짓을 모사하며 그는 한없이 진지했다.

"문제없이 전쟁을 멈출 수 있는 최선입니다."

여기까지 전쟁을 이끌어 온 것부터가 문제인데 왜 문제없이 일을 끝내려 하는 걸까. 사람은 자신의 허물을 숨기기 위해 거짓말을 시작한다. 거짓말은 반드시 더 큰 거짓말을 끌어오고, 끝내 궁지에 몰렸을 때 하는 말은 '이게 최선이었다'라는 변명. 거짓으로 덮는 건 결코 최선이 아니다. 눈에 보이지 않는다고 문제가 사라지는 것은 아니다. 그걸 모르지 않을 텐데, 그보다 근본적인 문제가 있다는 걸 알 텐데도 그는 이 사실에 애써 눈을 돌린다.

"사람들의 눈을 가리는 건 최선이 아니에요."

나는 안타까운 마음으로 어둠에서 방황하는 자이트에게 말했다. 하지만 여전히 내 목소리는 그에게 들리지 않았다. 도리어 그를 더 완악하게 만들었다. 자이트는 참지 못하고 나를 힐난했다.

"공주님, 당신은 아까 그런 식으로 사람들 앞에 나서지 말았어야 했습니다."

그래, 당신의 입장에선 그럴 것이다. 당신을 위해서라면 나는 어제 회담장에도 나타나지 말았어야 한다. 첼라는 여전히 내 이름을 사용하고, 동쪽의 기달티는 그 자리에서 계속 존재감을 과시하고 있어야 한다. 오직 당신만을 위해서라면. 아, 이 얼마나 이기적인 마음인가.

"거짓말로 쌓은 성은 언젠가 무너져서 무덤이 되고 말아요."

내가 완곡히 말했지만 자이트는 듣지 않았다.

"거짓말이라 비하하지 마십시오. 이게 내 최선입니다."

자이트는 성마른 소리로 내 입을 막고는 다시 넌지시 고했다.

"사담을 나누고 싶지는 않습니다. 협조해 주십시오. 이번 한 번만 말을 전해 주신다면 이후의 편의는 보장하겠습니다. 원하신다면 그 이상의 것도."

진실을 밝히기에 가장 이른 이 시간, 그는 또다시 거짓으로 세상을 가리려 한다. 그는 이제껏 얼마나 많은 사람에게 거스를 수 없는 악이었을까. 거짓을 말하면 일신의 안정을 주겠다고 하는 그는, 하루 한 생명을 바치면 힘과 능력을 주겠다고 약속한 피네하스와 다를 바가 없다.

뱀처럼 추락한 그 남자가 침묵하는 나를 향해 냉랭하게 말했다.

"생각할 시간을 드리겠습니다. 한 시간 후에 돌아오겠습니다. 그때까지는 부디 생각을 바꿔 주시기 바랍니다."

그렇게 말하며 그는 벽면을 돌아보았다. 벽에는 사슬과 채찍이 걸려 있었다. 또한 앞서 이 자리에 있었던 누군가의 핏자국도 희미하게 남아 있었다.

자이트가 내게 한 시간의 유예를 주고 떠난 사이, 시로니는 디브리와 야빈을 데리고 우리를 뒤따라왔다. 기달티나 무아카가 아니라 야빈을 데려온 것은 스스로 따라나선 내 뜻을 헤아린 까닭이었다. 나를 따라온 시로니는 격렬한 항의 끝에 가까스로 자이트를 만날 수 있었다.

"이게 무슨 짓이야. 사절을 이렇게 함부로 데려가는 법이 어디 있어!"

시로니는 자이트를 보자마자 격하게 따져 물었다. 하지만 자이트는 어느 날 이후 늘 그래 왔듯이 냉랭했다.

"누가 사절이지?"

"뭐?"

"공주님은 너희 사절이 아니야."

"무슨 헛소릴……."

"그분은 3년 동안 계속 북쪽에 계셨는데 어떻게 너희의 사절이 될 수 있지?"

자이트의 단언에 시로니는 할 말을 잃었다. 기가 막히다 못해 끔찍했다. 자이트는 빤한 거짓말을 사실과 바꿔치고 있었다. 심지어는 그 사실을 명명백백하게 아는 사람 앞에서까지. 그 거짓말은 권력을 등에 업어 거스르기 힘든 명령이 되고, 대중 앞에서는 곧 사실이 된다.

"그러니 너희가 공주님에 대해 주장할 권리는 없어. 이건 북쪽 내부의 일이니까. 첼라를 데려간 건 알고 있어. 너희 쪽에 한 명이 빈다면 그 여자로 채우면 되겠군."

자이트의 기만에 시로니는 막막함을 느꼈다. 진실은 너무나 약해서, 악의 어린 술수 앞에서 또 이렇게 무력했다. 휩쓰는 어둠에 위태로워진 빛을 바라보며 과학자는 3년 전과 똑같은 좌절을 맛봤다. 그때도 이랬다. 간신히 쌓아 올린 착하고 옳은 것은 모조리 붕괴되고 끝내 위세를 떠는 것은 악하고 어그러진 것이었다. 시로니는 그것이 또 반복될까 두려워 다급히 소리쳤다.

"공주님을 만나게 해줘."

"안 돼."

"자이트!"

시로니는 새된 비명을 질렀다.

"공주님께 대체 무슨 짓을 하려는 거야."

"필요하다면 무슨 짓이든 할 거야."

자이트는 본심을 굳이 숨기지 않았다. 괴물 같은 자신을 오히려 보란 듯 드러냈다.

"전쟁을 멈추려면 공주님의 협조가 필요해. 협조만 된다면 아무 짓도 하지 않아."

"까불지 마, 다 네 뜻대로 될 것 같아?"

참다못한 시로니가 독기를 문 채 표독하게 내뱉었다.

"공주님한테 손끝이라도 대봐. 너만 힘이 있는 줄 알아? 전쟁을 계속하고 말고 할 것도 없어. 이 도시에 기달티와 무아카가 같이 왔으니까."

시로니는 자이트가 당황하길 바라며 으름장을 놓았다.

"그 사람들한테 공주님이 어떤 존재인지는 너도 잘 알겠지. 죽고 싶지 않으면 적당히 해, 이 쓰레기 자식아!"

시로니는 그렇게 외치며 숨을 몰아쉬었다. 그럼에도 자이트의 안색은 변하지 않았다. 그는 두 영주의 이름 앞에서도 의연했다. 아니, 사실은 이미 벼랑 끝이었기에 더 물러날 곳이 없었다.

"너는 궁지에 몰려 본 적이 한 번도 없지."

자이트는 시로니를 바라보며 담담히 말했다.

시로니, 이 축복받은 천재는 자유롭다. 뭐든 가능하고 어디서든 환영받기에, 그는 늘 자신만만하다. 모든 것을 쉽게 얻고 버리는 시로니는 자이트와 근본부터 달랐다. 자이트는 지금 이 자리에 있기 위해 일생을 바치고 매진했다. 그러니 이제 와서 다른 길을 택한다는 건 엄두조차 낼 수 없다.

"인간의 절박함을 몰라, 넌. 영주들을 데려오려면 데려와. 그들이 내 목을 칠 때까지 난 내 일을 할 테니까."

단호한 그 말에 시로니는 더욱 암담해졌다. 그게 허세일 거라는 생각은 할 수 없었다. 그 텅 빈 눈동자가 마른 우물 같아서 무슨 짓이든 저지를 것 같았다. 더군다나 허세를 부린 건 시로니 쪽이었다. 그는 영주들을 믿을 수 없었다. 세상을 멸망 직전까지 몰아넣었던 기달티다. 그는 시한폭탄이자 양날의 검, 도무지 쓸 수 없는 패다.

시로니는 입술을 잘근 깨물었다. 그는 나를 비난하고 원망했지만 내가 다치는 것은 바라지 않았다. 악의로 가득 찬 세상에 단 한 톨의 선이라도 살아 주길 원했으니까. 그것이 설령 작더라도, 연약하더라도 하나쯤은 남아 있길 원했으니까. 정치적 입지보다 자신의 신념이 더 중요했던 시로니는 여기서 결국 꺾이고 말았다.

"……전쟁을 멈출게."

시로니가 짓눌린 목소리로 말했다. 이 결정으로 자이트가 얼마나 위세를 부릴지, 또 얼마나 큰 기만과 폭력을 불러올지 상상도 되지 않았지만 다른 방법은 생각나지 않았다.

시로니가 아끼던 마지막 패를 내던졌지만 자이트는 여전히 미동이 없었다. 남자는 짙은 안개처럼 침묵했고 여자는 그것을 견디지 못하고 비명을 내질렀다.

"원하는 조건으로 전쟁을 끝낼 테니까 공주님을 놔줘!"

그 외침에 자이트가 비로소 반응했다. 그 반응은 매우 낯설고 기괴했다. 쭉 무표정하던 얼굴에 웃음을 떠올린 것이다. 자이트의 얼굴을 바라보던 시로니는 소름이 끼쳤다. 그의 입가에 번진 것은 분명 미소였지만, 그건 조금도 정겹지 않았다. 도리어 끔찍했다.

"역시 넌 절박함을 이해 못 해."

"뭐?"

"그렇게 끝내기엔 너무 늦었어."

"그게 무슨 소리야."

"공주님이 요 며칠간 벌인 일이 너무 커. 다른 관리들에게도, 시민들에게도."

역시나 시로니는 자이트와 다른 인종이었다. 시로니도 자이트와 마찬가지로 한 세력의 우두머리지만 그는 그 자리에 아무런 미련도 없었다. 유능함만으로 자리를 꿰찬 시로니는 자이트의 입장을 전혀 몰랐다.

자이트는 이 도시를 지배하기 위해 상상하기도 힘든 묘기를 부리고 있다. 위로는 권력자들을 견제하고 아래로는 시민들을 통제하며 도시를 다지고 또 다졌다. 하지만 그 기반은 실력이 아닌 거짓이기에 그의 나날은 바늘 끝에 선 것과 다름이 없었다. 그 아슬아슬한 살얼음판에서 버티기 위해 그는 매 순간 신경을 곤두세워야 했다.

그런데 내가 그에게 난입했다. 가까스로 균형을 잡던 그에게 뛰어들었고, 그의 모든 것을 망쳐 놓았다. 도시의 위정자들은 자이트를 향한 신뢰와 경외를 잃었다. 시민들은 내가 자이트와 반목한 것을 두 눈으로 확인했다. 낮에 있었던 일은 사람들의 입을 통해 빠르게 전달

될 것이다. 나는 자이트가 정성껏 쌓은 모래성을 부쉈다. 그렇기 때문에 자이트는, 이제 나를 죽이고 싶을 만큼 증오한다.

"전쟁을 멈추는 건 부차적인 문제야. 이 일을 먼저 수습해야 돼."

그게 자이트가 몇 시간 동안 고민한 끝에 내린 결론이었다. 여기까지 온 이상 그는 공주라는 패를 버려야 했다. 다만 뒷정리를 확실히 하고 폐기해야 한다. 공주로부터 혼란이 야기되었다면 그것을 불식하는 것도 공주의 몫. 앞뒤가 맞지 않는 공주의 발언을 해명하고 매듭지으려면 답은 하나였다.

공주를 추락시키는 것. 협박당한 가련한 소녀여도 좋고 탐욕에 눈이 먼 마녀여도 좋다. 중요한 건 내가 그 구정물을 오롯이 뒤집어쓰고 그의 정적들과 함께 무대 밖으로 퇴장하는 것. 그래서 총통의 명예에 누를 끼치지 않고 시민들의 의혹과 불만을 불식하는 것. 그에게 남은 해법은, 가엾게도 그것뿐이었다.

시로니는 정신이 아득해졌다. 처음부터 벽과 이야기하고 있었다. 자이트는 각본을 완성한 상태였고, 무슨 말을 듣든 그것을 철회할 마음이 없었다. 그에게 남은 길은 이제 단 두 갈래뿐이다. 나의 협조를 얻느냐, 얻지 못하느냐. 어느 길이 나오든 크게 상관은 없다. 어쨌든 목적을 달성할 테니까.

"너는 공주님이 네 말을 따를 거라고 생각해?"

"이미 말했지, 필요하면 무슨 짓이든 하겠다고."

앞서 자이트가 한 말의 참뜻을 깨닫고 시로니는 탄식을 내뱉었다.

"공주님을 만나게 해줘."

자이트가 거절하려 하자, 그 전에 시로니가 먼저 소리쳤다.

"이 미친 자식아, 공주님이 네 말대로 할 것 같아? 그 사람을 그렇게 몰라? 그러니까 좀 만나게 해줘! 내가 설득할 테니까, 제발 적당히 목숨 부지하라고 얘기라도 해주게 얼굴만 좀 보여 줘!"

정이 깊은 과학자는 자존심도 버리고 적에게 애걸하며 매달렸다. 절박함을 모르던 과학자는 이로써 절박해졌다. 자이트는 그것을 이채롭게 여겼다. 조금은 이해받은 기분이 들어, 그는 우리의 면회를 허락했다.

그래서 그 마지막 밤에 나는 친구들에게 인사를 전할 수 있었다.

"공주님!"

지하실의 문이 열리자마자 야빈이 내게로 달려왔다. 아이는 간절하게 매달렸고 의자에 앉아 있던 나도 일어나서 그 아이를 마주 끌어안았다. 차가운 지하실에서 보낸 잠깐 동안 나는 이 온기가 몹시도 그리웠다.

"공주님, 괜찮으세요? 다친 덴 없으세요?"

"괜찮아, 아직 아무 일도 없었어."

과학자도 내게 다가왔다. 시로니는 피곤한 얼굴로 나를 바라보더니 이내 힘없는 목소리로 중얼거렸다.

"당신을 믿고 여기까지 오는 게 아니었어."

그렇게 말하는 과학자는 무척이나 지쳐 있었다. 하지만 그는 날 탓하고 싶은 걸 애써 삼키고 해야 할 말을 먼저 했다.

"자이트는 지금 자리를 뺏길까 봐 겁을 내고 있어요. 총통 자리에서 물러나면 목숨 부지하기도 힘들겠죠. 워낙 대단한 사기극이었으니까. 그 인간은 이 위기를 넘기기 위해서라면 뭐든 할 거예요."

시로니는 지하실의 벽면을 힐끗 곁눈질했다. 벽에 전시된 여러 도구들이 이 취조실의 목적과 용도를 알리고 있었다. 그 흉흉한 것들을 보며 시로니는 긴 한숨을 내쉬었다.

"자이트가 제안한 게 있죠?"

"네."

"어떻게 할 셈이죠?"

"거짓말은 돕지 않을 거예요."

"그럼 어쩌려고요."

"견뎌 낼 수밖에요."

내 대답이 태평하게 느껴졌는지 시로니는 헛웃음을 터트렸다.

"당당하게 끌려와서 하는 말이 고작 그거예요?"

시로니는 내 말을 농담으로 여기며 웃었다. 하지만 나는 진심이었다. 내가 웃지 않고 마주 보자 시로니도 낌새를 채고 되물었다.

"견뎌 낸다는 게 무슨 뜻이죠?"

"말 그대로예요. 거짓말은 하지 않을 거예요."

"혹시 도망칠 방법이 있어요? 아니면 누가 구하러 오기로 했어요?"

시로니의 물음에 나는 그만 목이 메었다. 내 품에 안긴 아이가 그걸 가장 먼저 알아채고 걱정스레 나를 바라보았다. 나는 입을 꾹 다물고 힘겹게 삼켰다. 대답도, 눈물도, 자칫 터져 나올 것 같은 울음도. 나는 초연할 수 없어 괴로웠고, 나를 바라보는 이들은 뜻밖의 절망에 당황했다.

"이봐요, 공주님. 전쟁을 끝내겠다고 했잖아요. 이건 뭐하자는 거야? 설마 이런 식으로 전쟁을 끝낸다는 소리였어요? 그 한 목숨 바쳐서?"

시로니가 당황해서 횡설수설 떠들었다. 그러더니 내 어깨를 다급히 움켜잡았다.

"그만둬요, 전쟁은 이미 끝났어요. 이제 공주님만 타협하면 돼요. 적당히 협조해요. 그럼 큰일 없이 끝날 거예요."

시로니의 말을 듣고 나는 깊게 숨을 들이마셨다. 이 오래된 질문이, 모든 사람이 가장 절박한 순간에 마주했던 이 질문이 드디어 내게도 찾아왔다. 나는 치밀었던 것을 도로 삼키고 천천히 입을 열었다.

"아본에 처음 왔을 때 체파르데아가 말했어요. 먹지 않으면 먹히는데, 먹는 게 뭐가 나쁘냐고."

체파르데아, 살아남기 위해 사람을 먹기로 택한 내 불쌍한 친구는 그것이 이 세계라고 했다. 먹지 않으면 먹힐 뿐, 그러니 차라리 먹는 쪽이 낫다고 했다. 그래서 내게도 먹기를 요구했다. 그 잔인한 강요 앞에서 아무것도 모르던 나는 엉엉 울었다. 사실은, 지금도 나는 울고 싶다.

"먹히는 건 고통스러운 일이에요. 나도 가능하다면 피하고 싶어요."

"그럼 피해요, 피할 길이 있잖아요!"

"아니, 안 돼요. 그 길이 진짜 죽음의 길이에요. 우리는 절대 먹어서는 안 돼요. 먹지 말아야 할 것을 먹고 이 세상이 여기까지 왔어요."

첫 번째 범죄를 시작으로 인간은 비탈을 달리는 수레처럼 비극을 가속시켰다. 어떻게 여기까지 왔을까, 왜 이렇게까지 고통스러울까. 그 답을 찾기 위해 밖으로 눈을 돌리지 마라, 답은 네 안에 있으니.

"어쩔 수 없다는 변명으로 사람들은 너무 많은 일을 했어요. 자신이 세상에 끼칠 영향은 조금도 생각하지 않고 좋을 대로 행동했어요. 먹히지 않겠다며 먹었고, 살기 위해 죽였어요. 위협을 피하기 위해 사람들을 기만하는 것도 마찬가지예요. 그렇게 살아남은들, 세상은 또다시 철저하게 망가지고 말 거예요."

내 말을 견디지 못한 시로니가 매몰차게 소리쳤다.

"그래서 그냥 죽겠다고?"

갑자기 던져진 그 말이 비수처럼 아파서 나는 눈을 질끈 감았다. 그 모습이 시로니를 더욱 화나게 만들었다. 그가 나를 거칠게 다그쳤다.

"웃기지 말아요, 당신이 그렇게 죽는다고 뭐가 변해요. 애당초 무슨 생각으로 여기까지 온 거죠? 왜 수습하지도 못할 일을 벌여서 이 사달을 내는 건데요!"

"나는 힘이 없어서 여기 붙잡혀 있는 게 아니에요."

"그럼 뭔데요?"

"당신들을 구하려면 이것밖에 방법이 없어요."

그렇게 말할 때 내 눈에서는 결국 눈물이 터져 나왔다.

나도 사실은 고통받고 싶지 않다. 죽고 싶지도 않다. 그건 괴로우니까, 너무 아프니까. 하지만 나는 이 길을 선택했다. 내가 이 길을 울더라도 걷는 이유는 그리워서다. 그 끝에서 나를 기다릴 네가 그저 그리워서…….

"나는 당신들이 그토록 두려워하는 죽음을 견뎌야 해요. 그래야 당신들에게 자유를 줄 수 있어요."

그렇게 말할 때 내 목소리는 울음을 머금어 형편없었다. 그럼에도 물러나지 않는 날 보며, 몸을 떨면서도 버티는 날 보며 시로니는 깊이 탄식했다.

"미쳤군요. 당신은 미쳤어요."

아마 그럴지도 몰라요. 아마도.

"정말 여기서 죽을 생각이에요?"

시로니가 그렇게 물을 때, 눈에 고인 눈물은 마지막으로 부풀어 별처럼 추락했다. 뺨을 타고 눈물이 흘렀지만 그럼에도 나는 웃었다.

"네."

온 힘을 다해서, 끝내 웃었다.

"그게 뭐야…….."

시로니가 신음하며 나를 보았다. 내 눈물에, 내 쓴 미소에 그의 얼굴은 더 창백해졌다.

"그게 정말 세상을 구하는 방법이에요? 설마 여기 올 때부터 이렇게 될 줄 알았던 거예요? 아니, 애당초 이러려고 여길 온 건가?"

쥐어짜듯 묻는 시로니에게 나는 묵묵히 끄덕였다. 그러자 그는 크게 소리쳤다.

"웃기지 마!"

시로니는 새된 비명을 지르고서 거칠게 따졌다.

"그게 어떻게 세상을 구하는 방법인데? 그건 당신의 결벽증이지 세상을 구하는 방법이 아니야. 그렇게 고집 부려서 죽으면 대체 뭐가 변하는데!"

"모든 것이 변할 거예요."

"뭐?"

"내가 이렇게까지 했으니 사람들은 변해야 해요."

내가 대답하자 시로니의 얼굴에 차올랐던 격정이 순식간에 가라앉았다. 대신 싸늘한 조소가 그 자리를 채웠다. 시로니는 비웃음과 경멸을 숨기지 않고 나를 조롱했다.

"아직도 그런 꿈을 꾸고 있어요? 당신이 앞장서면 뒤에서 순순히 따라와 줄 거라고? 당신이 애써 구한 인간들이 당신한테 무슨 짓을 했는지 기억 안 나요?"

"기억나요."

"그런데 그걸 또 반복하겠다고?"

"아니요, 그때와는 달라요."

"뭐가 달라! 기껏 목숨 걸고 구한 인간들이 당신의 목을 졸랐어요. 그때 당신을 위해 나선 사람이 단 한 명이라도 있었나요? 다들 숨기에 바빴고, 제 목숨 간수하기에만 급급했죠! 이번에도 똑같아요. 사람들을 속일 수 없다고? 그들을 선동하는 데 앞장서지 않겠다고? 그런다고 사람들이 알아줄 것 같아요?"

"모르겠죠."

"그걸 알면서도 그래요? 그거 정말 질 낮은 자기만족 아니에요?"

"아니요, 달라요. 그들은 모르겠지만, 나는 그들이 모르게 놔두지 않을 거예요."

시로니의 매서운 냉소를 향해 나는 고개를 저었다. 그리고 작지만 분명하게 말했다.

"나는 모든 사람이 알기를 원해요. 내가 세상을 구하려고 무엇을 했는지, 왜 그렇게까지 해야 했는지. 이제라도 제발 알아 달라고 죽는 거예요."

그렇다. 그 때문에 나는 죽는다. 세상을 깨우는 소리가 되기 위해 죽는다. 나를 원망하고 핑계 대며 증명을 바라는 모든 이에게, 타인의 죽음에 냉소하고 방관하는 모든 이에게, 이제라도 제발 좀 깨달으라고 나는 죽는다.

나는 방황하는 과학자를 가엾이 여기며 속삭였다.

"이런 내가 바로 당신의 진리예요."

시로니는 허를 찔린 사람처럼 헛숨을 들이켜더니 이내 저항하듯 고개를 내저었다.

"아니요, 공주님. 이런 건 진리가 아니에요."

질릴 대로 질린 시로니는 한탄하며 입술을 깨물었다.

"그렇게 부당하고 어긋난 게 정답일 리 없어요. 이런 죽음은 비극이지 구원이 아니에요. 나는 당신이 왜 이러는지 모르겠어요. 당신이 주겠다고 한 건 승리와 기쁨 아니었나요?"

힘없이 중얼대던 시로니는 이내 이를 악물었다. 그는 나를 노려보며 표독스럽게 씹어뱉었다.

"당신은 정말 끔찍한 사기꾼이야."

시로니가 송곳처럼 찔렀지만 나는 그 또한 묵묵히 감내했다. 그러자 시로니는 진저리를 냈다.

"좋아요, 마음대로 해요. 나도 내 마음대로 할 테니까! 기달티와 무아카에게 이 상황 그대로 전할 거예요. 그럼 그 사람들도 가만히 있진 않겠죠."

"그 두 사람은 이 일에 개입하지 못할 거예요."

뱀이 결코 그렇게 두지 않을 것이다.

"검은 힘의 주인은 내가 죽길 바라요. 그러니 날 구하는 데 힘을 빌려주지 않을 거예요."

뱀은 지금 그림자마다 도사리며 나를 훔쳐보고 있다. 그들은 나를 집어삼키기를 간절히 바라기에, 이 기회를 결코 놓치지 않을 것이다. 그러니 영주들은 나를 위해 힘을 쓸 수 없다. 그 힘은 오롯이 뱀들의 것, 기달티가 반역했을 때 그에게 힘을 허락한 것은 더 큰 파멸을 위해서였지 힘을 거둘 방법이 없어서가 아니었다.

내가 단언하자 시로니의 얼굴은 더 험하게 일그러졌다.

"잘났네요, 정말."

그는 내 마음을 돌릴 수 없다는 걸 깨닫고 결국 몸서리치며 돌아섰다.

"그렇게 잘났으면서 정작 본인은 감옥신세라니, 우습네요. 정말 능력이 있다면 스스로나 먼저 구하시죠."

시로니는 그 말을 남기고 밖으로 나가 버렸다. 과학자는 성난 걸음으로 문을 박찼고 비서는 말없이 뒤를 따랐다. 두 사람이 떠나자 내 품에 있는 한 아이가 남았다. 아이가 희미한 목소리로 나를 불렀다.

"공주님……."

겁에 질린 아이는 눈가가 붉게 물들어 나를 올려다보았다.

"같이 돌아가요."

아이가 간곡히 말했지만 나는 고개를 저었다. 그러자 아이의 눈에 눈물이 차올랐다. 그가 울먹이며 물었다.

"대체 왜 이런 선택을 하세요?"

그 물음에 나는 씁쓸히 웃었다. 그것은 인간들이 하늘을 향해 가장 많이 던지는 물음이다. 왜 이러십니까, 대체 왜 이러십니까. 그들은 내 마음은 헤아리려 하지 않고 눈앞의 상황만 보고 그렇게 묻는다. 그래서 나는 아프게 웃으며 아이에게 찬찬히 알려 주었다.

"사람들이 너무 잘못했어. 그래서 누군가는 책임을 져야 해."

"그건 잘못한 사람들에게 하라고 하세요. 세상을 이렇게 만든 사람들이 있잖아요."

아이가 울며 외쳤다. 마음껏 악행하고 뻔뻔하게 득세하는 이들에게 아이는 분을 냈다. 그가 세상의 부조리를 비통하게 여길 때, 나는 그 마음을 헤아려 함께 슬퍼했다.

"하지만 그들은 결코 나서지 않아."

슬픔 속에서 나는 또다시 속삭였다. 그랬다, 이게 가장 슬픈 일이다. 이게 인간이 가진 가장 큰 비극이다.

"이렇게 고통이 넘치는데 누구도 나서지 않아. 아무도 책임지려 하지 않아. 오히려 자신들의 잘못을 숨기려고만 해."

사람은 끝없는 욕심으로 약한 것부터 말려 죽이고 끝내는 자기 자신마저 불태울 것이다. 그럼에도 그들은 자신의 파멸이 남들보다 늦다고 안심한다. 그날이 영영 오지 않을 거라 믿는다. 어리석게도…….

"그러니까 나라도 져야 해. 이대로라면 모두 망해 버리고 말 거야."

"그게 왜 하필 공주님이죠? 꼭 공주님이 하셔야 돼요?"

"응, 꼭 내가 해야 돼. 그 책임이 감당할 수 없이 커서, 내가 할 수밖에 없어."

"공주님은 괜찮으세요?"

아이의 물음에 나는 얼굴을 찡그렸다. 웃으려면 그럴 수밖에 없었다. 괜찮으냐는 그 물음이 사실은 가슴이 미어지도록 아팠다.

"아니, 조금도 괜찮지 않아."

고통은 누구도 원치 않는다. 고통은 상처 입는 것, 살이 찢기고 피를 쏟는 것, 비명을 지르고 몸부림치는 것, 살아 있는 모든 것이 본능으로 격렬히 거부하는 것. 그 끝에 결국 죽음을 맞이하는 것. 내가 택한 길의 마지막 관문이 바로 그 고통과 죽음이다. 그래서 이 길을 떠날 때 나의 연인은 물었다. 두려움에 떨면서도 어째서 가느냐고. 내 앞에 선 아이도 똑같이 묻고 있다. 눈물 맺힌 눈으로. 그래서 나는 그 아이에게, 내 연인에게 했던 그대로 대답했다.

"내가 사랑이라서."

내가 나이기 때문에. 내가 바로 사랑이기 때문에. 사랑이란 이런 것이기 때문에.

내 희미한 속삭임에 아이의 눈에서 눈물이 범람했다. 아이는 쏟아지는 눈물을 막을 수 없어 두 손으로 얼굴을 가렸다. 그리고 울며 신음하듯 말했다.

"저는 이해할 수가 없어요."

"아니, 넌 이해할 수 있어."

"모르겠어요, 이게 뭔지 모르겠어요. 왜 이렇게 해야 하는지, 하나도 모르겠어요."

"알 수 있어. 내가 이렇게 해야만 하는 이유를, 날 위해 우는 너라면 분명 알 수 있어."

아이는 대답하지 않았다. 대신 내 어깨를 다 적시도록 오랫동안 울었다. 잠시 후 흐느낌이 잦아들었을 때, 나는 그의 귓가에 조용히 속삭였다.

"야빈, 날아간 화살을 잡을 수 있을까?"

"……화살이 날아간 방향으로 달리면 돼요."

야빈은 훌쩍이면서도 내가 했던 말을 떠올려 답했다. 그 대답에 나는 환하게 웃었다.

"그래, 그거야."

아이의 말대로 나는 이제 화살을 잡으러 간다. 고통과 죽음으로 가로막힌 그 길을 뚫기 위해 나는 모든 것을 잃어야 하겠지만, 그 끝에서 다시 모든 것을 얻을 것이다.

시로니와 디브리, 야빈은 나를 놔둔 채 돌아갔다. 남아 있던 사람들이 다급히 정황을 물었고, 시로니는 사실을 전했다. 자이트가 배수진을 쳤고, 나는 그곳에 스스로 남았다고. 그로 인해 나를 사랑하는 자들은 근심에 빠졌다. 그들은 무엇을 해야 할지 판단할 수 없었고, 두려움 속에서 긴 밤을 지새웠다.

한편 자이트는 내게 유예를 준 사이 자신의 일을 했다. 늦은 저녁, 그가 나를 체포했다는 소식은 암암리에 도시의 상층부에도 퍼졌다. 위정자들은 밀정을 통해 자이트의 행보를 상세히 전해 들었고, 이번에 대비하기 위해 은밀하게 모였다. 여러 모임 중에서 가장 조심스럽고 의미심장한 것은, 자이트의 정적인 지주와 그 측근의 모임이었다. 야심찬 지주들이 밀실에 모여 바쁘게 수군거렸다.

"시로니 교수가 협상을 시도했소. 총통이 구류한 공주는 진짜가 틀림없는 모양이오."

"맞습니다, 첼라라는 여자의 소재도 파악했습니다. 시로니 교수와 함께 있었습니다."

"기달티와 무아카는 아직 나타나지 않았습니다. 인상착의가 비슷한 자들이 있긴 한데, 그들이 진짜라면 공주가 잡혀갈 때 과연 보고만 있었을지……."

"그들이 나서려고 했지만 공주가 제지했다고 했소. 아직 가능성이 없는 건 아니오."

영주들의 이야기가 나오자 지주들은 점점 심각해졌다. 그들은 자이트가 둔 무리수를 비난하며 정세를 염려했다. 하지만 수많은 비관 속에서 그들의 우두머리는 홀로 여유로웠다.

"아무래도 우리 젊은 총통께서 궁지에 몰려 악수를 둔 모양이오."

남의 얘기인 양 말하는 그는 사실 이 상황이 반가웠다. 이 일로 도시가 엉망이 되면 그 역풍은 고스란히 총통에게로 돌아갈 것이다. 안 그래도 눈엣가시였는데 이렇게 스스로 몰락해 준다면야. 그는 오히려 영주들이나 중앙이 공주를 탈환하기 위해 마음껏 도시를 부숴 줬으면 했다. 어차피 공주는 유명한 평화주의자이니 도시를 전멸하진 못할 것이다. 그럼 그때 통치자의 빈자리를 차지하면 될 일. 아크제리유트가 멸망했을 때엔 외곽에 있었던 탓에 자이트에게 선수를 빼앗겼지만, 이번에 그를 치우면 적수가 없어진다. 드디어 패권을 쥐는 것이다. 나이 든 정치가는 그렇게 생각하며 몰래 웃음을 삼켰다. 자이트가 그들의 밀실로 들이닥친 건 바로 그때였다.

군홧발에 차인 문이 쾅음을 내며 부서졌고, 지주들은 군인들을 대동한 총통을 보는 순간 피가 식는 것을 느꼈다. 그들은 마치 꿈이라도 꾸는 것 같았다. 이 밀실은 혈연과 이익으로 끈끈하게 엉킨 그들만의 성. 그런데 설마 저 두려운 지배자가 들이닥칠 줄이야. 자이트가 시믈라의 권속을 어디에까지 사용했는지 예상도 못 했던 것이다.

자이트는 얼어붙어서 입도 뻥긋하지 못하는 지주들을 싸늘히 노려보며 사납게 말했다.

"귀공들을 반란죄로 체포한다. 공주를 앞세워서 도시를 어지럽힌 죄목이다."

상상도 못 한 죄목이었다. 기가 막혔지만 당황할 틈도 없었다. 지주는 이러다 어물쩍 죄를 뒤집어쓸까 봐 황급히 입을 열었다. 하지만 사람들이 듣게 된 것은 노련한 정치가의 변론이 아니라 한 발의 총성이었다. 뜨거운 납탄이 지주의 폐를 꿰뚫었다. 숨통에 구멍이 난 지주는 비명 한 번 지르지 못하고 피를 왈칵 쏟았다. 이윽고 그 몸이 무너질 때 밀실에 모여 있던 자들은 침착할 수 없었다.

"이게 무슨 짓이오!"

누군가가 거칠게 항의했지만 자이트는 눈 하나 까딱하지 않고 다시 총구를 들이밀었다. 밀실에 모인 열댓 명 중 내리 세 명이 더 총에 맞아 숨졌다. 입을 열면 귀찮아질 인사들을 먼저 처리한 후 자이트는 비로소 사격을 중단했다. 그렇다고 남은 자들을 살려 줄 마음은 없었다. 저들은 내일 광장에서 처형할 제물이었다.

시민들의 의심과 분노가 극에 달했다. 이제 먹이를 줘야 할 때가 왔다. 어차피 그들은 누가 사기꾼이고 악당인지에는 관심이 없다. 그저 배부를 제물이 있다면 그만일 터. 각본은 이미 다 정해 놨다. 공주와 위정자들의 부패와 결탁을 척결한 위대한 지배자. 이만하면 시민들도 즐기리라. 충분히 좋아하리라. 진실을 규명하려 하는 세력이 있다면 잠시 놔두자. 맞다 틀리다 서로 싸우느라 혼란스럽게 내버려 두자. 어차피 여론은 진실로 기울지 않는다. 누군가가 진실을 말할 때 총통의 메아리도 도시 구석구석에서 거짓을 퍼 나를 테니까.

자이트는 총에 맞아 쓰러진 숙적의 얼굴을 잠시 내려다보았다. 본인들은 모르겠지만 그 둘은 놀랍도록 같은 생각을 하고 있었다. 차이가 있다면 자이트가 더 절박했다는 것뿐. 모든 것을 잃거나 모든 것을 얻거나, 그 기로에 선 인간은 거리낄 것이 없었다.

그리고 기로에 선 괴물은, 마지막 일을 하기 위해 다시 걸음을 옮긴다.

달이 투명해지는 새벽에 자이트가 다시 돌아왔다. 그의 정갈한 제복에는 핏자국이 점점 묻어 있었다. 그는 조금 지쳐 보였고 어딘가 홀가분해 보이기도 했다. 앓던 이를 뽑은 사람처럼. 어쩌면 허망한지도 모르겠다. 앞뒤 가리지 않고 정적을 해치웠는데, 급한 불은 껐지만 이게 나중에 또 무엇의 도화선이 될지 모를 일. 그럼에도 나중 일을 헤아리지 못하고 발버둥 쳐야 하는 자신의 삶에 회의가 들었을 수도 있다.

어쨌든 자이트는 아까보다 좀 풀어져 있었다. 경직이 풀린 그는 내 앞으로 와서 차분히 앉았다. 그러고는 예전처럼 낮은 목소리로 부드럽게 말했다.

"생각은 좀 해보셨습니까?"

나는 대답하는 대신 그의 제복에 묻은 핏자국을 바라보았다.

"옷에 피가 묻었어요."

"아……."

자이트는 미처 몰랐는지 자신의 가슴팍을 내려다보고 힘없이 웃었다. 그는 부끄러운 듯 핏자국을 손으로 가리며 변명했다.

"짐승을 잡았습니다. 통 길들여지지가 않아서……."

자이트는 말끝을 흐리더니 이내 손을 치웠다. 겸연쩍었나 보다. 그는 긴 한숨을 내쉬며 피로 섞인 눈으로 나를 바라보았다. 그러곤 허심탄회하게 털어놓기 시작했다.

"이상한 일입니다. 나는 분명 당신이 말한 세상을 만들려고 했는데 왜 이렇게 됐을까요? 공주님의 말씀처럼 모두가 사랑하고 귀하게 여겨지는 세상을 만들려고 했는데……. 어디서부터 어긋났는지 모르겠습니다. 어쩌면 시작부터 틀렸는지도."

자이트는 그렇게 말하며 힘없이 웃었다. 다시 만나 처음으로 보는 미소였다. 자이트 스스로도 그렇게 생각했다. 입꼬리를 올려 웃어 보는 게 정말 오랜만이라고.

"나는 이따금씩 당신이 했던 말을 생각합니다. 당신은 우리에게 사랑하라고 했습니다."

사랑이라는 단어에 그의 수심이 더 깊어졌다.

"나는 그 말의 의미를 이제야 깨닫습니다. 어느 누구도 일하는 자에게 일하라 명령하지 않고 쉬는 자에게 쉬라 하지 않습니다. 서로 사랑하라는 당신의 그 말은, 우리가 아무도 사랑하지 않기 때문에 한 명령이었습니다."

그는 한때 사랑이라는 말에 매혹됐던 스스로를 비웃었다. 사랑이라는 말이 주는 희망과 아름다움을 신봉했지만, 정작 그게 무엇인지 몰랐다. 그저 부적처럼 마음에 간직하면 그것으로 모든 문제가 해결되고 세상이 구해질 줄 알았다. 하지만 돌이켜 보니 사랑이라는 것은 이 세상에서 가능한 것이 아니었다.

"당신은 대체 어떻게 우릴 구할 셈이었습니까? 우리가 과연 구해질 수 있는 존재이긴 합니까? 인간은 미쳤습니다. 한 곳에서 불을 끄면 다른 한 곳에선 보란 듯 불을 지릅니다. 한 곳에서 사람을 살리면 다른 곳에선 별 시답잖은 이유로 사람을 죽입니다. 비대하게 몸집을 불리는 맛을 깨닫게 되면, 주변이 다 말라 죽더라도 아랑곳 않고 자신의 덩치만을 키웁니다. 우리는 이렇게 끊임없이 스스로를 지옥에 처넣습니다. 인간은 인간으로 고통받고 인간은 인간에게 죽습니다."

자이트는 낮은 목소리로, 차오른 분노를 뱃속에 담은 채 내게 물었다.

"이런 우리를 대체 어떻게 구하겠다고 오신 겁니까? 사랑할 구석이 도무지 없는 인간을, 겉으로는 그럴싸하지만 속을 파보면 하나같이 다 썩어 문드러진 이 인간을 어쩌시려고요."

자이트는 괴로워하고 있었다. 인간을 사랑했던 그는 인간의 지도자가 되었고, 끝내는 인간을 증오하게 되었다. 그는 자신의 검게 탄 속을 내보이며 말했다.

"나는 인간이 싫습니다. 정말 지독하게도 싫습니다. 내가 바로 그런 인간이라는 게 신물이 납니다. 이런 인간을 대체 어떻게 사랑하라는 겁니까?"

자이트의 두 눈은 불길처럼 일렁였다. 광기와 분노가 담긴 그 눈은 나를 원망하고 있었다. 나는 스스로의 온도에 타들어 가는 그에게 조용히 답했다.

"사랑은 사랑할 만한 자에게 하는 게 아니에요."

사랑을 곡해하는 자들은 그렇게 오해한다. 아름다워야, 착해야, 능력이 많아야, 언변이 좋고 재력이 있어야 사랑받을 수 있다고. 그런 자들만 사랑받을 만하다고. 아, 이 얼마나 사랑을 우습게 여기는 말인가.

"마음에 든 것을 좋아하는 건 누구나 해요. 하지만 그건 사랑이 아니에요. 사랑은 내 안에 있는 것을 주는 거예요."

그렇다, 사랑은 내 안에 채워진 것을 가난한 자들에게 아낌없이 나누어 주는 것. 그러므로 우리는 도무지 사랑할 만한 자가 세상에 없다고 슬퍼할 것이 아니라 내 안에 베풀 만한 사랑이 없음을 슬퍼해야 한다.

그는 분명 사랑하려 했다. 하지만 사랑이 뭔지 몰랐고 끝내는 좌절했다. 그리고 그는 여전히 그것을 알지 못한다. 나는 그 남자를 가련히 여겼다. 그래서 그에게 사랑이 무엇인지, 사랑하라는 명령이 과연 어떤 것인지 작게 속삭였다.

"그래서 나는 여전히 당신을 사랑해요. 설령 당신이 나를 죽이더라도, 당신이 사랑받을 만한 자여서가 아니라 내가 사랑이라서. 이게 바로 사랑이에요."

"……그런 게 사랑이라면 당신의 명령은 고문이군요."

"세상을 구하는 유일한 방법이에요."

자이트의 얼굴에 웃음이 떠올랐다. 화내지 못해 짓는 메마른 웃음이었다. 그는 사랑이라는 말에 더 차갑게 식어서 나를 바라봤다.

"내일 아침 반란자들을 처형할 겁니다. 그때 내 옆에서 말하십시오. 협박으로 어쩔 수 없이 공주의 행세를 했다고, 사실 이 세상에 공주는 없다고."

그렇게 말하는 자이트의 그림자 속에 뱀이 있었다. 뱀들은 마른침을 삼키며 나를 보고 있었다. 내가 침묵하자 참을성 없는 뱀의 머리가 자이트의 그림자를 물었고, 자이트는 마음에서 솟는 악의를 말로 뱉어 냈다.

"거부한다면 가장 높은 곳에서 당신을 불태울 겁니다."

죽음이 목전까지 다가왔다. 곧 나를 집어삼킬 어둠 앞에서 내가 할 수 있는 일은 침묵뿐이었다. 그리고 모든 것을 담담히 받아들이는 내 모습은 자이트를 더 언짢게 만들었다. 그는 끝내 말이 없는 나를 보며 초조해했다. 그러다 기어이 자신의 비정함에 잔혹함을 더했다.

"마음을 바꿀 기회를 드리겠습니다. 견디기 괴롭다면 언제든 멈춰 달라 청하시길."

자이트는 그렇게 말하곤 내게서 돌아섰다. 그가 나가는 것과 동시에 한 군인이 안으로 들어왔다. 그는 손에 채찍을 말아 쥐고 있었다. 채찍이 몇 차례 허공을 가르며 매서운 소리를 냈다. 공기마저 날카롭게 곤두서는 것을 느끼며 나는 눈을 감았다.

그래요. 당신이 한 말이 어느 정도는 맞아요. 당신 말처럼 인간은 인간으로 고통받고 인간은 인간에게 죽지요.

그날의 동이 텄다.

이른 새벽, 내 사람들은 뜬눈으로 밤을 지새웠다. 어른들은 한숨으로, 아이들은 눈물로 밝아 오는 새벽을 맞았다.

시하는 소식을 듣고 남편에게 울며 애원했다. 나를 사랑한다면 제발 공주님을 놔주세요. 3년 만에 깨어난 아내의 간청이었지만 자이트는 듣지 않았다. 그는 자신이 과연 아내를 사랑했는지조차 알 수 없어, 묵묵히 그 손을 뿌리쳤다.

아침이 되자 광장으로 사람들이 모여들었다. 그들은 서로서로 말을 전하기에 바빴다. 그건 이제껏 공주인 척하던 여자가 가짜였다는, 오랜 전쟁과 가렴주구도 모두 그 마녀 탓이라는 낭설이었다. 시민들은 분노했다. 의심하는 자도 드물게 있었으나 그뿐이었다. 그림자에 숨은 뱀들이 이번에도 그들의 눈과 귀를 가렸다.

지하에서 긴 밤을 보낸 나는 만신창이가 된 몸을 이끌고 간신히 밖으로 나왔다. 참혹한 고통 속에서 하늘만은 놀랍도록 푸르렀다. 군인들은 제대로 걷지 못하는 나를 억지로 이끌었고, 나는 비틀대며 구경꾼 사이를 지났다. 광장에 마련된 처형대로 끌려갈 때 사람들은 내게 저주를 퍼부었다.

그들은 소리치길 좋아했다. 자신의 믿음이 진실인지 거짓인지에는 관심이 없었다. 그들은 이미 자신의 생각을 진리로 만들어 믿었고,

한 가지 결말만을 바랐다. 그 결말은 언제나 죽음, 자신이 아닌 누군가의 죽음. 자신의 이기심을 채울 수 있는 죽음만이 그들이 바라는 결말이다.

군중의 성난 외침 속에서 비명 소리가 들려왔다. 날 따라온 이들이 무리에 섞여 소리치고 있었다. 하룻밤 새 상처투성이가 된 나를 보며 아야라는 비명을 질렀고, 야빈은 나를 애타게 불렀다. 기달티와 무아카는 나를 구하려고 뛰어들었으나 그들은 채 한 걸음을 떼기 전에 거꾸러졌다. 그림자에서 뻗어 나온 뱀이 그들의 목을 졸랐기 때문이다. 뱀은 두 영주를 제압하고 나를 바라보았다. 그는 얕은 숨소리를 내며 웃고 있었다. 곧 이루어질 자신의 승리에 득의양양 웃었다.

나는 뱀을 바라보다 고개를 들었다. 그리고 한 여인과 눈이 마주쳤다. 장밋빛 스카프로 머리를 가린 그 여인은 시믈라였다. 시믈라는 하얗게 질린 얼굴로 나를 바라보고 있었다. 지난밤 그는 염려하는 사람들 속에서 홀로 냉담히 비웃었다. 염려할 것을 염려하라고, 곧 머리카락 하나 다치지 않고 돌아올 게 뻔하다며 속으로 조롱했다. 그랬기에 그는 숨도 제대로 쉴 수 없이 놀라고 말았다. 내 찢긴 상처를 믿을 수 없어서, 흐르는 피를 도무지 믿을 수 없어서. 나는 창백하게 질린 시믈라를 잠잠히 바라보았다. 내 시선에 그는 기억해 냈다. 오래전 자신이 했던 말을.

'난 당신에게 할 말이 있어요. 하지만 아무것도 모르는 당신에게 그걸 내 입으로 말하진 않을 거예요. 정 듣고 싶다면 당신이 나처럼 비참해졌을 때, 그때 얘기하죠.'

시믈라는 자신이 내게 했던 말을 천천히 떠올렸다. 뇌리에 떠오른 말은 이내 그의 가슴에 박혔다. 시믈라는 사람들을 헤치며 내게로 가까이 다가왔다. 그리고 힘없이 끌려가는 나와 보조를 맞추기 위해 안간힘을 썼다.

날 따라온 시믈라는 입술을 깨문 채 일렁이는 눈으로 물었다.

'설마 그것 때문인가요?'

목소리를 낼 수 없어 눈으로만 간절히 물었다.

'내가 했던 그 말 때문인가요? 당신이 이렇게 된 건?'

마찬가지로 목소리를 낼 수 없어, 나도 그를 하염없이 바라만 보았다.

'자신의 수치에 함몰되어 모든 손길을 거부하는 네게 가려면 이 길밖에 없었어. 작아질 대로 작아진 네게 다가가려면, 가서 네 목소리를 들으려면.'

대답을 얻은 시믈라는 두 손으로 입을 틀어막았다. 가쁜 호흡 속에서 그는 가슴의 통증을 느꼈고, 그 아픔이 이제껏 마음을 찌르던 얼음을 녹였다. 녹은 얼음은 물이 되어 그의 두 눈에 맺혔다. 여인의 눈에서 눈물이 넘칠 때, 그의 가슴 깊은 곳에 묻어 둔 말들도 비로소 터져 나왔다. 내가 듣고자 했던 그의 마음이었다. 나는 마침내 돌아온 그에게 달려가고 싶었다. 하지만 아직은 갈 수 없었고, 시믈라가 울부짖는 소리는 대중의 함성에 묻혀 덧없는 메아리가 되었다.

긴 행렬 끝에 나는 광장 한가운데 세워진 나무에 묶였다. 발밑에는 기름이 흘렀고, 나를 단단히 묶은 줄은 쇠사슬이었다. 하늘은 푸르렀지만 땅의 그림자는 짙었다. 군중의 성난 목소리가 하늘을 찔렀고, 내 사랑하는 자들의 비명 소리는 땅을 내리쳤다.

횃불을 든 자와 함께 자이트가 다가왔다. 그는 내 참담한 모습을 바라보며 속삭이듯 물었다.

"이래도 나를 사랑하십니까?"

이미 찢긴 목으로 말할 수 없어 나는 눈을 감았다. 소리 없이 떨어지는 눈물이 그러하다 말하는 소리를 들었을까. 사랑 앞에 분노하는 남자는 끝내 자기 손으로 횃불을 던졌다.

불길이 치솟아 나를 휘감았다.

참렬한 고통 속에서 하늘만은 놀랍도록 푸르렀다.

파란 하늘, 땅의 그림자, 성난 군중의 목소리, 내 사랑하는 자들의 비명 소리.

그 모든 것.

이로써 나는 죽게 되었다.

11
고발

 타오르는 불길은 뜨거웠고 사람들의 광기는 거칠었다.

 치솟는 불 위에 우뚝 선 나무 기둥은 점차 불살라졌다. 묶인 소녀의 몸부림은 화염 속에서 너울대는 그림자에 지나지 않았다.

 눈물로도 끌 수 없는 불꽃은 해묵어 방향조차 잃어버린 사람들의 증오였고, 제물을 태워야 가까스로 풀리는 분노였다. 그들의 악의에 질식하기 전에 나는 가까스로 하늘을 바라보았다. 지극한 고통 속에서 나는 보았다. 나를 기다리는, 내 사랑하는 자들을.

 눈물마저 핥는 불길 속에서 마지막 위로를 얻고 나는 눈을 감았다. 나는 죽었고, 하늘은 내 죽음에 울부짖으며 억수 같은 비를 퍼부었다.

내가 죽던 날, 유례없는 번개가 하늘을 천 갈래로 찢었다. 그날의 폭우는 하루 동안 지속되었고 사람들은 세상에 멸망이 온 줄 알고 두려움에 떨었다. 하지만 내 연인은 성낼 뿐 사람들에게 보복하지 않았다. 세상을 지켜 달라는 나와의 약속이 그의 분노를 막았고, 사람들은 나를 죽인 대가를 면했다.

나의 죽음은 모든 죽음이 그러하듯 세상에 음울한 여운만을 남겼다. 뜨겁게 달구어져 요동하던 북쪽 도시는 담금질한 쇠처럼 다시 차게 식어 침묵으로 되돌아갔다. 지배자는 모든 사실을 은폐한 채 목적을 이뤘고, 시민들은 자신이 누구를 죽였는지 여전히 알지 못했다.

나를 사랑하던 자들은 실의와 절망에 빠졌다. 나의 죽음을 목도한 그들은 망연자실하여 산채로 되돌아갔다.

시로니는 복수를 다짐하며 중앙으로 돌아갔다. 자이트를 더욱 혐오하게 된 그는 북쪽 도시를 흔적도 없이 멸하겠다고 선언했다.

시믈라는 하늘이 그랬던 것처럼 오랫동안 울었다. 한없이 울고 또 울며 자신의 지난날을 후회했다. 하지만 후회로 돌이킬 수 있는 것은 아무것도 없었고, 그 사실이 그를 더욱 울게 했다.

나는 죽었고 세상은 놀랍도록 변한 게 없었다. 희망을 품었던 이들만 우습게 슬퍼할 뿐, 세상은 아주 조금도 나아진 것이 없었다.

그 가운데서 야빈은 내가 남긴 말들을 곱씹으며 소리 없이 탄식했다. 화살이 날아간 방향으로 달리겠다고 한 내가 이렇게 덧없이 죽은 것을, 그 아이는 어떻게 받아들여야 할지 알 수 없었다. 그저 마음이 슬펐다.

하지만 모두가 실의에 빠져 있지는 않았다. 한 사람, 아야라만큼은 홀로 의연했다.

"공주님 생각을 하고 있니?"

멍하니 하늘을 보던 야빈이 고개를 돌렸다. 조용히 다가간 아야라는 미소를 지었다. 야빈은 그 미소를 가만히 마주 보다가 끄덕였다. 아야라가 야빈의 옆에 앉으며 하늘을 올려다보았다.

"오늘은 날씨가 참 좋네."

그 말처럼 하늘은 티 없이 깨끗했다. 전날의 폭우가 믿기지 않을 정도로. 그 청명한 하늘을 바라보며 아야라가 말했다.

"어젠 대공님도 공주님 때문에 우신 모양이야."

"말도 안 돼요."

아이가 다소 거칠게 답했다. 그는 억눌린 마음을 다스리지 못해 얼굴을 찡그리고 성을 냈다.

"라이시 형은 공주님이 죽는 걸 내버려 뒀어요. 공주님을 사랑하지 않는 거예요."

어린 목소리엔 원망이 가득했다. 그러자 아야라는 옅게 웃으며 되물었다.

"그 반대 아닐까?"

"반대라뇨?"

"공주님이 떠나기 전에 하나만 기억해 달라고 하셨지. 이 길을 스스로 선택한 거라고."

내가 체포되기 직전에 남긴 말이다. 야빈도 그 말을 기억하고 고개를 끄덕였다.

"대공님은 존중하신 거야. 스스로 떠난 공주님을. 그게 아니면 그렇게 울지 않으셨겠지."

야빈은 반박할 말이 없었다. 라이시가 나를 얼마나 소중히 여기는지 이미 알고 있으니까. 결국 원망할 것이 없어진 야빈은 긴 한숨을 내쉬었다. 아이는 시무룩한 목소리로 물었다.

"선생님은 공주님이 죽은 게 아무렇지도 않아요?"

학생의 물음에 아야라는 미묘하게 웃었다. 아야라도 야빈과 꼭 비슷한 나이에 나를 잃었다. 그땐 몇 날 며칠을 울었다. 그리고 20여 년이 지나 아야라는 내 진짜 죽음을 목격했다. 내가 죽어 갈 때 아야라는 내 고통에 함께 괴로워하며 울었다. 하지만 좌절하지는 않았다. 이미 죽음을 경험해 본 그에게 죽음은, 다른 사람들과 의미가 조금 달랐다.

아야라가 조용히 웃기만 하자 야빈은 질문을 바꿨다.

"죽음 뒤엔 뭐가 있어요?"

그거라도 알면 이 답답한 심정이 좀 나아질 것 같은데. 하지만 아야라는 다시 한 번 난처하게 웃을 뿐 대답하지 못했다.

"잘 모르겠어. 하지만 공주님은 아시겠지."

여전히 모호한 말에 아이는 실망스럽게 되물었다.

"그럴까요?"

"응, 분명 알고 가셨을 거야."

아야라는 부드럽게 웃으며 하늘을 올려다보았다. 어느 때보다 맑고 푸르렀다. 그 하늘로부터 확신을 얻으며 아야라는 작게 속삭였다.

"그러니 믿고 있어. 세상을 구하실 거라고."

아야라의 확신이 세상에 울릴 무렵, 나는 지하에 있었다.

극심한 고통 끝에 덮쳐 온 죽음이 나를 삼켰고, 죽음의 배 속에 이른 나는 흑암 가운데서 눈을 떴다. 불에 타는 고통이 끝난 것을 깨닫고 긴 숨을 내쉬었다. 끔찍했다. 사람에게 당한 학대는 괴롭기를 넘어 서럽고 슬펐다. 나는 결국 그들의 악의로 죽음의 한가운데까지 끌려 내려왔다.

나는 눅눅한 바닥을 짚고 일어났다. 이틀라의 아들인 죽음의 위장은 검은 늪처럼 습했다. 그것은 언뜻 보기에 안식이지만 잘 들여다보면 독을 담은 항아리였다. 죽음은 끈끈한 어둠으로 죽은 자를 옭매고 신음을 짜내 자신의 배를 채우고 있었다.

나는 조심히 어둠을 디디며 앞으로 향했다. 그러자 어둠은 형상을 바꾸며 나를 뒤따랐다. 날 어떻게 채어 갈지 고민하는 것처럼 보였다. 나는 그것을 눈치챘지만 묵묵히 걸었다. 걷는 동안 어둠에 속한 자들이 어둠에서 나타나 어둠으로 다시 사라졌다.

내가 검은 물결 속에서 처음 만난 것은 나삭이었다. 제자에게 살해당한 과학자는 어둠에 웅크려 혼잣말을 하고 있었다. 나이 든 과학자는 나를 보더니 굽은 몸을 펴며 느긋하게 웃었다.

"아, 이게 누구신가. 오늘은 공주님께서 나오셨군. 한 번쯤은 나타날 거라고 생각했지. 그래, 우리 공주님께선 무슨 말로 날 즐겁게 해

주시려나?"

나를 향하는 듯했지만 그가 하는 말은 혼잣말이었다. 그는 자신의 망막에 떠오른 나를 꿈이라 여기며 치매 걸린 노인처럼 몸을 흔들었다. 그러곤 중언부언 말을 늘어놓았다.

"죽음이라는 건 말일세, 물에 빠지는 것과 비슷한 것 같네. 그러고 보니 메트로폴리스도 물난리가 대단했었지. 조수 한 놈이 플라스크를 잘못 건드리는 바람에 해일이 일어났지 뭔가. 하하하. 그게 몇 년 전이더라, 메트로폴리스에 서른네 번째 대통령이 취임하던 때였나? 하여튼 물에 휩쓸린 인간의 꼴은 비참해. 한없이 가라앉아 꼼짝도 할 수 없으니 말이야. 아, 차라리 질식해 죽어 버렸으면. 이 늪이 또 언제 내 숨통을 막을지."

노인의 칼칼한 목구멍에서 긴 한숨이 흘러나왔다. 그는 피로한 듯 고개를 꺾으며 푸념을 이어 갔다.

"여기 오니 내가 이제껏 연구한 것도 모두 쓸모없어졌지. 결국 영원한 건 인간의 사유뿐인 모양이야. 아, 이제 와선 그것도 잘 모르겠어. 나는 존재하지만 내가 어떤 존재였는지는 증명할 수가 없어. 나는 과연 무엇이었을까? 나삭이라는 과학자가 맞나? 아니면 그 과학자가 사용하던 수많은 뇌 중 하나였을 수도. 그것도 아니라면 나삭의 뇌를 꿰뚫고 지나간 총알이 아니었을까? 대체 나는 무엇인데 존재해서 덧없이 고통받는 걸까?"

그는 혼란에 빠져 있었다. 생명을 가지고 논 대가로 그는 자기 자신조차 잊고 말았다.

나삭은, 진리를 탐구하는 것을 평생 업으로 삼았던 과학자는 죽음 이후 스스로 정신을 놓았다. 지금 자신이 처한 상황, 이 차가움과 불쾌, 그리고 부자유함을 이해할 수 없었기 때문이다. 뱀에게 선택받아 진리를 독점했다고 믿었건만, 그래서 스스로가 특별한 존재라 믿었건만, 죽고 나니 그에 대한 뱀의 취급은 이토록 하찮았다. 그래서 과학자는 자신의 처지를 부정했다. 모든 것을 외면하고 자신의 사유 속에 스스로를 가두었다. 자신의 존재까지 의심하며 현실을 거부했다.

나는 가련하게 헤매는 그에게 말을 걸고 싶었다. 하지만 그건 내게 주어진 일이 아니었고, 나삭 또한 그것을 원치 않았다. 중얼대던 나삭이 조소하며 나를 물리쳤다.

"우습군, 우스워. 망상에게 말을 거는 꼴이라니. 이제 그만 물러가게. 상념에게 말을 거는 건 노망난 늙은이나 하는 짓이야."

나삭은 다시 몸을 웅크렸고, 그 모습이 멀어지며 다시 어둠에 삼켜졌다. 자신의 생각만을 사랑했던 자의 말로다. 사람이 그 지식으로 단 한 줌의 흙이라도 만들 수 있던가. 그럼에도 그는 한 줌의 흙이 아니라 수많은 인간을 자신의 실험대에 올렸다. 그리고 감히 그것을 하찮다 여겼다. 그로써 그는 자신이 그 시험대에 올라 끝없이 시험받게 되었다.

나는 율동하는 어둠 속으로 다시 걸음을 내디뎠다. 이번에는 으르렁대는 짐승의 소리가 들려왔다. 어둠 저 너머에 묶인 짐승이 송곳니를 드러내며 울부짖고 있었다. 잘 들여다보니 내가 아는 얼굴이었다. 아크제리유트였다. 탐욕의 노예로 살았던 그는 이성을 잃고 짐승이 되어 있었다. 욕심과 쾌락만으로 자신을 점철했던 그는 살아생전에 이미 짐승이었고, 죽음은 그의 본질을 꺼내 박제한 후 그것을 실컷 비웃고 있었다. 목줄에 묶인 아크제리유트는 속박에서 벗어나기 위해 발버둥을 쳤다. 하지만 죽음의 사슬은 그의 붉은 줄보다 질겼고, 그의 발버둥은 덧없는 몸부림에 지나지 않았다.

그의 만행에도 불구하고 나는 그가 가여웠다. 하지만 나삭에게 그랬던 것처럼 그를 지나칠 수밖에 없었다. 그를 위해 새로운 계획이 준비되길 바랄 뿐이었다. 울부짖는 짐승을 뒤로하고 나는 다시 걸었다. 그다음으로 내가 만나게 된 것은, 내 오랜 친구였다.

체파르데아는 어둠에 묶여 굶주림에 시달리고 있었다. 살아 있던 그 어떤 때보다 심한 기근에 체파르데아는 마른 풀처럼 시들어 가쁜 숨을 내쉬고 있었다. 그의 감겨 있던 눈이 인기척을 느끼고 흐릿하게 떠올랐다. 체파르데아는 나를 보더니 눈을 크게 뜨고 신음했다.

"공주님……? 공주님이 왜 여기에……."

체파르데아가 쉰 목소리로 물었다. 경악 어린 그 물음에 나는 미소를 지었다.

"픽쿠드."

나는 조용히 그의 이름을 불렀다. 앞선 이들과 달리 그에게는 말을 걸 수 있었다. 그가 마지막까지 내 이름을 불렀던 까닭이다. 나는 비쩍 말라 숨을 헐떡이는 그에게 물었다.

"날 기다리고 있었니?"

내 물음에 체파르데아의 눈이 괴롭게 일그러졌다. 하지만 그 몸에는 물이 남아 있지 않아서 흐르는 눈물도 없었다.

"항상 기다렸어요."

체파르데아가 바싹 마른 입술로 힘겹게 속삭였다. 나는 그의 고통이 안타까웠다. 잘못된 길로 들어서 영원한 사망에 이른 그가 가여웠다. 그래서 마지막 기회로 그에게 말했다.

"네가 참 나쁘다는 생각을 했어."

죽음이 두렵다는 열망 하나로 다른 사람을 잡아먹던 네가. 뱀이 무섭다며 하루 세끼를 사람으로 채우던 네가.

"왜 네게 먹히는 자들을 불쌍하게 여기지 않았니?"

내 물음을 추궁으로 여겼는지 체파르데아의 입술이 꾹 닫혔다. 내가 재차 묻자 그는 마지못해 입을 열었다.

"다들 그렇게 했으니까요."

하지만 그 입에서 흘러나온 건 구차한 변명이어서, 그는 자신을 더욱 쥐어짰다. 비루한 핑계를 내게 이해시키려고 잘 나오지 않는 목소리로 애써 말을 이었다.

"모두가 그렇게 했어요. 내가 죽어 갈 때 다들 모르는 척했어요. 아무도 날 일으켜 주지 않았어요."

그 말이 그가 과거에 겪은 혹한과 굶주림을 현실로 끌고 왔다. 어린 소년이었던 그는 모질게 대해졌다. 추위에 내몰리고 굶주림을 방관당했다. 고통을 견디다 못해 쓰러졌는데 사람들의 시선은 여전히 냉랭했다. 사람들은 들쥐의 시체를 보듯 힐끗 시선을 던지고 바삐 지나쳤다. 너무 아픈데, 너무 추운데. 사람들은 그렇게 그를 외면했다.

"아무도 내게 괜찮냐고 묻지 않았어요. 단 한 명도, 내게 상냥하게 대해 주지 않았어요."

체파르데아는 그렇게 말하며 내게 물었다. 그 냉정한 자들에게 나라고 왜 상냥해야 하냐고. 눈물이 말라 버린 눈으로 그렇게 물었다. 그래, 항상 그 변명이었다. 사랑받지 못해 사랑하지 못했다는 변명. 바로 그 변명마저 없애기 위해 내가 여기까지 왔다. 나는 손을 뻗어 그의 여윈 뺨을 감쌌다. 그리고 나를 배신한 그에게 속삭였다.

"내가 그 한 명이 되어 줄게."

아무도 네 아픔을 몰라줬다면.

"내가 네 아픔을 알아줄게."

아픔을 모른 채로 그것을 안다고 할 수 없어 나도 똑같은 일을 겪었다. 내가 거만하게 관망한다고 하는 너희와 같은 높이가 되려고 여기까지 내려왔다.

"그러니 너도 이제 알아줘. 다른 사람들의 아픔을, 내가 겪은 아픔으로."

그게 바로 내가 하려는 완전한 사랑이자, 너희에게 줄 구원이니까.

내 속삭임에 체파르데아의 두 눈이 흔들리기 시작했다. 나와 눈을 맞춘 그는 내 눈을 통해 보고 있었다. 내가 지상에서 겪은 일을, 내가 어떻게 여기까지 내려왔는지를. 그는 내가 그것을 스스로 택했다는 사실에 신음하며 입술을 깨물었다.

내가 그의 아픔을 느낀 것처럼 그도 나의 아픔을 느꼈다. 그의 갈라진 입술은 할 말을 찾지 못했고, 나는 조심히 그의 입술을 쓰다듬었다. 그러자 그의 메마른 입술이 다시 물기를 머금었다. 창백하게 여윈 뺨에는 혈색이 돌았다. 몸에 생명이 차오른 만큼, 그의 눈에는 눈물이 차올랐다.

"잘못했어요."

마음이 녹아 눈물을 만들며, 그가 쭉 외면하던 한마디를 비로소 터트렸다.

그래, 내가 바란 건 그 한마디였다. '어쩔 수 없었어요'가 아니라, '다들 그래요'가 아니라. '내가 잘못했어요'라는 그 한마디를 듣기 위해 내가 여기까지 왔다.

더럽혀져 아파하는 너를 씻기기 위해, 부끄러워하며 내 손길을 한사코 거절하는 너를 위해 나도 오물을 뒤집어썼다. 더러움을 인정하는 것이 회복의 시작이라는 걸 아직 모르던 네게 그 일의 참담함을 알려 주기 위해서…….

너는 비로소 내 마음을 알았고, 나는 드디어 너를 품에 안게 되었다. 내게 안긴 체파르데아는 하염없이 눈물을 쏟아 냈다. 자신이 무슨 짓을 했는지 이제야 깨달아서, 머리가 아닌 마음으로 마침내 인정해서 흘리는 눈물이었다.

"잘못했어요. 죄송해요, 죄송해요……."

비통에 잠긴 채 그는 잘못했다는 말만 되뇌었다. 흐느낌이 치밀어 오를 땐 말문이 막혀 그마저도 하지 못했다. 이제껏 자신이 저질러 온 만행이 낱낱이 떠올라서, 연약한 이들에게 자신이 얼마나 잔인하고 추악했는지를 직면하게 되어서.

그 소년, 픽쿠드는 죽을 것 같은 고통을 느꼈고, 나는 조용히 그를 위로했다. 내가 대신 용서를 구할 테니 걱정하지 마. 네가 받아야 할 벌까지 내가 이미 다 받았으니 이제는 울지 마. 나는 우는 소년에게 그렇게 속삭였고, 소년은 오래도록 울며 낯을 들지 못했다.

체파르데아의 이름이 눈물로 옅어지자 우리 곁으로 불청객이 찾아왔다. 엄밀히 말해 불청객은 아니었다. 그는 바로 이 어둠의 주인이었다.

피네하스의 기척을 느낀 픽쿠드가 흠칫 놀라 몸을 사렸다. 저벅대는 발소리와 함께 어둠이 짙어졌다. 짙어진 어둠은 내 품의 소년을 휘감았고, 어둠에 삼켜진 소년은 온데간데없이 사라졌다. 내 품에 남은 것은 허망한 흑암뿐이었다. 내게서 소년을 앗아 간 후 피네하스가 모습을 드러냈다. 그는 본체인 노인의 모습으로 어느 때보다 화려한 복색을 하고 있었다.

"오래간만에 뵙습니다, 지극히 높으신 하늘의 따님."

나는 인사하는 뱀을 담담히 바라보았다. 그러자 피네하스는 조롱을 숨긴 채 빙긋 웃었다.

"공주님을 영접하게 되어 영광입니다. 이 누추한 죽음으로 공주님을 감당하려니 송구하군요."

애써 정중하게 말하지만 그의 목소리에선 숨기지 못한 유쾌함이 묻어났다. 나를 죽음에 담은 것이 즐거워 못 견디겠다는 투였다. 아니나 다를까 그가 넌지시 말을 꺼냈다.

"하지만 이 와중에 친구와 담소라니, 공주님께서는 아직 본인의 처지를 이해 못 하셨나 봅니다."

노인의 물음에 나는 태연히 되물었다.

"처지라니요?"

"여긴 내 배 속이에요, 공주님. 당신은 내게 먹혔죠. 그러니 당신은 이제 나의 소유이자 노예. 노예는 노예답게 행동할 줄 알아야 합니다."

피네하스의 음성은 느긋하고 점잖았다. 이미 자신이 승리했다고 믿었기에 조급할 것이 없었다. 그렇게 기고만장한 뱀에게 나는 잠잠히 물었다.

"어째서 내가 당신의 소유죠?"

"본디 패자는 승자의 전리품인 법이죠."

"난 당신에게 진 적이 없어요."

내가 단호하게 말하자 뱀이 웃음을 터트렸다. 그는 가식을 벗어던지고 나를 한껏 비웃었다. 그러더니 이내 손가락질하며 조롱했다.

"어디서 그런 시치미를. 당신은 내 손에 죽지 않았습니까?"

"나를 죽인 건 인간들이었죠."

"뻔히 알면서 모르는 척하지 마세요, 공주님. 당신을 죽인 인간들의 그림자에 무엇이 있었는지 알잖아요?"

물론 안다. 사람들의 그림자마다 저 뱀이 도사리고 있었다는 걸. 내가 침묵으로 긍정하자 뱀은 들떠서 거창하게 소리쳤다.

"빛이 그림자를 품을 수는 없는 법, 인간이 타락해 그림자를 얻은 순간부터 당신과 나의 줄다리기가 시작됐죠. 빛으로 나선 인간은 당신의 것, 그림자에 숨은 인간은 나의 것. 그 법칙을 따라 나는 부지런히 일했습니다. 그로써 수많은 인간이 나의 소유가 되었지요. 당신을 죽음으로 몰아넣은 인간들도 마찬가지입니다. 그들은 명백히 내 것이에요. 그리고 나의 종용으로 당신을 죽였지요!"

나를 죽였다고 말하며 피네하스는 아찔한 비명을 질렀다. 그는 두 손을 그러쥐고 얼굴을 일그러트리며 웃었다. 그때 일어난 작은 경련은 그의 몸에서 넘치는 쾌감이었다. 한차례 희열을 만끽한 후 뱀은 옷매무새를 정돈했다. 한결 단정해진 목소리로 뱀이 말을 맺었다.

"종의 몫은 주인의 몫, 종이 일한 삯은 모두 주인이 거두는 법입니다. 그러니 당신을 죽인 공도 나의 몫, 결국 나의 승리가 아니겠습니까?"

피네하스가 장황하게 내뱉은 말은 합리적이며 정당했다. 그래서 나는 고개를 끄덕였다.

"그렇군요. 당신이 날 죽인 거군요."

"그래요, 내가 당신을 삼켰습니다. 이제 당신은 내 소유이자 무기가 될 것입니다. 내 노예들이 그런 것처럼 어둠에 묶여서 말입니다."

내가 인정하자 피네하스는 짙게 웃었다. 야망도 숨기지 않았다. 자식들과 은밀히 나누던 계획을 보란 듯 내비쳤다. 그는 인간을 인질로 삼았던 것처럼 나를 인질로 삼겠다 말했다. 내가 인간을 외면하지 못했던 것처럼 내 연인도 나를 외면하지 못할 테니까. 그로써 예정된 심판을 완전히 피하고 하늘의 왕좌까지 차지할 생각이었다.

피네하스는 그 모든 포부를 이미 이룬 양 의기양양하고 기고만장했다. 그는 이 공치사의 대가가 어떤 건지 과연 알고 있을까? 그에게 내 죽음에 대한 후회가 단 한 줌이라도 있었다면 좋았을 텐데. 하지만 그는 여전히 교만했고 자신의 죄를 부끄러워할 줄 몰랐다.

수치를 모르고 자신의 죄를 자랑하는 뱀 앞에서 나는 곧게 섰다. 그리고 그 조롱에 맞서 당당히 말했다.

"당신이 말한 것처럼 나는 당신에게 죽었습니다. 그러니 이 일을 보상받겠습니다."

"보상이라니, 그게 무슨 말씀이십니까?"

"당신은 아무런 잘못도 하지 않은 나를 이유 없이 죽였죠. 그러니 무고한 이를 죽인 죄의 대가와 하늘의 딸에게 손을 댄 월권의 값을 요구합니다."

내 말에 피네하스는 도리어 짙게 웃었다.

"재미있네요. 대가를 요구하시겠다니, 잊으셨습니까? 당신들은 내가 인간을 꾀어낸 죄의 대가도 아직 받지 못했습니다."

그에게 부여된 죄과는 이미 가중했지만 그는 교묘한 술수로 심판을 피했다. 그러니 이번에도 두려울 것이 없었다. 어떤 처벌이 내려지든 피할 자신이 있었기에, 자신의 손에 들어온 패를 맹신했기에.

"그건 당신이 내 백성을 인질로 잡았기 때문이죠."

"아시는 바와 같이."

내가 그 사실을 지적하자 피네하스는 우아하게 답했다. 한껏 들뜬 뱀을 바라보며 나는 비로소 웃었다.

"바로 그 인질을 대가로 원합니다. 그들의 과거와 현재, 미래까지 어우르는 모든 시간으로 내 생명을 보상받겠습니다."

내 분명한 요구에 피네하스는 크게 웃음을 터트렸다. 동시에 박수를 치며 과장되게 말했다.

"이거 정말 재미있군요. 노예의 소유는 응당 주인의 소유. 당신이 죽음에 갇혀 있는 이상 그것을 돌려받은들 무슨 소용이 있습니까?"

그렇게 되묻는 피네하스의 음성은 이제까지와 달리 꾸밈이 가득했다. 그는 당당한 척 말했지만 사실 떨고 있었다. 내 미소를 보는 순간 간교한 뱀은 무언가를 직감했고, 천적을 앞둔 것처럼 얼어붙었다. 하지만 그는 그 사실을 들키지 않으려고 더 즐거운 척했다.

그 얄은 아집에 나는 더 깊게 웃었고, 피네하스의 눈은 가늘어졌다. 안 좋은 예감이 엄습했지만 그에겐 내 요구를 거절할 구실이 없었다. 이전의 심판도 그가 감히 거절할 수 있었던가. 그는 채무자가 되어 교묘하게 도망 다녔을 뿐이다. 빠져나갈 수 없다는 걸 깨닫고 피네하스는 선뜻 말했다.

"좋습니다, 가져가십시오."

그러고는 불안을 이기지 못해 재빨리 덧붙였다.

"하지만 당신은 이미 죽었습니다. 내 지배에 놓였다는 뜻이죠. 당신의 것은 어차피 나의 것, 달라지는 것은 없습니다."

그래, 피네하스가 믿는 것은 그거 하나였다. 그래서 내내 피해 다니던 것을 멈추고 이제야 내 앞에 모습을 드러냈다. 내가 자신의 노예가 되었다고 믿으며. 그 앞에서 나는 마지막으로 화사하게 웃으며,

언젠가 그의 딸에게 했던 말을 반복했다.

"당신은 이번에도 저울의 기울기를 속이는군요. 그거야말로 재미있네요."

나는 웃음을 그쳤다. 그리고 그 가당치도 않은 착각에 대고 물었다.

"그대가 정말 나를 소유할 수 있다고 생각해?"

그와 함께 내 안에 담아 둔 빛이 밖으로 뻗어 나갔다. 사방으로 퍼지는 눈부신 빛에 피네하스는 경악하며 얼굴을 가렸다. 그는 이 빛을 감당하지 못해 기어이 비명을 내질렀다. 고작 광휘에 눈이 멀 거면서 그토록 오만을 떨었나. 빛이 잠시 사라졌다고 어둠이 이겼다 하지 마라. 빛이 스스로를 가린 것은 바로 이때를 위함이니까.

"차라리 종잇장으로 바다를 퍼내겠다고 하지."

내 한숨 섞인 말에 피네하스의 무릎이 덜컥 꺾였다. 나는 걸음을 옮겨 주저앉은 피네하스에게 다가갔다. 걸음걸음에 소녀의 모습이 지워지고 내 본래 모습이 드러났다. 그와 함께 사방을 감싼 죽음은 찌적이며 균열을 일으켰다.

"그대의 죽음은 나를 감당할 수 없어."

이윽고 나는 완전한 왕녀의 모습으로 죽음을 밟았다. 죽음은 나의 무게를 견딜 수 없었고, 끝내 유리처럼 산산조각 나며 사방으로 부서졌다. 뱀의 아들이 비명을 질렀다. 음습한 늪이 마르며 그림자에 도사리던 모든 것이 안개처럼 흩어져 밀려 나갔다. 그 사이로 드러난 눈부신 순백은 빛에 빛을 더했다.

갑자기 빛 가운데로 끌려 나온 뱀은 조각난 어둠을 거머쥐려고 황급히 손을 뻗었다. 하지만 그 아비는 아들의 파멸을 막을 수 없었다. 하늘에서 내린 심판이 죽음의 파편을 헤치고 내리꽂혔기 때문이다.

"오래 기다렸다, 재상."

피네하스의 눈에 핏발이 섰다. 그는 숨을 헐떡이며, 믿을 수 없다는 듯 눈앞의 존재를 바라보았다.

"당신이 어떻게……!"

"고발은 정의의 영역, 이제 판결을 내리겠다."

라이시는 그렇게 말하며 피네하스의 몸을 꿰뚫은 검을 땅에 내리꽂았다. 그로써 피네하스는 꼼짝없이 땅에 못 박히고 말았다. 피네하스의 몸을 묶은 채 대공은 외쳤다.

"하늘의 왕을 배신하고 그 딸을 상하게 한 죄, 네 영원으로도 갚을 수 없다. 너의 모든 힘과 소유를 빼앗고 천년의 지하에 가두겠다."

라이시가 선포하자 바닥에 균열이 번졌다. 굉음과 함께 땅이 갈라졌고 그 틈에서 화염이 치솟았다. 나를 핥았던 불이 옷깃에 닿자 피네하스는 겁을 먹고 비명을 내질렀다. 바닥이 갈라지며 피네하스의 몸도 점점 내리 꺼졌다. 뱀은 추락하지 않으려고 안간힘을 쓰며 닥치는 대로 손을 내뻗었다. 그러나 아무리 몸부림쳐도 대공의 칼에 고정된 몸을 빼낼 수는 없었다.

결국 피네하스도 결단을 내렸다. 그는 본체를 내주고 재빨리 꼬리를 잘라 냈다. 작은 뱀이 된 꼬리는 황급히 기어 지상으로 달아났다. 하지만 지상으로 가본들 이제 아본은 그의 영토가 아니기에 숨을 곳은 없었다. 아니, 단 한 군데 남기는 했다. 바로 인간의 그림자. 해방

된지도 모르고 여전히 어둠에 묶인 인간들의 마음에 그는 숨을 수 있다. 그곳은 뱀에게 최후의 보루이자 요새가 될 것이다.

필사적으로 분신을 떨쳐 내고 피네하스는 마침내 지하로 추락했다. 저주 어린 비명이 꼬리를 끌었지만 곧 땅이 닫히며 그 소리조차 파묻어 버렸다. 전쟁이 끝났다. 인질은 해방되었고 죽음은 깨졌으며 뱀은 지하로 추방되었다. 혼돈은 물러나고 드디어 새하얀 질서가 우리 앞에 놓이게 되었다.

땅이 닫히자 라이시는 곧장 내게로 달려왔다. 그는 두 팔 가득 나를 간절히 끌어안았다. 옛 재상을 치던 냉정한 심판자는 이미 그곳에 없었다. 그 자리에 남은 것은 두 눈 가득 나를 담는 내 연인뿐이었다.

라이시가 두 손으로 내 뺨을 어루만지며 물었다.

"아프지 않았어?"

그렇게 묻는 라이시는 나보다 더 아파한 사람 같았다. 그래, 내가 아팠던 만큼 그도 아팠을 것이다. 그럼에도 참아 준 그가 고마워서 나는 환히 웃었다. 그러자 그는 다시 한 번 나를 끌어당겼다.

"너를 존경해."

라이시는 내게 아낌없이 입을 맞췄다. 나는 그의 뜨거운 구애에 웃음을 터트렸다. 소나기처럼 퍼붓는 입맞춤 속에서 그의 속삭임이 들려왔다.

"이제 다 끝났어."

나는 가까스로 그를 밀어내고 몸을 일으켰다. 그리고 연인의 속삭임에 화답했다.

"아니, 이제 시작이야."

우리는 죽음이 무너진 방향으로 눈을 돌렸다. 새하얀 빛 속에서 우리가 사랑했던 이들이 하나둘씩 몸을 일으켰다. 우리가 죽음으로 떠나보냈던 이들이었다. 우리는 기쁜 마음으로 달려갔다. 우리의 재회는 축제 같았다. 사람들은 험한 여정을 마친 나를 환영했고, 나는 그리웠던 이들과 다시 만난 것에 감격했다.

모두와 인사하고 싶었지만 그러려면 며칠이나 걸릴 것 같았다. 그래서 나는 반가운 이들을 잠시 뒤로하고, 한 폭밖에 남지 않은 내 길에 섰다. 가시와 찔레를 넘어선 그 길은 이제 험하지 않았다. 나는 가벼운 걸음으로, 설레는 마음으로 발을 내디뎠다. 모든 걸 잃었던 내가 이 길 끝에 다시 얻을 것을 기대하며.

걸음을 이어 갈수록 가슴이 벅차올랐다. 이윽고 길 끝에 다다랐을 때, 나는 볼 수 있었다. 홀로 앉은 작은 아이의 등을. 그 앞에서 나는 환희했고 세상 또한 들떠서 이 순간을 기뻐했다.

그는 내 지나간 화살이었다. 길 끝에서 나를 애타게 부르던 어린 양이었고, 내가 이 길을 울더라도 걷는 이유였다.

나는 조심히 다가가 홀로 앉은 그 아이의 어깨를 두드렸다. 누군가를 하염없이 기다리던 아이는 고개를 돌렸고, 곧 나를 보며 눈을 커다랗게 떴다.

"키브사 공주님?"

그날과 같은 첫 물음에 나는 환하게 웃었다.

아, 나는 드디어 널 만났어.

12

청혼

내가 죽고 며칠이 지났을 때, 세상엔 전운이 감돌고 있었다.

지하에서 벌어진 일을 아직 모르는 자들은 내 죽음에 낙담하며 슬퍼했다. 누군가는 사랑이 파괴된 것에 만족했고, 또 누군가는 냉혹한 복수를 준비했다. 그날의 고요는 폭풍 전야의 침묵이자 악의로 가득한 덫이었다.

그 가운데서 연약한 한 아이는 하늘만 하염없이 바라보았다. 하늘은 눈부시게 푸르렀고, 아이는 슬펐다. 이전엔 어느 때에도 다시 밝아 오는 하늘에 희망을 얻었는데, 종말이 코앞으로 다가온 지금은 그 찬란함이 도리어 야속했다. 저 하늘이 검다면 차라리 좋을 텐데, 눈물이 날 것 같아 아이는 눈을 질끈 감았다.

사랑은 죽고 정의는 힘을 잃어 세상엔 단 한 줌의 희망도 남지 않았다. 아이는 그 사실에 슬퍼하며 캄캄한 어둠으로 몸을 숨겼다. 그렇게라도 고통을 등지고 싶었다. 하지만 아이의 작은 몸은 여전히 세상 한가운데 있었고, 세상은 언제나 그를 불러 깨웠다.

"야빈."

어린 목소리에 야빈은 고개를 들었다. 친구의 얼굴이 보였다. 그를 찾아 언덕으로 올라온 무아카였다.

"디브리 오빠가 왔어."

야빈은 긴 한숨을 내쉬었다. 그 한숨에는 진저리가 섞여 있었다.

"뭐라고 해?"

"내일 아침에 떠나야 한대."

무아카가 우울하게 전한 건 야빈이 가장 원치 않는 소식이었다. 결국 야빈은 참았던 불만을 터트렸다.

"나는 그 안에 들어가고 싶지 않아! 왜 그 사람은 우리가 살 곳을 마음대로 빼앗는 건데?"

그 외침은 연약해서 더 처절했다. 울기 직전인 친구 앞에서 무아카는 슬퍼 고개를 저었다.

"시로니 선생님도 어렵게 결정한 거래. 공주님 일로 많이 슬퍼했대."

"변명이야. 이제 그 사람 때문에 훨씬 많은 사람이 슬퍼할 거야."

아니, 슬퍼할 겨를도 없겠지. 눈 녹듯이 죽어 버릴 테니까. 야빈은 갑갑한 마음에 입술을 질끈 깨물었다.

세상은 지금 유례없는 전쟁을 앞두고 있다. 그것은 역사를 통틀어 가장 거대하며 잔혹할 것이다. 내가 죽은 후, 시로니는 북쪽에 선포했다. 어떤 여지도 없이 모두 죽여 버릴 거라고. 아이도 여자도 남기지 않고 혈통과 흔적까지 모조리 지우겠다고. 과학자의 분노는 북쪽 전체를 향했다. 시로니는 악한 지배자와 무지한 대중을 똑같이 경멸했고, 자신의 불쾌를 해소하기 위해 그들을 모두 쓸어버리고자 했다. 정치가가 아닌 과학자는 또 다른 극단으로 치달았다. 그는 뜻을 이루기 위해 자신이 가진 모든 무력을 동원했다. 군대, 괴수, 그리고 시체. 그가 끌어모은 힘 앞에 세상은 다시금 멸망을 선고받았다.

전쟁이 시작되기 전에 시로니는 디브리를 보냈다. 아야라를 비롯한 이들을 피신시킬 목적이었는데, 야빈은 그 배려가 전혀 반갑지 않았다. 전령으로 온 디브리가 이들에게 떠나라 한 곳이 메트로폴리스였기 때문이다.

이틀 전에 찾아온 디브리는 여느 때와 달리 경직되어 있었다. 아이들은 전처럼 유쾌하지 않은 그 남자가 두려웠다. 이윽고 그는 첫마디에 자신이 웃지 못하는 까닭을 꺼냈다.

"전쟁이 시작될 겁니다."

그 한마디가 모두를 암담하게 만들었다.

"시로니 씨의 결정인가요?"

아야라의 물음에 디브리는 묵묵히 고개를 끄덕였다. 절망적이지만 놀랍지는 않았다. 예상하던 바였다. 며칠 전, 마음에 피가 맺힌 채 돌아선 과학자에게선 익숙한 냄새가 났다. 길 잃은 자가 모든 것을 내버리고자 하는 냄새였다. 한때 멸망이었던 자의 아내는 아픈 심정으로 되물었다.

"막을 순 없나요?"

"어려울 것 같습니다. 교수님만의 독단이면 여지가 있겠지만, 군 간부도 상당수가 찬성했습니다. 사실 북쪽의 요새를 격추시킬 방법은 이미 몇 년 전부터 거론되고 있었습니다. 그걸 지금까지 지연시킨 게 시로니 교수님이었습니다."

디브리가 에둘러 말했지만 곁에 있던 야빈은 그 의미를 곧장 알아챘다. 북쪽의 공중 요새, 기달티마저도 격파한 두려운 무기. 압도적인 병력 차이에도 불구하고 중앙과 북쪽이 몇 년간 전쟁을 끌어온 것도 그 요새 때문이다. 중앙의 병력이 거대한 장막이라면 북쪽의 요새는 예리한 송곳. 중앙은 북쪽의 예리함을, 그리고 북쪽은 중앙의 거대함을 경계하며 오랜 시간 전쟁을 이어 왔다.

그렇다고 중앙과 북쪽이 완전한 호각이라는 의미는 아니다. 요새를 파괴할 수 없다면 요새의 동력을 끊으면 될 일. 요새의 동력은 인간, 그리고 중앙에는 인간을 말살할 방법이 있다. 시체 독이라는 나삭의 유산이. 그렇다, 진작에 방법은 있었다. 다만 시로니의 양심이 그것을 막고 있었을 뿐. 그런데 그 인내를 자이트가 무너뜨렸다. 그는 끝내 마지막 선을 넘었고, 환멸에 찬 시로니가 마음을 굳혔다. 조만간 북쪽엔 시체의 독이 퍼질 것이다. 그 독은 살아 있는 것의 호흡을 막은 후 땅과 하늘에 녹을 것이다. 기달티의 검은 늪만큼이나 지독하게.

"이번 전쟁은 지금까지와는 비교가 안 될 만큼 규모가 큽니다. 사람뿐만 아니라 땅과 물도 독에 닿아 썩을 겁니다."

전언하는 디브리도 얼굴이 어두웠다. 고향의 파멸을 예견하는 그의 심정은 참담했다.

"여기도 영향권입니다. 그러니 휩쓸리기 전에 중앙으로 오십시오. 교수님께서 메트로폴리스에 여러분이 머물 곳을 마련해 주겠다고 하셨습니다."

메트로폴리스라는 말에 아야라의 얼굴이 설핏 굳었다. 곁에 있던 야빈도 마찬가지였다.

"어째서 메트로폴리스죠?"

"이번에 대량의 시체를 폭파시키면 그 재는 아본의 남쪽까지 퍼질 겁니다. 그때 땅과 공기가 얼마나 오염될지는 우리도 예측할 수 없습니다. 그러니 수습이 될 때까진 메트로폴리스 안으로 피하셔야 합니다."

디브리의 침착한 말은 듣는 이에게 절망만 안겼다. 인간의 전쟁은 정녕 세상의 재앙이 되었다. 서로를 죽이는 것에 그치지 않고 무고한 하늘과 죄 없는 땅까지 무너트릴 작정이었다. 아야라가 듣다못해 고개를 내저었다.

"진짜 세계를 부수고 가짜 세계로 숨으라니, 시로니 씨는 왜 그런 일을 하는 거죠?"

"아시다시피 공주님 때문입니다."

"공주님이 이걸 원한다고 생각하세요?"

내 핑계를 대던 디브리는 말을 잇지 못했다. 아야라의 물음이 정곡을 찔렀고, 그는 목에 가시가 걸린 사람처럼 마른침을 삼켰다. 이윽고 그가 아프게 실토한 것은 지금까지 숨겨 온 상관의 허물이었다.

"교수님이 원하십니다."

디브리도 알고 있었다. 나의 죽음이 시로니의 핑계가 되었다는 걸. 시로니는 내가 죽은 것에 분노할 뿐 슬퍼하지는 않았다. 그랬기에 나의 이름으로 또다시 누군가를 죽이려 한다. 슬퍼하지 않아서, 내가 죽은 의미를 헤아리지 않아서. 디브리도 그 과학자의 분노가 자이트의 폭정과 다를 게 없다고 생각했다. 하지만 군인인 그는 상관의 명령을 거스를 수 없었고, 그래서 쓴 것을 삼키며 전언을 계속했다.

"이미 결정된 일입니다. 대신 메트로폴리스에 들어가셔도 불편한 건 없을 겁니다. 최대한 배려하겠다고 약속하셨습니다."

"불편하진 않겠죠. 하늘이 가짜일 뿐."

군인은 다시 입을 다물었다. 디브리는 꼬집힌 마음이 아팠고, 아야라는 그에게 잘못이 없다는 걸 알고 옅은 한숨을 내쉬었다.

"잠시 생각할 시간을 주시겠어요? 모두와 이야기를 해봐야겠어요."

아야라의 누그러진 목소리에 디브리도 순순히 고개를 끄덕였다.

"알겠습니다. 시체를 조율하는 데 사흘 정도가 걸립니다. 그러니 이틀 뒤 다시 오겠습니다. 그때까지는 결론을 내려 주시기 바랍니다."

말을 마친 디브리는 개운치 않은 기분으로 몸을 일으켰다. 그가 막 일어나는데 아야라가 다시 그를 불렀다.

"디브리 씨."

디브리가 우뚝 멈춰 서자 아야라는 조용히 되물었다.

"메트로폴리스에 가본 적이 있으신가요?"

"없습니다. 하지만 내부의 모습을 화면으로 본 적은 있습니다."

"어떤 곳인가요?"

"수많은 사람이 살아가는 곳이었습니다."

"그곳에 자유가 있던가요?"

디브리의 말문이 다시 막혔다. 대답하고 싶었지만 입 밖으로 낼 수 있는 소리가 없었다. 그 스스로도 자유가 무엇인지 몰랐던 탓이다.

과학자의 비서는 종말을 전하고 떠났다. 그 후 아야라를 비롯한 이들은 오랫동안 논의했다. 논의 끝에 내린 결론은 시로니를 막아야 한다는 것이었다. 필요하다면 검은 힘을 써서라도. 참혹했다. 멸망을 막기 위해 다른 멸망을 일으켜야 하는 인간의 한계가.

하지만 그 차악의 결론조차도 그들은 실행할 수 없었다. 기달티와 무아카의 검은 힘이 더는 발현되지 않았기 때문이다. 당연한 일이다. 근원이 마르면 흐름도 그치는 법이니까. 하지만 피네하스의 패배를 아직 모르는 이들은 그 까닭을 깨닫지 못했다.

검은 힘이 사라졌지만 인간은 파멸을 늦추지 않았고 무력한 이들에겐 선택권이 없었다. 약자는 강자의 배려에 의존할 수밖에 없었고, 그들에게 허락된 배려는 메트로폴리스뿐이었다. 야빈은 그 결정을 누구보다도 싫어했다. 약물에 절여져 플라스크에 갇히는 것이 실험용 쥐로 살아온 날들을 떠올리게 한 탓이다.

조작당하고 싶지 않았다. 그저 존재하는 대로 오롯이 살아가고 싶었다. 하지만 세상은 그마저도 허락하지 않았고, 또다시 삶을 박탈당한 아이가 할 수 있는 저항은 좁은 무릎 틈으로 얼굴을 파묻는 것뿐이었다. 얼굴을 가린 채, 아이는 비참한 기분으로 중얼거렸다.

"어른들이 자기들 마음대로 세상을 망치는 게 너무 싫어."

곁에 앉은 무아카는 할 말이 없었다. 같은 심정이라서, 돌이켜 보니 어른들에게 받은 상처가 너무 많아서.

"우리도 어른이 되면 그렇게 될까?"

"잘 모르겠어."

아이의 한숨 섞인 물음에 친구는 담담히 대답했다. 아이는 눈가에 맺힌 눈물을 소매로 몰래 닦았다.

"공주님이 보고 싶어."

그렇게 말하고 야빈은 곧장 후회했다. 헛된 말이 마음을 더 아프게 만들었기 때문이다. 세상을 구하러 온 공주는 죽었다. 그러나 세상은 이전보다 약간도 나아지지 않았다. 공주님은 대체 무엇을 위해 죽었을까, 세상은 단 한 줌도 구해지지 않았는데. 구원은 세상이 다 부서진 후에야 이루어지는 걸까?

야빈은 혼란 속에서 나와 마지막으로 나눴던 대화를 떠올렸다. 내 말처럼 사람들은 잘못하고도 책임지지 않았다. 당위성만 내세울 뿐 세상을 파멸로 이끌고 시치미를 뗐다. 자이트도, 시로니도. 어른들은 항상 책임지지 못할 짓을 저지르고 그 고통을 남에게 떠넘겼다. 그걸 감당하겠다며 죽음을 택한 나를 아이는 여전히 이해할 수 없었다.

그게 뭔지, 대체 무슨 의미인지. 심지어 사람들은 나를 죽이는 데 거리낌이 없었다. 도리어 치솟는 불길에 고무되어 죄 없는 소녀의 죽음을 기뻐했다.

그날을 떠올리고 야빈은 입술을 깨물었다. 그렇게 차오른 원망을 하늘에 대고 토해 냈다.

"가장 나쁜 건 라이시 형이야."

"라이시 오빠는 왜?"

"대공이라면서 아무것도 안 하잖아. 제일 무책임해."

야빈의 토로에 무아카는 머뭇댈 뿐 아무런 말도 하지 못했다. 하지만 대답은 돌아왔다. 그들의 등 뒤에서.

"대공에게 무책임하다니, 무엄한 녀석일세."

갑작스럽게 들려온 목소리에 두 아이는 화들짝 뒤를 돌아봤다. 곧 그들의 눈이 한없이 커졌다.

"라이시 형?"

야빈이 경악하며 외쳤다. 소리 없이 찾아온 라이시는 아이들을 보며 빙긋 웃었다. 그 바람에 야빈은 덜컥 굳어 버렸다. 라이시가 모처럼 자상하게 웃었지만 아이는 공포를 느꼈다. 아이가 보기에 그것은 기괴했다. 연인의 죽음을 방관해 놓고 저렇게 웃다니. 그래서 야빈은 멀찍이 멈춰 서서 경계심 가득한 목소리로 물었다.

"지금까지 어디 있었어요?"

"공주님이랑 같이 있었어."

돌아온 대답이 무척 평온해서 야빈의 오해가 깊어졌다.

"공주님이 죽을 때도요? 보고만 있었어요?"

"그래."

"왜요? 왜 지켜 주지 않았어요?"

아이의 다급한 물음에, 원망 섞인 채근에 라이시는 다시 옅게 웃었다. 그리고 친절한 속삭임으로 대답했다.

"나도 지키고 싶었어."

누구보다도 절박하게, 하늘을 찢으며 울 만큼 간절하게.

"하지만 공주님이 지켜 달라고 한 건 너희들이었어."

라이시의 대답은 진지했다. 그래서 야빈은 더 원망할 수 없었다. 그의 진심이 헤아릴 수도 없이 깊었다. 그가 방관한 게 아니라 인내했다는 사실을 부정할 수 없었다. 그래서인지 아이는 더 서러워졌다.

"대체 왜요? 이해가 안 돼요, 왜 그렇게 하셨는지 하나도 모르겠어요."

탓할 것마저 잃은 아이가 울먹였다. 그 앞에서 라이시는 피식 웃더니 태연하게 말했다.

"모르겠으면 직접 물어봐."

"어떻게요?"

야빈이 울상을 지으며 반문했다. 그러자 라이시는 어려울 게 뭐 있냐는 듯, 대수롭지 않은 투로 답했다.

"지금 너희 집에 있어."

라이시의 말이 떨어지기 무섭게 두 아이는 언덕을 내달렸다. 달리다 넘어져 풀밭을 데굴데굴 굴렀지만 아픈 줄도 모르고 벌떡 일어났다. 아이들은 무릎이 까진 채 다시 허겁지겁 달렸다. 믿어지지 않았지만 지체할 수 없었다. 내리치듯 찾아온 희망에 반신반의할 여유조차 없었다.

이윽고 집 앞에 당도했을 때 야빈과 무아카가 본 것은 밖에 나와 있는 어른들이었다. 그들은 막 무언가를 떠나보낸 모습으로 하늘 저편을 바라보고 있었다. 셋이 아니라 넷이었다. 아야라와 기달티, 제미라뿐 아니라 시믈라도 나와서 먼 곳을 응시하고 있었다.

"공주님은요?"

숨을 몰아쉬는 야빈 대신 무아카가 물었다. 그러자 아야라가 푸근히 웃으며 대답했다.

"방금 디브리 씨와 떠나셨어."

라이시의 말이 진짜란 걸 깨닫고 아이들은 다시금 눈을 크게 떴다.

"어디로요?"

"중앙으로, 시로니 씨를 만나러 가신대."

아야라의 대답에 간신히 숨을 돌린 야빈이 비명을 질렀다.

"우릴 안 보고 그냥 가셨어!"

두 아이는 나를 놓치고 발을 동동 굴렀다. 그때 뒤따라온 라이시가 넌지시 말했다.

"보고 싶으면 따라가 봐."

데려다 주겠다고 하면 좋을 텐데, 두 아이는 야박하다 느끼며 대답했다.

"우린 길을 몰라요."

"걱정 말고 가, 길은 내가 알려 줄 테니까."

라이시가 말할 때 또 다른 라이시가 아이들 곁으로 다가왔다. 순박한 짐승은 아이들에게 머리를 내밀며 몸을 숙였고, 아이들은 서로를 마주 보다 그 등에 올라탔다. 갑작스러운 모험이었지만 두려울 것은 없었다. 도리어 가슴이 설레기 시작했다.

아이들이 올라타자 용은 날개를 펼쳤다. 막 날아오르기 전에 야빈은 시믈라를 잠깐 돌아보았다. 고요하게 하늘을 보는 그 여인이 이전과 다른 사람처럼 느껴졌다. 아이의 예리한 눈은 가식으로 시든 미녀와 다시 생기를 되찾은 여인을 구분할 줄 알았다. 미녀라는 명성에도 불구하고 쭉 무섭게만 보이던 사람이었는데, 어쩐 일인지 이제는 정말 아름다워 보였다.

내가 죽었을 때 시믈라는 하염없이 울었다. 이제야 겨우 마음을 말할 수 있게 됐는데 너무 늦어서, 고집스레 침묵했던 지난날이 후회스러워서. 시믈라는 내게 쏟았던 저주를 떠올릴 때마다 가슴이 미어져 숨을 쉴 수 없었다. 그가 던진 말들은 보란 듯이 이루어졌다. 나는 마녀로 내몰렸고 비참해졌으며 고통 속에서 끝내 죽었다. 그 말을 도로 주워 담지 못해서 시믈라는 내리 울었다. 가슴을 내리치며, 나를 그리워하며.

그래서 내가 다시 돌아왔을 때 그는 아무 말도 할 수 없었다. 염치가 없어서 도저히 말을 할 수 없었다. 하지만 나는 그에게 다가가 기다렸다. 그가 말해 주기를, 내가 비참해졌을 때 모든 것을 말하겠다고 한 약속을 지켜 주기를. 나와 마주 보게 된 시믈라는 내 기다림을 깨달았고, 더는 대답을 미루지 못했다. 그래서 망설임 끝에 흐느끼며 결국 입을 열었다.

"왜 그렇게까지 하셨어요?"

어렵사리 흘러나온 물음에 나는 조용히 웃었다. 그리고 그 눈물을 닦아 주며 대답했다.

"네 이야기를 듣고 싶었어."

시믈라는 숨죽이며 입술을 깨물었다. 그는 얼굴을 가리고 더 울다가, 이내 신음하며 속삭였다.

"이미 다 아시잖아요."

용은 경쾌하게 날았다. 야빈과 무아카는 하늘 높은 곳에서 지상을 내려다보았다. 중앙과 북쪽의 접경 지역에 진을 친 군대가 보였다. 중앙의 군대였다. 덜컥 겁이 난 아이들이 고삐를 당겼지만 용은 속도를 늦추지 않고 오히려 진영 한복판으로 날아들었다.

공격당할까 봐 노심초사하며 아이들은 용의 등에 꼭 매달렸다. 그 사이 용은 과감하게 지상으로 내려갔고, 아이들은 속절없이 끌려갔다. 이윽고 그들이 착지한 곳은 중앙의 진영 한가운데, 군대로 에워싸인 곳이었다. 그럼에도 그들은 어떤 공격도 받지 않았다. 내려오는 동안 공격은커녕 위협이나 제지도 없었다. 아이들이 우연인가 하며 어리둥절해하는데, 옆에서 느긋한 목소리가 들려왔다.

"정말 왔네, 천재 소년과 꼬마 영주님."

두 아이는 깜짝 놀라 돌아보았다. 뒤에서 기다렸다는 듯 말을 건 사람은 시로니였다. 그런데 그 시로니는 며칠 전에 본 시로니가 아니었다. 그보다 훨씬 예전에, 몇 년 전에 만났던 시로니였다. 예민하고 냉소적이던 과학자는 어째선지 예전처럼 여유롭고 친절한 사람으로 돌아와 있었다. 아이들이 얼떨떨해하자 시로니는 웃으며 덧붙였다.

"공주님이 너희를 맞아 주라고 하셨어."

공주라는 말에 아이들은 의심을 멈추고 다급히 물었다.

"공주님을 만났어요?"

"응."

"공주님은 지금 어디 계세요?"

"다시 떠나셨어. 북쪽으로."

"또 놓쳤어!"

야빈은 분통을 터트렸고 무아카는 탄식했다. 그 모습을 보고 시로니는 그저 웃었다.

기수들이 안달하자 용은 지체 않고 다시금 날개를 펼쳤다. 용이 비상을 위해 도움닫기를 준비하는데, 야빈이 갑자기 생각난 듯 시로니에게 소리쳤다.

"저기요!"

"응?"

돌아온 대답이 온유했다. 그래서 야빈은 반신반의하며 물었다.

"전쟁을 계속할 거예요?"

시로니는 실소하고 말았다. 아이의 물음이 너무 순진해서. 시로니는 아이의 순수함에 화답하듯 마음을 털어놓았다.

"아니, 안 할 거야."

"왜요?"

그 물음은 시로니를 난처하게 만들었다. 혹시 이 애들한테 전쟁광
으로 여겨졌던 걸까? 스스로의 행보를 되짚어 보니 아니라 할 변명도
없었다. 그래서 그는 민망하게 웃으며 자그맣게 실토했다.

"공주님이 하지 말래."

야빈은 놀란 얼굴로 하얗게 웃는 시로니를 쳐다보았다. 더 묻고
싶었지만 그럴 겨를이 없었다. 용이 기다리지 못하고 비상했기 때
문이다.

북쪽에서 막 돌아왔을 때, 시로니는 속이 검게 썩어 파괴만을 다
짐하고 있었다. 위도 아래도 손도 댈 수 없이 썩어 버린 도시, 그 꼴
도 보기 싫은 인간의 만상을 눈앞에서 치워 버리려고 했다. 그런 결
심을 할 때 시로니는 오직 자이트만을 보고 있었다. 그를 패망시키기
위해서라면 무엇이든 불사할 생각이었다.

그때 시로니는 자신의 변화를 눈치채지 못했다. 그저 괴물을 잡아
야 한다는 생각에, 자신이 같은 괴물이 된 것은 미처 깨닫지 못했다.
그래서 그 새로운 괴물은 나를 다시 만났을 때 격렬히 저항했다.

"웃기지 마, 공주가 죽는 걸 내가 직접 봤어. 넌 어디서 만든 가짜
데 공주 행세야?"

그가 나를 부정하며 소리쳤다. 그의 날카로운 추궁에는 광기가 담
겨 있었다. 사납게 곤두선 그에게 나는 조용히 대답했다.

"나는 가짜가 아니에요."

그리고 그의 눈앞에 손목을 내보였다. 내 손목에는 달궈진 쇠사슬 자국이 선명하게 남아 있었다. 시로니는 그 흔적을 살피더니 의심스레 되물었다.

"당신, 진짜 공주야?"

내가 끄덕이자 시로니는 얼굴을 일그러트렸다. 그는 내 손목을 뿌리치며 새된 목소리로 외쳤다.

"웃기지 마! 그럼 그날 일은 뭔데, 다 연극이었어?"

"아니요, 그때 나는 정말 죽었어요."

"그런데 어떻게……."

"죽음을 이겼어요."

쉬운 말이지만 시로니의 눈에는 혼란이 차올랐다. 그는 날 빤히 바라보더니 이내 고개를 가로저었다.

"아니야, 말도 안 돼. 불가능한 일이야. 그런 게……."

그는 말을 채 잇지 못하고 입술을 깨물었다. 내게서 전해지는 생기와 기억 속의 죽음이 충돌하며 뒤엉켰다. 결국 그는 나를 받아들이지도 부정하지도 못하며 필사적으로 소리쳤다.

"나한테 대체 왜 이래, 또 왜 나타난 거야? 당신한테 넘어갔다가 내동댕이쳐지는 거 지겨워. 그러니까 제발 그만 좀 해! 정말 죽었다면 그 시체나 끌고 꺼져, 사람 괴롭히지 말고!"

벼랑 끝에서 연거푸 저항하는 그에게 나는 천천히 걸어갔다. 시로니는 자기도 모르게 주춤 물러났다. 뒷걸음질 끝에 벽까지 몰리자 그는 나를 매섭게 노려보았다. 그의 흔들리는 시선이 안타까웠다. 그러지 마, 너의 진리가 되기 위해 죽음을 건너 미래까지 손에 넣었어. 나는 그의 지척에 서서 찬찬히 말했다.

"나는 가짜도 아니고 시체도 아니에요. 시체는 말하지 못해요."

당신의 스승이 궁금해하던 것이다. 시체가 입을 열면 재가 되어 무너지는 까닭. 노년의 과학자는 그 비밀을 풀지 못했다. 생명의 가치를 모르기에 풀 수 없었다. 말은 본래 생명을 짓기 위해 사용된 것, 그리고 생명을 가꾸기 위해 허락된 것. 그 힘을 시체는 감당할 수 없었다. 시체에겐 생명이 없으니까. 이미 썩은 시체는 입을 열어도 낼 수 있는 게 죽음뿐, 죽음은 생명을 감당하지 못해 무너진다. 내가 흑암을 깨트렸던 것처럼. 그것은 천체의 회전처럼 자연스러운 법칙이지만 지식만을 숭상하던 과학자는 깨닫지 못했다. 진리가 아닌 지식만을 구하며 거짓을 빚어 낸 대가였다.

"당신들은 산 자를 죽이고 죽은 자를 살리며 스스로 혼란에 빠졌죠. 거짓이 너무 많아 진리를 찾을 수 없다면 차라리 눈을 감아요. 그리고 들리는 소리로 판단해 봐요. 그 말에 생명이 담겨 있는지, 아니면 죽음이 담겨 있는지를."

나는 한 걸음 더 다가가 시로니의 안경을 벗겼다. 그리고 손으로 그의 눈을 덮었다. 그는 몸을 떨면서도 내 손길을 뿌리치지 못했다.

"나는 언제나 생명이었어요."

내 담담한 선언에 시로니는 하나둘씩 떠올렸다. 내가 생명을 살리기 위해 했던 모든 말을, 죽음 앞에 스스로를 바치던 몸부림을. 기억이 무게를 가지고 덮쳐 왔고, 시로니는 거기에 압도되어 애원했다.

"그만해요, 제발. 날 혼란스럽게 하지 말아요. 당신은 대체 누구예요? 누군데 내게 이래요."

"내가 누구인지는 당신이 이미 말했어요. 나는 당신의 진리예요."

과학자의 입에서 숨소리가 터져 나왔다. 그가 내게 했던 고백이 돌고 돌아 오늘에야 그에게 되돌아갔다. 감당할 수 없이 커진 그 말이 버거워 시로니는 신음했다. 말을 잇지 못하는 과학자에게 이번엔 내가 물었다.

"당신은 누구죠?"

"나는……"

"당신은 시체인가요?"

내 되물음에 시로니의 몸이 굳었다. 아니라 하고 싶었지만 망설임이 입을 막았다. 그때 시로니는 비로소 자신을 보게 되었다. 속이 검게 썩어 무차별한 죽음을 일으키려던 자신을. 그 깨달음은 경악에서 시작해 두려움으로 번졌다. 나는 겁먹은 과학자에게 다시 물었다.

"당신이 들어선 길은 어디죠? 당신이 하는 말은 생명인가요, 죽음인가요?"

그는 잘못된 길로 들어설까 봐 노심초사하던 과학자였다. 그런데 지금은 주변을 돌아보는 것도 잊고 마구 달리고 있다. 그래서 도착한 곳은 전쟁터 한복판. 그 가운데 웅크린 그는 거대한 죽음, 그 자체.

시로니는 충격 속에서 자신의 길을 되짚었다. 그 길로 들어선 수많은 이유가 있지만, 그게 다였다. 이유는 이유일 뿐 그가 선택한 참혹함을 책임지지 못했다. 그는 책임질 수 없는 파괴를 일으키고 있었다. 자신의 스승처럼, 한때 친구였던 독재자처럼. 시로니는 변명할 수 없었다. 그는 자신의 눈을 가린 내게 매달리며 쉰 목소리로 흐느꼈다.

"제발 내게 묻지 말아요. 나는 아무것도 몰라요."

나는 자백하는 과학자를 조용히 어루만졌다. 그는 길을 잘못 들었을 때 비웃음을 사게 될까 봐 두려워했다. 하지만 나는 비웃지 않는다. 바른길로 부를 뿐. 나는 주저앉은 그를 여전히 사랑했고, 그래서 그가 가장 원하는 말로 화답했다.

"걱정 말아요, 내가 알려 줄게요. 나는 당신이 원하는 걸 모두 알고 있어요."

용은 다시 쏜살같이 날았다. 아이들이 북쪽 장벽 앞에 도착했을 때 하늘은 이미 붉게 저물어 있었다. 식사를 걸렀지만 아이들은 배고픈 줄도 모르고 바짝 긴장했다. 저 북쪽 도시가 무서웠기 때문이다.

"가까이 가면 공격할지도 몰라."

"공주님은 괜찮으실까?"

아이들은 두려운 마음으로 거대한 장벽을 바라봤다. 동시에 지난 기억이 되살아났다. 무서운 군인, 성난 군중, 냉철한 지배자, 그리고 불타 죽은 나. 아이들은 그 앞에서 어쩔 수 없이 덜덜 떨었다.

장벽이 가까워지자 용은 천천히 속도를 늦췄다. 기세 좋게 날던 용도 저 장벽을 넘을 생각은 없어 보였다. 실은 굳이 넘을 필요도 없었다. 용은 선회하며 장벽 근처에 착지했다. 이번에도 그들이 내려선 곳에는 기다리는 사람이 있었다.

"너희들이구나. 공주님을 찾아왔지?"

한 여인이 상냥하게 말을 걸었다. 하지만 아이들은 그 여인이 낯설어 대답하지 못했다.

"누구세요?"

야빈이 되묻자 여인은 살며시 미소 지었다. 자신을 설명할 말이 떠오르지 않은 탓이다.

"어?"

무아카가 그 여인의 얼굴을 보더니 갸우뚱 고개를 기울였다. 어디서 본 듯 낯익었다. 하지만 그뿐, 무아카는 수년 전 잠깐 스친 시하의 얼굴을 기억해 낼 수 없었다.

시하는 자신을 멀뚱멀뚱 바라보는 두 아이에게 웃으며 말했다.

"공주님이 가시기 전에 너희에게 말을 전해 달라고 부탁하셨어."

그 말에 아이들은 의심을 멈추고 퍼뜩 서로를 보았다. 나를 놓친 게 이로써 벌써 세 번, 아이들은 맥이 빠져서 울상을 지었다.

"벌써 가셨어요? 어디로요?"

"집으로."

"누구 집이요?"

"너희 집."

시하의 짧은 대답에 아이들의 눈이 더 커다래졌다. 그 놀람도 잠깐, 아이들은 곧 눈을 가늘게 뜨며 낮은 목소리로 중얼거렸다.

"아무래도 라이시 형이 우릴 일부러 내보낸 것 같아."

"응, 대공님이 됐지만 여전히 성격이 나빠."

그렇게 불평하면서도 기분은 썩 나쁘지 않았다. 내내 허탕을 쳤지만 내 자취를 쫓은 길이 상쾌해서 오히려 좋았다. 야빈은 혹시나 하는 마음에 시하에게도 물어보았다.

"공주님이 여기선 뭘 하고 가셨어요?"

"내 남편을 만나셨어."

시하의 담담한 말 속엔 넘치는 기쁨이 숨어 있었다. 하지만 야빈은 그걸 미처 모른 채, 그리고 시하의 남편이 누구인지도 여전히 모른 채 되물었다.

"그래서 어떻게 됐어요?"

긴 이야기가 될 것 같았다. 그래서 현명한 안주인은 작은 손님들을 집으로 모셨다. 그들에게 해줄 이야기가 많았다. 정성껏 차린 저녁 식사와 함께.

하늘이 밝아 왔다. 지평선에서 피어난 빛이 온 세상을 밝혔고, 밤을 견딘 생명은 깨어 아침을 맞이했다. 새벽을 일으키는 것은 하늘의 일이지만 그때에 눈을 뜨는 것은 사람의 일이다. 나는 나의 일을 했고, 이제는 너희가 할 일을 기대한다.

나는 여정을 마치고 돌아올 아이들을 기다렸다. 세상을 둘러본 아이들이 내게 와서 뭐라 할지 궁금했다. 기다림이 설레어 눈부신 하늘에 감사하고, 흐르는 시간이 즐거워 너희가 지나는 길을 축복했다. 우리가 이룬 평화가 세상에 충만할 때, 먼 하늘이 비로소 너희를 내게 데려다주었다.

나를 발견한 아이들이 환희하며 달려왔다. 나는 두 팔을 벌렸고 아이들은 온몸으로 안겼다. 아이들은 내 품을 파고들며 웃기도 하고 울기도 했다. 놀라움 속에서 발견한 기쁨은 벅찬 감격이 되었고, 그로써 빚어진 눈물은 쓴맛 없이 부드러웠다.

아이들은 내게 안겨서 횡설수설 이야기를 쏟아 냈다. 내 죽음에 낙담하며 울었던 일, 시믈라와 시로니가 다른 사람처럼 변한 일, 총통의 아내가 밥을 주고 재워 준 일을 말하며 들떴다. 마지막엔 라이시의 부당한 처사를 일러바치기도 했다. 하고 싶었던 말을 다 털어 내고서 아이들이 내게 물었다.

"어떻게 된 거예요? 이제 전쟁을 안 한대요."

"북쪽도 달라졌어요. 총통이 물러난대요, 갑자기요."

"다 어떻게 하신 거예요?"

어떻게 해도 변할 것 같지 않던 세상이었다. 냉정하고 이기적이어서 상처만 주던 세상이었다. 그런데 그 세상이 상냥하게 변해서 아이들에게 웃어 주었다. 친절하게 대해 주었다.

나는 놀라워하는 아이들에게 환히 웃으며 답했다.

"고백했어. 사랑한다고."

궁금한 게 많은 너희에게 세상을 가르친다면, 내가 말할 것은 이것뿐이다.

"그랬더니 내 사랑을 받아 줬어."

"그게 다예요?"

"응, 다야."

내가 너희에게 주는 구원은.

"언제나 그게 다였어."

세상을 구하러 온 나는 사랑이었다. 나는 세상을 구하는 유일한 방법이었고, 세상이 미워하던 좁은 길이었다. 미움받는 길이 되기 위해 나는 스스로 무릎을 꿇고 가장 낮은 자리에 발자국을 새겼다. 내 첫 발자국이 세상을 구하고자 하는 모든 이에게 길이 되도록, 어둠을 헤매는 자들에게 이정표가 되도록.

모든 것을 잃었던 나는 오래 참는 사랑이었고, 고난당한 보상으로 너를 택했다. 내가 죽음을 건넌 것은 벌하기 위함도 아니고 탓하기 위함도 아니다. 다만 보상을 얻고자 할 뿐이다. 하지만 그것을 모르는 인간의 지배자는, 돌아온 나를 보고도 미동하지 않았다.

"저를 벌하러 오셨습니까?"

잿더미처럼 앉은 자이트가 단조로운 음성으로 물었다. 나와 마주한 자이트는 껍질만 남은 듯 텅 비어 있었다. 그는 나를 태운 끝에 스스로도 전소되어 모든 것을 잃었다. 세상을 구하고 싶은 마음도, 불의에 분노하던 마음도, 자신의 안위를 챙기고자 하는 마음조차도.

안에서 치솟는 불길을 다스리기 위해 내달렸던 그는 기어이 자신의 모든 것을 꺼뜨리고 말았다. 불씨마저 식은 자리에 남은 것은 허망함이었고, 그 때문에 그는 나를 보고도 놀라지 않았다. 두려워하지도, 노여워하지도 않았다. 그저 판결을 기다릴 뿐, 이제 그만 모든 것이 끝나기를 바랄 뿐이었다. 내게 불을 대며 사랑을 묻던 자의 말로는 그렇게나 차가웠다.

나는 무쇠 같은 그에게 조용히 대답했다.

"아니요, 벌을 내릴 생각은 없어요."

벌을 받을 줄 알고 그렇게 묻지만 나는 벌하지 않을 것이다. 심판 또한 선한 것이지만 나는 그것을 미룬다. 너희 모두가 내 사랑을 깨달을 때까지 참기로 한다.

"그럼 제게 왜 오셨습니까?"

한없이 초라해진 총통이 아무 기대 없이 내게 물었다. 그의 죽은 눈이 나를 의심했지만 나는 비난 없이 말했다.

"당신을 부르러 왔어요."

내 담담한 대답에 자이트의 눈이 미세하게 흔들렸다. 그는 내가 무슨 말을 하는지 이해하지 못했다. 나를 죽였던 그는 내가 돌아왔을 때 이미 목숨을 포기했다. 하늘을 찢던 비명이 보복으로 돌아온 줄 알고서. 그래서 판결을 기다렸는데, 정작 내가 내민 것은 그의 생각과 전혀 달랐다.

나는 그의 막다른 기대를 배신하며 그에게 되물었다.

"결혼식 날 신부를 찾지 못하면 어떡하죠?"

내 물음에 그는 허를 찔린 듯 창백해졌다. 이건 우리가 엇갈리던 날 마지막으로 나눈 이야기, 내가 그에게 전한 예언과도 같은 이야기였다. 비로소 이 이야기를 매듭지을 때가 왔다. 자이트는 얼어붙어서 나를 바라보았다. 나와 눈이 마주쳤을 때 그는 또 한 번 당황했다.

내게서 꾸미지 않은 온화함을 발견했기 때문이다.

나는 조용히 그를 기다렸다. 그는 여전히 믿지 못했지만, 눈이 마주친 이상 대답을 피할 길은 없었다. 그는 망설임 끝에 메마른 입술을 열었다.

"다시 불러서 찾아야 합니다."

그 자백에 대고 나는 밝게 웃었다. 나는 기쁨을 감추지 않고 궁지에 몰린 그에게, 숨을 곳을 찾지 못해서 가쁘게 숨 쉬는 그에게 속삭였다.

"나 또한 그래요."

그래서 돌아왔어요. 당신을 부르기 위해서.

나는 세상을 구하는 유일한 방법.

세상이 미워하는 좁은 길.

스스로 무릎 꿇은 공주.

낮은 자리에 새긴 발자국.

길이자 이정표.

오래 참는 사랑.

너를 택한 구세주.

잿더미에 주저앉은 당신을 일으키려고 죽음도 찢고 여기에 왔습니다. 나는 당신을 사랑하고, 당신이 내 사랑을 받아 주길 원합니다.

그러니 대답해 주세요. 당신을 구하러 온 나에게.

에필로그

좁은 길

공주님이 떠나신 지 꼭 1년이 지났다. 그 후 세상은 동화처럼 평화롭다, 라고 하면 그건 거짓말이다. 동화 같기는커녕 요즘도 지지고 볶느라 바쁘다. 동화는 현실과 거리가 멀어서 동화인가 보다. 그래서 여전히 시궁창 같은 세상이냐고 묻는다면, 음……. 다행히 그렇지는 않다. 세상은 지금 변해 가고 있다. 크고도 작게, 사소하고도 완벽하게.

여러 가지가 변했는데 그 전에 내 얘기를 하자면, 나는 얼마 전에 열네 살이 되었다. 성년도 아닌 어정쩡한 나이지만 모두에게 축하받았다. 내가 이 나이까지 살아 있을 줄은 아무도 몰랐기 때문이다. 타누 형한테는 사춘기 전에 죽을 거라고 했는데, 예상과 달리 나는 무난하게 잘 살고 있다. 그 형보다 무려 4년이나 더. 이 시점에 새로 다짐하는 건 사춘기가 와도 그 형처럼 되지는 말아야겠다는 것이다.

이런 생각을 할 정도로 나는 건강하다. 여전히 무아카에겐 이길 수 없지만, 적어도 언제 급사할까 걱정하지 않아도 될 만큼 멀쩡하다. 앞으로도 얼마든 살아갈 수 있을 것 같다. 그래서 '인체 실험의 피해 자였던 야빈은 몸이 다 낫고 오래오래 행복하게 살았습니다'인 거냐고 묻는다면, 동화 같은 결말에 집착하는 당신에게 나야말로 묻고 싶다. 대체 어떻게 살아야 '오래오래 행복하게 살았습니다'인 거지?

굶주리지 않고, 집 없이 헤매지 않고, 생명의 위협을 느끼지 않는 게 '오래오래 행복하게'인 걸까? 물론 그건 누군가에겐 간절한 것이다. 예전에 내가 그랬던 것처럼. 하지만 그게 전부이자 끝이라고는 생각하지 않는다. 그건 오히려 시작에 가깝다. 나는 이제 배고프거나 춥지 않다. 누가 내 몸을 난도질할까 봐 걱정하지도 않는다. 나는 이 시작점에서 앞으로 어떻게 살아야 할지를 비로소 생각하게 됐다.

무엇을 해야 할까, 무엇이 되어야 할까, 내게 주어진 시간을 어떻게 사용해야 할까. 매일이 고민이다. 이걸 어물쩍 '오래오래 행복하게'라고 말한다면 조금 억울하다. 그렇게 뭉뚱그릴 만큼 내 하루가 마냥 쉽지는 않다. 그러니 나는 표현을 좀 달리 하려고 한다. '인체 실험의 피해자였던 야빈은 이제 매일을 살고 있다'로. 이 표현에 의미가 있냐고? 있다. '매일을 견디고 있다'에 비하면 훨씬 더.

삐걱삐걱 사다리 타는 소리가 들렸다. 나는 쓰던 것을 멈추고 바닥에 난 작은 문짝을 돌아봤다. 아니나 다를까, 곧 네모난 나무문이 위로 들리며 무아카의 머리가 다락방 마루 위로 쑥 올라왔다.

"야빈, 시로니 선생님이 찾아."

무아카가 정수리에 문짝을 얹은 채로 말했다. 기껏 숨었는데 보람도 없이 들켜 버렸다. 다락으로 올라오지 말고 집 밖으로 나갈걸.

나는 무아카를 떨떠름하게 바라보았다. 무아카 머리에 얹어진 저 문짝을 위에서 꾹 누르면 어떻게 될까? 그냥 가줄까? 턱도 없지. 오히려 나를 창밖으로 내던질지도 몰라. 무아카를 몰아내고 싶었지만 보복이 두려워서 그 마음을 곱게 접었다. 대신 시큰둥한 대답으로 불만을 드러냈다.

"나도 알아."

아니까 여기로 피신한 거다. 내가 툴툴거리자 무아카가 갸웃대며 되물었다.

"일부러 도망친 거야?"

"도망이 아니라 잠깐 피한 거야."

잘못한 것도 없는데 내가 왜 도망을 치냐? 나는 성의 없이 대답하며 다시 창틀로 눈을 돌렸다. 그 창틀은 폭이 넓고 햇빛이 비쳐서 책상으로 쓰기 좋았다. 이대로 하던 걸 계속 하고 싶었는데, 뒤에서 또다시 삐걱삐걱 사다리를 타는 소리가 들렸다. 무아카가 포기하지 않고 다락 위로 올라오는 모양이었다.

"너한테 할 말이 있나 봐. 찾아 달랬어."

끈질긴 무아카 때문에 결국 일기장을 덮었다. 나는 불편한 심기 그대로 투덜댔다.

"나는 할 말 없어, 못 찾았다고 해."

"거짓말하면 라이시 오빠한테 혼나."

"괜찮아. 견딜 수 있어. 너는 튼튼하니까."

무아카는 말을 멈추고 나를 쳐다보더니, 이내 진지한 목소리로 중얼거렸다.

"야빈도 어서 튼튼해지면 좋겠다. 원 없이 때려 주게."

태연하게 그런 말 하지 마, 진심으로 날 때리고 싶어 하지도 마. 너 때문에라도 난 아플 거야. 앞으로도 쭉, 계속.

무아카는 나를 위협해 놓고서 다시 태연하게 물었다.

"선생님이 무슨 말 했어?"

"아직 아무 말도 안 했어."

"그런데 왜 숨어?"

"무슨 말을 할지 아니까."

너무 뻔해서 피하지 않을 수가 없었다. 어제 은근슬쩍 떠볼 때부터 낌새를 느꼈다. 그래 놓고 오늘 아침에는 쉬지 않고 그 얘기만 하면서 푸념하는데, 그때마다 날 노골적으로 쳐다보며 무언의 압박을 주더라. 그렇게 열심히 밑밥을 까는데 모를 수가 있나.

그러자 무아카도 눈치를 챘는지 내게 되물었다.

"메트로폴리스 얘기야?"

정확히 짚었지만 나는 대답도 않고 얼굴만 찌푸렸다. 메트로폴리스, 정말 싫은 동네. 그 세계가 돌아가는 방법도 마음에 안 들고 그 세계로 들어가는 방식도 마음에 안 든다. 그런데 그 아줌마는 내 앞에서 계속 그 얘길 꺼낸다. 내가 질색을 하니 무아카도 덩달아 한

숨을 내쉬었다.

"싫어하는 건 알지만 피한다고 해결되진 않을 거야. 나중에라도 한 번 가봐."

나는 이번에도 대답하지 않았다. 내가 고집스럽게 침묵하자 무아카는 다시 한 번 한숨을 쉬었다. 더 말해 봐야 소용없다고 생각했는지, 무아카는 그 말을 남기고서 사다리를 타고 도로 내려갔다. 나는 무아카가 내려간 걸 확인하고 다락 문 위에다가 궤짝 하나를 얹어 놨다. 하나로는 부족한 것 같아서 두어 개를 더 끌어다 놨다. 이러면 또 와서 방해 못 하겠지.

나는 견고하게 쌓인 보루에 만족하며 다시 일기장을 펼쳤다. 어디까지 썼지? 그러니까, 나는 이제 매일을 살고 있다.

견디는 것과 사는 것은 같으면서도 다르다. 견디는 것은 살아남기도 버거워 아무것도 할 수 없지만, 산다는 것은 그보다 뭐랄까, 자유롭다. 존재하기 위해 애쓸 뿐 아니라 내가 존재하는 이유를 발견하고 싶어진다. 그래서 살아남는 것 이상의 무언가를 바라며 미래를 꿈꾸게 된다. '앞으로 어떡하지?'라는 물음은 여전하지만 전자가 절망이라면 후자는 희망이다. 그럼에도 이것을 '오래오래 행복하게'라고 표현할 수 없는 건, 그게 마냥 쉽지가 않기 때문이다.

자유에는 책임이 있다. 그래서 나는 내게 주어진 시간에 책임을 다해야 한다. 어떤 삶을 살아야 할지, 무엇이 되어야 할지를 고민하고 결정해야 한다. 자유는 버겁고, 그래서 나는 여전히 고민 중이다.

내가 지금 살고 있는 산채는 조용하고 평화롭다. 여기서 나는 작은 텃밭을 일구면서 집안일을 돕고 있다. 남는 시간엔 틈틈이 책도 읽는다. 쭉 이렇게 살아도 나쁘지는 않을 것 같지만, 때로는 이대로 과연 괜찮을까 싶기도 하다. 그런 생각은 시로니 아줌마와 디브리 형이 놀러올 때마다 짙어진다. 그 두 사람이 한가할 때마다 와서 바깥소식을 전해 주기 때문이다.

1년 전, 전쟁이 끝나고 중앙과 북쪽은 큰 변화를 맞았다. 먼저 북쪽은 독재가 끝났다. 전쟁이 끝난 직후 자이트 총통은 소리 없이 사라졌다. 시하 아줌마도 함께. 그래서 지금 북쪽 도시는 수배를 내리고 그들을 쫓고 있다. 나는 자이트 총통이 죗값을 치러야 한다고 생각한다. 하지만 시하 아줌마를 생각하면 마음이 무거워서, 아직 그들을 찾지 못했다는 소식에 몰래 안심하곤 한다.

총통이 몰락한 후 북쪽엔 새로운 지도자가 세워졌다. 혁명군 출신의 어떤 아저씨가 시장으로 선출됐다. 원래는 테루아라는 아저씨가 추대됐는데, 지난 3년간 독재를 도운 것 때문에 스스로 사양했다고 한다.

새 시장이 선출됐을 때 시민의 반응은 냉랭했다. 그도 그럴 게, 독재자 셋을 거치며 받은 상처가 너무 컸기 때문이다. 기구한 운명만큼이나 각박해진 도시엔 신뢰가 남아 있지 않았다.

하지만 희망을 가진 한 사람이 절망하는 열 사람보다 강했다. 새 시장을 비롯한 사람들은 냉소에도 불구하고 정무를 돌봤고, 덕분에 도시의 상황은 점차 좋아지고 있다. 아직 갈 길이 멀지만 계속해서 나아가고 있다.

이어서 중앙 이야기를 하자면, 거긴 아직도 잡음이 많다. 북쪽과 전쟁을 끝내고 화친을 맺을 때도 마찬가지였다. 정복자로 살아온 중앙의 군부는 붕괴 직전인 북쪽을 차지하고 싶어 했다. 시로니 아줌마가 그걸 막으려고 엄청 고생했다. 사실 아줌마 혼자서는 역부족이라 라이시 형이 가서 깽판을 치고 이렇게 저렇게 해결했다.

그 후로도 시로니 아줌마는 라이시 형의 도움을 받으며 중앙의 오랜 문제들을 해결하고 있다. 시체 군단을 폐기하고, 인체 실험도 중단하고. 그리고 중앙의 식민지도 모두 해방했다. 지금은 피해를 보상할 방법을 모색 중이다. 물론 군 간부들은 이것을 좋아하지 않는다. 평화보다 이익을 바라는 자들이 아직 남아 있기 때문이다. 하지만 역시 괜찮다. 선하고 지혜로운 한 사람이 악하고 미련한 사람 열보다 강하니까.

그래서 이제 중앙에 남은 문제는, 메트로폴리스뿐이다.

바닥에서 또 삐걱거리는 소리가 났다. 무아카는 아닌 것 같다. 사다리에서 나는 소리가 아까보다 훨씬 더 요란하다. 누군가 싶어 보는데 쿵 소리와 함께 문에 올려 둔 궤짝이 들썩였다. 이어서 낮은 신음 소리도 들렸다. 무심코 문을 들다가 머리를 박은 모양이었다.

문을 여는 데 실패한 누군가는 잠깐 콩콩대더니 이내 다시 밀어붙이기 시작했다. 궤짝에 깔린 문이 들렸다 내리기를 반복했고, 끝내는 기합 소리와 함께 문 위에 놓인 궤짝들이 와르르 넘어갔다. 동시에

괴력의 주인공이 모습을 드러냈다. 디브리 형이었다.

"아, 안녕. 여기 있었구나?"

뭐지, 온 힘을 다해 밀고 들어왔으면서 우연히 만난 척하는 이유는? 내가 눈을 가늘게 뜨고 쳐다보자 디브리 형은 하하 웃었다. 아무래도 무아카가 다 일러바친 모양이다. 무아카 이 멍청이.

"왜요?"

"혼자 뭐 하나 궁금해서."

"용건만 말해요."

내가 퉁명하게 대답하자 디브리 형도 말 돌리기를 멈추고 본론을 꺼냈다.

"시로니 교수님이 널 원하신다."

"정중하게 사양할게요."

"하하, 이 녀석 귀엽네."

내 빠른 거절에 디브리 형은 이를 악물고 웃었다. 이 형도 참 딱하다. 시로니 아줌마 등쌀에 떠밀려 날 찾아온 게 분명하다. 나는 조금 애처로운 마음이 들어서 못 이기는 척 되물었다.

"뭘 원하시는데요?"

"메트로폴리스의 해방이라네."

"그걸 왜 저한테 그래요?"

"자네가 적임자라네."

그러니까 고작 열네 살인 내가 왜 적임자냐고. 아니, 그보다 중요한 건……

"저는 거기 싫어요."

"알지, 싫은 거 이해는 하는데 거기가 그렇게 나쁜 곳은 아니야. 평범하게 사람 사는 곳인데 뭐. 들어가거나 나올 때 과학자들 앞에서 홀딱 벗어야 한다는 게 치명적이긴 하지만 그것도 익숙해지면 할 만해. 대신 과학자 중에 어린 여자애가 있으면 정말 죽고 싶어지지."

아, 정말 싫다. 디브리 형은 자기 설득이 역효과라는 걸 아는지 모르는지 한참을 더 떠들었다. 그곳의 놀라운 문명, 물질적 풍요, 첨단 기술 등을 장황하게 자랑했다. 그 얘기를 들으면서 나는 냉소하지 않으려고 애썼다. 형이 좋다고 이야기하는 것들은 내가 메트로폴리스를 싫어하는 이유였다. 그 도시의 풍요가 내 고향을 착취해서 이루어졌다는 걸 이 형은 모르나 보다. 나는 듣다못해 따지듯 물었다.

"그렇게 좋으면 굳이 해방할 필요 없잖아요?"

내가 이의를 제기하자 디브리 형은 수다를 멈추고 돌연 진지하게 말했다.

"그렇긴 한데 문제가 있어."

"무슨 문제요?"

"거긴 여전히 사람이 죽어."

"하루 한 명씩?"

"아니, 한 시간에 한 명씩."

예상 못 한 대답에 나는 인상을 썼다. 피네하스는 처단됐고 이요브도 힘을 잃은 채 갇혔다고 들었는데, 어째서?

"누가 죽이는데요?"

나는 이해가 되지 않아서 되물었다. 짧은 대답이 곧장 돌아왔다.

"자살해."

간결한 답에 나는 할 말을 잃었고, 형은 쓴 얼굴로 덧붙였다.

"그 도시는 아직 덜 구해진 모양이야."

아직 덜 구해졌다니, 이상한 말이다. 아까 나는 굶주리지 않고, 집 없이 헤매지 않고, 생명의 위협을 느끼지 않기 때문에 비로소 '살게 되었다'고 했다. 그런데 풍요로움 속에서도 매일을 '견뎌야' 하는 삶이 존재하는 모양이다.

늘 살고 싶었기 때문에 스스로 죽는 사람들의 이야기가 낯설다. 그 사람들은 왜 내 시작점에서 절망하는 걸까? 그러고 보니 그 사람도 그랬다. 공주님과 함께 떠난 사람, 시믈라.

시믈라는 작년에 공주님과 함께 비라로 돌아갔다. 그때 그 사람은 평온해 보였다. 홀가분한 표정이었는데, 우리와 인사하며 조금 미안 해하기도 했다. 아름다운 모습으로 우리를 떠났지만, 사실은 그 사람 도 예전에 스스로 죽으려 한 적이 있다. 영주라는 높은 자리에 있었 으면서 말이다.

그 사람은 나와 반대다. 나는 살고 싶었지만 살 수 없어 괴로웠고, 그 사람은 사는 것이 괴로워 차라리 죽는 것을 택했다. 나와 다르다 는 이유로 그 고통을 비하할 마음은 없다. 내가 죽을 만큼 몸이 아팠 던 것처럼 그 사람은 마음이 그렇게 아팠던 걸 테니까.

공주님은 그 사람이 오래되어서 그런 거라고 했다. 오랜 시간 상처받고 오랜 시간 원망해서, 그대로 오랜 시간 방치되어서 끝내는 속부터 망가진 거라고 했다. 메트로폴리스의 사람들도 그런 걸까? 그렇다면 그 도시는 정말 이상하다. 대체 어떻게 돌아가기에 하루도 아니고한 시간마다 사람들이 몸부림치며 스스로 죽는 걸까? 서로에게 상처만 주고 나 몰라라 하는 도시인 걸까? 별로 크지도 않은 도시에 빽빽이 들어찬 사람들이 서로를 괴롭힌다니, 듣기만 해도 피곤하다.

그러고 보니 그 사람도 아직 거기에 있다. 시믈라의 언니, 이요브. 이요브는 피네하스에게 힘을 빼앗긴 후 메트로폴리스에 갇혔다. 피네하스가 쓰러진 지금도 그 사람은 여전히 플라스크에 갇혀 있다. 시믈라는 그런 언니를 가엾게 여겼다. 그래서 떠나기 직전, 라이시 형에게 언니를 구해 달라고 부탁했다. 그 부탁이 그 사람이 세상에 남긴 마지막 말이다.

여전히 스스로 죽는 메트로폴리스, 해방을 알지 못하는 메트로폴리스. 디브리 형의 말처럼, 그 도시는 아직 덜 구해진 것 같다.

슬슬 저녁 시간이라 나는 해가 지기 전에 다락을 정리했다. 사다리를 타고 내려오는데 뒤에서 갑자기 목소리가 들려왔다.

"안녕, 야빈 군?"

"켁."

"어허, 무례한 소년이네. 면전에 대고 켁이라니."

나를 부른 사람은 아니나 다를까 시로니 아줌마였다. 여태 기다리기라도 한 걸까? 그 아줌마는 나를 보며 의미심장한 미소를 짓고 있었다. 윽, 기분 나빠.

"요즘 중앙엔 바쁜 일이 없나 보네요."

"왜, 내가 빨리 갔으면 좋겠어?"

물론이죠. 내가 침묵으로 긍정하자 시로니 아줌마는 혀를 차며 손가락을 까딱였다.

"그렇게 박대하면 안 되지. 대단히 바쁘지만 아야 씨 때문에 특별히 시간 냈는걸."

그것도 심히 의심스럽다. 의사라면 다른 사람을 보내도 되잖아? 아야라 선생님을 도우러 온 건 맞지만, 여러모로 겸사겸사라는 생각을 지울 수가 없다. 내가 경계를 풀지 않자 아줌마는 못 당하겠다는 듯 웃었다. 그러곤 솔직하게 속셈을 털어놓았다.

"야빈 군, 우리 좀 도와줘."

"뭘요?"

나는 알면서도 물었고, 시로니 아줌마는 단도직입적으로 말했다.

"메트로폴리스에 들어가 줘. 그 도시도 변화가 필요해."

그놈의 메트로폴리스. 나는 신물이 나서 지친 목소리로 대꾸했다.

"중앙에도 사람은 많잖아요."

"하지만 공주님을 제대로 아는 사람은 없어."

진지한 목소리였다. 그래서 나도 계속 어물쩍 피할 수 없었다.

"피네하스가 몰락하고 세상이 재건되고 있는데 거기 사람들은 아직 그 사실을 몰라. 그래서 여전히 생명을 바치고 있어. 자각도 없이, 하루 한 명도 아니고 한 시간에 한 명을."

심지어 자기 스스로. 시로니 아줌마는 이 마지막 말을 하려다가 삼킨 것 같다.

"뱀이 있을 땐 그 방법이 최선이었는지도 몰라. 몇몇 희생양으로 도시를 유지할 수 있었으니까. 하지만 지금은 아니야. 그러니 이제라도 그들에게 자유를 줘야 해."

그 말처럼 아직 덜 구해진 세상은 여전히 생명을 삼키고 있다. 비극 한가운데 놓여 여전히 고통을 가속한다. 나는 그게 잘못된 일이라고 생각한다. 하지만 그걸 막기 위해 내가 나서야 하는지는 잘 모르겠다. 나는 계속되는 설득에 못 이겨 냉정하게 대답했다.

"저는 메트로폴리스가 싫어요."

나는 그 도시가 싫다. 원망할 가치조차 없어서 다만 싫어한다. 잘되든 못되든 관여하고 싶지 않을 정도로 싫기만 하다.

"메트로폴리스는 우릴 학대했어요. 그런데 그 도시를 위해서 다시 실험용 쥐가 되라니, 염치없다는 생각 안 해요?"

나는 군인들이 내 부모님을 어떻게 죽였는지 기억한다. 과학자들이 나와 내 친구들에게 한 짓도 모두 기억하고 있다. 만약 곤경에 처한 곳이 다른 곳이라면 당연히 도왔을 거다. 메트로폴리스만 아니라면 어디든지.

"그렇게 말하면 할 말 없어, 나도 그 도시 출신이니까."

꽤 버릇없이 말했지만 시로니 아줌마는 담담하게 반응했다. 그래서 나는 마음이 못내 불편해졌다. 그게 표정에 드러났는지, 아줌마는 내 얼굴을 보고 도리어 빙긋 웃었다.

"그래도 도와줬으면 좋겠어. 염치없더라도 나는 내 도시 사람들을 구하고 싶어."

"왜 하필 저예요?"

내가 찡그리며 묻자 아줌마는 태연하게 맞받았다.

"왜 하필 너냐고? 물론 야빈 군만이 우리의 구세주는 아냐. 대공님이나 나도 그 도시를 위해 준비하고 있어. 그러니 네가 돕지 않아도 그 도시는 분명 구해질 거야."

그 말에 나는 얼이 빠졌다. 별로 구세주나 유일한 희망이 되기를 바라지도 않지만, 내가 돕지 않아도 된다면 구태여 나한테 이러는 이유가 뭐야? 내가 멍청하게 쳐다보자 아줌마는 짓궂게 웃으며 덧붙였다.

"대신 네가 돕는다면 더 빨리 되겠지. 그래서 하필 너인 거야."

궤변이다. 엄청난 궤변이야. 놀아난 기분에 나는 떨떠름한 표정을 지었다. 그러자 아줌마는 허락도 없이 내 머리를 마구 헝클어트렸다. 내가 당황해서 그 손을 떨치는데 때마침 제미라 누나가 우리를 불렀다. 식사하러 오라는 소리였다. 덕분에 나는 항의할 기회를 놓치고 말았다. 식사 소리에 시로니 아줌마는 냉큼 앞장서더니, 아직 뒤에 서 있는 날 돌아보며 말했다.

"선택은 자유야. 하지만 공주님의 마지막 말을 기억해 줬으면 해, 야빈 군."

반박하고 싶었지만 나는 그냥 입을 다물었다. 대신 속으로 불평했다. 물론 선택은 자유겠지. 책임이 내 것일 뿐.

1년 전, 공주님은 우리와 한 달 넘도록 함께 있었다. 그러다 떠날 때가 되었을 때, 나와 무아카는 함께 데려가 달라고 부탁했다. 헤어지고 싶지 않았으니까. 결과부터 말하자면 거절당했다. 이유는 두 가지였다. 하나는 비라만 우리의 낙원이 아니기 때문에, 둘은 여기서 우리가 해야 할 일이 있기 때문에.

한없이 무너져 지옥 같지만 사실은 아본도 우리에게 선물된 땅이다. 그러니 공주님이 한 것처럼 우리에게도 이 땅을 회복시키는 숙제가 남아 있다. 공주님은 자신이 길을 만들었으니 우리에게 그 길을 따라가라고 했다. 아직 현실에 남은 문제들, 인간의 욕심이 가진 관성, 그리고 피네하스의 조각은 우리가 그 길을 애써 걸어갈 때 해결될 거라고 했다.

그때 처음으로 알았다. 피네하스가 사라졌다고 저절로 낙원이 되는 게 아니라는 사실을. 악에 물든 인간은 여전히 길을 잃었고 단죄에서 도망친 뱀의 분신은 그림자에 숨었다. 그들은 여전히 뱀이자 영주이자 권속이었다. 그래서 공주님은 하늘이 하늘의 일을 한 것처럼 사람도 사람의 일을 해야 한다고 했다. 이제 뱀의 조각과 싸우는 건 사람의 몫, 각기 다르게 주어진 몫이 있으니 자신의 역량대로 세상을 구하라고 했다.

그 얘기를 들었을 땐 한숨이 절로 나왔다. 그간 공주님의 행보가 얼마나 고됐는지 알기 때문이다. 그 길을 따라갈 엄두가 나지 않았는데, 라이시 형이 말했다. 옆에서 도와줄 테니까 걱정하지 말라고. 그 약속을 지키기 위해 라이시 형은 아본에 남았다. 그때 나와 무아카는 대공님보다 공주님이 좋다고 항거했지만 먹히지 않았다. 공주님의 일은 다 끝났고 이제 남은 일은 대공님의 몫이니, 라이시 형이 우리와 함께 있어야 한다고.

대신 공주님은 먼저 가서 우리를 맞이할 준비를 할 거라고 했다. 그래서 훗날 우리가 우리의 일을 다 끝내면, 그곳에서 공주님과 대공님은 예전에 미뤘던 결혼식을 올릴 것이다. 그때까지 공주님은 우리에게 세상을 맡기겠다고 했다.

공주님이 떠나기 전에 마지막으로 한 말은, 맡겨진 세상을 구하라는 말이었다.

나는 곤히 자다가 한밤중에 깼다. 아야라 선생님의 비명을 듣고 놀라서 깬 건데, 거실로 나와 보니 이미 다들 일어나서 부산하게 움직이고 있었다. 엄청나게 정신이 없었다. 디브리 형과 제미라 누나는 더운물을 받아 오느라 허둥댔고, 시로니 아줌마는 방에서 아야라 선생님을 진정시키는 중이었다. 그 와중에 성주님은 문간에서 몹시 침착하게 당황하고 있었다.

그걸 보고 나는 상황을 깨달았지만 내가 할 수 있는 건 없었다. 나는 겁을 먹고 거실 구석에 쭈그려 앉았다. 무아카가 내 왼편에 앉았고, 잠시 후 방에서 쫓겨난 디브리 형이 내 오른편에 앉았다. 아야라 선생님이 다시 소리를 지른 건 그때부터였다. 간헐적으로 울리는 비명이 너무 처절해서 나는 무릎을 꽉 끌어안았다.

"무서워."

"나도."

"나도……."

무아카뿐만 아니라 디브리 형까지 동조했지만 나는 비난하지 않았다. 애건 어른이건 무서운 건 무서운 거니까. 또 한 번 찢어지는 비명이 들려서 나는 눈을 질끈 감았다. 처음 알았다. 사람이 이렇게 힘겹게 태어난다는 걸. 그 한 사람을 만나기 위해 우리가 긴 밤을 지새워야 한다는 걸.

그날 새벽, 하늘이 푸르게 밝아 올 즘에 기달티 성주님과 아야라 선생님의 아기가 태어났다. 지난 몇 달간 우리가 기다리던 아기였고, 그 이름은 알타쉬헤트였다. 첫 울음을 터트린 아기가 엄마 품에 안기자 시로니 아줌마가 뼈 있는 질문을 던졌다.

"아빠를 많이 닮았네요. 이 아이는 자기 부모가 대단한 거물이라는 걸 알까요?"

모두가 경악할 만한 질문이었지만 아야라 선생님은 당황하지 않고 부드럽게 답했다.

"때가 되면 모두 알려 줄 거예요. 이 아이가 같은 잘못을 반복하지 않도록."

대답이 만족스러웠는지 아줌마는 흡족하게 웃었다. 그때 우리는 먼발치에서 기웃대다가 허락을 받고 안으로 들어갔다. 가까이서 보니 선생님이 안고 있는 아기는 신기할 만큼 작았다. 너무 작아서 어떻게 해야 할지 모를 정도로.

그 작은 아기를 앞에 두고 성주님은 말이 없었다. 그저 하염없이 바라볼 뿐이었다. 제미라 누나도 곁에 있었는데 나는 어쩐지 걱정이 됐다. 혹시 예전에 잃은 아기를 떠올릴까 봐, 그래서 무아카를 다시 미워하게 될까 봐. 그런 생각을 하다가 나는 도리어 내 모습을 보게 되어 부끄러워졌다.

"애한텐 제가 어른이겠죠?"

나는 창피한 마음으로 작게 물었다. 그러자 시로니 아줌마가 고개를 끄덕이며 웃었다.

"응, 야빈 군도 이제 어른이야."

어른이라는 말이 새삼 무거워 나는 얕게 한숨을 쉬었다. 그와 함께 떠오른 생각은, 아이에게 상처를 대물리는 무책임한 어른이 되고 싶지 않다는 거였다. 하지만 내가 과연 할 수 있을까? 공주님이 내 세상을 구해 줬던 것처럼 나도 너의 세상을 구할 수 있을까? 너에게 조금 더 나은 미래를 안겨 줄 수 있을까? 그 작은 아기를 통해서 떠오른 소망이 마음을 간절하게 짓눌렀다. 앞으로 어떻게 살아가야 할지, 조금 보인 듯했다.

이 조용한 산채에서 텃밭을 일구며 집안일을 돕고, 남는 시간에 책을 읽는 것도 분명 삶이다. 그렇게 지내며 남에게 상처를 주지 않고 세상을 어그러트리지 않으면 그것만으로도 훌륭한 인생일 것이다.

하지만 그게 내 몫은 아닌 것 같다. 모두가 행복한 낙원이라면 모르겠지만, 아직 덜 구해진 세상에서 그렇게 살아도 될 만큼 내 몫은 작지 않다. 공주님은 하늘이 하늘의 일을 한 것처럼 사람도 사람의 일을 해야 한다고 했다. 각기 다르게 주어진 몫이 있으니 자신의 역량대로 세상을 구하라고 했다.

그래서 나도 세상을 구하기로 했다. 비록 미워하는 도시지만 그곳이 내게 주어진 몫이라면 온 힘을 다해서 구해 보려고 한다.

물론 나는 구세주도 유일한 희망도 아니다. 여전히 작고 어린 아이일 뿐이다. 그럼에도 내가 세상을 구할 수 있다고 믿는 이유는, 길이 있기 때문이다. 그 길은 험하지만 걸을 만한 가치가 있으며 어떤 장애물도 멈출 이유가 되지 않는 길이다. 그것은 세상을 구하는 여정이기에 좁더라도 걸어야 하는 길이다. 그 길의 이름은 아나하라트, 내가 앞으로 걸어갈 길이다.

그 길을 택한 날, 나는 매일 스스로 죽는 자들에게 편지를 썼다. 내가 그 편지에 담은 것은 내가 아는 유일한 답이자, 그들에게 줄 수 있는 내 전부였다.

크고도 작은 도시에서 사는 당신에게 편지합니다.

나는 당신이 이 편지를 싫어할 수도 있다고 생각합니다. 귀찮게 여길 수도 있고, 헛소리 취급을 할 수도 있겠죠. 그럼에도 내가 당신에게 이 말을 전하는 이유는, 당신이 살아가길 바라기 때문입니다.

나는 당신을 잘 모릅니다. 하지만 만약 당신이 상처 입었다면, 절망하며 눈물 흘리고 있다면, 혹은 알 수 없는 답답함에 고통받고 있다면 내 이야기를 들어 주세요.

내가 사는 곳은 고통으로 가득 찬 곳이었습니다. 고통이 너무 커서 사람들은 괴로워했고, 그 속에서 살아남기 위해 타인에게 고통을 떠넘겼습니다. 많은 사람이 그렇게 해서라도 살아남는 길을 택했습니다. 하지만 그 이기적인 판단은 우리의 고통을 극대화시킬 뿐이었습니다. 고통을 피하기 위해 희생양을 찾은 강자는 괴물이 되었고, 모든 고통을 지게 된 약자는 먹이로 전락했습니다. 그럼에도 사람들은 그것을 이상하게 여기지 않았습니다. 반복되는 악의 속에서 서로의 소중함마저 잊었기 때문입니다.

그래서 사람들은 서로를 미워하며 세상을 잔인하게 만들었습니다. 그 잔인함 속에서 사람은 하찮게 여겨진 채 매일매일 덧없이 죽어 갔습니다. 그때쯤 사람들은 무언가 잘못되었다는 걸 깨달았지만 그것을 바로잡지는 않았습니다. 자신의 책임은 살펴보지 않고 다들 남의 탓만 할 뿐이었죠.

그래서 세상은 나날이 차가워졌고, 나는 그곳에서 죽어 가던 한 사람이었습니다. 내가 고통받을 때 아무도 나를 구해 주지 않았지만 나는 그것이 당연하다고 여겼습니다. 모든 사람이 그런 것처럼 나 또한 나의 가치를 몰랐기 때문입니다. 그것이 선을 외면한 우리에게 내려진 형벌이었습니다.

우리는 그렇게 핑계 대며 악으로 치달았지만, 우리가 버렸던 사랑은 우리를 다시 찾아왔습니다. 사랑은 우리 한 사람 한 사람이 모두 소중하다고 했습니다. 하지만 우리는 듣지 않고 오히려 그를 내쫓았습니다. 온정으로는 냉혹한 세상을 버틸 수 없다며 그를 경멸했습니다.

그러나 그는 포기하지 않고 돌아와 스스로를 불태운 끝에 자신의 말을 증명했습니다. 인간은 사랑의 목을 조르고 정의의 눈을 찔러 자신의 욕심대로 행했지만, 사랑은 그것까지 참으며 우리에게 흠 없는 가치를 부여했습니다.

그로써 우리는 우리 자신의 가치를 부정할 수 없게 되었습니다. 그가 우릴 위해 목숨을 바쳤기 때문입니다.

우리는 이제 괴물이 되어서도 안 되고 먹이가 되어서도 안 됩니다. 어떤 상황에서도, 어떤 고통 속에서도 도리어 소중하게 지켜져야 합니다.

그러니 당신 또한 멸망해서는 안 됩니다. 당신은 스스로 죽어도 좋을 만큼 무가치하지 않습니다. 만약 거대한 문제가 당신의 삶을 둘러싸고 있다면, 그 문제의 해답은 죽음이 아니라 사랑일 것입니다. 만약 삶을 포기하고 싶을 만큼 괴롭다면 부디 기다려 주세요. 우리가 당신을 만나러 갈 때까지.

지금은 내가 하는 말이 다 이해되지 않겠지만, 우리가 받은 사랑이 당신에게 전해진다면 당신도 알게 될 것입니다.

그러니 기다려 주세요.

이미 시작된 사랑이 돌고 돌아 당신에게 도착할 때까지.

아나하라트 마침.

아나하라트_공주와 구세주 5

단꿈

단꿈

    화면에 나타난 소년은 몰라보게 커 있었다. 통통하던 뺨은 갸름해지고 어깨는 넓게 벌어져서 언뜻 그 애가 맞나 싶었다. 화면에 나온 건 상체뿐이라 키는 확인할 수 없었는데, 어깨와 팔 길이만 봐도 꽤 자란 것이 짐작됐다.

    원래 차분하던 아이가 몸까지 부쩍 크니 이젠 정말 어른처럼 보였다. 그래도 아직 어린 티가 남아 있었는데, 소년은 카메라 앞에 선 것을 쑥스러워하며 머리를 연신 만지작대고 있었다.

    이윽고 그 소년, 야빈이 목소리를 가다듬고 말했다.

    —안녕하세요, 성주님, 선생님, 누나, 그리고 무아카.

    변성기가 온 소년의 목소리가 스피커를 통해 작은 오두막집에 울렸고, 소년에게 호명된 네 사람 중 세 명은 소리 없이 미소를 지었다.

—다들 잘 지내시죠? 저도 별일 없이 잘 있어요. 아 참, 알타쉬헤트는 잘 크고 있나요?

야빈이 안부를 물은 후 화면이 멈췄다. 아니, 멈춘 것은 화면이 아니라 야빈이었다. 야빈은 거기까지 말한 후 얼어붙은 채 고뇌에 빠졌다. 입을 꾹 다물고 정면을 응시하더니, 결국 화면 밖에 있는 누군가에게 불편한 심경을 털어놓았다.

—이제 할 말 없는데 뭐라고 해요?

그러자 익숙한 목소리로 조언이 돌아왔다. 디브리였다.

—어떻게 지내는지도 얘기해 봐, 학교생활이라든가.

그 조언에 야빈은 다시 말을 이었다.

—아, 학교도 뭐…… 잘 다니고 있어요. 시험만 잘 보면 되는 곳이라서 편해요.

거기까지 말하고 또다시 침묵이 흘렀다. 그런 야빈을 보며 디브리가 킥킥거렸고, 야빈은 곤혹스러워하며 그를 쏘아봤다. 애당초 카메라를 향해 싹싹하게 말하라는 것부터가 사춘기 소년에겐 가혹한 일이었다. 난처해하는 야빈을 위해 다시 한 번 디브리가 나섰다.

—그럼 친구는?

—친구도 그냥 대충…….

—무서운 친구가 괴롭히진 않아?

—무아카보다 무서운 애는 아직 없어요.

소년은 쑥스러움 많은 듯 뻔뻔스러웠다. 디브리는 이런저런 질문을 던졌고 야빈은 머뭇대면서도 곧잘 대답했다. 그들은 학교생활에 대해 우선 이야기하고, 밥은 잘 챙겨 먹고 있으며 주말엔 종종 야구 경기를 보러 간다고도 말했다. 기분 탓인지 메트로폴리스의 내부 공기는 조금 탁하게 느껴진다고도 했다. 야빈은 건강해 보였다. 짧게 깎은 머리에 교복 차림도 잘 어울렸다. 메트로폴리스엔 죽어도 들어가기 싫다며 고집을 부리더니, 정작 가서는 잘 적응한 모양이었다.

이런저런 이야기를 하던 중, 야빈이 뺨을 긁적이며 말했다.

—저번 방학 때 기다리셨다는 얘기 들었어요. 가려고 했는데 밖으로 나가는 절차가 좀 까다로워서…….

—에이, 가려면 충분히 갈 수 있었으면서 핑계는.

디브리가 딴죽을 걸자 야빈은 다시금 화면 밖으로 눈총을 던졌다. 그러다 촬영 중인 걸 의식하고 표정을 풀며, 서툴게 말을 맺었다.

—이번 방학 땐 꼭 집에 갈게요. 어, 그때까지 건강하시고, 나중에 봬요.

그것으로 영상이 끝났다. 시로니가 가져온 야빈의 안부 인사는 거기까지였다. 두미야의 산채에서 야빈의 인사를 받은 그의 가족은 대견함과 그리움에 짙은 미소를 지었다. 야빈이 중앙으로 떠난 지도 어느덧 1년. 아이 혼자 타지 생활을 할 수 있을까 걱정했는데, 걱정이 무색할 정도로 잘 지내고 있었다.

"좋아 보이네요."

아야라가 부드럽게 웃으며 말했다. 어머니가 된 아야라는 예전보다 더 자애롭고 아름다웠다. 그에 비해 한결같은 시로니가 씩 웃으며 대답했다.

"네, 대단히 잘 지내요. 저번 방학 때는 비서님이랑 여기저기 다니느라 바빴대요. 아마 시간이 모자랐을 거예요. 메트로폴리스는 볼 것도 많고 가볼 만한 곳도 많거든요."

"그쪽 생활이 잘 맞는 모양이에요."

"워낙 영리한 친구니까요. 호기심도 많고. 이런 인재를 썩히는 건 인류적 손실이죠. 학교 성적도 대단해요. 고등학교 과정을 생략하고 곧장 대학에 보내도 될 정도예요."

시로니가 들떠서 말했다. 야빈을 메트로폴리스로 보내는 건 그의 간절한 바람 중 하나였다. 시로니의 목적은 야빈을 메트로폴리스 내에서 영향력 있는 사람으로 키우는 것. 시로니는 저 오래된 플라스크가 하루아침에 해방되리라 생각하지 않았다. 그래서 다음 세대를 준비할 필요를 느꼈고, 그렇게 선택한 것이 야빈이었다. 시로니는 탁월한 선택이었다고 자부했다. 야빈은 메트로폴리스에 훌륭히 적응했고, 장래가 기대되는 성취로 어디서나 두각을 드러냈다. 그가 어른이 되는 날, 저 비좁은 세계의 커다란 빛이 될 거라고 시로니는 믿어 의심치 않았다.

"못 본 사이에 정말 많이 컸어요!"

야빈의 인사를 돌려 보던 제미라가 감탄하며 말했다. 3년간 그를 간호했던 제미라는 그 아이가 듬직하게 커서 어른이 된 게 마냥 신기한 모양이었다.

"남자애니까요. 남자애들은 원래 햇빛만 받아도 쑥쑥 크죠. 이쪽 남자애도 마찬가지고."

시로니는 그렇게 말하며 아빠에게 답삭 안겨 있는 아기, 알타쉬헤트를 바라보았다. 몇 개월 전 첫 번째 생일을 맞은 알타쉬헤트는 이전보다 부쩍 커서 아빠와 똑같은 표정을 짓고 있었다. 긴 머리를 짧게 자른 기달티는 한 팔로 아들을 안고 있었다. 그는 여전히 말수가 적었지만 표정만은 부드러웠다. 이따금 미소를 보이기도 했고, 예전의 어두움은 찾아볼 수 없었다. 시로니는 그 부자를 보며 피식피식 웃음을 흘렸다. 똑 닮은 얼굴로 포개져 있는 게 마치 코알라 같아서.

"육아는 아빠 담당인가 보네요?"

"아니요, 아들이 아빠를 돌보는 거예요. 아빠가 아들 품에 안겨 있는 걸 좋아하거든요."

제미라의 대답에 시로니는 폭소를 터트렸다. 야빈이 메트로폴리스에서 잘 지내는 것 못지않게 이 오두막집 사람들도 행복하게 잘 지내는 모양이었다. 시로니는 알타쉬헤트를 보다가 선물이 있는 것을 떠올렸다. 아기들이 좋아할 법한 장난감이었는데, 시로니는 생각난 김에 그걸 꺼내 아기 앞에서 흔들었다.

"자, 도련님. 이게 뭔지 알아?"

아기는 바로 관심을 보였다. 아기가 팔을 뻗어 장난감을 잡으려 하자 시로니는 슬쩍 손을 피했다. 철없는 어른은 선물을 줄 듯 말 듯 장난을 치며 약을 올렸고, 아기가 칭얼거리며 보채기를 기대했다. 그러나 기달티와 아야라의 아들은 그렇게 호락호락한 존재가 아니었다. 두어 번 헛손질을 한 알타쉬헤트는 울먹이는 대신 고개를 들어 시로니를 빤히 쳐다보았다. 시로니가 눈치 없이 장난감을 다시 내밀자 알타쉬헤트는 그 손을 매몰차게 쳐내곤 고개를 휙 돌렸다. 너 따위에게 농락당하지 않겠다는 강력한 선언이었다.

"엥, 도련님 화났나? 장난이었어. 줄게, 자."

시로니가 당황해서 다시 장난감을 내밀었지만 아기는 본 척도 하지 않았다. 결국 시로니는 제발 받아 달라며 애걸해야 했고, 아기는 한참 후에야 노여움을 풀고 그 공물을 자비롭게 받아 주었다. 아기에게 속절없이 당한 시로니는 기가 막혀서 중얼댔다.

"한 성격 하는데?"

"그건 엄마 닮아서요."

제미라가 냉큼 말하자 시로니는 다시 한 번 낄낄대며 웃었다.

"얘도 장래가 기대되네요."

과학자의 평가에 부모는 아들을 바라보았다. 부드럽게 웃으며, 애정이 가득한 눈빛으로.

공주가 떠나고 이 산채에 정착한 지 어느덧 2년, 그들은 행복해 보였다. 세상의 역변을 이겨 내고 얻은 평화는 꿈처럼 달콤했고, 그들은 그것을 간절하게 바란 만큼 소중히 여길 줄 알았다. 기달티는 자신에게 속한 사람들을 목숨처럼 아꼈고 아야라는 가족에게 한없는 사랑을 베풀었다. 제미라는 아버지의 집에서 추억을 더듬으며 상처 났던 지난날을 보듬었다. 아기는 그들의 희망이었고, 오직 사랑만 받으며 부족함 없이 커갔다.

그들은 모두 행복했다. 그래서 홀로 행복하지 못한 무아카는, 오늘도 애써 웃다 소리 없이 자리를 피했다.

밖으로 나온 무아카는 집 근처 언덕에 올랐다. 예전 같으면 한달음에 오르고도 남을 언덕이지만, 이제 보통의 여자아이가 된 무아카는 숨을 몰아쉬며 걸음을 힘겹게 옮겨야 했다.

무아카는 높은 언덕에 올라 이마에 맺힌 땀을 닦으며 긴 숨을 내쉬었다. 언덕 위에는 곧게 솟은 나무 한 그루가 있었다. 소녀의 눈에 그 나무는 오늘따라 더 처연해 보였다. 그래서 소녀는 나무에 이마를 기대고 울음을 터트렸다.

그대로 엉엉 울었지만, 그 울음소리는 나무밖에 듣지 못했다.

소녀는 우울했다. 또 예민했다. 쥐가 벽을 갉듯 그의 마음도 군데군데 갉아 먹혀 너덜너덜했다. 처음엔 무아카도 자신이 왜 이토록 예민해졌는지 알지 못했다. 그저 야빈이 떠난 게 서운해서 그런 줄 알았다. 하나뿐인 친구가 멀리 떠났으니 외톨이가 되어 서러운 줄 알았다. 하지만 나중에 알고 보니 무아카를 힘들게 한 것은 야빈의 빈자리가 아니었다. 그보다는, 자신의 없는 자리 때문이었다.

소녀에겐 있을 곳이 없었다. 누구에게도 환영받지 못한다고 생각했고 스스로가 무가치하게 느껴졌다. 무아카가 처음으로 이런 생각을 한 건 작년, 야빈이 떠난 지 두어 달쯤 됐을 때였다.

시로니가 야빈의 소식을 전해 주러 왔을 때, 아야라가 그 앞에서 무아카를 언급한 적이 있다. 무아카도 아직 배워야 하니 야빈처럼 데려가서 가르치면 어떠냐는 말이었다. 시로니는 곰곰이 생각하더니 몇 가지 우려를 이야기했다. 크게 두 가지였는데, 하나는 야빈과 달리 평범한 무아카는 그곳의 학습을 따라가기 어렵다는 것, 그리고 피부색 때문에 차별을 받을지도 모른다는 것이었다. 시로니는 무아카가 가겠다면 말리지는 않겠지만, 그런 어려움을 겪으면서 굳이 갈 필요가 있느냐고 되물었다.

옆에서 듣고 있던 소녀는 둘 다에게 상처받았다. 아야라가 자신을 내보내려 했다는 사실에 상처받았고, 시로니의 저평가와 거절에도 상처를 입었다. 애써 괜찮은 척했지만 마음이 쓰라려서 한참을 아파해야 했다. 물론 무아카도 그 두 사람이 좋은 의도로 이야기했다는 걸 안다. 하지만 아는 대로 받아들일 수가 없었다. 자신이 불필요한 존재로 취급됐다는 생각을 떨칠 수가 없었다.

마음을 추슬러 보려는 노력도 했지만 좀처럼 나아지지 않았다. 그건 키가 몇 뼘밖에 되지 않는 아기의 영향도 있었다. 거의 비슷한 시기에 알타쉬헤트의 존재도 소녀의 마음을 가시처럼 찔렀다.

자상한 성주님과 상냥한 선생님은 그 아이를 무척이나 사랑했다. 곁에서 보기만 해도 느껴질 정도였는데, 그건 무아카가 받아 본 적이 없는 사랑이었다. 그 모습을 볼 때마다 소녀는 마음에 멍이 든 것처럼 아팠다. 그래서 그들의 모습을 먼발치에서 구경하다가 혼자 언덕에 오르는 게 습관이 되었다. 어느 날은 어쩐지 서러워서 언덕에 오르자마자 눈물을 왈칵 쏟고 말았다.

무아카는 그런 스스로가 바보 같고 싫었다. 그래서 그러지 않으려고 부단히 애를 썼지만, 도무지 자신의 헝클어진 마음을 다스릴 수가 없었다. 오히려 정신을 차려 보니 소녀는 어느새 야빈과 알타쉬헤트를 미워하고 있었다.

가까스로 울음을 그친 무아카는 소매로 얼굴을 닦았다. 그러곤 나무 옆에 웅크려 앉아 둥치에 가만히 몸을 기댔다. 마침 불어온 바람이 소녀의 달아오른 얼굴을 부드럽게 만져 주었다.

눈을 감고 바람을 느끼는데, 아까 본 야빈의 영상이 떠올랐다. 야빈은 정말 잘 지내는 것 같았다. 허약해서 침대에서 일어나지도 못하던 주제에, 아마 다음 방학 때 집에 오면 나보다 키도 크고 힘도 세진 상태겠지, 당연히 더 똑똑해졌을 테고. 무아카의 생각은 그렇게 이어졌다.

무아카는 알고 있었다. 자신이 그들을 부러워한다는 것을. 사람들의 기대를 한 몸에 받는 야빈이 부럽고, 사랑을 독차지한 알타쉬헤트가 부러웠다. 그래서 그들이 너무 미웠고, 그들을 질투하는 자신은 더더욱 미웠다. 치졸한 시샘은 소녀를 비참하게 만들었다. 부끄러워서 어디에 말도 못 할 마음이었다.

물론 무아카가 이런 속내를 이야기한다면 성주님과 선생님은 들어줄 것이다. 조르고 불평한다면 이제라도 마음을 써줄 것이다. 그것을 확신하지만, 그럼에도 소녀는 내색할 수가 없었다. 수치스러운 데다가 눈치가 보였기 때문이다. 함께 지내는 제미라는 무아카에게 여전히 어려운 대상이었다. 아니, 이 산채에서의 삶 자체가 소녀에겐 일종의 자학이었다.

지금 살고 있는 오두막에서 안쪽으로 조금 들어가면 무너진 집터가 아직 남아 있다. 다 정리되지 않은 그 폐허는 무아카가 어린 영주일 때 저지른 만행의 흔적이다. 자신이 지은 크나큰 죄의 흔적과 그 일의 유일한 생존자 곁에서 살아간다는 건 숨이 막히는 일이었다.

몇 해 전, 제미라와 야빈과 셋이 살 때는 차라리 나았다. 그때 무아카는 영주의 힘으로 그들을 지키며 자신의 가치를 증명할 수 있었다. 그로써 제미라 앞에서도 조금이나마 당당할 수 있었다. 하지만 이제는 아니다. 무아카는 모든 힘을 잃고 특별할 것 없는 소녀가 되었다. 그럼에도 죄의 흔적은 여전했고, 그 사실에 짓눌려 여타의 어리광쟁이 행세는 꿈에서도 할 수가 없었다.

무아카는 고독을 떠안은 채 나날이 예민하고 우울해졌다. 그리고 그런 기분이 들 때마다 소녀는 깊고 깊은 기억을 더듬어 자신의 부모를 떠올렸다. 무서워서 눈도 마주치지 못했던 아빠, 매달릴 때마다 자신을 내쳤던 언니.

소녀의 아버지는 정말 무서운 사람이었다. 그래서 어린 무아카는 아버지의 발소리만 들려도 천막 구석에 숨었다. 그러다 미처 숨지 못해 마주치면, 영문도 모르고 걷어차이거나 뺨을 얻어맞았다. 불과 서너 살 때부터 그랬다. 그러다 바닥에 코피라도 쏟으면 아버지는 윽박지르며 차아카를 불러 치우게 했다.

차아카는 무아카가 죽지 않을 정도로만 돌보았다. 그럼에도 어린 무아카에겐 그것이 유일한 온정이자 살아갈 방법이었고, 그래서 맹목적으로 매달렸다. 그리고 갈구했다. 그때마다 차아카는 매몰차게 거절했지만, 무아카는 마음이 찢어져도 매달릴 수밖에 없었다. 다른 대안이 없었으니까, 그것만이 유일했으니까.

문득 소녀의 입가에 찬 웃음이 맺혔다. 아까 집 안에서의 일이 떠오른 탓이다. 알타쉬헤트는 장난감으로 약을 올리는 시로니를 매몰차게 밀어냈다. 그래서 도리어 시로니가 매달리게 만들었다. 참 대단하다. 무아카는 상상도 못 할 행동이다. 그 풍족한 꼬마에게 시로니는 있어도 그만 없어도 그만이었다. 양껏 사랑받은 아기는 강해서 거절에 거절로 대응할 줄 알았고, 그럼에도 상처받지 않을 수 있었다.

무아카는 자신의 마음이 그 두 살짜리 아기만도 못하다고 생각했다. 당연한 일이다. 자신의 부모와 그 아기의 부모는 하늘과 땅만큼이나 달랐으니까. 그러니 자식도 마찬가지일 수밖에. 무아카는 웃음을 지우고 무릎 사이에 얼굴을 파묻었다. 소녀는 밀려오는 흐느낌을 참기 위해 입술을 깨물어야 했다.

'내가 이렇게 망가진 건 모두 당신들 때문이야.'

아무 소용 없는 원망을 뱉으며 무아카는 조금 더 울었다. 그때 숨죽여 흐느끼는 소리는 몸을 기댄 나무조차 듣지 못할 만큼 작았다. 소녀는 이대로 사라지고 싶었다. 멀리 떠나고 싶었다. 그것을 간절히 바라지만, 정작 무아카는 단 한 번도 어디론가 숨거나 떠나 본 적이 없다. 괜히 주변에 폐를 끼쳐서 미움받을 용기조차 없어서. 그래서 무아카는 오늘도 마음으로만 간절히 바랐다. 사라지고 싶다고. 모두의 기억에서 지워져, 아무도 모르게 사라지고 싶다고.

그렇게 생각하는 무아카는 열여섯 살이었다.

저녁이 되어 무아카가 집에 돌아왔을 때, 아야라는 식탁으로 접시를 옮기고 있었다.

"딱 맞춰 왔구나, 가서 씻고 오렴."

거실에서 마주친 아야라가 무아카를 반겼다. 선생님은 역시 다정했다. 그러니 소녀는 아픈 것을 잘 숨겨야 했다. 무아카가 태연한 척 끄덕이고 돌아서는데, 아야라가 불현듯 그를 불러 세웠다.

"무아카."

"네?"

무아카가 돌아보자 아야라는 무아카의 얼굴을 유심히 들여다보았다. 그러더니 그 눈가를 바라보며 조용히 물었다.

"혹시 울었니?"

무아카는 뜨끔해서 황급히 고개를 저었다.

"아니요, 찬바람을 맞아서 그래요. 언덕에서 뛰어왔거든요."

무아카는 황급히 둘러댔고, 아야라는 그게 둘러댄 말이라는 걸 눈치챘다. 아야라는 식탁에 접시를 내려놓고 두 손으로 무아카의 양뺨을 감쌌다. 그러곤 눈물 자국을 찾으려는 듯 뺨을 어루만졌다.

"표정이 안 좋아 보이는데, 혹시 무슨 일이 있니?"

무아카는 당황해서 눈만 깜빡거렸다. 상처 난 마음에 갑자기 파고든 상냥함이 소독약처럼 아팠다. 그래서 무아카는 다급히 마음을 닫고 접근을 막았다. 눈을 내리깐 채 고개를 가로저으면서, 가만히 다문 입술로는 불편하다는 기색을 내비쳤다. 여자아이의 그런 행동은 다소 예민하게 비쳐졌고, 아야라는 채근을 멈췄다. 그래서 더 묻는 대신 무아카의 머리카락을 부드럽게 쓸어 넘겼다.

"얼굴이 차갑네. 따뜻한 물로 씻으렴. 씻고 밥 먹자."

무아카는 조용히 끄덕이곤 다시 돌아섰다. 무심함에도 상냥함에
도 상처 입는 자신을 답답해하면서.

그날 저녁 식사는 시로니 덕분에 시끌벅적했다. 수다스러운 과학
자는 끊임없이 이야기를 했고 아야라와 제미라는 그 다채로운 화제
에 푹 빠져들었다. 여자들이 이야기로 바쁠 때 남자들은 본연의 임무
에 충실했다. 아들은 아빠의 무릎에 앉아 이유식을 떠먹었고, 아빠
는 손으로 아기의 턱을 닦아 주었다.

각기 바쁜 그들 사이에서 무아카는 말없이 빵만 쪼갰다. 빵을 쪼
개고 쪼갠 끝에 작은 조각을 입에 넣고 한참을 씹었다. 지루하지 않
은 척하려면 어쩔 수 없었다.

"참, 대공님은 가끔 만나시나요?"

문득 생각난 듯 아야라가 물었다. 그에 시로니가 포크를 빙빙 돌리
며 대답했다.

"네. 중요한 일이 있을 때마다 오세요."

"잘 지내시나요?"

이어진 물음에 시로니는 폭소를 터뜨렸다.

"그분의 안부를 묻는 사람은 아야 씨밖에 없을 거예요. 물론 굉장
히 잘 지내시죠. 여기저기서 바쁘긴 하지만요."

"많이 바쁘신가요?"

"네, 공주님과의 결혼이 걸려 있으니 바쁠 수밖에요."

시로니는 이어서 대공의 이야기로 꽃을 피웠다. 대공과 공주의 이야기는 좋아하는 주제였지만 그럼에도 무아카는 말이 없었다. 공주님을 만나고 싶다는 생각이 들었지만, 그뿐이었다.

깊은 밤, 무아카는 침대 속에서 홀로 몸부림치고 있었다. 자신을 그토록 학대했던 부모가 떠올라서 도무지 잠을 이룰 수가 없었다. 그래서 입술을 깨물고 울었다. 무아카를 공격했던 모든 사람보다, 심지어 아크제리유트보다 아버지와 언니가 미웠다. 원망스러워 견딜 수가 없었다.

모두에게 기대받는 야빈이 미웠다. 모두에게 사랑받는 알타쉬헤트도 미웠다. 아무 잘못 없는 그들을 미워하는 자신이 또다시 미웠고, 그게 못난 부모를 꼭 닮아서 그런 거라는 생각에 미칠 것 같았다. 성주님이나 선생님 같은 부모를 만났다면 나도 이렇게 추하지 않았을 텐데. 이렇게 피해 의식과 열등감에 찌들어 다른 사람을 미워하지 않았을 텐데. 무아카는 생각을 멈출 수 없었다.

'대체 왜 그랬어? 왜 나를 그렇게 때렸어? 왜 제대로 돌봐 주지 않았어? 어린 내가 뭘 그렇게 잘못했는데, 사랑해 주지 않을 거면 대체 왜 낳았어?'

무아카가 흐느낌 속에서 물었고,

'원해서 낳은 게 아니야. 네가 멋대로 태어난 거지. 우린 널 원하지 않았어.'

대답은 곧장 되돌아왔다.

'역겨우니까 내게 손대지 마!'

귓가에 울리듯 생생한 한마디가 뇌리를 스쳤다. 그건 차아카가 어린 무아카를 향해 늘 하던 말이었다. 손대지 마, 역겨워, 더러워! 차아카가 오래전에 내뱉었던 말이 바로 오늘 던진 말처럼 선명했다. 무아카는 가슴을 움켜쥐고 이를 악물었다. 숨도 쉴 수 없이 슬펐고, 마음이 찢기듯이 괴로워 흐느꼈다.

'당신들이 미워, 당신이 죽었을 때 슬퍼했던 내가 미워, 살아 있다면 내 손으로 다시 죽이고 싶을 만큼 미워. 당신들의 흔적인 내가 정말 미워.'

그때, 무아카의 침대 위로 그림자 하나가 기어 올라왔다. 뱀의 조각인 그림자는 소녀의 작은 몸을 칭칭 감더니 은밀하게 속삭였다.

'그래, 밉지. 정말 밉지. 나도 그 마음을 잘 알아.'

부드럽게 어르고 달래며 속삭였다.

'남들은 다 몰라도 나만은 알지. 기억하니? 내가 너와 함께 있을 때, 넌 정말 강했어. 너는 전장을 누비며 위풍당당했고, 모두 너를 원했어. 떠올려 봐. 네 잔인한 아빠를 물어 죽였던 힘을, 차아카를 아부하게 만들었던 힘을. 기억 안 나? 제미라와 야빈도 그 힘에 의존해서 살아남았잖니. 북쪽 도시의 지배자도 널 얻기 위해 고심했어.'

어둠에 안긴 소녀는 몸부림을 멈추고 눈물 맺힌 눈으로 허공을 바라보았다. 무아카가 귀를 기울이자 뱀은 더 달콤하게 속삭였다.

'넌 정말 멋졌어. 교복 입은 소년이나 포대에 싸인 아기와는 비교도

되지 않았지. 그러니까 이번에도 나와 함께 달려 보지 않을래?'

맺혀 있던 눈물이 뺨으로 주룩 흘렀다.

'황홀할 거야. 나는 너를 다시 위대하게 만들어 줄 수 있어.'

소녀는 그 제안을 거부할 수 없었다. 유일해서, 다른 대안 없이 그것만이 유일해서……. 살고 싶었고, 사랑받고 싶었고, 이 고통에서 벗어나고 싶었다. 무아카는 저항하지 못하고 손을 뻗었다. 까닭을 알 수 없는 눈물이 다시금 넘쳐흘렀다.

무아카의 손이 막 그림자에 닿으려는 찰나, 창문이 덜컹 열리더니 거대한 무언가가 방으로 들이닥쳤다. 창문에 꽉 들어차는 거구 때문에 달빛이 완전히 가려졌고, 어둠 속에서 무아카는 갑자기 무슨 일이 일어난 건지 알 수 없었다. 덩달아 그림자도 몸을 사리는 바람에, 막 닿을 뻗했던 그들의 손은 다시 멀어졌다. 이윽고 불청객이 창문을 통과했을 때 달빛도 다시 드러났고, 소녀는 그것의 정체를 확인할 수 있었다. 라이시였다. 사람이 아니라 동물인 라이시, 무아카가 예뻐하던 용 라이시였다.

라이시는 쿵쾅대며 무아카의 침대로 달려왔다. 그러자 이불 위에 포개어 있던 그림자는 바쁘게 기어서 몸을 피했다. 그대로 도망치려 했지만, 라이시는 뱀이 침대 밑으로 숨기 전에 그 꼬리를 덥석 물었다. 이불과 함께 물린 뱀이 몸부림쳤지만 소용없었다. 라이시는 이불을 찢으며 그림자를 들어 올렸고, 이내 한입에 꿀꺽 삼켜 버렸다.

라이시가 이불 조각을 씹는 동안 무아카는 숨을 몰아쉬었다. 주변에 도사리는 음습한 기운이 그를 두렵게 만들었다. 소녀는 그 그림자가 무엇이었는지 깨닫고 내뻗었던 손을 꼭 움켜쥐었다. 놀란 가슴을 진정시킬 수가 없어, 입술을 깨물고 다시 흐느꼈다.

용은 겁먹어 우는 소녀에게 다가가 주둥이로 그 어깨를 툭 밀고는 이마를 비벼 댔다. 투박한 위로에 소녀가 고개를 들자 이번엔 용이 그의 잠옷을 물고 잡아당겼다. 무아카는 마지못해 침대에서 일어났다. 용은 그대로 침대 밑에 엎드려 소녀에게 등을 내밀었다. 올라타라는 뜻이었다.

소녀는 머뭇대다 그 등에 올라탔고, 용은 경쾌하게 일어나 창문 밖으로 뛰어내렸다. 2층에서 뛰어내린 용은 '쿵' 하고 바닥을 딛더니, 이내 땅을 박차고 힘차게 날아올랐다. 뒤로 떨어질 뻔한 소녀는 놀라서 용의 고삐를 붙잡았다. 무아카가 자리를 잡은 걸 깨닫고 용은 더 힘껏 날개를 쳤다. 소녀는 어디로 가는지도 모른 채 용에게 꼭 매달렸다. 그들은 하늘로 빠르게 솟구쳤고, 하늘은 품을 열어 빛으로 인도했다.

용이 하늘을 꿰뚫을 때 무아카는 잠시 정신을 잃었다. 까만 밤에서 갑자기 아찔한 빛이 쏟아졌기 때문이다. 충격으로 쓰러진 무아카가 다시 눈을 뜬 것은 짙은 안개 속에서였다. 용의 목덜미에 늘어져 있던 무아카는 퍼뜩 놀라서 몸을 일으켰다. 황급히 사방을 두리번거렸지만, 자욱한 안개 때문에 한 치 앞도 보이지 않았다. 소녀는 덜컥 겁이 났다. 용의 등에 올라타자마자 순식간에 모르는 곳까지 끌려오고 말았다. 시간이 얼마나 지났는지도 알 수 없었다. 날이라도 샌 건지, 겹겹이 쌓인 안개는 새하얗게 밝았다.

놀란 무아카가 용의 고삐를 당기려고 손을 들었다. 그러자 손끝에서 참방대는 물소리가 났다. 다시 보니 무아카의 몸은 물에 반쯤 잠겨 있었다. 안개가 깔린 곳은 땅이 아니라 물이었고, 용은 작은 나룻배처럼 수면을 가르고 있었다. 물속인 걸 깨닫자 덩달아 추위가 느껴졌다. 소녀는 어깨를 덜덜 떨며 손으로 물을 휘저었다. 물에 잠겨 흐느적거리는 고삐를 건지려는데, 어디선가 이상한 소리가 들려왔다.

"흠, 흠흠, 흠."

그것은 젊은 남자의 나지막한 노랫소리였다.

무아카는 그 소리를 듣고 다시 한 번 흠칫 떨었다. 적막 속에서 울리는 인적이 반갑기보다 무서웠다. 무아카는 이제 연약했고, 이 낯선 곳에서 만난 남자가 좋은 사람일 거라는 보장은 없었다. 소녀는 숨을 죽이고 용에게 바싹 몸을 붙였다. 이대로 조용히 지나치길 바랐지만, 그 바람이 무색하게 남자의 허밍 소리는 점점 가까워졌다. 용이 일부러 그쪽으로 헤엄치는 것 같았다. 소녀는 용을 멈추고 싶었지만 고삐는 끝내 잡히지 않았다. 그러는 사이 남자의 목소리가 더 또렷이 들려왔다.

"허으, 음, 허으허으 어."

그런데 그 흥얼거림이 어쩐지 건성이라서, 굉장히 무성의하고 장난스러워서 무아카는 얼이 빠졌다. 어쩐 일인지 그 남자는 목소리부터가 허술하고 만만했다. 덕분에 소녀는 궁금해졌다. 대체 누가 저렇게 허접한 노래를 부르고 있는지. 호기심을 풀기 위해 소녀가 해야 할 일은 없었다. 용은 꾸준히 헤엄쳐서 그 남자에게 다가갔고, 이대로라면 곧 안개를 헤치고 조우하게 될 테니까.

잠시 후, 용이 첨벙대며 물 밖으로 나왔다. 용이 처음 밟은 땅에서는 사박사박 모래 밟히는 소리가 났다. 그와 함께 한 사람의 그림자가 안개에 어렸다. 그는 여전히 심취해서 흥얼대고 있었다. 무아카는 미묘한 기대를 가지고 안개 속을 바라보았다. 이윽고 안개가 걷혔을 때, 무아카는 뜻밖의 인물과 조우하게 되었다.

"안녕, 멍멍아."

안개 사이로 모습을 드러낸 건 갈색 피부의 청년이었다. 그는 특유의 나른한 미소를 지으며 무아카에게 손을 흔들었다. 소녀는 그 익숙한 얼굴을 알아보고 신음을 흘렸다.

"타누 오빠?"

타누는 낄낄 웃으며 무아카를 용에서 내려 주었다.

"우와, 너 진짜 많이 컸다. 이제 아가씨네."

타누가 익살을 떨었지만 그 시답잖은 말은 소녀에게 들리지도 않았다. 무아카는 떨리는 눈으로 타누를 바라보다 물었다.

"나 설마 죽은 거예요?"

무아카의 물음에 타누는 또 웃음을 터트렸다. 그러곤 겁먹은 소녀의 머리를 가볍게 다독였다.

"아니, 아직 안 죽었어."

"아직?"

"응, 아직."

타누가 너무 가볍게 말하는 바람에 무아카는 더 얼떨떨해졌다. 수년 전에 죽은 사람이 눈앞에서 너무나 건강한 모습으로 웃고 있으니, 기분이 묘하다 못해 기괴했다.

"그럼 어떻게······."

"에이, 진지해지지 마. 세상엔 그런 일도 있고 저런 일도 있는 거니까. 가끔은 이런 일도 있고. 셀 수도 없이 많은 일 중 하나일 뿐이야. 그러니 무슨 일이 일어났는지가 뭐가 중요해? 중요한 건 네 생각과 마음이지."

타누의 너스레에 무아카는 아예 얼이 빠졌다. 하지만 타누는 소녀의 입장을 조금도 헤아려 주지 않았다.

"그럼 가자!"

타누가 무턱대고 발을 내딛자 무아카는 깜짝 놀라 되물었다.

"어디를요?"

"너한테 보여 줄 게 많아."

무아카는 당황해서 용 라이시를 돌아봤다. 용은 느긋하게 꼬리를 흔들고 있었다. 잘 다녀오라고 인사하는 것 같았다.

다짜고짜 무아카를 어디론가 끌고 온 용, 그리고 기다렸다는 듯 나타나서 맞이한 타누. 무아카는 이게 혹시 꿈은 아닐까 의심했다. 그래서 양 뺨을 찰싹찰싹 두드려 봤는데, 아픈지 안 아픈지도 잘 구분되지 않았다. 대신 타누가 그 모습을 보며 싱글벙글 웃었고, 소녀는 곧 얼굴이 빨개지고 말았다.

"여기가 어디예요?"

"한번 맞춰 봐."

"혹시, 비라?"

타누는 대답하지 않고 씩 웃더니 걸음을 옮겼다. 그가 안개 속으로 들어가자 무아카는 놓칠 새라 후다닥 그 뒤를 쫓았다.

첫 몇 걸음은 곱고 따스한 모래에 발자국을 남겼다. 그 모래는 소녀의 젖은 발을 상냥하게 닦아 주었다. 이어지는 걸음은 부드러운 흙과 풀 사이로 연결되었다. 물가를 지나 숲으로 들어오게 된 무아카는 물기 어린 흙냄새를 맡으며 안개를 헤쳤다.

무아카가 타누의 뒤를 쫓으며 급히 물었다.

"나 죽은 거 맞죠? 네?"

그러자 타누는 곁으로 온 무아카를 내려다보며 되물었다.

"죽고 싶어?"

무아카는 할 말을 잃었다. 갑작스럽기보다는, 답을 고를 수가 없어서. 무아카는 스스로도 알 수가 없었다. 자신이 죽고 싶은지, 살고 싶은지.

무아카가 침묵하자 타누는 다시 웃으며 말했다.

"언젠가 그런 날도 오겠지만, 아직은 아냐."

무아카는 더더욱 이해할 수 없었다. 죽지 않았다면, 대체 어떻게 죽은 사람을 만날 수 있는 거지?

"그럼 어떻게 된 거예요?"

"네가 슬퍼한다는 소식을 들었어."

"네?"

"그래서 너를 부른 거야."

"오빠가요?"

"아니, 나 말고."

무아카가 궁금해했지만 타누는 대답해 주지 않았다. 대신 생전처럼 싱글벙글 웃으며 다시 앞장섰다.

"가자, 널 기다리고 있으니까."

타누를 따라 걷는 사이 안개가 점차 걷혔다. 이윽고 안개 뒤로 드러난 것은 눈부신 빛과 달콤한 향기, 아름드리 숲, 그리고 그 가운데를 거니는 어여쁜 소녀였다. 금발을 곱게 땋은 소녀는 무아카와 비슷한 또래로 보였다. 나뭇가지를 꺾어 손에 쥐고 있었는데, 그 가지 끝에는 작은 방울 같은 열매가 몇 개 달려 있었다.

그 소녀는 무아카를 보더니 머뭇대다가 수줍게 웃었다. 그 얌전한 얼굴의 생김생김이 무척이나 예뻤다. 게다가 어딘지 낯이 익은 듯도 했다.

"안녕?"

소녀가 무아카에게 먼저 인사를 건넸다. 손끝을 간지럽게 까딱이면서. 그 예쁜 얼굴엔 부끄럼과 호의가 가득 담겨 있었다. 그런데도 무아카는 마주 인사할 수 없었다. 어색해서. 무아카가 머뭇대자 곁에 선 타누가 물었다.

"누군지 모르겠어?"

"네?"

"시믈라 님이야."

뜻밖의 말에 무아카가 놀라는 사이, 저편의 소녀가 비명을 질렀다.

"타누, 그 이름으로 부르지 마!"

창백해진 소녀의 얼굴엔 확실히 시믈라의 흔적들이 남아 있었다. 타누의 말을 듣고 무아카는 뒤늦게 그를 알아봤다. 그럼에도 믿을 수가 없어 되물었다.

"정말 시믈라예요?"

"응. 그런데 지금은 아미크야. 시믈라라고 부르면 엄청 부끄러워 해."

"하지 말라니까!"

아미크는 기겁하며 달려오더니 들고 있던 나뭇가지로 타누의 어깨를 탁탁 내리쳤다. 타누의 입을 다물게 할 의도였는데, 간지럽지도 않은 공격에 타누는 도리어 낄낄대며 웃었다.

"나뭇가지는 왜 꺾은 거야? 회초리로 쓰려고?"

"아냐, 나무가 너무 무성해서 꺾어 준 거야! 안 그러면 열매가 잘못 크니까……!"

아미크의 항변은 처절했다. 얼굴이 새빨갛게 물들어 안절부절 못하는 그 소녀는 대단히 순진하고, 또 귀여웠다. 무아카가 알던 시믈라와는 영 딴판이었다. 아미크는 얼이 빠져 자신을 쳐다보는 무아카의 시선을 깨닫고 덜컥 얼어붙었다. 곧 소녀의 얼굴은 직전보다 더더욱 빨갛게 익었다.

"아……."

아미크가 신음하자 무아카는 당황해서 황급히 시선을 피했다. 대단히 불편하고 어색한 침묵이 흘렀다. 부끄러워하던 아미크가 불현듯 용기를 내어 소리쳤다.

"저기! 나랑 같이 차 마시지 않을래?"

아미크가 향기 좋은 차를 따라 줄 때까지도 무아카는 그 얼굴에서 눈을 뗄 수가 없었다. 표독스럽던 시믈라는 얼음조각 같은 여자였는데, 이 아미크는 봄바람처럼 부드러웠다. 눈이 마주치자 아미크는 민망해하며 고개를 숙였다. 무아카도 자기가 너무 노골적이었다는 걸 깨닫고 급히 고개를 돌렸다.

티 테이블에 마주앉은 두 소녀는 어색했다. 타누라도 있으면 좀 나을 텐데, 그는 아까 아미크에게 쫓겨났다. 소심한 두 소녀는 마주 앉아 오랫동안 말이 없었다. 어색해서, 또 긴장해서. 한참 후 그 침묵을 깨트린 건, 그나마 연장자로서 용기를 낸 아미크였다.

"저, 이거 마셔 볼래? 내가 만든 건데……."

아미크가 어렵사리 권했고 무아카도 어렵사리 찻잔을 들었다. 마지못해 찻잔을 기울이니 입안으로 따스한 밀크티가 흘러들어 왔다. 생각보다 훨씬 더 향긋하고 달콤했다.

"맛있어요."

무아카는 맛에 놀라 자기도 모르게 밝게 말했다. 그러고선 바로 입을 다물었지만 너무 늦었다. 아미크가 이미 환하게 웃고 있었다. 이어 아미크는 케이크 접시도 내밀었다. 예쁜 산딸기 케이크였는데, 살짝 맛본 그 케이크도 무척 부드럽고 맛있었다. 조금 깨작대다 포크를 내려놓으려고 했지만 도저히 멈출 수가 없었다. 결국 무아카는 앞에 놓인 케이크를 깨끗이 해치웠고, 아미크가 다시 한 조각을 건넬 때도 거절하지 못했다.

그 모습을 보며 아미크는 안심하는 듯 웃었다.

"아침에 만든 거야. 네가 올 거라는 얘길 들었거든."

그 말에 무아카는 다시금 놀랐다.

"제가 올 줄 알고 있었어요?"

"응."

"혹시 아미크가 절 부른 거예요?"

무아카가 반신반의하며 묻자 아미크는 고개를 저었다.

"아니, 내가 아니야. 나는 그냥, 네가 슬퍼한다는 소식을 들었어."

타누와 똑같이 말하는 아미크 때문에 무아카는 덜컥 굳었다. 타누 때에도 썩 기분이 좋지 않았는데, 별로 가깝지도 않은 사람이 이런 말을 하니 마음이 못내 불편했다. 맛있게 먹은 생크림이 갑자기 텁텁하게 느껴졌다. 그래서 차로 입안을 헹구는데 아미크가 조용히 물었다.

"저기, 많이 속상해?"

무아카는 찻잔을 입에 댄 채 아미크를 바라보았다. 그러자 아미크가 다시 한 번 물었다.

"많이 힘들어?"

조심스런 물음에 무아카는 이마를 찌푸렸다. 이런 대화는 하고 싶지 않았다. 그래서 볼멘소리로 답했다.

"그냥, 별로……."

그러곤 불편한 기색을 내비치며 입을 꼭 다물었다.

무아카는 지금까지 이런 식으로 사람들을 거절해 왔다. 아야라도, 기달티도, 그리고 제미라도. 무아카는 외로워하면서도 다가오는 손길을 거부했고, 선량한 사람들은 그의 마음을 억지로 비집지 못해 멀찍이서 서성이기만 했다. 이번에도 무아카는 벽을 세웠다. 들어오지 말라고, 참견하지 말라고. 하지만 그것은 아미크에게 통하지 않았다. 지금은 순진한 소녀의 모습을 하고 있지만, 그는 한때 무아카보다 몇 배는 더 날카로운 여자였으니까.

아미크는 침묵하는 무아카를 바라보다가 조용히 입을 열었다.

"나는 내 고통이 성역이라고 생각했어."

갑작스레 이어진 그것은 과장 없는 자기 고백이었다.

"아무도 내 고통을 헤아릴 수 없다고 생각해서, 누구에게도 그럴 자격이 없다고 생각해서 다가오는 사람들을 모두 밀어냈어. 그래 놓고 원망했지. 나는 이렇게 아프고 힘든데 왜 아무도 날 돕지 않느냐고. 그게 바로 네가 봤던 나야."

담담하게 말하는 아미크를 보며 무아카는 곧 떠올렸다. 그가 시믈라일 때 어떤 사람이었는지를. 그 무섭도록 예민하던 여자는 혼자 시들어 가면서도 고집스레 벽을 쌓았다. 마치, 지금의 무아카처럼.

자신이 아미크와, 아니 시믈라와 비슷하다는 걸 느꼈는지 무아카의 눈이 흔들렸다. 아미크는 그걸 읽기라도 한 듯 부드럽게 말했다.

"굳이 혼자가 되려고 하지는 마, 네게 좋은 관심을 가진 사람들이 있다면."

"나는……."

무아카는 아미크의 말을 부정하고 싶어서 입을 뗐다. 하지만 할 수 있는 말이 많지 않았다. 아미크의 말은 이미 무아카를 파고들었고, 그것을 쳐내기에 무아카는 너무 지쳐 있었다. 무아카는 별수 없이 입술을 꽉 깨물었다. 하지만 솟구치는 마음까지 삼킬 수는 없었고, 결국엔 범행을 자백하듯 마음을 토해 냈다.

"나도 이런 내가 싫어요."

그건 무아카가 요 근래 해온 말 중 가장 솔직한 말이었다. 또한 가장 비참한 말이기도 했다. 자신의 모든 약점을 드러내는 말. 그래서 무아카는 쓰라린 마음으로 아미크를 노려보았다. 이제 만족하시냐고, 결국 내 치부를 들춰내 기분 좋으시냐고. 하지만 그마저도 아미크에겐 통하지 않았다. 대신 뜻밖의 대답이 돌아왔다.

"자신의 어떤 점은 싫어해도 괜찮아. 하지만 네 자신을 싫어하지는 마."

무아카는 예민하게 굴던 것도 잊고 얼굴을 찌푸렸다. 낯간지럽고도 낯설어서. 무아카가 기억하는 아미크는 이렇게 상냥한 사람이 아니었다. 강한 사람은 더더욱 아니었다. 그 여자는 유리처럼 연약하면서도 칼날처럼 예민한 사람이었다. 그런데 이 사람은 왜 이렇게 변한 걸까? 어떻게 이렇게 온화해진 거지? 그래서 조금 궁금해졌다. 저 아미크는 대체 어떤 생각을 하고 있는지.

호기심이 불쾌함을 이겼을 때, 아미크가 무아카의 찻잔에 다시 차를 따라 주었다. 무아카는 온기가 돌아온 찻잔을 감싸며 중얼대듯 물었다.

"이제 괜찮아요?"

"응?"

"예전에 많이 힘들어했잖아요."

무아카의 물음에 아미크도 찻잔을 들었다. 그렇게 입술을 적신 후 홍차 향이 나는 입술로 속삭였다.

"응, 예전엔 힘들었어. 날 괴롭힌 사람들이 매일 생각나서. 분하고 화가 나서 잠도 못 자고, 다른 사람들까지 이유 없이 밉고, 답답하고. 그러다가도 다 싫증이 나고."

아미크의 말에 동질감을 느끼며 무아카는 우물우물 되물었다.

"그럼 지금은요?"

"이제는 괜찮아. 더는 안 그래."

"어떻게요?"

"그냥, 괜찮아졌어."

아미크가 부드럽게 대답하자 무아카의 눈초리는 불신으로 가늘어졌다. 믿을 수 없다는 표정이었다.

"정말요?"

"응."

"그 사람들을 생각해도요?"

"그 사람들?"

"아미크를 괴롭힌 사람들이요. 그 사람들이 한 짓을 떠올려도 정말 괜찮아요?"

그렇게 묻는 무아카의 얼굴은 어쩐지 심술궂었다. 잘 곱씹어 보고 다시 화내려는 의도가 가득 담겨 있었다. 그 뾰족한 물음에 아미크는 난처한 기색으로 조심히 답했다.

"굳이 떠올리지 않으면 이젠 생각나지도 않아. 만약 떠올려도 마찬가지야. 오히려 안타깝다고 생각해, 그 사람들도."

무아카의 안색이 더욱 처참해졌다.

"거짓말이죠?"

"아니, 정말이야."

"어떻게 그럴 수 있어요?"

까닭을 묻는 말이 아니었다. 아미크의 태도가 부조리하다며 부정하는 말이었다. 아미크는 무아카를 가만히 바라보다가 잔잔한 목소리로 말했다.

"그럴 수밖에 없었어, 시믈라로 남지 않으려면."

무아카의 얼굴이 다시금 찌푸려졌다. 그 의미를 묻자 아미크는 찬찬히 설명했다.

"네가 알던 그 신경질적인 여자는 매일매일 원망하며 살았어. 그건 자기 자신을 갉아먹는 거라서 나는 제정신이 아니었어. 복수해도 소용없었고. 내 아픔이 너무 커서, 아무리 가혹하게 보복해도 아무것도 풀리지 않았거든."

아미크의 목소리엔 짙은 후회가 담겨 있었다. 아까 타누의 장난에 얼굴을 붉혔던 것도 그 탓이었다. 그 일에 고정되어 늘 신경질을 내던 자신이 부끄러워서. 상처받았단 이유로 다른 사람에게 상처를 줬던 자신이 창피해서.

"나는 다른 사람을 원망하면서 오랫동안 고통받았어. 아주 긴 시간을. 그래서 그게 어떤 건지 알아. 그러니까, 너는 그러지 않았으면 좋겠어."

아미크의 지목에 무아카는 또다시 뜨끔해졌다. 아미크는 그 어린 무아카를 바라보며 조심스레 말을 이었다.

"네게 잘난 척을 하려는 건 아니야. 지금은 괜찮다고 해도 나는 100년이나 그 고통을 곱씹었으니까. 나는 너보다 훨씬 더 오랫동안 지옥에서 허우적대던 바보였어."

무아카는 야속한 얼굴로 아미크를 바라보았다. 마지막 사탕마저 빼앗길 위기에 처한 아이처럼. 모든 걸 잃고 하나 남은 사탕을 핥고 있는데, 그것마저 내놓으라는 얘길 들은 기분이었다.

"하지만 멈추고 싶다고 멈춰지는 게 아니잖아요."

무아카가 항변했지만 소용없었다. 얌전하고도 끈질긴 소녀는 망설임 없이 무아카를 돌려세웠다.

"멈추고 싶어야 멈춰지는 거야. 네 마음을 잘 들여다봐, 네가 정말 원하는 게 뭔지. 고통에서 벗어나고 싶은 건지, 미워하고 싶은 건지."

무아카의 미간이 더 좁아졌다. 돌이켜 보니 이제껏 그런 생각은 해 본 적이 없었다. 그저 괴로움에 몸부림칠 뿐, 자신이 뭘 원하는지는 여태 몰랐다. 관심도 없었다.

"난 미워하기 위해 고통받는 편을 택했어. 하지만 고통에서 벗어나려면 미워하는 걸 포기해야 돼. 그 둘은 서로 꼬리를 물고 도니까. 고통스러워서 밉고 미워서 고통스럽고, 영원히 끝나지 않아."

무아카는 고른 숨만 이을 뿐 반박하지 못했다. 그 와중에도 아미크의 목소리는 조용하고도 힘 있게 무아카를 내리쳤다.

"선택해야 돼. 고통에서 벗어나기 위해 미워하길 멈출지, 아니면 미워하기 위해 고통받는 편을 택할지."

어느 쪽이든 쓰라렸다. 그래서 무아카는 억울한 마음이 들었다.

"왜요? 잘못한 사람은 따로 있는데 왜 내가 그래야 돼요?"

"네 인생이니까."

필사적으로 저항했건만, 아미크의 대답은 냉정하다 싶을 정도로 명료했다.

"그들의 인생이 아니라 네 인생이니까. 그들이 잘못했어도 네 인생을 사는 건 결국 너니까."

그 단호한 말에 무아카는 더 말을 잇지 못하고 고개를 떨어트렸다. 야속했지만, 항의할 말은 없었다. 무아카는 누군가를 탓하느라 매일 밤 고통받았다. 그러나 정작 무아카에게 고통을 준 자들은 그 사실조차 모른다. 책임지라며 따지고 싶어도 따질 수 없다. 그들은 이 세상 사람이 아니며, 설령 살아 있다고 한들 무아카의 상처를 복구할 능력이 없다.

책임지지도 못할 거면서 왜 그런 상처를 줬는지, 제대로 길러 주지도 않을 거면서 대체 왜 낳았는지. 마음이 타듯이 쓰라렸다. 이 쓰라림 때문에라도 그들을 향한 원망을 놓을 수가 없는데, 아미크는 고통에서 벗어나고 싶다면 그것을 멈추라고 한다. 무아카가 유일하게 마음껏 할 수 있는 이것을.

치미는 분노와 아픔에 무아카는 입술을 깨물었다. 그리고 거의 동시에, 아미크가 비명을 지르며 티 테이블에 머리를 박았다.

"미안해!"

쾅! 아미크의 갑작스러운 기행과 사과에 무아카는 흠칫 놀랐다. 아미크는 테이블에 이마를 박은 채 기어들어 가는 목소리로 말했다.

"갑자기 심한 소리를 해서 미안해. 이런 얘기를 하려던 게 아닌데, 나 또 심한 말만 하고……. 정말 미안해, 나는 진짜 바보야."

냉정하게 이야기하던 아미크는 대체 어디로 갔는지, 이 새로운 아미크는 자책하며 몸서리를 쳤다. 그 온도 차에 적응하지 못한 무아카는 화내던 것도 잊고 멍해졌다. 그 앞에 엎드린 아미크는 계속해서 심각한 자기 비하를 쏟아 냈다.

"옆에서 닦달하면 더 힘들 텐데 이런 소리나 하고, 나는 아직도 정신 못 차렸어. 나는 멍청이야, 바보야, 개구리보다 더 나빠……."

자괴감에 빠진 아미크는 몹시도 괴로워했고, 무아카는 머뭇대다가 넌지시 위로의 말을 건넸다.

"저, 괜찮아요. 딱히 틀린 말은 아니었는걸요."

무아카의 처연한 말에 아미크는 빨개진 얼굴로 고개를 들었다. 그러더니 우물우물 변명했다.

"이런 얘길 하려던 게 아니라, 오늘은 그냥 차를 마시려고 한 건데……. 아본에서는 고맙다는 인사도 못 해서……."

"이해할 수 있어요. 그때 많이 힘들었잖아요."

무아카의 꾸밈없는 대답에 아미크의 얼굴이 달아올랐다. 그는 양 뺨을 손으로 감싸 쥐더니 자그마한 목소리로 속삭였다.

"너는 정말 상냥하고 좋은 애야."

"아니에요, 나는……."

갑작스런 칭찬에 무아카가 당황했지만 아미크는 부드럽게 고개를 저었다.

"넌 정말 좋은 애야. 네 부모가 나쁜 사람이었어도, 너는 그들과 달라."

그의 말에 무아카는 눈을 크게 떴다. 예상 못 한 말이었다. 이제껏 들어 본 적 없는 이상한 말이었다. 그 갑작스런 말에 무아카는 먼저 의심했다. 아미크가 왜 저런 말을 했는지, 무슨 속셈인지를. 하지만 의심은 길지 않았다. 그의 말에서 안도감이 밀려왔기 때문이다.

부모와 다르다는 그 한마디는 무아카에게 간절히 필요한 말 중 하나였다. 게다가 그 말에는, 무아카를 헤아리고 위로하는 아미크의 상냥함도 담겨 있었다. 그것을 깨닫고 무아카는 헛웃음을 터트렸다. 낯간지럽고도 민망해서, 또 홀가분해서……. 그렇게 웃던 무아카는, 결국 눈물을 왈칵 쏟고 말았다.

눈물이 멎은 것은 뜨겁던 찻주전자가 미지근해질 즈음이었다. 간신히 울음을 그친 무아카는 얼굴을 닦으며 긴 숨을 내쉬었다. 그때까지 찻잔만 보고 있던 아미크가 눈치를 살피다 작게 중얼댔다.

"결국 울려 버렸네……."

아미크의 소심한 자책에 무아카는 그만 웃음을 터트렸다. 어른스러운 듯 천진한 아미크가 재미있어서 웃음이 났다. 무아카의 웃음에 힘입어 아미크가 머뭇머뭇 물었다.

"내가 무슨 말을 더 하면…… 또 기분이 상할까?"

무아카는 고개를 가로저었다. 어느새 아미크가 좋아져서 괜찮을 것 같았다. 허락이 떨어지자 아미크는 조심스레 말했다.

"음, 그러니까 내가 하고 싶은 말은……"

허락을 받아 놓고도 아미크는 한참을 망설였다. 자신의 말이 훈계가 될까 봐, 혹은 불편한 참견이 될까 봐 염려하는 듯했다. 무아카가 그 마음을 깨닫고 다시 웃을 때, 아미크도 간신히 입에 맴돌던 한마디를 꺼냈다.

"너를 싫어하지 마."

"왜요?"

어렵사리 꺼낸 말인 걸 알면서도 무아카는 일부러 짓궂게 물었다. 아미크가 당황하며 횡설수설하리라 예상하고서. 아니면 '너부터가 네 자신을 싫어하면 어떡하니?', '그래야 다른 사람도 널 좋아할 수 있지' 하고 아까처럼 훈계할 수도 있고.

하지만 아미크의 대답은 무아카의 예상과 전혀 달랐다.

"그냥, 그러지 마."

그 대답은 담담하고 상냥했으며, 아무 이유가 없다는 걸 부끄러워하지 않았다. 그래서 무아카는 오히려 마음에 들었다.

"생각해 볼게요."

그럼에도 이렇게 대답하는 건, 무아카의 반항기가 아직 한창인 탓이다. 하지만 그것만으로도 안심이 됐는지 아미크는 환하게 웃었다. 그 후 그들의 티 파티는 어색하지 않았다. 가볍게 말을 주고받으며 간간이 웃을 수도 있었다. 타누가 돌아온 것도 그때쯤이었다.

"언니들, 다 놀았어? 이제 슬슬 가야 할 것 같은데."

어슬렁대며 돌아온 타누를 보며 아미크는 화들짝 놀랐다. 이야기하느라 시간이 너무 많이 흘렀다는 걸 그제야 깨달아서.

"근데 분위기 왜 이래? 싸운 거 아니지?"

타누가 몸을 숙이고 무아카의 얼굴을 들여다보았다. 그렇게 유심히 살핀 것은 무아카의 붉어진 눈이었다.

"혹시 저 언니가 괴롭혔어? 옛날처럼 막 무섭게 굴고?"

"안 그랬어!"

아미크가 빽 소리쳤고 무아카는 또다시 웃음을 터트렸다. 무아카가 웃자 타누도 싱글벙글대며 몸을 일으켰다.

"더 할 얘기 있어?"

"아니, 이제 없어."

"그래? 그럼 이만 갈까?"

타누의 재촉에 무아카는 놀라서 되물었다.

"또 어딜 가요?"

"말했잖아, 너한테 보여 줄 게 많다고. 널 보고 싶어 하는 사람도 많고."

타누는 그렇게 말하며 무아카를 일으켰다. 아미크도 그들의 사정을 아는지 굳이 붙잡지 않았다. 대신 서둘러 작별 인사를 건넸다.

"저, 오늘 만나서 즐거웠어. 나는 싫은 소리만 잔뜩 했지만……. 참, 그리고 이건 선물로 줄게. 가는 길에 필요할 거야."

아미크가 내민 건 아까 꺾은 나뭇가지였다. 용도를 알 수 없는 거라 무아카는 어리둥절해하며 받았다. 그러자 아미크는 만족한 웃음을 지으며 해맑게 손을 흔들었다.

"잘 가, 좋은 시간 보내길 바랄게. 오늘 밤은 널 위한 거니까."

아미크의 상냥한 목소리가 꿈결 같았다. 그래서 무아카는 서운해졌다. 조금 더 함께 있어도 좋을 텐데, 아주 간만에 즐거웠는데. 아쉬움에 무아카가 괜스레 물었다.

"아미크는 이제 뭐 할 거예요?"

"응, 조금 있으면 친구가 올 거야. 함께 차를 마시기로 했거든."

아미크는 행복해 보였다. 정말 친한 친구를 기다리는 모양이었다. 아미크가 친구 얘기를 하며 좋아하는 걸 보니 무아카는 슬그머니 샘이 났다. 하지만 그것도 잠시, 모처럼 즐거웠기에 무아카도 결국 홀가분하게 웃었다.

무아카는 아미크에게 작별을 고하고, 타누를 따라 또 어디론가 걸음을 옮겼다. 두 사람이 떠난 자리에서 아미크는 곧 올 친구를 기다렸다. 그곳에서 피아노 연주가 시작된 건 조금 후의 일이다.

"이제 어디로 가요?"

무아카가 오솔길을 걷다 물었다. 옆에서 걷던 타누는 건성으로 대답했다.

"응, 곰돌이 보러."

"곰돌이요?"

무아카가 갸웃댔지만 타누는 걸어갈 뿐 더 알려 주지 않았다. 그래서 무아카는 아미크가 건넨 나뭇가지를 가만히 내려다보았다. 아미크가 이걸 준 이유는, 타누를 적절하게 때리라는 뜻이 아니었을까? 타누를 때릴까 말까 고민하는데 무아카의 눈에 대롱거리는 열매가 들어왔다. 아직 푸릇푸릇한 작은 열매. 혹시 배고플 때 간식으로 먹으라고 준 걸까? 무아카는 열매를 가만히 바라보다가 하나를 따서 베어 물었다. 그러곤 곧장 오만상을 찌푸렸다. 그 모습을 보고 타누가 웃음을 터트렸다.

"괜찮아?"

무아카는 대답하는 대신 입안의 것을 힘겹게 삼켰다. 그러자 딸꾹질이 나기 시작했다. 딸꾹, 딸꾹. 그 모습을 보며 타누가 낄낄거렸다.

"아직 덜 익었는데 왜 먹고 그래?"

"이렇게 떫을 줄 몰랐어요."

"풋내가 나는데 당연하잖아."

그렇게 놀리며 타누는 노래하듯 덧붙였다.

"덜 익은 건 원래 떫지. 그래서 꼬맹이들한테 고충이 많은 거야. 익느라 바쁘니까."

무아카는 타누가 말한 꼬맹이가 자신이라는 걸 눈치채고 그를 째

려봤다. 그러자 타누는 태연하게 무아카의 머리를 토닥였다.

"어리다는 건 좋은 거야. 기회가 많다는 뜻이잖아."

기회라는 말에 무아카는 타누를 빤히 바라보다 눈을 돌렸다. 나직하게 중얼대면서.

"그것도 사람 나름이죠."

무아카는 기회가 많다는 말에 동의하지 않았다. 기회는 가능성이 있는 사람에게만 한정되는 거니까. 예를 들자면, 야빈 같은 천재에게만. 그 생각을 읽기라도 한 듯 타누가 되물었다.

"혹시 야빈 얘기를 하는 거야?"

무아카는 다시 한 번 타누를 노려봤다. 역시 이 나뭇가지의 용도는 무신경한 주제에 눈치만 빠른 타누를 몹시 치라고 준 것 같다. 때릴까 말까 고민하는데 타누가 태연히 말했다.

"하긴, 걘 정말 대단하지. 엄청난 천재니까."

이어지는 감탄에 무아카는 전의를 상실했다. 역시나 이런 결론이다. 기회는 천재에게, 나같이 평범한 애는 그걸 지켜보는 역할. 무아카는 힘없이 인정했다. 그러나 타누의 말은 그걸로 끝이 아니었다.

"하지만 그게 무슨 상관이야? 걔는 개고 너는 너지. 비교하지 마. 비교하는 사람이 있으면 옛날처럼 물어 버려. 비교는 물건에 하는 거지, 사람한텐 하는 거 아니야."

타누의 단정에 무아카는 할 말을 잃었다. 그런 무아카를 보며 타누는 씩 웃었다.

"만약 널 비교하고 비웃는 사람이 있다면, 누가 엄청 화낼 거야."

"누가요?"

"널 여기로 부른 누구."

모호한 말이었지만 무아카는 눈을 동그랗게 떴다. 그게 누구인지는 듣지 않아도 알 것 같았다. 덕분에 조금씩 가슴이 설레기 시작했다. 그때 타누가 가볍게 덧붙였다.

"그러니까 너도 비교하지 마. 뭐, 야빈 같은 녀석에겐 기회가 빨리 오겠지. 하지만 단지 그뿐이야. 그 애가 자기 길을 갈 때 너도 네 길을 가면 돼."

타누는 그렇게 말하며 무아카의 머리를 토닥였고 무아카는 괜스레 부끄러워졌다. 그래서 결국 들고 있던 나뭇가지를 타누에게 휘둘렀다. 회초리에 맞고도 타누는 웃었고, 무아카는 더 민망해져서 얼굴을 푹 숙였다.

그들이 걷던 오솔길이 폭포가 쏟아지는 바위산으로 이어진 건 그때쯤이었다. 시원한 물소리가 사방에서 들려왔다. 꽤 가파른 바위산이었지만 그 산을 오르는 건 조금도 힘들지 않았다. 숨도 차지 않고 상쾌했다. 숲에 있을 때보다 한층 가까워진 하늘은 청량했다.

이윽고 바위산 꼭대기에 도착했을 때, 무아카는 타누가 말한 곰돌이를 보게 되었다. 곰이었다. 절벽 끝에 앉은 그 뒷모습은 진정 곰이지 사람이라 할 수 없었다. 인기척을 느꼈는지 흡사 곰 같던 거구의 남자가 뒤를 돌아보았다. 부리부리한 눈의 그 남자는 무아카를 알아보고 나직이 말했다.

"또 보는군."

무아카는 그 남자를 알아볼 수 없었다. 그래서 고개를 갸웃대는데, 타누가 곁에서 속닥였다.

"두미야 씨야. 제미라 양의 아버지."

그 말에 무아카의 몸이 싸늘하게 식었다. 몸이 차가워지는 느낌과 함께 얼굴도 창백하게 질렸다. 동시에 두미야가 자리에서 일어나 무아카에게 달려들었다.

"덤벼라!"

두미야의 사나운 외침에 무아카는 비명을 지르며 주저앉아 버렸다. 두려움에 떠는 무아카 앞으로 타누가 나서며 느긋하게 말했다.

"진정해요, 아저씨."

타누가 파리 쫓듯 손을 휘젓자 코앞에서 멈춘 두미야가 걸걸한 목소리로 되물었다.

"왜?"

"지금 앤 아마 아저씨 콧김에도 넘어질 거예요. 이제 보통 여자애라고요."

"이런, 다시 겨루길 기다렸건만!"

두미야가 낭패한 듯 무릎을 내리쳤다. 그 목소리는 호탕할 뿐, 분노나 원한은 담겨 있지 않았다. 그럼에도 무아카는 타누 뒤에 숨어서 나오지 못했다. 무아카가 옷자락을 붙잡고 덜덜 떨자 타누는 머리를 긁적였다.

"에고, 많이 놀랐나 보네. 갑자기 달려들면 어떡해요, 아저씨."

타누의 핀잔에 두미야는 겸연쩍게 턱만 매만졌다. 자기 딴에는 어색할까 봐 화끈하게 회포를 풀어 보려던 건데, 사춘기 소녀에겐 너무 과격했던 모양이다. 무아카는 너무 놀라서 제대로 숨도 쉴 수 없었다. 갑자기 마주친 두미야가 죽은 아버지만큼이나 무서워서.

"괜찮아, 이 곰은 안전해. 널 물거나 해치지 않을 거야."

타누가 달래 봤지만 소용없었다. 무아카가 사시나무처럼 떨자 두 남자는 머쓱해하며 서로에게 눈짓했다. 결국 기다리다 못한 두미야가 넌지시 말을 걸었다.

"괜찮으니 나와라, 꼬마야. 안 그래도 작은데 숨어 있으니 보이지도 않잖아."

어린아이를 달래듯 잔잔한 목소리였다. 그 음성이 파고드는 순간 와들와들 떨던 무아카는 눈물을 왈칵 쏟고 말았다. 입술을 꽉 깨물고 있던 무아카는 몸을 더 움츠리며 신음처럼 말했다.

"미안해요."

겁에 질린 무아카가 할 수 있는 건 그뿐이었다.

"미안해요, 정말 미안해요……."

무아카는 절박하게 빌었다. 그런들 달라질 게 없다는 사실에 절망하면서. 그걸 깨닫는 순간 자신이 부모에게 했던 모든 원망이 되돌아왔다. 무아카에게 감당 못 할 상처를 입힌 그의 부모, 그리고 그보다 잔인했던 무아카 자신. 그것은 매일 밤 무아카를 미치게 하는 것 중 하나였다. 늘 마음 저변에 깔려 있던 고통과 공포가 두미야를 보는 순간 치밀어 올라왔다. 그것을 감당하지 못해 몸을 떠는데, 다시 두미야의 목소리가 잔잔하게 들려왔다.

"그래, 알겠으니 이리 나오렴."

두미야의 부름에, 그리고 타누의 손길에 무아카는 가까스로 앞으로 나섰다. 물먹은 눈망울을 떨면서. 두미야를 올려 보게 된 무아카는 다시 입술을 깨물었다. 그러자 두미야는 차분히 몸을 숙였다. 워낙 커다래서 바닥에 앉고도 그의 눈높이는 무아카와 비슷했다. 눈을 마주치기엔 그 편이 오히려 좋았다.

"혼내려고 부른 게 아니니까 걱정 마라. 온 김에 얘기나 좀 해다오, 내 딸이 어떻게 지내는지."

무아카는 간신히 고개를 들고 두미야를 바라봤다. 그의 얼굴은 여전히 험상궂었지만, 그럼에도 인자했다. 그래서 무아카도 어렵사리 입술을 뗄 수 있었다. 두미야는 제미라에 대해 여러 가지를 물었고 무아카는 더듬대면서도 대답했다. 지금 잘 지내고 있다는 것, 아직 새로운 짝은 만나지 않았다는 것, 무아카 자신에게도 상냥하게 대해주고 있다는 것까지. 무아카는 제미라의 이야기를 하며 새삼 그에 대해 생각하게 됐다. 또한 그가 얼마나 관대하게 용서를 베풀고 있는지도 깨달았다.

두미야는 무아카의 이야기를 전해 들으며 찬찬히 고개를 끄덕였다. 무아카를 마주 보는 그의 눈은 평안했고, 그래서 무아카는 궁금해졌다. 왜 내게 화내지 않아요? 왜 날 원망하지 않아요? 무아카가 소리 없이 물었다. 그러자 두미야가 그 마음을 읽은 듯 말했다.

"나는 널 미워하지 않는다."

실제로 이곳 사람들은 모두 무아카의 마음을 훔쳐보는 것 같았다.

그래서 매 때마다 무아카의 마음을 아프도록 깊숙이 후벼 팠다. 그저, 상냥하게.

"왜……요?"

"널 가엽게 여기니까."

그 한마디에 잠시 그쳤던 눈물이 다시 방울방울 맺혀 어린 뺨에 굴러 떨어졌다. 뒤에 선 타누가 소녀의 눈을 손으로 가려 주었고, 무아카는 손 그늘에 숨어 소리 없이 흐느꼈다.

무아카를 향해 두미야가 말했다.

"원한은 상대를 불쌍히 여길 때 사라지는 법이야."

"그게 바로 용서라는 거지."

타누가 옆에서 잘난 척 끼어들자 두미야가 정정하듯 덧붙였다.

"복수일 수도 있고."

그러자 타누가 갸웃대며 돌아봤고, 두미야는 담담히 말을 이었다.

"복수도 상대를 불쌍히 여기는 방법 중 하나 아니냐. 불쌍해질 만큼 괴롭히고 나면 원한이 싹 사라지니까. 상대를 정말 불쌍하게 만들고 나면 말이다."

무아카는 눈이 빨개진 채 혼란에 빠졌다. 궤변도 무슨 저런 궤변이…… 하지만 곰곰이 생각해 보니 영 틀린 말은 아니었다. 실제로 연민을 느끼는 순간 사람들은 분노를 잊는다. 제미라가 무아카를 용서한 순간도 그랬다. 눈을 뜨게 된 제미라는 무아카를 불쌍히 여겼고, 그래서 미워하지 않았다.

그럼 사람들은 언제 잘못한 자에게 연민을 느끼지? 어른은 아이의 미숙함에 연민을 느낀다. 하지만 상대의 미숙함을 헤아리지 못한다면, 혹은 그 잘못이 동정할 수 없는 정도의 것이라면 사람들은 처벌을 준비한다. 때리고 울리고 가두어 고통을 준 후에야 비로소 연민을 느낀다. 두미야의 말처럼 용서와 복수의 종착역은 같은지도 모른다. 연민을 느끼는 것, 그로써 겨우 원한을 매듭짓는 것.

"그래서 복수는 항상 부족하지. 미움이 가득한 상태에선 상대가 아무리 뭉개져도 불쌍하지가 않거든."

무아카는 다시금 뜨끔했다. 사실 무아카의 부모는 이미 충분히 괴로웠다. 아버지든 언니든 그 마지막은 고통으로 점철되어 있었다. 그럼에도 무아카가 그들을 불쌍히 여기지 못하는 건, 두미야의 말처럼 미움이 커서다. 그럼 이제 어떻게 해야 할까? 그들의 처참한 죽음으로도 부족한 마음을, 그들의 고통에 한없이 무딘 이 마음을.

무아카의 절박함을 헤아리고 타누가 대신 물었다.

"그럼 어떡하죠?"

"선택해야지. 계속 복수를 궁리할지, 아니면 용서할지를."

"복수해도 시원찮을 나쁜 놈을 어떻게 용서해요?"

"쉬운 일은 아니지. 마음먹고 용서하라고들 하지만, 마음을 먹는다고 마른 땅에 비가 내리더냐?"

두미야의 반문은 타누가 아니라 무아카에게 떨어졌다. 눈이 마주친 무아카는 움찔하다가 결국 힘없이 고개를 저었다. 소녀의 솔직한 대답이 마음에 들었는지, 두미야가 인자하게 말했다.

"그러니 비가 내리길 기다려라, 네 마음이 충분히 강해질 수 있게.

그럼 너도 누군가를 가엽게 여길 수 있을 거다."

두미야의 따뜻한 말에 무아카는 마음이 벅차 다시 울음을 터트렸다. 소녀가 고개를 숙이고 흐느끼자 두미야는 그의 머리를 가볍게 다독여 주었다. 더없이 따뜻하게 속삭이면서.

"너도 내 딸처럼 가치 있는 선택을 할 수 있을 거야."

그래서 무아카는 고개를 들지 못하고 한참을 더 울었다.

무아카가 눈물을 그친 것은 두미야가 겸연쩍어하다가 훌쩍 돌아선 이후였다. 그 부끄럼 많은 아저씨는 자신의 발언에 낯간지러워하다가, 또 무아카가 도무지 울음을 그치지 않는 걸 불편해하다가 결국 헛기침을 하며 어디론가 횅하니 가버렸다. 그런 탓에 무아카를 달래는 건 고스란히 타누의 몫이었다.

"아직도 우네. 그만 울어. 이러다 시들겠다, 시들겠어."

타누는 정말 걱정스러웠다. 이렇게 물을 다 빼낸 무아카가 마른 풀처럼 시들어 버릴까 봐. 그래서 그의 양 뺨을 들어 올리며 물었다.

"많이 놀랐어?"

"이, 이렇게 갑자기 만날 줄은……"

무아카는 코를 훌쩍이며 간신히 입을 열었다. 그 말에는 타누를 향한 원망도 조금 섞여 있었다. 하지만 타누는 모르는 척 웃었다.

"준비하고 만나면 더 긴장되잖아. 어차피 한 번은 겪어야 할 일, 화끈하게 해치우면 좋지."

무아카는 훌쩍이면서도 생각했다. 이 나뭇가지는 정말 때리라고 준 거였나 봐. 소녀의 서슬 퍼런 원망을 아는지 모르는지 타누는 태연하게 무아카의 눈물을 닦았다.

"괜찮아, 아저씨는 널 원망하거나 미워하지 않으니까."

무아카는 그 말을 믿을 수가 없었다. 미움받는 것에 익숙하기에 미워하지 않는다는 말이 오히려 이상했다.

"어, 어떻게 그럴 수 있어요?"

"훌륭한 어른이니까."

무아카는 코끝이 빨개진 채 타누를 바라보았다. 그러자 타누는 무아카와 눈높이를 맞추며 말했다.

"저 사람은 자기 인생에 다가온 죽음을 받아들인 거야. 너에게 연연하지 않고."

무아카는 말도 안 되는 소리라고 생각했다. 그 말은 무아카에게 아버지의 학대를 받아들이라는 말과 같았다. 아버지에게 연연하지 않고. 사람이 어떻게 그럴 수 있어? 무아카가 표정으로 이의를 제기하자 타누는 웃었다. 그러더니 팔짱을 끼고 똑똑한 척 말했다.

"고통이라는 건 말이야, 진흙탕이랑 비슷한 것 같아. 푹 빠지면 나오기 힘든 데다가 간신히 헤쳐 나와도 계속 발자국이 남거든."

"진흙탕……?"

"그래, 진흙탕. 거기 빠졌으니 진흙투성이가 되는 건 당연한 거야. 다만 진흙투성이가 된 사람은 선택을 해야 하지. 이대로 진흙이 말라 떨어지길 기다릴지, 아니면 얼른 닦아 낼지."

진흙탕 운운하는 타누의 목소리는 태연했다. 하지만 무아카는 초연할 수가 없었는데, '진창의 무아카'라는 자신의 이명이 떠오른 탓이다. 피네하스가 친히 지어 준 이름, 진창. 진흙탕. 그걸 모르는지, 아니면 알고도 일부러 그러는지 타누는 대담한 얼굴로 말을 이었다.

"사고로 진흙탕에 빠졌다면 대부분의 사람은 얼른 수습하고 잊어버릴 거야. 하지만 날 진흙탕에 빠트린 자식이 있다면 얘기가 좀 달라지지. 괘씸하고 열 받잖아. 가장 이상적인 방법은 그 녀석에게 사과를 받고 새 옷으로 보상받는 건데, 우리의 비극은 여기서부터야. 대부분의 나쁜 녀석한텐 자기가 벌인 문제를 해결할 능력이 없어."

무아카는 긍정도 부정도 못 하고 입을 꾹 다물었다. 그 말처럼, 무아카의 부모는 무아카에게 준 상처를 보상할 수 없다. 그리고 무아카도, 두미야와 제미라, 그 밖의 수많은 사람에게 준 고통을 보상할 수 없다. 그저 저질렀을 뿐.

"그러니 두미야 아저씨는 이 문제를 그냥 털어 낸 거야. 그게 진흙투성이로 걸어 다니는 것보단 편할 테니까."

타누의 목소리는 가벼웠다. 정말로 먼지를 툭툭 털어 낸 듯이. 무아카는 쉽게 공감할 수가 없었다. 그걸 어떻게 털어 내. 무아카는 그렇게 생각하다 아까 아미크가 한 말을 떠올렸다. 미워할지 고통에서 벗어날지 선택해야 한다는 말이, 바로 네 인생이라는 말이. 그 말 하나하나가 무아카를 벼랑 끝으로 몰아붙이는 것 같았다. 안 그래도 숨 가쁜 무아카에게 타누가 쐐기를 박았다.

"고통받지 않을 수 없다면 이런 걸 배워 보는 것도 방법이라고 생각해. 네가 이를 갈지 않아도 악당들은 나중에 다 대가를 치를 테니까."

타누의 말은 여상히 가벼웠고, 그래서 더더욱 야속했다. 말이 끝나자 무아카는 결국 긴긴 숨을 내쉬었다.

"너무 어려워요."

"아까 아저씨도 그랬잖아. 쉽지 않다고."

"어른이 되면 그럴 수 있을까요?"

"글쎄, 나이가 많으면 어른일까?"

"무슨 말이에요?"

"나이를 먹어도 자라지 않으면 그건 어린애야. 속이 어린애인데 몸만 어른이 돼서 힘까지 세지면 그거야말로 골치가 아프지. 그래서 꼬맹이들한테 고충이 많은 거야. 자라느라 바쁘니까. 가지도 꺾이고, 떫은맛도 나면서."

타누의 입바른 말에 무아카는 입을 삐죽였다. 그걸 봤지만 타누는 태연하게 말을 맺었다.

"그런 고충 없이 어른이 되는 건 비극이야. 겉보기만 그럴싸할 뿐, 어디에도 못 쓸 테니까."

타누는 예전처럼 장난스러우면서도 일면 어른스러웠다. 그래서 무아카는 불공평하다고 생각했다. 자기도 예전에는 그렇게 경박했으면서. 무아카가 노려보자 타누는 웃으며 소녀의 볼을 찔렀다. 그러곤 다시금 걸음을 재촉했다.

"자, 다시 가자. 이번에 만나는 사람들은 반가울 거야."

타누의 말에 무아카는 석연치 않은 표정을 지었다. 가자니, 대체 어디로? 무아카는 드넓은 하늘과 자신이 선 황량한 바위산을 쭉 둘러보았다. 그 앞은 낭떠러지와 폭포였다. 길이 없다. 만약 간다면 뒤로 되돌아가는 수밖에 없었다.

무아카가 가만히 서 있자, 타누가 의미심장하게 웃으며 물었다.

"너 수영할 줄 알아?"

예감이 좋지 않다. 무아카는 쏟아지는 폭포를 곁눈질하며 고개를 저었다. 그러자 타누는 그 눈치 빠른 태도를 칭찬하듯 씩 웃었다.

"사실 못해도 상관없어."

그러고는 무아카를 벼랑 아래로 밀었다.

벼랑에서 떨어진 무아카는 요란한 물소리와 함께 수중 깊은 곳으로 추락했다. 물에 휘감겨 필사적으로 허우적댔지만, 방향을 잃은 무아카는 그 자리에서 계속 맴돌 뿐 물 밖으로 나올 수 없었다. 발버둥을 친 끝에 공기를 토해 내자 입안으로 물이 밀려들었다.

맛있었다. 어처구니없게도 물을 꿀꺽 삼키는 순간 무아카는 상쾌함을 느꼈다. 숨이 막히기는커녕 상쾌하다니, 괴이쩍은 감각에 무아카는 발버둥을 멈추고 슬며시 눈을 떴다. 여전히 물속이었다. 그럼에도 호흡은 자연스러웠고 입에서 맴도는 물은 달콤하고도 시원했다.

무아카는 마음을 추스르며 주위를 둘러보았다. 깨끗한 물속에서 작은 물고기 떼가 헤엄치는 것이 보였다. 물고기 떼는 무아카에게 다가와 그 몸을 휘감더니 이내 여운만 남기고 떠났다. 물고기 떼를 따라 고개를 드니 머리 위에서 일렁이는 수면이 보였다. 물결이 햇살을 쪼개며 반짝반짝 율동하고 있었다.

그때, 잔잔하던 수면이 갑자기 깨지더니 무언가가 물속으로 파고들었다. 몽글몽글한 공기방울을 두르고 들어온 것은 타누였다. 타누를 보고 놀란 무아카가 뭐라 소리쳤지만, 그 소리는 물에 삼켜져 꼬르륵대기만 했다. 타누는 웃는 얼굴로 무아카의 손을 잡고 어디론가 헤엄치기 시작했다. 깊은 물속에서 무아카는 부드럽게 끌려갔고, 작은 물고기 떼도 그들의 뒤를 장난치듯 따라왔다. 물결은 친절하게 소녀를 어루만졌다. 우느라 지친 아이를 달래듯이. 그 감각이 누군가의 손길을 떠올리게 해서 무아카는 가만히 눈을 감았다.

얼마간 물살을 헤치자 물이 갈수록 탁해지기 시작했다. 투명하던 물이 흐려지더니 발끝에 진흙과 자갈이 닿았다. 수심이 점차 얕아지는 모양이었다. 물이 뿌옇게 변하면서 무아카는 입을 꼭 다물고 숨을 참았다. 타누와 손을 잡고 어기적어기적 걷는데 몸이 점점 무거워졌다. 한없이 가볍던 물이 이제는 무아카의 몸을 옭아맸다. 앞은 잘 보이지 않고 숨도 막혔다. 무아카는 덜컥 겁이 나서 몸부림쳤다. 그럴수록 무겁고 끈끈한 물은 소녀를 더욱 잡아당겼다. 그대로 눈앞이 깜깜해지는데, 무언가가 소녀의 뒷덜미를 잡아당겼다. 무아카는 그대로 쑥 끌려 물 밖으로 나왔다.

"푸하!"

물에서 겨우 빠져나온 무아카는 거친 숨을 토했다. 숨을 몰아쉬며 얼굴을 문질러 닦는데 미끈한 진흙이 만져졌다. 온몸이 흙탕물 범벅이었다.

"이게 뭐야……."

무아카는 울상을 지으며 주변을 돌아보았다. 무아카가 허우적대던 곳은 습지 한가운데 진흙탕이었다. 뒷덜미를 잡아 일으킨 건 타누였고, 타누도 무아카와 마찬가지로 온몸에 진흙을 묻히고 있었다. 타누는 무아카의 얼굴을 보더니 웃음을 터트렸다.

"아하하, 진짜 진흙투성이가 됐네!"

무아카는 참지 못하고 진흙을 뭉쳐서 타누에게 던졌다. 마침 허우적대며 놓쳤던 나뭇가지가 수면으로 빠끔 떠올라서, 무아카는 그걸로 타누를 공격했다. 옆구리를 찔러 몸을 비꼬게 한 후 등을 후려쳐서 실컷 고통을 주었다. 타누를 응징하고 나서 무아카는 자신의 꼴을 다시 돌아보았다. 타누의 말마따나 진흙투성이였다. 마음에 드는 꼴은 아니었다. 피네하스가 선택했던 자신의 질척질척한 인생을 보는 것 같아서.

무아카가 망연자실 서 있자 타누가 말했다.

"뭐 어때, 깨끗이 씻으면 되지."

타누는 이런 만행을 저지르고도 태연했다. 무아카는 여기 씻을 데가 어디 있냐고 반문하고 싶었다. 그런데 마침 먼 곳에서 와글대는 소리가 들려왔다. 타누는 거 보란 듯 웃으며 무아카를 다시 이끌었고 무아카는 마지못해 좇아갔다. 질퍽질퍽한 진흙탕 속에서 힘겹게 걸음을 떼면서 무아카는 또 누구를 만나게 될지 몰라 긴장했다.

두미야를 만나 크게 놀란 무아카는 잔뜩 신경을 곤두세우고 습지에 자란 갈대밭을 지났다. 흔들리는 갈대를 헤치자 소리가 점점 더 가까워졌다. 그 소리는 재잘재잘 바빴다. 어린아이들이 무어라 떠드는 소리였다. 와글대는 소리가 어쩐지 익숙해 무아카는 발돋움을 해봤다. 누구인지 보고 싶었는데, 높게 자란 갈대 때문에 저 너머는 도무지 보이지 않았다. 그나마 보이는 건 정체를 알 수 없는 둥그런 회색 산뿐이었다. 무아카는 갈대 그늘 속에서 부지런히 앞으로 나아갔다. 이윽고 마지막 갈대를 벌렸을 때 무아카가 보게 된 것은 퍽 기묘한 광경이었다.

웬 어린애들이 커다란 코끼리를 두고 실랑이를 벌이고 있었다. 갈대숲에서 언뜻 보인 것은 회색 산이 아니라 바로 코끼리였다. 네댓 명의 아이들이 집채만 한 코끼리를 둘러싸고 있었는데, 코끼리는 시무룩하게 코와 귀를 늘어뜨리고 잔소리를 듣고 있었다.

타누와 무아카가 갈대를 헤치고 나오자 그중 한 아이가 돌아보며 소리쳤다.

"언니, 벌써 왔어!"

일고여덟 살쯤의 아이가 옆에 선 소녀의 치맛자락을 붙잡고 말했다. 무아카는 엉망진창인 자기 꼴을 부끄러워하면서도 그 아이가 참 낯익다는 생각을 했다. 그리고 그 익숙함의 정체는, 언니라고 불린 소녀가 돌아보는 순간 밝혀졌다.

"앗, 진짜네?"

뒤를 돌아보며 말한 건 무아카보다 두어 살 많아 보이는 소녀였다. 마지막으로 봤을 때와 나이 차이가 꽤 있었지만 그럼에도 무아카는 그를 한눈에 알아볼 수 있었다.

"레나나 언니?"

무아카가 놀라서 소리쳤고, 이름을 불린 레나나는 늘 그랬던 것처럼 씩씩하게 웃었다.

"안녕. 우와, 생각보다 훨씬 엉망이잖아?"

무아카는 진흙을 뚝뚝 흘리며 멍하니 레나나를 보았다. 레나나뿐만이 아니었다. 아까 레나나를 잡아당긴 건 야빈의 동생이었다. 거대한 코끼리를 둘러싸고 와글대던 아이들은 대부분 무아카가 아는 아이들이었다. 기달티 성에서 함께 지내던 친구들이었다. 그중에 낯선 것은 단 한 명, 처음 보는 또래 소년이 있었다. 레나나가 언뜻 지카라고 부르는 것 같았다.

"무아카 언니!"

무아카가 얼떨떨해하는 사이 두 여자아이가 달려와서 무아카에게 안겼다. 진흙 범벅인데도 아랑곳 않고 달려든 건 야빈의 두 동생, 힌네와 하야였다. 무아카는 부쩍 큰 두 아이를 보며 더 놀랐다. 그 둘도 야빈처럼 온전한 사람 모습이었고, 하야는 말도 할 수 있었다. 두 아이가 안겨 드는 동안 다른 아이들도 와서 무아카를 둘러쌌다. 레나나는 언니처럼 무아카를 반겼고, 늘 아파 보였던 우즈도 건강해져서 해맑게 웃고 있었다. 아이들은 무아카가 흙탕물 범벅인 것에 아랑곳하지 않고 열렬히 환영했다. 환대에 놀랐던 무아카도 결국 웃음을 터트렸다. 슬프게 헤어졌던 친구들과 다시 만난 것이 기뻐서 진흙투성이인 것도 잊고 아이들을 꼭 마주 안았다. 못 본 새 많이 컸다, 그동안 어떻게 지냈냐며 많은 이야기가 오갔다. 그렇게 한참을 반가워하던 중 힌네와 하야가 물었다.

"야빈 오빠는 잘 있어?"

"우리 때문에 슬퍼하진 않아?"

"응, 잘 지내고 있어."

무아카의 대답에 두 아이는 가슴을 쓸어내렸다. 둘 다 정말 좋아 보였다. 걱정거리라고는 아본에 남은 오빠뿐인 것 같았다. 힌네와 하야는 오빠 소식을 더 물었고, 무아카는 담담한 척 이야기를 해주었다. 그러다 지금 야빈이 메트로폴리스에서 학교를 다니고 있다는 이야기까지 하게 되자 힌네가 순진한 얼굴로 되물었다.

"언니는? 언니도 학교에 다녀?"

힌네의 물음에 무아카는 움찔했지만 애써 태연히 대답했다.

"아니, 나는 못 갔어."

"왜?"

뭐라고 대답해야 할까? 피부색이 갈색이어서 못 갔어, 야빈처럼 영리하지 않아서 못 갔어. 그렇게 말하면 아이들이 이해할까? 아니면 동정할까? 무아카는 대답할 말을 고르지 못했다.

대답을 기다리던 하야가 뺨에 진흙을 묻힌 채 물었다.

"언니는 거기 가고 싶었어?"

"잘 모르겠어."

"그럼 먼저 선택을 해야겠네?"

어린아이의 말은 명료했고, 무아카는 고민에 빠졌다. 선택이라니, 생각해 본 적이 없었다. 어른들이 반대한 것을 받아들였을 뿐, 그래서 할 수 없다고 여겼을 뿐.

무아카가 입을 다물자 레나나가 활기차게 말했다.

"가고 싶으면 가고 싶다고 이야기해. 어차피 어른들은 네가 자라는 걸 도울 뿐 네 평생을 책임져 주진 않아."

레나나의 조언에 무아카의 눈이 동그랗게 떠졌다. 그러자 레나나는 더 북돋아 말했다.

"네가 선택해. 네가 책임질 수 있는 일이라면 얼마든지. 누군가를 다치게 하는 나쁜 일이 아니라면 얼마든지."

"그래도 괜찮아?"

"응, 괜찮아."

망설임 섞인 물음에 레나나는 흔쾌히 고개를 끄덕였다. 하지만 무아카는 쉽사리 용기가 나지 않았다. 머릿속에서 고민이 시작됐다. 이런 때에 생각을 숨기는 건 무아카의 오랜 습관이었다. 그러나 이번엔 평소와 조금 달랐다. 무아카를 둘러싼 것은 또래 친구들이었고, 그 앞에서 무아카는 조금 솔직해질 수 있었다.

"난 야빈처럼 똑똑하지도 않아."

"모든 사람이 다른 사람보다 더 똑똑하거나 덜 똑똑해."

"게다가 난 피부색도 다르고……."

"네가 다른 게 아니라 서로 다른 거야."

레나나는 예전처럼 똑 부러지는 목소리로 무아카의 반론을 격파했다. 궁지에 몰린 무아카는 궁색하게 변명거리를 찾았다. 그러다 그가 발견한 것은 자신의 질척질척한 모습이었다. 무아카는 진창에 빠진 자신의 몰골을 보다가, 이내 서글프게 시인했다.

"더럽잖아, 나는."

소용없는 저항이었다. 그에 아이들이 입을 모아 소리쳤다.

"그거야 씻으면 되지!"

"우리가 목욕 준비도 해놨어."

"그러려고 기다렸어. 저 산에서 오면 분명 진흙탕에 빠질 테니까."

소녀들이 열띠게 소리쳤다. 덕분에 무아카는 더더욱 곤혹스러워졌다. 그대로 이러지도 저러지도 못하고 있는데, 그들을 지켜보던 소년이 넌지시 끼어들었다.

"그런데 문제가 있어."

지카가 등 뒤를 가리키며 말했다. 그곳엔 회색 코끼리가 귀를 펄럭이며 앉아 있었다.

"저 코끼리가 비누를 열매로 착각해서 다 먹어 버렸어."

지카의 핀잔에 아이들의 입에서 한숨이 흘렀다. 코끼리도 짐짓 시무룩해하며 귀와 코를 늘어트렸다. 그 모습을 보며 무아카는 안도했다. 그리고 실망했다. 변화가 일어나지 않을 거라는 사실에 가슴을 쓸어내리면서도 이 상태가 계속된다는 사실엔 답답함을 느꼈다. 온몸에 두른 진흙은 무겁고 불편했지만, 너무 오래되어 이젠 없으면 허전한 것이었다.

아이들이 다시금 코끼리를 다그쳤고 무아카는 그 모습을 멍하니 바라보았다. 그러자 곁에 선 타누가 짓궂게 물었다.

"안심했어?"

무아카는 뜨끔해서 조용히 눈을 흘겼다.

"별로 그런 건 아니에요."

"그럼 실망했어?"

빤히 알면서 약 올리듯 묻는 타누가 얄미웠다. 그래서 무아카는 조금 토라져서 말했다.

"실망도 안 해요. 늘 있는 일이니까요."

이처럼 빠르게 포기하는 것은 무아카가 자신을 지키기 위해 쓰던 방법 중 하나였다. 하지만 이번엔 상대가 좋지 않았다. 타누는 물러서는 무아카를 다시 잡아끌었다.

"길이 막혔으면 다른 길을 찾으면 돼. 세상은 일방통행이 아니어서 늘 뜻밖의 방법이 있으니까."

그렇게 말하며 타누는 무아카가 손에 쥔 것을 가리켰다. 아미크에게 받은, 늪지대에서도 꿋꿋이 챙겨 온 나뭇가지를. 무아카도 그 시선을 따라갔다가 가지 끝에 매달린 열매를 보고 타누의 의도를 깨달았다. 무아카는 놀란 눈으로 열매와 타누를 번갈아 보았다. 그러자 타누는 여유롭게 웃으며 말했다.

"어때? 선택은 네 몫이야."

그때 열매의 존재를 까맣게 모르는 아이들은 여전히 코끼리를 에워싸고 전전긍긍하고 있었다. 결정은 온전히 무아카의 몫이었다. 선택의 기로에 서게 된 무아카는 나뭇가지를 손에 쥔 채 갈등에 빠졌다. 무아카에게 익숙한 것은 아무것도 하지 않고 포기하는 선택. 애써 태연한 척하는 것, 그로 인한 슬픔도 아픔도 혼자만의 것으로 가

두고 필사적으로 평정을 가장하는 것. 쭉 그래 왔는데 무아카는 문득 그게 싫어졌다. 한 번쯤은 다른 선택을 해보고 싶어졌다. 왜일까, 스스로에게 물은 무아카는 곧 깨달았다. 이곳에 오기까지 거쳐 온 사람들이 무아카에게 새로운 선택을 요구했다는 것을. 아미크는 스스로에 대해 새로이 선택할 것을 말했고, 두미야는 타인에 대해 또 다른 선택을 권했다. 그래서 이제는 정말 결정할 순간이 되었다.

무아카는 망설인 끝에 마음을 다잡았다. 두 번이나 울었지만, 이래저래 엉망이었지만 그래도 고마운 만남들이었다. 그 시간을 헛되게 하고 싶진 않았다. 무아카는 가지를 꼭 쥐고 천천히 걸어갔다. 그리고 혼이 나 우울해하는 코끼리에게 다가가 열매를 내밀었다. 코끼리는 눈을 껌뻑이며 무아카를 바라보더니, 이내 머뭇머뭇 코를 뻗어 나뭇가지를 휘감았다. 코끼리는 곧 그것을 한입에 넣고 우적우적 씹어 삼켰다. 코끼리가 딸꾹질을 시작한 건 그 직후였다.

작고 신 열매가 코끼리의 배 속을 놀라게 만들었고, 코끼리는 이내 딸꾹딸꾹하며 몸을 들썩거렸다. 그러더니 별안간 코끼리의 입에서 비눗방울이 튀어나왔다. 딸꾹질 한 번에 비눗방울 하나. 딸꾹, 딸꾹. 비눗방울, 비눗방울.

코끼리는 당황한 듯 코를 휘젓더니, 이내 코를 추켜세우고 힘껏 콧김을 뿜었다. 그러자 코끝에서 엄청난 양의 거품이 쏟아졌다. 생크림처럼 풍성한 거품이 하늘에서 눈처럼 내렸고, 아이들은 환호하며 거품 속으로 뛰어들었다. 그러고는 물장구를 치듯 거품을 잡으며 놀기 시작했다.

무아카도 아이들에게 이끌려 그 속으로 들어갔다. 새하얀 거품이 뭉게뭉게 주변을 에워쌀 때 무아카는 거품 속에서 울듯이 웃었다. 비눗물이 따가워 눈물이 흘렀지만, 그 어느 때보다 해맑게 웃으며 몸에 덧입혀진 진흙을 닦아 냈다. 비눗방울과 눈물로 온몸이 깨끗해질 때까지.

실수로 비누를 먹어치우긴 했지만 코끼리는 목욕을 위해 꼭 필요한 존재였다. 코끼리는 아이들이 비누 거품 속에서 실컷 놀 때까지 기다린 후 깨끗한 물을 코에 담아서 거품을 씻겨 주었다. 그다음엔 커다란 귀를 펄럭여 물기를 날리고, 등에 업어 햇빛 아래서 몸이 마르게 도와주었다.

그로써 진흙은 깨끗이 씻겼다. 하지만 너무 거창한 목욕을 한 탓에 무아카와 아이들은 완전히 지쳐 버렸고, 나무 그늘 아래서 잠시 낮잠을 청해야 했다. 무아카는 성에서 지내던 때를 떠올리며 행복한 단잠에 빠져들었다. 다시 일어났을 땐 곁에 갓 딴 과일이 가득 놓여 있었다. 코끼리의 사과였다.

친구들과 함께 보낸 시간은 더할 나위 없이 즐거웠다. 그래서 타누가 끝을 고할 때 무아카는 아쉬워서 발을 떼지 못했다.

"무아카, 이제 가야 돼."

"또 어디로요?"

"마지막으로 만날 사람이 있어."

그 말에 무아카는 마지못해 일어났다. 그리고 친구들을 둘러보았다. 여기 다시 올 수 있을까? 어려울 것 같았다. 무아카가 머뭇대는 사이 코끼리가 바닥에 엎드리며 코로 미끄럼틀을 만들었다. 타누는 무아카를 잡아 주며 그 코를 밟고 올라가도록 도왔다. 무아카가 자리를 잡자 코끼리가 무릎을 들었다. 타누가 아직 타지 않았는데? 무아카가 놀라서 쳐다보자 타누는 밑에서 손을 흔들었다.

"내 안내는 여기까지. 나머지는 이 녀석이 도와줄 거야."

타누와도 헤어져야 한다는 생각에 무아카는 더 쓸쓸해졌다. 이대로 헤어지면 아주 오랫동안 볼 수 없을 것 같았다. 그래서 무아카가 조심스레 물었다.

"나머지가 끝나면요? 그럼 난 어떻게 돼요?"

"아침에 깨어나겠지, 모든 게 꿈이었던 것처럼."

담담한 대답에 무아카의 입술에선 탄식이 터져 나왔다. 예상은 하고 있었다. 이 모든 것이 꿈이라는 걸. 그러나 모르는 척했다. 행복해서, 그리고 즐거워서. 무아카는 코끼리의 등에서 뛰어내리고 싶어졌다. 꿈이어도 좋으니 타누의 곁에, 친구들의 곁에 남고 싶었다. 하지만 너무 높아 차마 뛸 수 없었다.

그래서 무아카는 까마득한 밑을 내려다보며 울먹였다.

"여기 계속 있고 싶어요."

"언젠가 오게 될 거야. 길을 잃지만 않는다면."

"언젠가는 너무 멀어요."

"나도 그렇게 생각해. 하지만 생각보다는 금방일 거야."

타누가 부드럽게 달랬지만 무아카의 눈에선 결국 눈물이 뚝뚝 떨어졌다.

"저런, 또 우네."

무아카가 울자 타누가 난처한 듯 머리를 긁적였다. 그러더니 코끼리의 코를 타고 무아카의 곁으로 다가갔다.

"울지 마, 못생겨지잖아. 넌 웃는 얼굴이 훨씬 예뻐."

달래려고 한 말이었지만 그 말은 오히려 무아카를 더 크게 울려 버렸다. 무아카가 아예 엉엉 울자 밑에 있는 아이들이 와글대며 타누를 비난했다. 궁지에 몰린 타누는 한숨을 쉬며 무아카의 머리를 안았다. 그러곤 조심히 토닥였다.

"아쉬워할 것 없어. 여길 떠나야 그분을 만날 테니까. 우리보다 훨씬 반가울 거야."

타누는 그렇게 속삭이며 무아카가 눈물을 그칠 때까지 기다려 주었다. 그 상냥함에 무아카는 조금 더 울었다. 무아카의 흐느낌이 잦아들 때 타누가 마지막으로 말했다.

"그러니까 웃으면서 다녀와. 기다리고 있을게, 조금 오래 걸리더라도."

그로써 무아카는 또다시 정든 이들을 떠나보내야 했다. 이전의 갑작스러운 작별에 비하면, 훨씬 상냥한 안녕이었다.

무아카는 코끼리와 함께 여러 곳을 지났다. 먼저 밀림을 헤치고 절벽을 뛰어넘었다. 바다를 건널 땐 돌고래 떼가 길을 안내했다. 비좁은 수정 동굴을 지날 때가 조금 위기였는데, 수정 서너 개를 부러트렸을 뿐 생각보다 큰 사고는 없었다.

우여곡절 끝에 그들이 도착한 곳은 꽃이 만발한 아름다운 정원이었다. 정원에 발을 들여놓을 수 없는 코끼리는 몸을 숙여 무아카를 내려 주었다. 미끄럼을 타고 내려온 무아카는 사방에 가득한 향기를 맡았다. 그때부터 가슴이 설레기 시작했다. 무아카는 조심히 길을 따라 걸었다. 걷다 보니 언덕 위에 등나무 그늘이 보였다. 무아카가 멀찍이서 이곳을 보고는 눈을 커다랗게 떴다. 우리를 발견한 것이다.

무아카는 곧 달음박질을 시작했다. 아이는 다급히 달려왔고, 나는 일어서서 두 팔을 벌렸다. 아이가 지체 않고 안길 때 나는 웃음을 터트렸고, 내가 웃자 무아카는 벅찬 얼굴로 고개를 들었다. 그리고 나와 라이시를 바쁘게 번갈아 보았다. 무아카는 평소 무서워하던 라이시마저 반가워하더니 날 보며 울먹였다.

"보고 싶었어요, 공주님."

그 말에 나는 빙긋 웃었다.

"난 항상 네 옆에 있었는데?"

무아카의 입술이 삐뚤어졌다. 사소한 불만 표시였다. 아이는 억울한 얼굴로 칭얼댔다.

"전 혼자였어요."

아이의 항변에 나는 고개를 저었다. 나는 오해를 풀기 위해 부드럽게 말했다.

"무아카, 나는 사랑이야."

그러나 아이는 깨닫지 못했고, 나는 차분히 덧붙였다.

"늘 네 곁에 있었어, 네가 외면했어도."

아야라를 통해서, 제미라를 통해서, 너를 사랑하고 아끼는 모든 사람을 통해서. 내 말을 듣고 무아카는 자신의 거절을 떠올렸다. 친절함에 물러서고 상냥함을 거부했던 날들이 하나하나 떠올랐다. 그래서 도리어 얼굴이 붉어지고 말았다. 하지만 내게 무아카를 혼낼 마음은 없었다.

"괜찮아, 네 마음이 다 기억하니까. 그건 씨앗 같은 거라서, 네가 잘 돌본다면 언젠가는 크게 자랄 거야. 네가 느끼고 나눌 수 있을 만큼."

아이의 얼굴은 더 발갛게 달아올랐다. 그러나 그 마음에 수심은 없었고, 나는 기분 좋게 웃으며 아이를 이끌었다. 우리는 꽃그늘이 향기로운 곳에서 정답게 마주 앉았다. 내가 먼 길 오느라 고생했다 말하자 무아카는 재잘대며 겪은 일을 늘어놓았다. 나는 차분하던 아이가 들뜬 모습을 즐겁게 바라보았다. 무아카는 이야기를 한참 하다가 문득 생각난 듯 말했다.

"라이시는 어디로 갔는지 모르겠어요."

무아카가 라이시를 찾자 내 옆에 앉은 라이시가 반응했다. 덕분에 무아카는 화들짝 놀라고 말았다.

"앗, 대공님 말고요."

이 사소한 혼동에 라이시는 나를 쳐다보았다. 원흉을 바라보는 눈빛이 꽤 냉랭했지만, 나는 아랑곳 않고 고개를 끄덕였다.

"라이시는 훌륭한 탈 것이지. 연비도 좋아."

그러자 라이시가 옆에서 받아쳤다.

"너무 좋아하지 마, 태워 준 만큼 나도 타고 다닐 거니까."

"치사하게 이럴래?"

"공평한 거겠지, 공주님."

우리가 웃는 낯으로 서로를 노려보자 사이에 낀 무아카는 입장이 퍽 난처해졌다.

"두 분은 한결같으시네요."

무아카가 눈치를 보다가 기어들어 가는 목소리로 말했다. 그러자 라이시가 날 보며 중얼댔다.

"한결같이 무엄하지."

"한결같이 야박하기도 하고."

내가 덧붙이자 라이시의 눈총이 한층 강렬해졌다. 나는 모르는 척 웃었고, 역시나 무아카의 얼굴만 더 창백해졌다. 얘도 참, 무서워할 것 전혀 없는데.

라이시 때문에 도통 긴장을 풀지 못하는 무아카가 소심하게 되물었다.

"요, 요즘은 안 싸우시죠?"

"싸우긴, 우리 엄청 잘 지내!"

안 싸우냐는 말에 나는 난색을 지으며 반지 낀 왼손을 아이에게 펼쳐 보였다.

"짠, 봐봐. 커플링이야."

난 애정을 과시할 생각이었는데, 라이시가 똑같이 왼손을 펼치며 덧붙였다.

"저럼한 거야, 길에서 파는."

나는 지나치게 정직한 라이시를 잠시 노려보다 급히 둘러댔다.

"데이트도 자주 해. 전엔 같이 놀이공원도 다녀왔고."

"날 수 있는데 그런 걸 왜 굳이 타야 하는지 의문이지만."

"사, 사진 찍은 거 보여 줄까?"

"헛된 짓이다, 과거에 집착하는 것은."

이 자식, 아까 좀 놀렸다고…….

이번엔 내가 라이시를 흘겨보았고, 라이시는 시선을 돌려 외면했다. 아무래도 라이시는 나를 도울 마음이 전혀 없어 보였다. 그래서 나는 결국 사실을 털어놓았다.

"그래, 실은 낭만 없는 남자 친구 때문에 이렇게 고통받고 있어."

"불평해도 절대 놔주지 않을 거야."

"게다가 집착도 심해. 모든 게 위기야."

라이시는 뻔뻔한 얼굴로 내 어깨를 감싸며 소유권을 주장했고, 나는 자포자기하며 한숨을 내쉬었다. 우리가 이렇게 여전한 걸 보고 무아카도 결국 입을 가리며 큭큭 웃었다.

"공주님은 아직도 저쪽 세계에 계세요?"

"응, 아직 정리가 안 됐거든."

적절한 때에 떠나야 하는데, 수험생 신분이라 도무지 적당한 시기가 잡히지 않는다. 눈 딱 감고 말해 볼까도 생각해 봤지만 예상되는 결과가 너무 뻔해서 시도할 수가 없었다. 가령, 내가 이렇게 말한다면…….

'엄마, 나는 사실 이 세상의 존재가 아니야.'

'너 모의고사 성적 나왔구나.'

'어?'

'가져와 봐.'

'아니, 엄마…….'

'확실히 이 세상 성적은 아니네. 이 세상 것이 아니야.'

그 후의 일은 뭐, 뻔하지. 생각만으로도 절망적이야.

"그래서 그쪽 세계 생활도 부지런히 하고 있어."

"그럼 결혼 허락은 받으셨어요?"

무아카의 이 물음은 타당하다. 우리가 결혼 얘기를 오죽 입에 달고 살았던가. 하지만 나는 좋은 소식을 전할 수 없었다.

"아니, 허락 못 받았어. 결혼은커녕 연애도 반대가 심해. 수험생이 무슨 연애냐며……. 게다가 라이시는 학교도 안 다니고 직장도 없는 백수라서…….."

내가 시무룩하게 말하자 옆에서 라이시가 개탄했다.

"존재 이래 이런 수모는 처음이야."

뭐, 이런 실정이다. 구세주이자 공주이자 아직은 여고생인 나는 하늘을 보며 푸념했다.

"공부도 남들보다 더, 남자 친구도 남들보다 더. 왜 엄마들은 자기 자식이 남보다 잘해야 된다고 생각하는 걸까? 이렇게 줄을 세우면 누군가는 반드시 2등이나 꼴등인데, 그걸로 그 사람의 가치를 평가

하다니."

나는 그렇게 말하며 하늘을 보던 눈을 무아카에게로 돌렸다.

"사람의 진짜 가치는 눈에 보이는 게 아닌데 말이야."

나와 눈이 마주치자 무아카가 놀란 표정을 지었다. 그런 아이에게 나는 싱긋 웃으며 말했다.

"우린 이렇게 잘 지내고 있어."

궁금해하던 이야기는 이렇게 모두 말해 주었다.

"그러니 이젠 네 차례야."

"저요?"

"응, 너."

이 예정에 없던 초대는 널 위한 것이다. 너에게 해주고 싶은 이야기가 있어서, 흐르는 시간 속에서 혼자 동떨어진 너를 위해서.

"저는……."

갑자기 지명된 아이는 당황하며 말을 잇지 못했다. 상처는 부끄럽고 부끄러움은 숨기기에 급급해서. 그렇게 해서라도 미움받지 않으려는 너의 노력을 나는 잘 안다. 나는 손을 뻗어 아이를 감쌌다. 그리고 그 여린 마음에 대고 진실만을 속삭였다.

"나는 너를 비교하고 판단하지 않아."

네가 아름답게 존재하기만을 바랄 뿐.

"네가 상처 속에 있어도 손가락질하지 않고, 널 따돌리고 얕잡아 보고 무시하지 않아."

네 아픔을 함께 아파할 뿐.

"널 특별하게 여겨."

너를 감히 무가치하다 말하는 자는 내게 반역하는 자다. 그게 누구든, 설령 네 자신이라도.

"하지만 전 버려진 아이예요. 그 사실은 변하지 않아요."

내 마음이 아직 닿지 않아 네가 저항한다면, 나는 몇 번이고 말할 것이다.

"내가 널 좋아한다는 사실도 변하지 않아."

널 향한 내 마음을 몇 번이고,

"널 좋아해."

또 몇 번이고.

"정말 좋아해."

네가 눈을 들어 나를 볼 때까지, 잊었던 나를 기억해 낼 때까지.

"사랑하고 있어."

목숨도 아깝지 않을 만큼. 영원이라도 부족할 만큼.

"그러니까 괜찮아."

나는 품 안을 향해 오래도록 속삭였다. 내 사랑이 비가 되어 네 메마른 마음을 적시도록, 사랑이 움터 네 마음이 강해질 수 있도록.

이 꿈이 끝날 때가 되었다. 그러나 아이는 깨어나길 원치 않았다.

"여기 있고 싶어요."

현실로 돌아가기를 거부하는 아이에게 나는 조용히 일렀다.

"곧 다시 오게 될 거야."

"그럼 그냥 여기 있으면 안 돼요? 돌아가고 싶지 않아요."

애원하는 아이를 향해 나는 잠잠히 웃었다. 그리고 아이의 귓가에 대고 비밀이야기를 하듯 작게 소곤댔다.

"그곳이 힘들다는 건 알아. 그런데도 굳이 널 보내는 건 부탁이 있어서야."

부탁이라는 말에 아이가 고개를 들었다. 아이는 기대와 걱정이 섞인 얼굴로 조심히 물었다.

"무슨 부탁이요?"

"네 남은 시간을 사랑으로 채워 줘."

아이가 고개를 기울이며 의미를 물었다. 나는 아이의 무구한 뺨에 입을 맞췄다.

"네 삶으로 사랑을 보여 줘. 사람들이 널 통해서 사랑을 알도록. 그래서 모든 사람이 내 결혼식을 축하하도록."

"그게 공주님이 바라시는 거예요?"

되묻는 아이에게 나는 기꺼이 끄덕였다. 내가 무엇보다 원하는 것이 그것이라고. 꼭 그것뿐이라고. 아이는 내 부탁을 되새기며 환하게 웃었다. 나도 아이를 바라보며 빙긋 마주 웃었다.

그것을 마지막으로 무아카는 눈을 떴다. 창가에 아침 햇살이 비치고 있었다. 꿈에서 깬 무아카는 현실로 돌아왔다는 것을 깨닫고 한숨과 함께 눈을 감았다. 눈물이 흘러 머리카락을 적셨다. 꿈의 여운이 진하게 남아서, 그럼에도 꿈은 꿈일 뿐이라는 생각에 서러워져서 무아카는 훌쩍이며 울었다.

그러다 문득 무아카의 눈에 이상한 것이 비쳤다. 그것은 거칠게 찢어진 이불의 끝자락이었다. 무아카는 눈을 크게 뜨고 찢겨진 이불을 손으로 만져 보았다. 그 흔적은 간밤에 꿈에서 본 그대로였다. 눈을 깜빡이던 무아카는 침대에서 벌떡 일어나 창가로 달려갔다. 창문을 열어 아래를 보니 마당에도 웬 발자국이 찍혀 있었다. 아주 커다란 괴물의 발자국이었다.

놀라서 입을 가렸던 무아카는 곧 웃느라 입을 가리게 되었다. 지난밤, 꿈이되 꿈이 아닌 그것은 초대였고 선물이었다. 무아카를 사랑하는 이가 특별히 준비한 선물. 그 사실에 기뻐하며 무아카는 눈가에 남은 눈물을 마저 떨쳐 냈다. 그리고 고개를 들었다.

찬란한 하늘을 마주하는 순간 깨달았다. 하룻밤 새 많은 것이 달라졌다는 걸. 소리 없는 변화가 일어났다는 걸. 벅찬 자유 속에서 무아카는 세상을 바라보았다.

찬란하게 밝아 오는 하루를 무엇으로 채워야 할지, 이제는 알 수 있었다.

끝.

아나하라트 _공주와 구세주 5

초판 1쇄 발행 | 2016년 11월 15일

지은이 | 김영지
발행처 | 마음지기
발행인 | 노인영
기획·편집 | 박운희
디자인 | 박옥

등록번호 | 제25100-2014-000054(2014년 8월 29일)   **주소** | 서울시 구로구 공원로 3, 208호
전화 | 02-6341-5112~3 **FAX** | 02-6341-5115 **이메일** | maum_jg@naver.com ＊이 도서의
국립중앙도서관 출판예정도서목록(CIP)은 서지정보유통지원시스템 홈페이지(http://seoji.nl.
go.kr)와 국가자료공동목록시스템(http://www.nl.go.kr/kolisnet)에서 이용하실 수 있습니다.
(CIP제어번호: 2016026676)

ISBN 979-11-86590-16-4 04810 / 979-11-86590-09-6 04810 (세트)

마음지기는 여러분의 소중한 꿈과 아이디어가 담긴 원고 및 기획을 기다립니다.

마음지기는 ─────

성공은 사람을 넓게 만듭니다. 그러나 실패는 사람을 깊게 만듭니다. 마음지기는 성공을 통해 그 지경을 넓혀 가고, 때때로 찾아오는 어려움을 통해서 영의 깊이를 더해 갈 것입니다. 무슨 일에든지 먼저 마음을 지킬 것입니다.

높은 산꼭대기에 있는 나무의 뿌리가 산 아래 있는 나무의 뿌리보다 깊습니다. 뿌리가 깊기에 견고히 설 수 있습니다. 마음지기는 주님께 깊이 뿌리내리고 그 어떤 상황에서도 주님을 찬양할 것입니다.

"하나님과 가까이 교제하고 교감하는 사람은 그렇지 못한 사람보다 더 행복하다"라고 마시 시머프는 말했습니다. 마음지기는 하나님과 교감하고 교제하기 위해서 하루 24시간을 주님과 동행할 것입니다.

───── **"모든 지킬 만한 것 중에 더욱 네 마음을 지키라 생명의 근원이 이에서 남이니라"** 잠언 4:23